# EL CLUB DEL OLVIDO

ALICE KELLEN

# EL CLUB DEL OLVIDO

Planeta

Obra editada en colaboración con Editorial Planeta – España


Autora representada por Editabundo Agencia Literaria, S. L.


Bajo el sello editorial PLANETA M.R.
Avenida Presidente Masaryk núm. 111,
Piso 2, Polanco V Sección, Miguel Hidalgo
C.P. 11560, Ciudad de México
www.planetadelibros.com.mx

Primera edición impresa en España en esta presentación: abril de 2026
ISBN: 978-84-08-31820-0

Primera edición impresa en México: abril de 2026
ISBN: 978-607-39-4070-2



Impreso en los talleres de Corporación en Servicios
Integrales de Asesoría Profesional, S.A. de C.V.,
Calle E # 6, Parque Industrial
Puebla 2000, C.P. 72225, Puebla, Pue.
Impreso y hecho en México / *Printed in Mexico*

*Para Saray,*
*porque estos días pienso en ti*

La única gente que me interesa es la que está loca, la gente que está loca por vivir, loca por hablar, loca por salvarse, con ganas de todo al mismo tiempo, la gente que nunca bosteza ni habla de lugares comunes, sino que arde, arde como fabulosos cohetes amarillos explotando igual que arañas entre las estrellas.

*En el camino*, JACK KEROUAC

## HOY, 2023

Hay una planta que agoniza en la esquina de la sala de espera. Las hojas, ovaladas y de un verde parduzco, se doblan derrotadas hacia el suelo. Un roce. Solo se necesitaría un roce para separarlas del tallo que las sostiene. Pero resisten. Y a Samuel le conmueve esa ingenua terquedad, porque se siente identificado.

—Siéntese hasta que lleguen todas las personas citadas.

Acepta la sugerencia, aunque no contesta. Ha visto su mirada. Odia las miradas vanidosas. Es capaz de soportar la condescendencia si da por hecho que nace de la amabilidad, pero se le atraganta la pedantería. Así que no dice nada y, cuando el hombre desaparece por la puerta que conduce a la recepción de la notaría, en la sala solo se quedan él y la planta.

Sobre la mesa auxiliar hay un cuenco con caramelos mentolados. Samuel se mete uno en la boca. Un minuto después, coge un segundo, un tercero, un cuarto, un quinto, un sexto y un séptimo; satisfecho, se los guarda en el bolsillo. Le cuesta lo suyo, pues, ajeno a las modas, aún se empeña en usar pitillos que remarcan su figura desgarbada. Mientras juguetea con el caramelo entre los dientes, sonríe al evocar lo que ella solía decirle: «Es asombroso lo mucho que te pareces a Mick Jagger. A-som-bro-so». Y luego se reía como solo Dalia sabía hacerlo: dejando que el sonido se le derramara de la boca.

Era una risa líquida e hipnótica.

Con un suspiro exagerado, se repantinga en el sofá, por si el tipo pedante anda cerca y se escandaliza al ver su pose despreocupada. El reloj avanza lentamente. La planta se muere, como él y todo el mundo, segundo a segundo. Impaciente, mastica el caramelo con fuerza y el sabor le estalla en la lengua. Fuera llueve, y las gotas repiquetean con timidez contra el cristal de la ventana. Pero, si cierra los ojos, Samuel puede viajar atrás atrás atrás. Y entonces hace un sol radiante, los días son dorados y todo huele a primavera.

PRIMAVERA, 1993

# SAMUEL

# 1

# AMANECÍA, Y ENTONCES...

Los únicos sonidos que perturbaban la madrugada eran la sirena lejana de un coche de policía, el rumor de las cañerías del edificio y el roce de las sábanas sobre la piel cuando ella se giró para entrelazar sus piernas con las de él. La chica estaba fría y el chico, caliente. El pelo de ella, rubio y largo, se enredaba entre sus cuerpos desnudos.

SAMUEL: Ha sido genial.
DALIA: Supongo que sí...
SAMUEL: ¿Qué...? ¿Qué significa eso? Va, no me vengas con esas, si lo has disfrutado tanto como yo. Nadie finge así de bien.

La risa de Dalia llenó la habitación.

DALIA: ¿Tienes un cigarrillo?
SAMUEL: Sí, espera... Queda uno. El último.
DALIA: Detesto compartir, pero...

Ella lo encendió y le dio una honda calada antes de pasárselo. Él ignoró los restos de carmín rojo que Dalia había dejado en la boquilla. Se quedaron sumidos en un silencio cómodo, mientras el cigarrillo se consumía de mano en mano. Olían a alcohol, a sexo y a juventud. Eran las tres de la madrugada de un viernes de primavera, corría el año 1993 y estaban en una ciudad sin nombre e indefinida que permanecía dormida y a oscuras.

SAMUEL: Aún no me has dicho a qué te dedicas.

DALIA: Ya. Ni dónde vivo. Ni qué edad tengo. Ni cuál es mi apellido. Ni cómo se llaman mis mascotas. Ni si soy más de Pepsi o de Coca-Cola.

SAMUEL: ¿Cómo se llaman tus mascotas?

DALIA: ¿De verdad te interesa saberlo?

SAMUEL: ¿Por qué no?

DALIA: Rin, Júpiter, Tana, Chispas, Otelo, Bambú, Merlín, Risa y Atenea.

Él se movió para mirarla a los ojos.

SAMUEL: ¿Tienes nueve gatos?

DALIA: Son gusanos, y acabo de inventarme los nombres. Pero les pondría uno si pudiese diferenciarlos y su existencia no fuese tan corta.

SAMUEL: ¿Tus mascotas son gusanos...?

DALIA: Sí. De seda. Preciosos. Suaves.

SAMUEL: Joder, qué raro...

DALIA: Lo dice alguien que aún tiene adornos navideños en su habitación. ¿Estamos a 27 o 28 de marzo? Nunca sé en qué día vivo.

El chico se encogió de hombros mientras bostezaba.

SAMUEL: Me parece una pérdida de tiempo quitarlos cada año para volver a ponerlos en diciembre. Es como esa tontería de hacer la cama por la mañana, un bucle sin sentido. ¿A quién se le ocurrió? No va conmigo. Soy un tipo práctico.

DALIA: Resultan curiosas las grietas que existen entre alguien práctico y alguien pragmático. Oye, ¿eso que cuelga de la lámpara es un calcetín?

SAMUEL: Me gusta tener las cosas a mano. (La miró). ¿Y por qué hablas así?

DALIA: Sé más específico.

SAMUEL: Tan... refinada.

DALIA: A menudo, hago lo siguiente: abrir un libro.

SAMUEL: Vamos, que eres una niña de papá. Déjame que lo adivine: vives en el barrio alto, anoche saliste con tus amigas, bebiste dos copas de más, empezaste a sentirte salvaje y...

DALIA: ... ¡apareciste tú en escena!

SAMUEL: ¡Tachán! Tu día de suerte.

DALIA: Lo señalaré en rojo en mi agenda.

SAMUEL: Y luego escribe: «El mejor orgasmo de mi vida».

DALIA: Podría hacerlo. Total, nunca digo la verdad.

SAMUEL: ¿No? ¿Te pasas el día mintiendo?

Un rictus serio atravesó el rostro de ella.

DALIA: A todas horas. Sin cesar. Siempre.

SAMUEL: Si no tuvieses esa cara tan angelical, darías miedo. Veamos... (miró la mesilla de noche), son las tres y veinte. Deberíamos dormir.

DALIA: ¿Me estás sugiriendo que me marche?

SAMUEL: No, quédate. Pero mañana es un día importante y necesito tener las pilas cargadas. ¿Te da igual el lado? Yo prefiero el izquierdo.

DALIA: ¿Por qué es un día importante?

SAMUEL: Se inaugura el mejor local de copas de la ciudad.

DALIA: ¿Y cómo sabes que es el mejor si aún no ha abierto?

SAMUEL: Porque soy uno de los socios y te puedo asegurar que será un éxito fulminante. Se convertirá en un lugar mítico.

DALIA: Vas de confianza hasta las cejas.

SAMUEL: Ven mañana y luego me dices si tengo razón o no. Pero no esperes un sitio de pitiminí, porque es un local auténtico. Y con esto quiero decir que mejorará en cuanto se caigan al suelo varias cervezas y alguien vomite en los sofás.

DALIA: ¿Hay sofás?

SAMUEL: Del Rastro. No puedo prometer que no tengan chinches, pero dan el pego. Digamos que la decoración es caótica, como nuestra amistad.

DALIA: ¿«Nuestra amistad»? Espera, ¿qué me he perdido?

SAMUEL: Somos cuatro socios.

DALIA: Guau, cuatro cerebros masculinos para poner unas copas.

SAMUEL: Mira qué graciosa. En realidad, llevamos años trabajando en otros locales y pensamos que ya era hora de abrir el nuestro.

DALIA: ¿Y por qué es caótica vuestra amistad?

SAMUEL: Cosas de barrio, no lo entenderías. Nos conocemos desde que éramos críos. Nunca hay que alejarse de los que están contigo cuando te haces las primeras cicatrices. Aunque quizá tú ni siquiera tengas de eso. A ver, déjame ver tus piernas...

DALIA: ¡Para, para! ¡Ay! (Se rio).

SAMUEL: Oye, tienes varias.

DALIA: Fui una niña traviesa.

Ella se levantó de la cama, cogió la camiseta que colgaba de la lámpara de noche y se la puso. Buscó el pantalón y lo encontró en el suelo, arrugado, junto a la alfombra.

SAMUEL: ¿No te quedas a dormir?

DALIA: No. Solo te tomaba el pelo.

SAMUEL: A mí no me molesta...

DALIA: Ya. Pero a mí sí.

SAMUEL: ¡Qué dolor!

Sonriente, Samuel se llevó las manos al pecho, como si Dalia le hubiese clavado un puñal en el corazón. Luego se puso unos calzoncillos.

SAMUEL: ¿Cómo piensas volver a casa?
DALIA: No te preocupes, cogeré un taxi.
SAMUEL: Ah, toda una señorita...
DALIA: En efecto. Nacida para eso.

Él intentó no hacer ruido al atravesar el salón, porque sus compañeros de piso dormían desde hacía horas. Estaba tan habituado al desorden que ni se le pasó por la cabeza disculparse por el plato con espaguetis secos sobre el sofá o los restos de confeti de una fiesta de cumpleaños celebrada dos semanas atrás, que ya formaban parte de la decoración. Como el gato que se lamía una pata en un rincón, negro y poco agraciado. Nadie sabía cómo había llegado hasta allí, pero no eran capaces de echarlo. Se había convertido en un inquilino más.

Dalia salió al rellano y se giró hacia él.

DALIA: ¿Dónde será la gran inauguración?
SAMUEL: Aquí al lado, al final de la calle.
DALIA: Bien. Puede que me pase un rato...
SAMUEL: No te arrepentirás. Trae a tus amigas y yo te presentaré a los chicos. Para ti, copas gratis toda la noche y acceso a la zona vip.

Ella arrugó la nariz y subió al ascensor. Mientras se ajustaba la ropa, se miró fugazmente en el espejo. Las puertas empezaban a cerrarse cuando preguntó:

DALIA: ¿Cómo se llama el sitio?
SAMUEL: El Club del Olvido.

## 2

## EL CLUB DEL OLVIDO I

Las manecillas del reloj avanzaban, y a Samuel ya no le quedaban uñas que morderse. Eran las once de la noche, y se había bebido cuatro cervezas y dos tequilas para templar los nervios. La sensación de ligereza fue instantánea, antes incluso de que el alcohol se deslizase por su garganta. Imaginaba que así era como se sentirían los astronautas en el espacio: ingrávidos y felices, vagando entre las estrellas. La frase que Samuel más repetía al mes era «todo se soluciona con una copa», y creía en ello como su devota madre creía en Dios. Ella se santiguaba cuando entraba en la iglesia, y él hacía lo mismo al cruzar el umbral de un bar.

ABEL: Tranquilízate, tío. Es el primer día.

SAMUEL: Por eso mismo. ¡Tenía que ser un estreno a lo grande! Fíjate bien, la mitad son colegas nuestros y la otra mitad no tienen claro qué hacen aquí.

TRISTÁN: ¿Quieres otra cerveza?

SAMUEL: ¿Qué clase de pregunta es esa? Pues claro.

Tristán y Max atendían detrás de la barra. Abel, sentado en un taburete, observaba el ambiente mientras Samuel deambulaba de un lado a otro, impaciente, con ese nerviosismo que deja un rastro de quejas. El Club del Olvido había abierto sus puertas a las nueve de la noche, entre los vítores de los amigos del barrio y los cinco hermanos de Abel. Después, los clientes fueron llegando con cuentagotas: una pareja en busca de una copa tras una cena romántica; tres hombres que hablaban en voz baja, encorvados sobre sus vasos como si tramaran algo; y un grupo de jóvenes que se resistía a marcharse, pese al evidente hastío que los envolvía. Pero el momento crítico de la noche llegó a las diez y treinta y dos (Samuel lo recordaba con trágica precisión, porque había mirado el reloj), cuando unas chicas entraron, echaron un vistazo fugaz y, sin disimulo, dieron media vuelta y se largaron. Como quien abre un libro y lo cierra tras leer la primera página.

SAMUEL: ¿Por qué se habrán ido? No me lo quito de la cabeza.

MAX: Es por tu cara, seguro. (Se rio). Pareces un pepinillo en vinagre.

SAMUEL: Te adelanto que antes de que acabe la noche tu cara será también la de un pepinillo, sí, pero aplastado. (Se acercó a la barra). ¿Y mi cerveza?

ABEL: Date prisa, Tristán. Ya sabes que se vuelve peligroso si no tiene un vaso en la mano. Pero ¡eh, tío, con mimo! La sirves con demasiada espuma.

Samuel cogió la cerveza y bebió.

SAMUEL: Está bien; da igual, ¿no?

MAX: No da igual si tienes un local de copas.

ABEL: Max tiene razón. (Se encogió de hombros, que era sin duda su gesto estrella).

SAMUEL: Volviendo al tema de esas chicas de antes...

ABEL: ¿Por qué no disfrutas de la noche y ya está? Irá mejor semana a semana. El boca a oreja y todo eso. En un mes estará lleno hasta los topes y uno de nosotros tendrá que salir a la puerta para evitar aglomeraciones.

Max soltó una risita amarga.

MAX: No quiero decir que os lo dije, pero...
TRISTÁN: Cierra la boca, Max.
MAX: Os lo dije, joder.

Samuel ya se había arremangado la camisa y estaba a punto de saltar sobre la barra para coger del pescuezo a Max cuando el ruido de la puerta lo detuvo.

Y entonces, ella.

SAMUEL: ¡Ha venido!
TRISTÁN: ¿Quién es?
ABEL: Ni idea, pero me he enamorado.
MAX: Si no te enamorases cinco o seis veces al mes...

Samuel contuvo el aliento mientras se acercaba a Dalia. Su cabello, tan largo como lo recordaba, era de un rubio melancólico similar al de los girasoles marchitos. Y había más: pendientes de aro, pantalones acampanados, un cinturón ancho y botas de tacón. Daba la impresión de haber alcanzado aquel aire glamuroso sin el menor esfuerzo, como si brotara de ella con la misma naturalidad que su sonrisa. Y era justo a partir de esa sonrisa enigmática desde donde se dibujaba el resto del rostro: los ojos, ligeramente separados, parecían custodiarla; la barbilla, altiva, la sostenía; los hoyuelos, discretos, la celebraban. Nariz, cejas, pómulos: todo orbitaba en torno a esa boca que él había besado.

DALIA: Así que esta es la gran inauguración...
SAMUEL: No pensé que vendrías. Yo..., eh..., te presento a mis amigos. Max, Abel y Tristán. Ella es Dalia. Nos conocimos..., eh...
ABEL: Sí, eso. ¿De dónde la has sacado?

Buena pregunta.

Samuel se había fijado en ella en cuanto la había visto

entrar en el local donde mataba los restos del día. Abel, Max y Tristán se habían marchado temprano porque querían descansar antes de la inauguración. Pero él no. Samuel nunca abandonaba la noche; era la noche la que lo abandonaba a él cuando el amanecer ganaba la batalla. No le importaba quedarse solo en un bar desdentado, cerveza en mano, dispuesto a hablar con cualquiera: ya fuese sobre fútbol (de eso sí sabía), sobre música (de eso algo sabía) o sobre política (de eso no sabía absolutamente nada).

Y en esas estaba cuando ella apareció.

Lo primero que pensó fue que la chica desentonaba en aquel lugar tanto como un semáforo en un glaciar. Y lo segundo, que brillaba. Pero no como lo hacen las cosas pulidas y doradas, sino como una herida recién hecha: bella y dolorosa.

Samuel tardó cuarenta segundos en preguntarle su nombre e invitarla a una copa. Luego, todo discurrió como una escena perfecta de película: tontearon, él le rozó la mejilla con los nudillos, el tono de la conversación bajó, sus cuerpos se acercaron y el primer beso encadenó con un segundo y un tercero.

Una hora y media después, estaban tumbados en su cama.

Cuando se despidieron y las puertas del ascensor los separaron, Samuel supuso que no volvería a verla. Conocía a las chicas como ella: jóvenes, guapas, de bolsillo holgado. De las que buscan aventuras breves que luego relatan entre risitas a la hora del café. Esa gente marcaba sus fronteras con plumas de plata, en palacios de cristal; y aunque se acercaban al borde con gesto travieso, nunca cruzaban la línea de un salto.

Pero Dalia había echado por tierra su pronóstico.

Y El Club del Olvido la recibió con los brazos abiertos, como si hubiese estado esperándola. Los pocos clientes que había siguieron con la mirada sus pasos hasta la barra. La atmósfera cambió al segundo. A Samuel le recordó a una punzada de hambre en el estómago: súbita, honda, imposible de ignorar. Así era el efecto Dalia.

SAMUEL: ¿Quieres tomar algo?
DALIA: ¿Qué puedes ofrecerme?
SAMUEL: Todo. Cerveza, vodka con naranja, Licor 43, tequila, ginebra con tónica, ron con cola... (la miró), ¿eres más de Brugal o de Cacique?
DALIA: Tomaré un cosmopolitan.
MAX: ¿Qué acaba de decir?
ABEL: Cosmoponosequé.
DALIA: Cos-mo-po-li-tan.

Hubo un silencio denso.

SAMUEL: ¿Has venido sola?
DALIA: Sí. Ya sabes: amigas aburridas.
TRISTÁN: Entonces, ¿Brugal o Cacique?

Aquel fue un instante de primeras veces: la primera vez que Tristán se dirigió a Dalia, la primera vez que Dalia detuvo su afilada mirada en Tristán y la primera vez que Samuel tuvo una inexplicable y sólida intuición, quizá la única real de toda su vida. Y mientras esa intuición nacía y moría, Dalia señaló la botella de ginebra.

TRISTÁN: Buena elección. (Y empezó a prepararlo).

Ella le echó un vistazo rápido al local.

DALIA: La decoración es particular.
SAMUEL: Justo lo que te dije: auténtica.
DALIA: Una forma benevolente de verlo.
MAX: Oye, princesa, ¿vienes a insultarnos?
TRISTÁN: Toma, tu ginebra con tónica.

Dalia dio un sorbito y arrugó la nariz.

DALIA: Está demasiado fuerte y amargo.
TRISTÁN: De eso nada. Deja que lo pruebe.

Tristán cogió la copa que ella acababa de posar en la barra y le dio un trago largo. Se relamió y dudó unos segundos.

TRISTÁN: Lo que pensaba. Perfecto.
DALIA: Lo de las críticas lo llevas regular, ¿no?
ABEL: La noche está mejorando. (Se rio).
TRISTÁN: ¿Me estás examinando?
DALIA: Tan solo hago observaciones.
MAX: No esperaba que tuviésemos que empezar a vetar a gente desde el primer día. Esto se va pareciendo más a la inauguración soñada.
DALIA: Soy inofensiva.

No era inofensiva.

DALIA: Pero creo que necesitáis ayuda.
MAX: Gracias por venir a salvarnos, princesa.
ABEL: A mí me interesa saber qué piensa.
SAMUEL: Esto... Yo diría que...
TRISTÁN: Bien. Ilumínanos.

Ella volvió a estudiar el local, esta vez de forma más minuciosa. Se detuvo en los sofás ajados, en la iluminación mortecina, en los cuadros que Samuel había cogido del trastero de la casa que su abuelo tenía en el pueblo, en la estantería tras la barra llena de botellas clásicas y en la puerta azul que quedaba a la derecha.

DALIA: ¿Eso es el almacén?
ABEL: Más o menos. Dejémoslo ahí.

Dalia: El problema del club es... todo.

Max: ¿Quién es esta tía y por qué seguimos escuchándola?

Tristán: Deja que hable.

Max: Pero...

Tristán: Si no puedes soportarlo, ve a barrer las colillas.

Max: ¡Eh! ¿Tú de qué vas?

Samuel: No perdemos nada.

Dalia: El local está en una buena zona. Me gusta esa lámpara de allí, le da un toque diferente. Y el diseño del suelo disimula la suciedad. En cuanto al tamaño de la barra, me parece adecuado...

Abel: Uy, está preparando el terreno.

Dalia: Pero no tiene nada especial.

Max reiteró su malestar con un resoplido.

Tristán: ¿Puedes ser más específica?

Dalia: ¿En qué se diferencia de los otros dos locales de copas que hay en esta misma calle? Si queréis apropiaros de sus clientes, tenéis que ofrecer algo distinto para que estén dispuestos a traicionar sus costumbres. Y un hábito es poderoso.

Samuel: Visto así...

Abel: ¿Alguna idea?

Max: Ideas sobran. Lo difícil es levantarse cada día y abrir la persiana, no tanta palabrería barata. Hay que currar. Así es como funcionan las cosas.

Nadie escuchó a Max. La chica, hecha de sol, destellos y contradicciones, acababa de irrumpir en sus vidas y, desde ese instante, todo empezó a cambiar.

Tristán: ¿Tú qué sugieres?

Dalia: Cambios en la decoración, una carta de cócteles sin competencia, propaganda en la calle y una noche grandiosa de la que hable todo el mundo. Los que estuvieron, porque la vivieron, y los que no, porque se la perdieron.

SAMUEL: Daría un dedo meñique por eso.

ABEL: Y entiendo que tienes alguna idea...

DALIA: Un puñado de ellas, sí.

MAX: ¿Quieres pasta? ¿Es eso?

DALIA: No. Es que me aburro.

MAX: Cómo se nota que la princesa tiene la vida hecha. Que se aburre, dice. (Miró a los demás, indignado). ¿Nos está vacilando o qué?

TRISTÁN: Eso parece...

Ella atravesó a Tristán con la mirada.

Y Tristán sostuvo esa mirada sin titubear.

DALIA: ¿Por qué eres tan desconfiado?

TRISTÁN: ¿Por qué crees que lo soy?

ABEL: Esta conversación empieza a ser como uno de esos granos que se enquistan y que los médicos siempre aconsejan no tocar.

MAX: Dicho sin rodeos: no te conocemos.

DALIA: Todavía. (Y sonrió con soltura).

TRISTÁN: La cuestión es que...

Nunca llegó a pronunciar las palabras que tenía en la punta de la lengua. Acaso «la cuestión es que no nos interesa conocerte», acaso «la cuestión es que no necesitamos tu ayuda», acaso «la cuestión es que tengo que ir al servicio». Fuesen cuales fuesen, se le quedaron dentro porque la puerta del local se abrió en ese preciso instante. Un grupo de amigos, dos chicas y tres chicos, entraron, barrieron el lugar con la mirada, intercambiaron cuchicheos y se marcharon por donde habían llegado.

SAMUEL: ¡No puede ser! ¡No puede ser!

TRISTÁN: Tranquilízate, no es para tanto.

SAMUEL: Pero ¿por qué se han ido?

ABEL: Quizá sí debamos preocuparnos.

Ella, orgullosa, los miró una última vez.

DALIA: En fin, como veo que no me necesitáis en absoluto, creo que será mejor que siga los pasos del grupito que acaba de evaporarse...

MAX: Princesa, estás jugando con fuego.

SAMUEL: Podríamos escucharla, ¿no?

ABEL: Voto por un «sí» a la desesperada.

MAX: ¡Venga ya! ¡No me jodas! ¿Tristán?

Todos los ojos se clavaron en Tristán, que se había alejado para servirse una cerveza. Dio un trago largo, larguísimo, y se relamió despacio. En aquel momento, quedó claro quién era el líder del grupo, aunque ninguno había tomado esa decisión de forma consciente y él jamás lo había buscado. Pero había algo en la quietud eléctrica de su mirada y en su presencia serena y magnética que hacía que los demás acabaran orbitando a su alrededor, como si su figura tuviera una gravedad propia.

TRISTÁN: Bien. ¿Cuál es el plan?

MAX: ¿De verdad? ¡No me lo puedo creer!

SAMUEL: Podemos reunirnos mañana en casa.

ABEL: Tampoco tenemos nada mejor que hacer.

SAMUEL: Max, tío, ¿qué te parece?

MAX: ¿Acaso importa? Tres contra uno.

DALIA: ¡Perfecto! (Le dio la espalda a Max). A partir de las cinco estaré libre. Ah, y una cosa más: ¿el nombre del local es negociable o...?

TRISTÁN: No.

SAMUEL: No.

ABEL: No.

MAX: Por encima de mi cadáver.

Dalia se echó a reír. Su risa era, a la vez, la de una niña de seis años y la de una mujer de ochenta y tres. Y en su entrecejo fruncido vivía también esa misma dualidad: la vejez y la infancia disputándose el gesto. Toda ella era una montaña, hecha de picos y abismos, con senderos retorcidos.

DALIA: ¿Y por qué «El Club del Olvido»?

SAMUEL: La idea es que la gente se olvide de todo en cuanto cruce la puerta: de los problemas, del trabajo, de la familia, de los dolores... Y también de lo que ocurra aquí cada noche. (Sonrió lentamente). ¿Lo entiendes? Es un juego.

DALIA: Interesante. Me gustan los juegos. Me gusta jugar.

Fue, quizá, la única verdad que Dalia dijo aquella primavera.

## 3

## GEOGRAFÍA DE SAMUEL

«Mi niño es muy sociable», decía siempre su madre. «El día menos pensado alguien nos parará en el supermercado y nos dirá: "Soy un agente, su hijo tiene potencial para salir en televisión"». «¿Haciendo qué?», le preguntaba siempre Samuel. «¡Lo que sea, cariño, lo que sea! Tú vales para todo con ese desparpajo que tienes». Y Samuel se lo creía. Al menos, hasta que el tiempo aplastó la inocencia. Al cumplir un año, seguía gateando. A los dos, metió los dedos en un enchufe. A los tres, tuvo la varicela. A los cuatro, le regalaron un balón. A los cinco, conoció a Abel, Max y Tristán. A los seis, temía a los payasos. A los siete, estuvo a punto de incendiar la casa jugando cerca de las cortinas con las velas de cumpleaños. A los ocho, se empeñó en que sería futbolista. A los nueve, dejó de idolatrar a su padre. A los diez, se rompió el brazo cuando fingía ser Supermán. A los once, presumía de tener vello en la zona del bigote. A los doce, su tía preferida le dio un billete a escondidas, le pellizcó la mejilla y le dijo: «Eres el niño más bonito del mundo». A los trece, estuvo una semana sin hablar con Max por alguna tontería que después olvidó. A los catorce, empezó a fumar. A los quince, le dio su primer beso a una chica pelirroja que ese año había llegado nueva al instituto. A los dieciséis, perdió la virginidad con la vecina del quinto. A los diecisiete, asumió que lo que aseguraba su padre era verdad: «Este no tiene cabeza para los estudios», y empezó a trabajar en un bar del barrio. A los dieciocho, le partieron la nariz en una pelea que tuvo en la calle con un tipo enorme. A los diecinueve, cinco cervezas ya no le hacían ningún efecto. A los veinte, se enamoró de una chica que estaba a punto de irse a estudiar a otra ciudad. A los veintiuno, se aburrió de leer las larguísimas cartas de la chica y del esfuerzo que le suponía escribir las suyas, así que cerró esa puerta. A los veintidós, se emborrachó casi todos los fines de semana. A los veintitrés, después de una noche inolvidable, se bañó en el mar con los chicos mientras el sol despuntaba a lo lejos y todos se reían de lo que Tristán decía: «Esto es la belleza, esto tiene que ser». A los veinticuatro, se fue a vivir con Abel y Max. A los veinticinco, se convirtió en un torpe acróbata entre el trabajo y el caos de la noche. A los veintiséis, tirado en el sofá, miró a sus amigos y preguntó: «¿Por qué no montamos un club de copas?».

## 4
## FUTUROS ELÉCTRICOS

Había algo en la forma en que Dalia se movía que los inquietaba a todos. Samuel no lo había percibido la primera noche que pasó con ella, pero a plena luz del día era tan evidente como una gota de sangre en una sábana blanca. Conquistó el salón con su andar firme y certero: dos pasos a la derecha, uno a la izquierda, tres a la derecha, cuatro al centro. Sus gestos parecían congelarse justo antes de cumplir su propósito, así que él nunca lograba adivinar en qué pensaba. Y su mirada sagaz los mantenía anclados en un silencio expectante. Max, Abel y Samuel estaban sentados en el sofá. Tristán, con un aire lejano, permanecía de pie mientras el gato negro se movía en zigzag entre sus piernas.

DALIA: ¿Cómo se llama?
TRISTÁN: No tiene nombre.
DALIA: ¿De quién es?
TRISTÁN: De nadie.
DALIA: Pero vive aquí.
TRISTÁN: Sí.
DALIA: ¿Quién lo trajo?
ABEL: Acabas de abrir una puerta peligrosa. (Se rio).
SAMUEL: Es un debate que aún no hemos resuelto.
DALIA: ¿No sabéis cómo llegó el gato a esta casa?
SAMUEL: Una mañana, apareció en el sofá. ¿Quién sabe?

Quizá se escapó de algún otro piso del bloque y uno de nosotros se dejó la puerta abierta de madrugada.

DALIA: Pero...

MAX: Princesa, ¿estamos aquí para hablar del gato? Pensaba que ibas a deslumbrarnos con tus arrolladoras ideas sobre cómo dirigir un negocio que desconoces.

Dalia se agachó, cogió al gato como si fuese un saco de arroz y lo dejó caer sobre su regazo al sentarse en el único sillón libre. Llevaba unos pantalones de rayas verticales azules y blancas, una camisa clara y un pañuelo rojo atado a la muñeca. Dos trenzas apretadas nacían junto a las sienes y caían hacia atrás sobre el cabello suelto. Daba la impresión de estar lista para protagonizar la portada de una revista de moda.

DALIA: Maximiliano, ¿por qué eres tan desagradable?

MAX: ¿Acaba de llamarme Maximiliano?

ABEL: Ya lo creo que sí. (Volvió a reírse).

DALIA: ¿Acaso no es tu nombre?

MAX: Nadie me llama así. Nadie.

DALIA: A mí nadie me llama princesa.

MAX: Déjame que lo ponga en duda.

TRISTÁN: Ya basta.

SAMUEL: ¿Por dónde empezamos?

El gato arqueó el lomo cuando ella lo acarició.

DALIA: El local es alquilado, ¿verdad?

ABEL: Sí.

SAMUEL: La dueña es la misma mujer que nos alquila este piso. Le pagamos una miseria, pero es lo que pide. Digamos que es alguien... peculiar.

MAX: Especial.

DALIA: Entre «especial» y «peculiar» hay matices.

MAX: Elena no es un problema, al revés.

ABEL: Bueno, está lo de la puerta...

DALIA: ¿Qué puerta? ¿Qué pasa?

ABEL: La puerta azul del local.

MAX: Es irrelevante. Tachemos el punto del alquiler y pasemos al siguiente. He quedado dentro de una hora, así que vayamos al grano.

DALIA: Creo que deberíamos redefinir la decoración.

MAX: «Deberíamos». Ya habla en plural. (Rio con aspereza).

TRISTÁN: ¿Qué sugieres?

DALIA: Me parece bien mantener el aire anárquico del lugar, pero podríamos llevarlo más lejos. Por ejemplo: una pared de corcho en la que se puedan dejar notas anónimas y otra en la que cualquiera pueda dibujar. ¡Zapatillas o sombreros que cuelguen del techo! ¡Y todos los cuadros del revés! ¡Y espejos rotos! Me encantan los espejos rotos.

MAX: Tiene que estar bromeando.

ABEL: Me gusta.

SAMUEL: A mí también. Lo de los cuadros y los espejos puede ser divertido cuando la gente lleve dos copas de más. Tenemos que marcar la diferencia.

MAX: Pero...

TRISTÁN: ¿Y qué más?

DALIA: Los cócteles. Veamos...

El gato se mantuvo con determinación en su regazo cuando ella se inclinó para coger su mochila vaquera. Sacó un libro grueso y lo lanzó sobre la mesa del salón. En la portada había dos copas y se titulaba *Los mejores cócteles del mundo.*

ABEL: Ah, pues mira qué interesante.

MAX: Los cuatro hemos trabajado sirviendo copas.

DALIA: Pero ¿queréis que sea un bar cualquiera o un club del que hable toda la ciudad? Porque mi abuela cocina unas albóndigas estupendas, pero eso no significa que...

Tristán se movió y tomó el libro sin pedir permiso. Dalia no terminó la frase. Desde el primer día, fue el único capaz de silenciarla en momentos precisos. Ella lo observó con una quietud felina, como si intentase calcular el instante en que él dejaría de pasar las páginas. Los demás se mantuvieron inmóviles a la espera de su veredicto.

TRISTÁN: Es demasiado... sofisticado.
DALIA: ¿Y acaso eso es un problema?
MAX: En tu mundo no, en el nuestro, sí.
TRISTÁN: Es muy... neoyorquino.
DALIA: Sí, esa es justo la intención.
ABEL: Mmm, ¿podríamos adaptarlos?
TRISTÁN: Quizá. (La miró de reojo). ¿Me lo prestas unos días?
DALIA: Claro. Lo encontré por ahí. Puedes quedártelo.
TRISTÁN: Gracias.

Con impaciencia, Max se palmeó las rodillas.

MAX: Tenemos la decoración y la carta, ¿algo más?
DALIA: Habrá que conseguir que la gente entre. Lo primero será hacer carteles y folletos para anunciar la noche del próximo sábado. Hay que empapelar la ciudad.
MAX: ¿Y en qué consistirá el evento, princesa?
DALIA: Escucha con atención, Maximiliano.
ABEL: Esto es insostenible. (Soltó una risita).
DALIA: Cada noche tiene que ser efervescente.
SAMUEL: Como las sales de frutas...
DALIA: E inesperada. Única. Mágica.
MAX: Joder, estamos perdiendo el tiempo.

Ella suspiró sin dejar de acariciar al gato.

DALIA: Intentémoslo una noche, solo una. Y, si no funciona, volvéis a limitaros al Brugal y el Cacique. Pero hagámoslo a lo grande. El objetivo es que todo el mundo hable de ello, así que debe ser espectacular. Una locura.

SAMUEL: Me gustan las locuras.

DALIA: Vale. ¿Alguna sugerencia?

MAX: Recuérdame para qué estás tú aquí.

DALIA: Tengo un par de ideas, pero no sé si...

SAMUEL: Suéltalas. Total, no tenemos nada que perder.

DALIA: De acuerdo. Pues el plan es... (Alzando la vista hacia Tristán, arrugó su pequeña nariz). Acércate, que esto es importante. Y no muerdo.

Samuel tuvo la impresión de que algo invisible, algo antiguo y pesado, mantenía a Tristán a distancia. Pero él cogió aire y se acercó. Entonces la voz de Dalia se derramó en el salón, llenó el aire, caló sus pensamientos y tiñó de electricidad el futuro.

## 5

## LO QUE A SAMUEL LE GUSTABA

Las pasas. El pico plano y ancho de los ornitorrincos. La cerveza muy fría. La boca perfecta de Dalia. Y la boca de las mujeres, en general. Los planes improvisados que surgían a última hora. Las peras demasiado maduras. El café con tres cucharadas de azúcar. La cerveza muy fría. El rugido gutural de las motocicletas. El fútbol, y el sonido de la pelota rebotando en una cancha vacía. Los abrazos de su madre, sobre todo si llevaba puesta su bata preferida. Dormir con calcetines gruesos. La cerveza muy fría. La casa de Tristán. Los números pares. Usar gafas de sol, en interiores y exteriores, sin límite. Sacarles punta a los lápices hasta consumirlos. El sonido del timbre de las bicicletas. La cerveza muy fría. Llevar las manos metidas en los bolsillos. Morderse las uñas, siempre en el siguiente orden: anular, índice, corazón, pulgar, meñique. El olor a plástico de los juguetes nuevos. La cerveza muy fría. Dibujar o anotar cosas en las servilletas de los bares. Las luces de neón. La noche, cuando la ciudad le pertenecía.

Y la cerveza muy fría.

## 6

## ESA DESCONOCIDA

Samuel aplastó la lata de cerveza, la arrojó a la basura y abrió la nevera para coger otra. Clac. Y un sorbo largo. Se limpió con la lengua el bigote de espuma mientras se acercaba al salón. Abel estaba tirado en el sofá, con una pierna colgando y el gato negro dormido sobre su estómago. Tristán, de pie, contemplaba el tráfico de la calle a través de la ventana. Max, con la espalda recta y las rodillas juntas, había conquistado el viejo sillón orejero que, meses atrás, les regaló la vecina del primero cuando quiso jubilarlo.

Aparentemente, podría haber sido un primer plano cotidiano. Si el espectador, claro está, fuese capaz de ignorar que los cuatro vestían prendas plateadas y brillantes.

MAX: Estamos a punto de hacer el ridículo de nuestras vidas.

ABEL: ¿Y qué más da? Salga mejor o peor, será divertido.

MAX: ¿De verdad piensas ponerte la peluca?

ABEL: ¡Claro! Si me queda genial... Espera...

Se inclinó para recoger la peluca blanca del suelo y se la colocó sin mucho esmero en la cabeza. Luego, esbozó una enorme sonrisa aniñada.

MAX: Me das vergüenza ajena.

SAMUEL: Estás guapísimo, tío.

Abel: Gracias. ¡Eh, Tristán, ponte la tuya!

Tristán: Estoy con Max. Paso de pelucas.

Samuel: ¡Venga, tenemos que darlo todo!

Max: ¿Estamos seguros de lo que hacemos?

Tristán: No.

Samuel: ¡Sí!

Abel: Yo creo que es una idea genial.

Max: Y esta tipa...

Samuel: Dalia.

Max: Comosellame. No la conocemos de nada. ¿De dónde ha salido? ¿A qué se dedica? ¿Por qué tengo la impresión de que se ha colado en nuestras vidas sin permiso?

Samuel: Porque eres un grano en el culo.

Max: No tienes voto en esto, follas con ella.

Abel: Pero yo no, y me parece simpática y lista.

Max: Tú encuentras encantador a cada ser humano que pisa este condenado planeta, de norte a sur, sin excepción. Si Hitler estuviese vivo, dirías que es un tipo majo.

Abel: ¡Vete a la mierda!

Tristán: Ya basta.

Max: Es que me preocupa que le sigamos la corriente a una rubia mona y con mucha labia que, hasta hace una semana, literalmente (pronunció la palabra con lentitud), no era nadie. ¿Y si nos hundimos? ¿Y si esto acaba con nuestra reputación?

Samuel: ¿Reputación? Tú no tienes reputación.

Max: Mi duda es si sabes lo que significa esa palabra.

Samuel puso los ojos en blanco y resopló.

Samuel: Ya estamos. Vuelve el empollón de la clase.

Max: ¿Tengo la culpa de que te estancases con las derivadas?

Abel: Todos nos estancamos con las derivadas, la cuestión es...

MAX: Yo no.

SAMUEL: Joder.

TRISTÁN: Max tiene razón: Dalia es una desconocida. Pero no podemos fracasar, y quizá nos vaya bien tener un enfoque externo, porque sus ideas son...

MAX: ¿Temerarias?

ABEL: Divertidísimas.

TRISTÁN: Interesantes, dejémoslo ahí. Comprobaremos en unas horas si la chica es un genio o nosotros somos cuatro idiotas por entrar en su juego.

SAMUEL: Vale. ¿Estamos listos?

ABEL: Listo y arrebatador. (Peinó la peluca con los dedos).

MAX: Ojalá caiga un meteorito y todo acabe cuanto antes.

TRISTÁN: Bien. Allá vamos. (Y se dirigió a la puerta).

## 7

## LA NOCHE DEL FUTURO

De todas las ideas rocambolescas que Dalia sugirió, la menos criticada fue la que consistía en celebrar una fiesta ambientada en el futuro. A Max le pareció un horror. A Tristán le pareció arriesgado. A Abel le pareció estimulante. Y a Samuel le pareció una genialidad. Así que dieron la propuesta por válida y la moldearon a lo largo de la semana.

Abel ilustró el cartel, Max lo fotocopió y, después, Samuel y Dalia se encargaron de empapelar la ciudad: todas las farolas, esquinas y semáforos de la zona lucían el anuncio: MISIÓN: FIESTA 2023. PROTOCOLO: VESTIMENTA GALÁCTICA. DESPEGUE A MEDIANOCHE EN EL CLUB DEL OLVIDO. ¡NO TE PIERDAS EL EVENTO DEL AÑO! ¡VEN A BAILAR AL FUTURO!

Ampliaron la carta con tres cócteles temáticos que ensayaron en casa hasta dar con la receta idónea. Por culpa del perfeccionismo de Tristán, Samuel terminó borracho dos días consecutivos. Una de esas noches, tirado en la cama con Dalia a su lado, se dedicó a contemplar las grietas y las humedades del techo mientras ella susurraba: «Es un mapa de una ciudad inalcanzable y desconocida».

Él estuvo a punto de responder: «Como tú».

Pero, en lugar de hacerlo, pensó en las cosas que sí sabía sobre ella y que había recopilado en su cabeza: que sus mascotas eran gusanos de seda, que provenía de una familia adinerada, que vestía como una de esas estrellas de cine que terminan siendo icónicas sin esfuerzo, que siempre llevaba el pelo suelto y enredado, que parecía entender de todo un poco y poco de todo, que su risa era líquida, que tenía una lengua afilada.

Y hasta ahí llegaba.

ABEL: Estoy nervioso. ¿Llevo bien la peluca?

MAX: Pff. Y ni rastro del anhelado meteorito...

SAMUEL: Ya casi estamos. Que no cunda el pánico si la noche tarda en arrancar. Podemos aprovechar las primeras horas para ajustar cosas que...

Samuel se calló al doblar la esquina de la calle que conducía hasta el club. Porque había una cola. Una cola de gente. Una cola de gente con ropa extravagante. Una cola de gente con ropa extravagante que asistía a una fiesta futurista en su club.

Y al frente de todo, ella.

Dalia, enfundada en un diminuto vestido plateado que brillaba cual trozo de luna bajo las luces de las farolas, organizaba al público para dejar paso a los transeúntes, bromeaba, gesticulaba con las manos y prometía que la espera valdría la pena.

SAMUEL: ¿Qué está pasando aquí?

DALIA: ¡Bienvenidos al año 2023!

SAMUEL: ¿Toda esa gente viene a la fiesta?

DALIA: Sí, y quieren entrar cuanto antes.

ABEL: Joder... ¡Joder! ¡Qué locura!

TRISTÁN: Max, sube la persiana.

Hubo aplausos cuando se abrieron las puertas. El local estaba listo desde la noche anterior, pero no esperaban que nadie llegase antes de la hora de apertura; si acaso, con suerte, que se dejasen caer por allí de forma desmigada y gradual. Así que Abel se ocupó de la música para animar el ambiente y, teniendo en cuenta la demanda de copas, Samuel, Max y Tristán conquistaron sus puestos tras la barra, que estaba forrada con plástico de burbujas y papel de aluminio para recrear la atmósfera futurista.

Desconocido uno: ¡Tres cervezas!

Samuel: Perfecto. Serán 1.200 pesetas.

Desconocida dos: Un cubata de ron cola.

Samuel: ¿No preferirías probar uno de nuestros cócteles? Son exclusivos. Solo estarán disponibles esta noche. Tenemos plasma azul, eclipse 2023 o nietos.

Desconocida dos: ¿Nietos?

Samuel: Sí, es la copa que nuestros nietos pedirán cada fin de semana cuando salgan de fiesta en el futuro. (Le sonrió con su encanto natural).

Desconocida dos: ¿Qué lleva?

Samuel: Ah, eso es un secreto. Pero... (se inclinó hacia ella sobre la barra) a ti voy a contártelo. Ven, acércate...

La joven se rio y Samuel le confesó los ingredientes al oído.

Desconocida dos: Me has convencido.

Samuel: ¡Marchando un nietos con hielo!

Max: Joder, joder. No damos abasto...

Samuel: ¡Venga, Max, que eres un toro!

Max: Un toro que agoniza en el suelo y escupe sangre con dos banderines clavados a cada lado. Pásame esa botella de Larios.

Samuel: Tristán, ¿todo bien?

Tristán: Sí.

Contestó sin levantar la vista, mientras preparaba cinco cócteles en cadena. Los vasos de tubo, alineados con una precisión quirúrgica, tintineaban bajo sus manos grandes y seguras. Movía la coctelera con una naturalidad hipnótica: un giro de muñeca, un golpe seco, un brillo fugaz en sus antebrazos tensos.

Un grupo de chicas lo observaban desde el otro lado de

la barra, embobadas, como si verlo servir bebidas fuese un espectáculo en sí mismo y cada gesto, mínimo, contenido y elegante, tuviese algo de coreografía. La luz del local caía sobre su rostro y había en él una calma peligrosa, de esas que atraen incluso más que una sonrisa deslumbrante.

Tras la primera tanda de bebidas, el ritmo se fue relajando de forma paulatina y Samuel se ausentó de la barra para dar una vuelta por el local. Pensó que, de haber sido un cliente anónimo más, le hubiese encantado. Y al entrar habría dicho algo así como: «¡Esto es magnífico!» o «Joder, ¿a quién se le ha ocurrido esta idea?». Se sentía pletórico como un niño el día de su cumpleaños mientras se abría hueco entre la gente; en los espejos rotos que colgaban de las paredes, se reflejaba su sonrisa partida. Sonaba *The Model*, de Kraftwerk, y un grupo bailaba discretamente en un rincón. Todos los sofás estaban ocupados. Y en el centro del club se encontraba el protagonista de la velada: un rígido maniquí vestido con ropa futurista y una máscara de alienígena que tapaba su rostro. Dalia se paseaba alrededor del extravagante invitado con una cámara de vídeo en la mano y pedía a la gente que posase a su lado antes de preguntarles:

DALIA: ¿Cómo imaginas que será el mundo en 2023?

DESCONOCIDO TRES: ¡Uff! No sé... Yo diría que...

DESCONOCIDO CUATRO: ¡Lleno de robots y láseres!

DESCONOCIDO TRES: ¿Láseres? Venga ya, tío.

DESCONOCIDA CINCO: ¡Rosa! ¡Rosa y de algodón!

DESCONOCIDO TRES: Va borracha como una cuba.

DESCONOCIDO CUATRO: Yo creo que los coches funcionarán sin gasolina y que inventarán algún aparato para que puedas comunicarte con tus mascotas. Una especie de traductor que esté incorporado en la correa, ¿sabes lo que quiero decir? Y que el perro pueda decirte cosas como: «Necesito salir a mear» o «Tengo hambre».

DESCONOCIDA CINCO: Y luego soy yo la que va borracha.

Samuel se acercó a Dalia cuando el grupo se dispersó y ella dejó de grabar. Quiso abrazarla por detrás y besarle el cuello, pero lo detuvo la inexplicable certeza de que ella rechazaría el gesto; aunque se habían visto a lo largo de la semana para los preparativos de la fiesta, no habían vuelto a quitarse la ropa. Ella se había acurrucado junto a él un par de noches en la cama, eso sí, y también se habían dado algún que otro beso. Pero eran besos suaves. Eran besos anhelantes de cariño y no de sexo.

SAMUEL: ¿Qué estás haciendo?

DALIA: Grabar la inolvidable noche.

SAMUEL: Oye... Esto... Esto es... increíble. De verdad. No sé si eres consciente de lo que has conseguido y de lo que supone para nosotros...

DALIA: Bah, no tiene importancia.

SAMUEL: ¡Claro que la tiene!

Dalia no contestó y se dirigió a otro grupito.

DALIA: ¿Cómo imaginas que será el mundo en 2023?

DESCONOCIDO SEIS: ¿En treinta años? Es una tontería pensarlo. Está claro que todo terminará en el año 2000. ¡Pluf! La Tierra explotará y nosotros también.

DESCONOCIDA SIETE: Tan positivo como siempre, así es mi chico. (La joven se puso de puntillas para darle un beso rápido). Yo pienso que será similar al presente, no creo que la tecnología pueda avanzar mucho más. Estamos en el mejor momento de la historia. Por cierto, me encanta tu vestido, ¿dónde lo has comprado?

DALIA: No lo sé, fue un regalo.

La pareja se alejó a por otra copa.

SAMUEL: ¿Quieres beber algo?

DALIA: Sí, un plasma azul.

SAMUEL: Perfecto.

Samuel se abrió paso entre la gente para llegar hasta la barra. Max atendía con inusual simpatía a un grupo de chicas. Tristán se encargaba de los combinados especiales de la noche; pese a las apariencias, Samuel lo conocía lo suficiente para adivinar que, bajo el rictus serio, su amigo se sentía tan pletórico como él. La diferencia entre ambos era abismal en la expresión, no tanto en la emoción que canalizaban. Si recibían una buena noticia, Samuel silbaba, gritaba y armaba un escándalo, mientras que Tristán se limitaba a sonreír vagamente. Si se enfadaban, Samuel gesticulaba y bramaba, mientras que Tristán se mantenía estoico, y solo si te fijabas en la vena de su cuello podías intuir la ira que lo atravesaba. Si se entristecían, Samuel necesitaba tener gente a su alrededor y recibir consuelo; sin embargo, Tristán abrazaba la soledad con fiereza.

SAMUEL: Prepara un plasma azul para Dalia.

TRISTÁN: Bien. ¿Dónde está? (La buscó con la mirada).

SAMUEL: Va por ahí con una cámara de vídeo.

TRISTÁN: Dile a Abel que nos eche una mano.

SAMUEL: Creo que ha dejado la cinta puesta y se ha ido al baño con un tío o una tía, no estoy seguro. Dejémosle que disfrute diez minutos más.

TRISTÁN: Cuando salga del baño ya estará enamorado, y usará esa excusa para pasarse el resto de la noche en las nubes, medio atontado.

SAMUEL: Probablemente. (Se rio y cogió la copa).

La velada avanzó como una secuencia sin cortes ni guion; los actores secundarios conquistaron el local, había ruido, rostros difusos y diálogos cruzados. Se rompieron varios vasos, se derramó líquido en los sofás y alguien vomitó delante de la puerta.

Era la noche que Samuel había soñado: palpitante, rotunda y cargada de promesas. Por eso, cuando ya era incapaz de contar las cervezas que se había bebido, se subió a la barra, alzó los brazos como un profeta en medio de la multitud y anunció a voz en grito:

SAMUEL: ¡¿Habéis disfrutado de la noche?!

CLIENTES: ¡Sííí! (Hubo aplausos y vítores).

SAMUEL: ¡Pues, a partir de este momento, cada sábado se celebrará una fiesta diferente y épica! Pero, ¡recordad, lo que pase en El Club del Olvido se queda en el olvido! ¡Y, ahora, una copa gratis para todos a cuenta de la casa! ¡Vamos!

Entonces sí, el público enloqueció.

MAX: ¿Te has vuelto loco? ¡Mierda, Samuel!

SAMUEL: ¡Esas personas nos pertenecen! ¿Lo entiendes? Y vamos a cuidarlas como si fuesen nuestros hijos para que cada dichoso sábado estén delante de la puerta del local haciendo cola para entrar. No pienso dejar que se me escape ni uno de ellos.

TRISTÁN: Es inútil discutir. Al lío.

La madrugada se había colado como una sinuosa lombriz cuando el último cliente salió del local haciendo eses. Los cinco se quedaron a solas. El silencio se desplomó sobre ellos. Pese al cansancio, había cierta electricidad en el ambiente y les brillaban los ojos.

Samuel se sirvió una cerveza. Abel, sentado en un taburete, tenía restos de carmín en las mejillas. Max, dolorido, movía el cuello de un lado a otro. Tristán limpiaba la barra y miraba a Dalia de reojo, pensativo. Ella encendió la cámara de vídeo y los enfocó.

DALIA: ¿Qué os ha parecido la noche?

ABEL: (Tras una risita). Romántica.

TRISTÁN: Hay que mirar la caja.

MAX: Supongo que el meteorito puede esperar.

SAMUEL: ¡Ha sido la mejor fiesta de la historia! Y todo gracias a ti. Ya eres nuestra representante oficial. Ahora no puedes abandonarnos. ¡Eh, mírame!

Dalia bajó un poco la cámara y sonrió.

SAMUEL: Te pagaremos, claro.

MAX: Por encima de mi cadáver.

DALIA: Yo no quiero dinero.

Tristán clavó los ojos en ella.

TRISTÁN: ¿Y qué quieres?

DALIA: Nada. Todo. Esto.

MAX: La eterna princesa...

DALIA: Calla, Maximiliano.

ABEL: ¡Firmad una tregua!

Dalia volvió a enfocarlos bien.

DALIA: Y vosotros, ¿cómo imagináis que será el mundo en 2023?

SAMUEL: Divertido, caótico y más libre.

ABEL: Eso, libre y fácil, gracias a los robots.

TRISTÁN: Inconsistente. Melancólico.

MAX: Espero que estemos extinguidos.

Sus risas se entremezclaron. Y luego, otro silencio. Pero este era distinto: plácido, tibio, casi cómplice. Nadie quiso romperlo. Los cinco permanecieron suspendidos en él, como estrellas diminutas detenidas en la inmensidad serena del universo.

## 8

## MIENTRAS TANTO...

Mientras tanto o, más bien, unos días después, Dalia abrió los ojos. Era domingo. Pero no un domingo cualquiera. Era el primer domingo del resto de su vida y, aunque no pudiese argumentarlo, ella lo sabía. Así que nada detuvo su sonrisa cuando se puso un sombrero granate y se lanzó a las calles. Mientras caminaba, pensó que todo era igual pero distinto. Algunos días, el mundo le parecía absurdo e incomprensible: la idea de los edificios, el orden de la ciudad, las normas sociales y la existencia de objetos comunes, como un ventilador o una pinza para el pelo. Y se sentía fuera. Fuera de la realidad. Fuera de lo correcto. Fuera de sí misma. Percibía una especie de disociación confusa, como si su cabeza se alejase de su cuerpo; era similar al desconcierto que aparece al romper con una pareja tras años de relación y sentir, de pronto, que esa persona no solo te resulta ajena, sino extrañísima.

Pero aquella mañana no.

Aquella mañana, todo tenía sentido: los edificios, el orden de la ciudad, las normas sociales y los ventiladores o las pinzas para el pelo. Y ella, pequeña en la inmensidad, se reconoció como parte de un relato infinito. Su papel era modesto, sí, pero estaba deseando pronunciar cada una de las frases que le habían tocado en el guion con la entrega de quien entiende, al fin, que la vida es un escenario y el espectáculo comienza todos los días.

Lo vio a lo lejos, en el lugar habitual, y le sonrió.

DALIA: ¡Buenos días!

ANTONELLO: *Buongiorno, signorina!*

DALIA: Voy a la panadería. Te traeré un café y un cruasán.

ANTONELLO: ¿Cómo negarme a eso? *Grazie.*

Y ella cruzó la calle. En la escena no había presupuesto para música, pero en la cabeza de Dalia flotaba la voz de Gino Paoli cantando *Sapore di sale*, y entró en la panadería como podría haber entrado en un mar de aguas turquesas.

# 9

# BRILLOS Y ASTILLAS: LA FAMILIA

Ninguno de los cuatro se atrevió jamás a poner en duda que los domingos pertenecían a la familia. Cada uno, a la hora de la comida, debía estar en el salón de la casa donde había crecido, sentado a la mesa, delante del plato que se hubiese preparado ese día. En el caso de Samuel, solían ser lentejas. Y cada cucharada sabía a infancia y a todos los silencios que habitaban entre esas cuatro paredes.

Las conversaciones eran tan predecibles como los muebles que nadie había cambiado en los últimos treinta años. Entre el vapor del caldo y el tintinear de los cubiertos, se colaba un «¿qué tal ha ido la semana?» o un «¿estás comiendo bien? Te vas a quedar en los huesos como sigas así. Luego te llevas un poco de tortilla».

Si el padre abría la boca, Samuel sabía que lo que venía a continuación era una crítica. No podía situar en qué momento de su vida dejó de idolatrarlo y empezó a despreciarlo. De pequeño, pensaba que su padre era el más alto, el más fuerte, el más listo. Después, se abrieron grietas por las que rápidamente se colaron el desdén y la rabia. Cuando miraba a su madre, comprensiva, serena y dulce, no entendía qué hacía con un hombre como aquel. Como tampoco entendía que, habiendo sido él un hijo tan buscado y deseado, su padre lo juzgase con tanta dureza. Se preguntaba si, de haber tenido hermanos, las expectativas inalcanzables de su progenitor hubiesen estado más repartidas.

Al principio, cuando Samuel aún era niño, atacó su cabeza: «No vales para los estudios, eres incapaz de centrarte», «tu amigo Max sí que es listo, ya se te podría pegar algo de él», «¿no sabes cuál es la capital de Lituania?, ¿qué te enseñan en el colegio? Es Vilna». Después, atacó su forma de vestir: «Pareces una chica con esos pantalones tan ajustados», «¿cómo vas a encontrar un trabajo decente con esos pelos?», «¡lo que faltaba, una chupa de cuero!». Al final, ambos ataques se fusionaron y, frente a sus ojos, Samuel se sintió siempre juzgado tanto por dentro como por fuera. Todo él era una decepción.

Pero aquel día, no.

Aquel día, el sol brillaba como si estuviese relleno de cerveza, las nubes parecían trozos de algodón de azúcar, la resaca era menos molesta, los viejos muebles de la casa tenían su encanto y las lentejas le sabían a gloria.

MADRE: ¿Cómo ha ido la semana?

SAMUEL: Pues ya que lo preguntas, ha sido la leche. Este fin de semana, el club ha despegado. No os podéis imaginar la de gente que había allí. (Apartó un trozo de zanahoria que nadaba entre lentejas). Y todo fue... Todo fue perfecto.

MADRE: ¡Qué alegría! Si ya lo sabía yo, que mi niño podía lograr lo que se propusiese. (Miró al padre). Qué te parece, ¿eh? ¿No estás contento?

PADRE: ¿Cuánto tardaréis en recuperar la inversión?

SAMUEL: Bueno... (Dejó la cuchara a un lado). No estoy seguro. No es algo que pueda calcularse al milímetro y...

PADRE: Me aseguraste que habías hecho un plan de negocio.

SAMUEL: Estimado. Todo es estimado.

PADRE: ¿Sabes lo que significa esa palabra?

SAMUEL: Sé lo que significa esa puta palabra.

PADRE: ¡Si vuelves a hablarme así, te levantas de la mesa y te largas!

MADRE: Calmaos, por favor. No alcéis la voz. Los vecinos...

Se oyó un chirrido sordo cuando Samuel movió la silla hacia atrás.

SAMUEL: ¡Es que me está poniendo nervioso! ¡Llego de buen humor, cuento una noticia que cualquiera celebraría, y me sale con la mierda de siempre!

PADRE: ¿Y quién te prestó el dinero?

Samuel cogió aire e intentó serenarse.

SAMUEL: Lo sé, me lo recuerdas cada día desde entonces. Pero abrimos el local hace una semana, ¿puedes darme un poco de margen?

PADRE: Veremos si en dos meses sigue en pie un negocio sin ningún tipo de dirección. Ya di el dinero por perdido cuando te lo dejamos.

MADRE: Cariño, no seas tan duro.

SAMUEL: Tengo que irme. (Se levantó).

MADRE: Pero, hijo, si no te has terminado las lentejas.

SAMUEL: No tengo apetito.

Se dirigió al recibidor de la casa sin mirar atrás, con su madre pisándole los talones. Ya con la puerta abierta, ella lo abrazó antes de que pudiese escabullirse. Llevaba puesta su bata preferida, esa que estaba desgastada y olía a hogar. Samuel tomó aire antes de separarse y, luego, dejó que su madre lo peinase con los dedos, aunque era inútil intentar domesticar los mechones rebeldes.

Ella le sonrió con dulzura.

MADRE: Eres un buen chico.

SAMUEL: Debería irme ya...

MADRE: No le hagas caso a tu padre. Yo sé que irá bien. Confío en ti, ¿me oyes? Puedes hacer todo lo que te propongas, te lo tengo dicho.

SAMUEL: Gracias. (Tragó saliva).

Se lanzó a la calle como si llevase años sin pisarla. El día era nublado, pero, como siempre, él llevaba puestas las gafas de sol mientras daba una larga zancada tras otra. No soportaba tener que mantener el paso de las personas que tenía delante, nunca iban al ritmo adecuado. Giró a la izquierda. Continuó por esa dirección. Cruzó por un paso de cebra. Se desvió a la derecha. Enfiló una calle recta durante cinco minutos y atravesó el puente que dividía el barrio en dos. Ese puente, herrumbroso y decadente, se alzaba sobre una brecha en el terreno que separaba a las familias humildes de las que rozaban la pobreza. Él y Abel vivían en el lado que salía mejor parado. Tristán y Max, en el otro.

Allí, las casas eran viejas, de una sola planta, y parecían apiñarse unas sobre otras como dientes torcidos. Apenas había bloques de edificios, y los pocos que se habían alzado en un intento fallido de modernizar la zona tenían un aspecto descascarado, con cables colgando con languidez alrededor de sus fachadas sucias y grises.

La casa donde había crecido Tristán quedaba casi al margen del barrio. Era una vivienda modesta, construida a principios de siglo, con el tejado lleno de humedades. Aun así, Samuel sentía predilección por ese lugar que había sido un punto de encuentro desde que eran niños. La falta de una figura autoritaria había decantado la balanza. Él, Abel y Max tenían familias funcionales y corrientes, lo que, por extensión, implicaba reglas y orden.

A Tristán lo había criado su abuela.

Y a ellos, en cierto modo, también.

Cuando eran niños, todos la llamaban abu, se llenaban la panza con sus bizcochos de limón para merendar y disfrutaban haciéndola enfadar hasta que ella decía: «Estos chicos... Mal camino, ¿me oís? Mal camino». Y abrían sus cajones y se ponían las medias viejas en la cabeza mientras dos de ellos fingían ser ladrones y los otros hacían de policías, o jugaban a darle patadas al balón delante de la puerta de la calle.

Samuel se paró frente a esa misma puerta.

Tristán la abrió y se apartó a un lado para dejarlo entrar. Había dos habitaciones en la casa, la que compartía la abuela con su hermana melliza y la de Tristán. El salón, pequeño y con poca luz, estaba unido a la cocina: el compresor de la nevera nunca dejaba de emitir un molesto ronroneo, el hornillo de gas era antiguo y una pequeña cortina floreada ocultaba la bombona de butano naranja. Había tapetes de ganchillo en la mesilla y bajo figuritas y jarrones. Un crucifijo coronaba la estancia.

TRISTÁN: Es temprano.

SAMUEL: Soy incapaz de soportar a mi padre durante más de media hora.

TRISTÁN: Ya. ¿Cómo está tu madre?

SAMUEL: Como siempre, supongo.

Le bastaron dos pasos para llegar al sofá. La abuela de Tristán estaba allí sentada, frente al televisor pesado y tosco de pantalla abombada, con un vestido azul que cubría su cuerpo como si fuese una bolsa. A Samuel lo embargó la ternura. Era, en realidad, una emoción que lo visitaba en raras ocasiones. Él se movía bien entre la pureza de la alegría y la tristeza; sin embargo, no terminaba de sentirse cómodo en los matices de la melancolía y la desidia, la serenidad y la satisfacción. Pero esa mujer... Esa mujer representaba la bondad. Y, a los veintiséis años, Samuel ya había comprendido que el mundo no se dividía entre hombres y mujeres, ricos y pobres, locos y cuerdos, sino entre personas generosas y personas egoístas. De existir un reino habitado por la gente que pertenecía al primer grupo, él hubiese propuesto que su presidenta fuese la abu.

SAMUEL: Hola, abu. ¿Cómo estás?
ABUELA: ¿Eh? (Lo miró confusa).
SAMUEL: Soy yo, Samuel. ¿Me recuerdas?
ABUELA: Mmm... (Aguzó la vista y tardó un poco en contestar). ¡Samuel! Claro, claro... El más gamberro de todos. Mal camino... Mal camino.
SAMUEL: (Sonriendo). Eso dices siempre, sí.
ABUELA: Mmmm...

El televisor volvió a acaparar su atención.

TRISTÁN: María me ha dicho que ha pasado una mala noche.
SAMUEL: (Se palmeó los bolsillos). ¿Puedo fumar aquí o...?
TRISTÁN: Mejor en el patio. Vamos.

Los recibió el aire templado de la primavera. Mientras se encendía un cigarro, Samuel le echó un último vistazo a la abuela a través del cristal de la puerta. Por fuera, pese a las arrugas que iban sumando los años, parecía la misma. Por dentro, podía imaginar su cabeza cada vez con más agujeros, como un queso gruyer. Y el eco. Pensaba en el eco que producen los vacíos. De haber sabido recoger las palabras exactas y luego dejarlas ir, le hubiese gustado decírselo a Tristán. Pero a Samuel las palabras, como las emociones, se le escapaban y era incapaz de sostenerlas.

SAMUEL: ¿Los médicos qué dicen?
TRISTÁN: ¿Qué van a decir? Que es lo que hay.
SAMUEL: Ya, pero...
TRISTÁN: Es vieja. A nadie le importan los viejos.

SAMUEL: Esos médicos serán viejos algún día.

TRISTÁN: La vida es una ironía.

SAMUEL: ¿Y María cómo está?

TRISTÁN: Bien. Bastante bien.

Seis años atrás, María, la hermana melliza de la abuela, había enviudado. Desde entonces, vivía con ellos y se turnaba con Tristán para no dejarla sola. Los domingos, María solía quedar con las vecinas para jugar a las cartas o dar un paseo por el barrio. Hacía tiempo, aquel también había sido uno de los planes predilectos de la abuela, que decía: «Un ratito con las amigas es tan importante como tomar la pastilla para el corazón».

Samuel dio una calada tras otra mientras se fijaba en el lamentable estado del patio interior y, después, apagó la colilla en una maceta vacía. Cuando eran niños, aquel rincón estaba lleno de plantas que la abuela cuidaba; sus preferidas eran las dalias. Él recordaba a menudo, con sorprendente nitidez, a la mujer tendiendo allí la colada: cogía un pantalón, una camiseta o un calcetín de Tristán, lo estiraba, lo colocaba en la cuerda que atravesaba el patio de lado a lado y lo sujetaba con una pinza. Pero lo llamativo no era el qué, sino el cómo. Trataba las prendas con la misma devoción con la que trataba a su nieto. Había un amor profundo en aquel cuidado que, después, se volvió recíproco.

SAMUEL: Mañana he quedado con Dalia.

TRISTÁN: Bien. He hablado antes con Max.

SAMUEL: ¿Y le has hecho entrar en razón?

TRISTÁN: Sí, Max no es imbécil. Sabe que esa chica tiene buenas ideas, nos lo ha demostrado. Y nosotros estamos en la cuerda floja, no podemos fallar.

SAMUEL: Como si mi padre me dejase olvidarlo. Abrimos hace una semana y ya me ha preguntado cuándo vamos a recuperar la inversión.

Tristán: Si todo sigue así, será pronto.

Samuel: ¿De verdad lo crees? (Tomó aire).

Tristán: Invita a Dalia a la reunión del martes.

Samuel: Tristán... (dudó unos segundos), ¿tú qué piensas sobre ella?

Tristán: ¿Yo? Nada. No pienso nada.

Que era lo mismo que pensarlo todo.

Samuel: Vale. Le diré lo del martes.

Tristán: Bien.

Samuel mantuvo la mirada clavada en un balón deshinchado que dormía en una esquina del patio (¿cuánto tiempo llevaba allí?, ¿quién de los cuatro lo había chutado por última vez?) mientras meditaba sobre la manera en la que Tristán solía finalizar las conversaciones incómodas, con ese «bien» tiránico que contrastaba con la ligereza de la palabra. Si la perspicacia hubiese sido una de las virtudes de Samuel, habría deducido que el fondo de la cuestión, lo que su amigo necesitaba subrayar, era que todo estaba en orden y que él seguía sujetando las riendas con decisión.

Pero Samuel solo era capaz de pensar en la amargura que le generaba ese punto final de cuatro letras.

Era por el roce que se había producido entre ellos dos años atrás. Tras lo de Mónica, tan solo habían tenido ese otro percance.

Era Navidad. Hacía un día templado, aunque en la cabeza de Samuel estaba nevando y los copos danzaban en un vals lento. Había discutido con su padre durante la comida y los gritos eran cuchillos en el aire sobre la vajilla buena que su madre solo sacaba de la alacena en ocasiones especiales.

Se fue antes de tiempo, nervioso y entre aspavientos. Pensó en ir a casa de Max, pero no soportaba la idea de mirarse en aquel espejo que su padre tanto alababa. Luego, estuvo a punto de recurrir a Abel, pero tampoco era fácil enfrentarse al ambiente festivo de su casa, con todos esos hermanos que formaban una gran familia de sólidos pilares. Así que cruzó el puente que conducía al otro lado para refugiarse en Tristán.

La Navidad allí era precaria, y las luces que colgaban de un diminuto árbol parecían titilar más de cansancio que de alegría. La televisión estaba encendida. La abuela y María ocupaban su lugar habitual en el sofá. Recibieron a Samuel con cariño y le ofrecieron pastas y café. Él aceptó una rosquilla de anís por cortesía. Un rato más tarde, tumbado en la cama de Tristán, le dio una calada al cuarto cigarrillo que se había encendido en media hora, tosió y el humo flotó sobre él.

TRISTÁN: Deberías dejar esa mierda.

SAMUEL: Jamás. Es mi placer favorito.

TRISTÁN: No te olvides de la cerveza.

SAMUEL. Cierto. Y las dos cosas van de la mano. ¿Qué es una cerveza sin un cigarrillo? ¿Qué es un cigarrillo sin una cerveza? Cosas huérfanas.

Sentado a los pies de la cama, Tristán resopló y dejó a un lado el libro que había estado hojeando. Tenía docenas de ellos. Para Samuel, todos eran iguales: páginas y páginas llenas de ficciones que entorpecían la vida real. Le ocurría lo mismo con las películas; sobre todo cuando montaban el cine de verano en el barrio y Tristán se empeñaba en ir casi a diario, aunque solo pusiesen clásicos. Lo que intrigaba a Samuel era que alguien fuese feliz siendo un mero espectador, en lugar de necesitar vivirlo en su propia piel. ¿Qué tipo de magia era aquella? ¿Cómo podía hablar durante horas de una mentira y sentirla como si fuese cierta?

TRISTÁN: ¿Qué es lo que ha pasado?

SAMUEL: Lo de siempre. Ya sabes cómo es mi padre: el perfecto militar. Te juro... (Dio otra calada). Te juro que lo odio. Es por su forma de hablar, ¿sabes?, ese puto tono que me hace sentir como un fracasado. No te imaginas lo que es.

TRISTÁN: Supongo que no. (Distraído, deslizó un dedo por la cubierta del libro, en la que se veía la figura de un niño frente a un pueblo de casas recubiertas de nieve y donde Samuel pudo leer el nombre del autor: Dylan Thomas).

SAMUEL: Tienes suerte de no tener padres.

El dedo de Tristán se detuvo de golpe sobre una de las letras del título. Alzó la cabeza hacia él. El invierno que Samuel recordaba, aquellos copos de nieve que danzaban en el aire, estaba dentro de los ojos de su amigo.

TRISTÁN: Nunca vuelvas a decir eso.

SAMUEL: Oye, tío, yo... no quería...

Tristán se puso en pie y respiró hondo.

SAMUEL: No lo haré. Lo siento.

TRISTÁN: Bien.

Aquel «bien» tiránico.

# 10

# TRES DE AZÚCAR

No estaba acostumbrado a tener citas a plena luz del día, pero pensó que aquella heladería era un lugar apropiado para la ocasión. La primavera caía sobre ellos, con sus flores abriéndose entre brotes verdes, y la terraza era acogedora.

Él pidió un helado de vainilla y Dalia, de fresa.

Ella lo atacó sin miramientos, una cucharada tras otra. Había algo profundamente sensual en su forma de lamer el cubierto de plástico. Su boca. Su lengua. Sus labios.

Todo desembocaba en el deseo.

DALIA: Deja de mirarme así.

SAMUEL: ¿Cómo te miro?

DALIA: Como lo haría un presidiario que acaba de conseguir su primer permiso de fin de semana y lleva años sin ver a una chica comerse un simple helado.

Samuel se rio, levantó la tarrina y pasó la lengua por el borde para recoger las gotas derretidas.

SAMUEL: Es posible. Pero es que... Fresa. Curioso.

DALIA: No tiene nada de curioso.

SAMUEL: Pensaba que la gente dejaba de pedir helado de fresa a partir de los diez años. Es una de esas reglas no escritas que todo el mundo conoce.

DALIA: Me irritan las reglas.

SAMUEL: Te irritan las reglas.

DALIA: ¿Ahora eres un loro?

SAMUEL: Un loro presidiario.

Por un instante, Samuel tuvo la impresión de que a Dalia le molestaba la futilidad de la conversación. Se devanó los sesos intentando dar con algo sustancial que decirle, pero no se le ocurrió nada, y respiró aliviado cuando ella habló de nuevo.

DALIA: ¿Sabes? Me recuerdas a Mick Jagger. No solo es físico, también por la actitud. Todo ese aire provocador y frenético, un poco rebelde sin causa.

SAMUEL: ¿Te gustan los Rolling Stones?

DALIA: Incluso más que el helado de fresa.

SAMUEL: No te pega. Aunque, ahora que lo dices, tú también tienes algo de Marianne Faithfull. Fue su musa o algo así, ¿no?

DALIA: ¿Musa? Colaboró en varias canciones, pero a menudo los hombres tienen problemas de ego y estupidez en lo referente al talento femenino.

SAMUEL: (Frotándose la cara). Sí, es posible.

DALIA: La vida es injusta, ¿no te lo parece?

SAMUEL: Depende. No siempre. (Se inclinó hacia ella). A mí no me asusta tu talento. De hecho, como te dijimos el sábado, nos gustaría que formases parte del club. Podríamos contratarte o acordar un porcentaje. ¿Qué es lo que quieres?

Dalia sonrió, dejó el helado a un lado y cogió un cigarro de la cajetilla de Samuel. No fumaba a diario, de eso él se había dado cuenta, pero cuando lo hacía parecía disfrutar del proceso previo más que de la meta: se lo llevaba a los labios con cierta dejadez, contemplaba la llama del mechero y lo encendía despacio. Luego, le gustaba mantener el cigarrillo entre los dedos y dejar que se consumiese y que las volutas de humo flotasen sobre ella como jirones de secretos dormidos.

DALIA: Quiero que mis opiniones valgan tanto como las vuestras. Y nada más. No me interesa el club, sino la idea del club.

SAMUEL: No sé si lo estoy entendiendo...

DALIA: Pues es sencillo. (Tiró la ceniza).

SAMUEL: ¿Qué ganas tú?

DALIA: Formar parte de algo.

SAMUEL: Ya, claro, pero...

DALIA: Recuerda lo que dijo Max: solo soy una chica mimada que se aburre y a la que le encanta divertirse con extravagancias. Además, deseo irme cuando me apetezca, nada de ataduras y responsabilidades.

SAMUEL: Nadie iba a encerrarte en...

Ella no le dejó terminar.

DALIA: Esas son mis condiciones.

Samuel disimuló su desconcierto, pero no con la suficiente rapidez como para que ella no advirtiese que apenas había entendido nada. Después, como tantas otras veces había hecho frente a un ejercicio de matemáticas, se rindió.

SAMUEL: Vale. Tu opinión será importante, una más.

DALIA: ¿A los otros les parece bien? (Desvió la mirada). Porque sé que he sido un poco impulsiva y entiendo que tengáis reservas, no me gustaría ser un problema.

SAMUEL: Claro, están al tanto de todo.

Pese a sus palabras, ella se mostró melodramática.

DALIA: Solo le caigo en gracia a Abel...

SAMUEL: (Dejando escapar una risita). No quiero ser cruel, pero Abel es fácil de conquistar. Digamos que es camaleónico, se adapta a todo.

DALIA: ¿Defecto o virtud?

SAMUEL: No tengo ni idea. Así que... (apartó a un lado la tarrina vacía del helado) mañana nos reunimos para hablar de la siguiente noche temática.

DALIA: ¿A qué hora?

SAMUEL: A las cinco.

DALIA: Perfecto. Allí estaré.

Lanzó la colilla con estilo, trazando un arco en el aire. Después, se levantó y se ajustó el vestido: era de un verde que recordaba al musgo húmedo del otoño.

DALIA: Ahora necesito tu ayuda.

SAMUEL: Claro. (Se puso en pie).

DALIA: Vamos.

Y caminó calle abajo como si la impulsase una corriente de aire, sin molestarse en comprobar si él la seguía. El bolso de tela golpeaba su cintura a cada paso que daba y Samuel no podía apartar la vista de ella.

Paró en seco cuando llegaron a un parque. Un puñado de niños con voces estridentes jugaban en los columpios, algo más allá. Dalia alzó la cabeza y miró las ramas trenzadas de un árbol. La luz, oblicua y suave, se colaba entre los huecos.

DALIA: Necesito comida para mis gusanos.

SAMUEL: ¿Qué?

DALIA: Comida. Gusanos.

SAMUEL: Ya, vale, es que me ha sorprendido.

DALIA: Les gustan las hojas de las moreras.

SAMUEL: Eso lo sé.

DALIA: ¿Crees que podrías trepar?

Despertó su lado fanfarrón.

SAMUEL: ¡Pues claro! ¿Por quién me tomas?

Se agarró de una rama gruesa y se balanceó hasta que logró subir los pies al tronco. Arrancó unas cuantas hojas que formaron una alfombra en el suelo de gravilla. Dalia, impasible, lo observaba desde abajo.

DALIA: ¿Y esa de allí?
SAMUEL: ¿Qué?

Con ella, a menudo tenía (y tendría) la sensación de quedarse sin palabras y, aturdido, recurría a un torpe «¿qué?» que parecía indicar que no oía bien.

DALIA: La hoja de la última rama parece jugosa.
SAMUEL: ¿Me estás tomando el pelo?
DALIA: No. En absoluto.
SAMUEL: Está muy alta.
DALIA: Vale, déjalo.
SAMUEL: No, bueno, oye, espera... (Lo dijo de forma atropellada). Creo que puedo llegar.

Se sujetó a otra rama y cambió el punto de apoyo, pero tuvo que ponerse de puntillas para alcanzar la ansiada hoja.

SAMUEL: ¡La tengo! ¡Ya la tengo!
DALIA: Fantástico. Gracias.

Mientras descendía por el árbol, Samuel pensó que nadie le había dicho antes esa palabra, con esa entonación vibrante. «Fantástico». Fan-tás-ti-co. En los labios de Dalia, daba la impresión de que cada sílaba tenía reflejos multicolores. Imaginó cómo sonaría en boca de su padre: un «fantástico» seco y duro. Un «fantástico» imposible.

SAMUEL: ¿Contenta?
DALIA: Hasta la médula.

Samuel: Me sorprenden las cosas que te hacen feliz: un helado de fresa, hojas de morera, la idea de formar parte de algo...

Dalia guardó la última hoja en su bolso y levantó la mirada hacia él.

Dalia: Todo bastante ordinario. ¿Y a ti qué te hace feliz?

Samuel: ¿A mí? Pues... (Suspiró). No lo sé. Estar con los chicos. El fútbol. Divertirme. Ir de pesca, de vez en cuando. La cerveza.

Dalia: Es impresionante.

No llegó a discernir si ella estaba siendo irónica o hablaba en serio. Atravesaron el parque, los gritos de los niños quedaron atrás, y salieron a una avenida llena de tráfico.

Samuel: ¿Qué haces ahora?

Dalia: Nada en concreto. ¿Por qué?

Samuel: Me preguntaba si te apetecería venir conmigo a casa. Creo que los demás no llegarán hasta tarde y, bueno, ya sabes, podría ser divertido...

Dalia: No hay que mezclar placer y trabajo.

Samuel: (Riéndose). Eso es una tontería.

Dalia: Escucha... (Se colocó un mechón de pelo detrás de la oreja). Nos lo pasamos bien aquella noche, pero no tiene sentido seguir alargándolo. Ahora podemos ser algo mejor: amigos. Buenos amigos. De los que acaban sabiendo cuánto azúcar le echa el otro al café y pueden comunicarse con la mirada en mitad de una fiesta.

Samuel: Ya. Esto es un «no eres tú, soy yo».

Dalia suspiró y retomaron el paso.

Dalia: ¿Una o dos de azúcar?

Samuel: Tres cucharadas.

Dalia: Guau. Qué cosas.

## 11

## LA PICOTEADORA DE ESTÍMULOS

MAX: No me puedo creer que llegue tarde a la primera reunión. Y me parece bien que decida no cobrar si va a tomárselo tan poco en serio. Es inadmisible.

ABEL: Inadmisible. (Soltó una risita).

SAMUEL: Son las cinco y tres.

MAX: Me gusta la puntualidad.

TRISTÁN: Ten más paciencia.

MAX: Es que me repatea la gente como ella. Esa gente que se aburre a pesar de tenerlo todo, así que, claro, pueden permitirse ir por ahí picoteando estímulos. Es un poco, ¿cómo decirlo?, humillante. Sí, creo que esa es la palabra y...

Dejó de hablar cuando sonó el timbre.

Dalia apareció cargada con una caja de zapatos y un disco de vinilo. Los saludó con alegría, colgó el bolso del perchero y dejó las cosas sobre la mesa. No preguntó antes de poner el vinilo en el tocadiscos. Una balada italiana se coló en el salón.

MAX: ¿Qué narices está sonando?

DALIA: Riccardo Cocciante. No lo conoces.

ABEL: ¿Y por qué la caja está agujerada?

DALIA: Es que los gusanos tienen que respirar.

ABEL: ¿Qué?

SAMUEL: Sus mascotas.

MAX: ¿Tan cabrón fui en otra vida?

DALIA: ¿Os importaría que los dejase aquí? Solo serán unos días. Es que mi madre... (gesticuló con las manos), ya sabéis, odia a todos los animales, a menos que puedan convertirse en un abrigo, claro, y últimamente está un poco quisquillosa.

MAX: Por encima de mi cadáver.

SAMUEL: Pueden estar en mi habitación.

ABEL: O en la mía. (Se levantó del sofá).

DALIA: Perfecto. Gracias, chicos.

Max se pellizcó el tabique nasal y respiró hondo.

MAX: ¿Podemos empezar ya con la reunión?

SAMUEL: Venga, vamos al lío. (Le dio un último trago a su lata de cerveza, la aplastó y se levantó a por otra). ¿Cuál es el primer punto del día?

TRISTÁN: Llevas tres cervezas y son las cinco.

SAMUEL: El alcohol me despierta las ideas.

Tristán le dirigió una mirada larga, pero no comentó nada más y se mantuvo de pie, como de costumbre, junto a la ventana. El disco daba vueltas, los demás se acomodaron en los sofás, y Abel cogió un bolígrafo y una libreta para anotar. El gato, que hasta entonces no había hecho acto de presencia, apareció y se acurrucó junto a Dalia.

DALIA: Me gustaría hablar de la decoración.

MAX: Lo importante es decidir qué hacer el sábado.

DALIA: Ya. Pero la semana pasada acordamos que había que darle un aire distinto al local y creo que es algo que no debemos dejar de lado. La estética es crucial.

SAMUEL: Colgamos algunos espejos rotos...

DALIA: Tres. Fue un acto casi simbólico.

TRISTÁN: Es un asunto pendiente del que nos ocuparemos más adelante. Para que lo entiendas: no tenemos pasta. Si el negocio funciona, se tendrá en cuenta.

DALIA: Propuse cosas que eran más una cuestión de ingenio que de dinero. Puedo hacer una lista para que lo discutamos en la próxima reunión.

TRISTÁN: Bien.

Aquel «bien» que daba el tema por concluido.

ABEL: Pensemos en la temática de la fiesta.

MAX: Vale. ¿Alguna otra idea ridícula?

SAMUEL: ¡Una noche de época!

ABEL: Uff, no lo veo claro...

SAMUEL: ¡Noche de los ex!

ABEL: ¿Y en qué consiste?

SAMUEL: Hay que llevar a tu ex de acompañante.

MAX: Pero ¿quién narices haría eso? Por Dios...

SAMUEL: ¿Por qué no propones tú algo?

TRISTÁN: ¿Y una noche de poesía?

ABEL: No podemos permitir que la gente se duerma en los sofás, tienen que consumir copas y pasárselo en grande. La palabra «poesía» está prohibida en el club.

SAMUEL: ¡Noche de niebla!

ABEL: ¿Llenarlo todo de humo?

SAMUEL: ¡Sí! Bailar así a ciegas.

ABEL: No sé si le pillo la gracia...

MAX: Una fiesta de nombres falsos.

SAMUEL: ¿Qué quieres decir?

MAX: Nadie puede revelar su nombre y hay que inventarse una identidad falsa. Puedes ser quien quieras durante una noche.

DALIA: ¡Me encanta!

Todos los ojos se posaron en Dalia.

DALIA: ¿Por qué me miráis así? La idea de Maximiliano es fantástica. Tiene gancho, da juego y es imaginativa. Será divertido.

MAX: ¿De verdad lo crees?

DALIA: Mi voto es un sí.

SAMUEL: No sé, no sé...

ABEL: A mí me convence.

TRISTÁN: Bien.

Abel anotó en la libreta algunas sugerencias para los panfletos que repartirían, que iban desde «¡La noche de la liberación, sé quien quieras ser!» hasta «Diseña tu identidad soñada». Tristán se ofreció voluntario en lo referente a los cócteles y acordaron que, a las ocho de la tarde del jueves, harían una cata entre ellos. Max se despidió con prisas. Y Dalia, que aquel día había estado sospechosamente callada, se quedó sentada en el sofá, con aire ausente, mientras le regalaba caricias al gato.

TRISTÁN: ¿Puedo?

DALIA: ¿Qué? Perdona.

TRISTÁN: Los gusanos.

DALIA: Ah, claro, ábrela.

Con la cuarta cerveza en la mano, Samuel se inclinó hacia delante para ver el contenido de la caja, pero Tristán la mantenía en un ángulo que apenas dejaba a la vista una esquina en la que había algunos gusanos, todos aún pequeños y de color oscuro. Los ojos invernales de su amigo los observaron con aparente indiferencia, pero Samuel estaba convencido de que se había detenido en todos y cada uno de ellos. Pasado un minuto de silencio, volvió a colocar la tapa en su lugar y dejó la caja en la mesa.

TRISTÁN: Yo también me marcho.

SAMUEL: ¿Tan pronto? Tómate algo.

Tristán: No. Hasta el jueves.

La puerta se cerró con un golpe seco.

Samuel: Siempre ha sido rarito.

Dalia: ¿Y así de serio?

Abel: Quizá. (Cerró la libreta). Pero sabe divertirse si se relaja.

Samuel: Es algo que ocurre dos veces al año.

Abel: Cuando coge confianza, con suerte.

Samuel: Oye, ¿vamos a tomar algo?

Dalia: Vale. ¿Y me acompañas a por hojas?

Abel: No sé de qué estáis hablando, pero me apunto.

## 12

## CATA PRIVADA

Todo estaba preparado a las ocho de la tarde. Tristán había dispuesto los cócteles en la mesa del salón y empezó a explicar la idea de ambos. El primero tenía una base de ron y zumo de naranja, se llamaba ser. El segundo, de color más oscuro, recibía el nombre de enigma. Samuel cogió un vaso y dio un sorbo largo.

Samuel: Me gusta. Pero...

Tristán: Sigue. (Parecía impaciente).

Samuel: ¿No crees que los nombres son...?

Abel: ¿Poéticos? Dijimos que nada de poesía.

Tristán: En absoluto. Además, ¿qué importa eso? (Esperó mientras los demás probaban los cócteles). De hecho, creo que deberíamos tener una carta fija. Quizá, de vez en cuando, meter alguna novedad, pero no podemos hacer todo esto cada semana, no es realista. Lo que me lleva al tercer cóctel... (Se levantó, cogió un termo de la nevera, lo agitó y sirvió el contenido en un vaso). Quiero que lo pruebes tú, Dalia.

Ella lo miró con extrañeza, pero no dudó en saborear el líquido rosado. Probablemente, pensó Samuel, nunca cuatro hombres habían contemplado unos labios con tanta diligencia y sin segundas intenciones, por lo que fueron testigos de cómo se curvaban hasta dibujar una pequeña sonrisa cohibida.

DALIA: Un cosmopolitan perfecto. Dulce y afrutado.

Tristán respiró hondo, como si hubiese estado conteniendo el aliento, y se apresuró a servir un poco a los demás, que lo probaron de inmediato.

SAMUEL: ¿Esto lleva alcohol?
TRISTÁN: Vodka, pero poco.
ABEL: Es suave. Me gusta. Estoy cansado de las bebidas que te queman la garganta. Tienes razón, deberíamos diseñar una carta fija e incluir el cosmopolitan.
MAX: Estoy de acuerdo.
SAMUEL: Pues no se hable más.
TRISTÁN: Bien.

Samuel sirvió otra ronda.

DALIA: Tenemos que comprar copas.
MAX: ¿Copas?
DALIA: Sí, no todo van a ser vasos de tubo.
TRISTÁN: No tenemos presupuesto.
DALIA: De segunda mano. ¿No vais a mercadillos los domingos? Venden de todo.
MAX: No sabía que las princesas iban a mercadillos.
DALIA: Maximiliano, lo retro está de moda.
MAX: Ah, es verdad, el punto débil de los ricos: tener algo exclusivo y único, aunque sea una escobilla de baño que usó un ganadero a mediados de siglo.
DALIA: Exactamente.

Los otros tres se rieron y la tensión se disipó.

Dalia: Pero lo digo en serio. Copas, como en las películas. Aspiremos a algo grande, tipo Studio 54 o Le Palace, nada de fijarnos en lo que hace el bar de enfrente.

Tristán: Poco a poco.

Entre cóctel y cóctel hicieron un repaso rápido de la semana. Los panfletos estaban impresos y Abel y Samuel los habían colgado y repartido esa misma mañana. Max había hecho un nuevo pedido al distribuidor, y esperaban una noche de viernes tranquila antes de la fiesta del sábado.

Dalia: ¿Cómo os conocisteis?

Max: Oh, empiezan las batallitas.

Abel: En el colegio, cuando teníamos cinco años. Samuel y yo ya éramos amigos, su madre compraba en la frutería de mis padres, que le apartaban las peras más maduras para el niño...

Samuel: Me gusta que estén blanditas.

Abel: Le gustan blanditas. (Se rio, algo achispado). Y ese año, coincidimos los cuatro en la misma clase. No sé cómo ocurrió, pero nos volvimos inseparables.

Tristán: Bueno, Max se movía entre dos grupos.

Samuel: Es verdad. A veces, desaparecía.

Max: ¿Qué puedo decir? Era muy popular.

Tristán: O poco dado a la fidelidad...

Max: Me aburría. Te recuerdo que apenas hablabas.

Dalia: ¿Tristán no hablaba?

Tristán: ¡Claro que hablaba!

Abel: Decía «sí» y «no».

Max: En los días buenos.

Tristán: ¡Eso es mentira! ¿Qué se puede hablar a los cinco años? Chutábamos la pelota o jugábamos a pillar. Nadie tenía charlas trascendentales.

Samuel: Al principio, creía que era mudo.

Tristán: Qué gracioso. (Le lanzó un cojín).

Abel: En resumen, al final Max se dio cuenta de que su otro grupo era un muermo y no nos hemos separado desde entonces. (Bebió un trago largo). Ahora tú.

Dalia: ¿Yo?

Abel: Sí, aún no te conocemos.

Ella soltó una risa tintineante.

Dalia: No se puede conocer a alguien así, como si fuese una entrevista de trabajo. Es una cuestión de tiempo y roce. (Se había quitado los zapatos y tenía las piernas dobladas a un lado). ¿Qué queréis que os diga? Si, total, siempre hay un abismo insalvable entre lo que la gente afirma ser y lo que realmente es.

Abel: ¿Estudias? ¿Trabajas?

Dalia: No me has escuchado.

Max: Estudia, claro, ¿qué duda hay? Y será algo así como Publicidad o Psicología. Me apuesto lo que llevo en los bolsillos.

Samuel: Nunca llevas suelto encima.

Abel: O trabaja en la empresa familiar.

Dalia: Está bien, os diré algo que es verdad y, vosotros, a cambio, podríais contarme cómo nació la idea de abrir El Club del Olvido.

Abel: Veamos quién tiene razón.

Dalia: Ninguno. Estudio italiano.

Samuel: ¿Italiano?

Max: ¿En la universidad?

Dalia: No. Por mi cuenta.

Abel: ¿Para qué?

Dalia: Porque me gusta.

Abel: Pero ¿de qué sirve?

Tristán: Menudo interrogatorio.

Tristán se levantó y se fue al cuarto de baño.

Samuel: ¿Qué mosca le ha picado?

Max: Tiene unos veintitrés días malos al mes.

Hubo algunas risitas mientras servían la última ronda. Dalia rechazó su copa y Samuel se la apropió. Cuando regresó, Tristán se quedó de pie junto a la ventana.

Dalia: Os toca. ¿Cómo surgió el club?

Abel: No tiene ningún misterio. Los cuatro hemos trabajado en bares y decidimos arriesgarnos y probar por nuestra cuenta.

Max: Para ser exactos, fue idea de Samuel.

Tristán: Lo habían despedido. Otra vez.

Samuel: La gente cada día es más puritana.

Abel: Bebía tanto en el trabajo que no salía rentable.

Samuel: A ver, es imposible seguir las conversaciones de los clientes si no estás al mismo nivel...

Max: ... de ebriedad.

Abel soltó una carcajada.

Samuel: Y, además, del último curro me echaron por aquel desliz. No fue culpa mía. Ella era muy persuasiva. Yo solo... me dejé llevar.

Max: Se tiró a la hija del jefe.

Abel: En el baño del bar.

Samuel: Culpable.

Tristán: En realidad... (sin mirarlos, dio unos golpecitos en la ventana con los nudillos), todo fue por lo que dijo Elena cuando le echó las cartas, ¿recordáis?

Dalia: ¿Quién es Elena?

Abel: Una gran tarotista.

Max: Sí, y nuestra casera.

Samuel: Aquel día estaba triste, así que fui a verla y me salió la carta del sol. Me dijo algo así como: «Si das un paso al frente, el éxito llegará».

MAX: Y horas después, borracho, soltó: «¿Por qué no montamos un club de copas?».

TRISTÁN: Hablando de Elena, ¿hemos pagado el mes de abril?

SAMUEL: No.

ABEL: No.

MAX: No.

Tristán se alejó de la ventana.

TRISTÁN: Bien. Pues este es un momento tan bueno como otro cualquiera para hacerlo. Abel, ¿tienes tú la pasta?

MAX: Iré yo.

DALIA: ¿Puedo conocerla?

MAX: No.

SAMUEL: ¿Por qué no? A Elena le encantará. (Se levantó). De hecho, ¡vayamos todos! Será divertido. Le contaremos el plan para la noche del sábado.

DALIA: ¿Ella también está al tanto del club?

SAMUEL: ¡Claro! Ahora lo entenderás.

## 13

## LA TAROTISTA

Samuel disfrutó ante el desconcierto de Dalia cuando enfilaron la calle del club y pararon en el portal de al lado. Llamaron al primero. No contestó nadie por el telefonillo, pero, unos minutos después, una mujer se asomó al balcón, enfundada en su bata de seda negra como si fuese la reina de la noche, y su mirada osciló de uno a otro hasta detenerse en la joven rubia. No dijo nada, pero volvió dentro y abrió la puerta.

No había ascensor. Subieron por las escaleras.

La casa olía a incienso y a guiso de carne. Encontraron a Elena en la cocina, guardando algo en la nevera. Llevaba el pelo largo, suelto, y se movía con una gracia particular que rozaba la seducción. En cualquier caso, resultaba cautivadora.

ELENA: Por lo que veo, hay novedades.

MAX: Ella es Dalia. La chica del club.

DALIA: Encantada.

Había un brillo en los ojos de Dalia que Samuel no había visto hasta entonces. Se dijo que podían pasar dos cosas: que ambas mujeres se repeliesen de inmediato o lo contrario, que conectasen de una forma especial. La balanza se decantó hacia la última opción en cuanto intercambiaron dos miradas, una sonrisa y tres palabras.

ELENA: ¿Qué queréis beber?
SAMUEL: ¿Tienes cerveza?
ELENA: Sabes que no. ¿Té?
SAMUEL: Dios mío...
MAX: Tomará un té, sí.

Samuel no pudo esquivar a tiempo la colleja que le dio Max. Los cuatro se acomodaron en el salón, pero Dalia decidió quedarse con Elena en la cocina mientras la tetera estaba al fuego. Las voces femeninas se convirtieron en susurros lejanos.

ABEL: Parece que se llevan bien.
TRISTÁN: Sí, recuerda dejar el dinero.

Abel contó los billetes antes de depositarlos en la mesa auxiliar, donde había un teléfono, una agenda, un calendario de anillas y varias piedras de cuarzo rosa. Cogió una de ellas y jugueteó lanzándola y atrapándola al vuelo.

MAX: ¡No hagas eso! Puede romperse.
ABEL: Es una piedra, Max.
MAX: ¿Y? Déjala ahí.

Samuel soltó un silbido.

SAMUEL: ¿Cuánto tiempo hace que no te diviertes con nadie? Estás irritable, tío. Te iría bien relajarte un poco. Fíjate, tienes la mandíbula tensa...
MAX: Cierra la boca.

Elena y Dalia aparecieron en el salón, que estaba decorado con mimo: había cuadros de artistas emergentes en las paredes, arcos que separaban las estancias, largas cortinas, curiosos frisos de arabescos vegetales y mesillas doradas de estilo marroquí. Las antigüedades que coleccionaba la tarotista contrastaban con el aire innovador del lugar.

Ningún hogar se parecía a aquella casa.

Y ninguna mujer se parecía a Elena.

La amistad que los chicos mantenían con ella era difusa pero cálida, como una luz de baja intensidad que logra que una habitación se vuelva acogedora.

Fue Max quien vio el anuncio del piso y contactó con ella. La mujer quiso conocerlos, y Samuel recordaba perfectamente la peculiar reunión que mantuvieron en aquel mismo salón. Les preguntó si alguno fumaba, bebía o tenía por costumbre organizar fiestas. Respondieron las tres cuestiones de forma afirmativa. Quiso saber qué edad tenían, qué les gustaba hacer en sus ratos libres y, lo más sorprendente, si tenían algún sueño. Samuel y Abel fueron incapaces de contestar, pero Max dijo: «¿Sueños? Qué estupidez. Con suerte, estaremos aquí mañana, el resto de la semana y el mes que viene».

En un primer momento, Samuel pensó que hablaba del alquiler, pero, por la mirada inquisitiva de Elena, dedujo que la conversación había tomado otros derroteros. Por alguna razón, el incorregible lado nihilista de Max la conquistó, así que salieron de allí con un contrato de alquiler.

Luego, mes a mes, la relación creció.

Elena siempre estaba en casa; por eso agradecía la visita para el pago mensual. Les servía té y pastas. Con el paso del tiempo, se animó a echarles las cartas y a hablarles de los artistas que admiraba y que vestían las paredes del apartamento. Y ellos también fueron abriéndose en lo relativo a sus vidas y dejando migajas aquí y allá como pajarillos perdidos. Hasta el día que comentaron el asunto del club.

Elena: ¿Qué tipo de local buscáis?

Max: Algo que sea manejable, pequeño.

Abel: El problema es el presupuesto.

SAMUEL: Y la zona. Que sea buena.

ELENA: Creo que sé lo que necesitáis.

Una semana más tarde, firmaron el contrato. El precio era irrisorio, aunque dentro había bastante trabajo que hacer y tuvieron que encargarse de los seguros y permisos. Si la idea funcionaba, valorarían la posibilidad de comprar el local y, entonces sí, se tomarían la molestia de reformarlo y de cambiar la instalación eléctrica, que era antigua.

ELENA: ¿Azúcar o sacarina?

TODOS: Azúcar. (Al unísono, con la excepción de Tristán).

Dalia dejó en la mesa auxiliar la bandeja con las tazas y las pastas, Elena se adueñó de la tetera. Sirvió el líquido humeante con cuidado y el aroma vagó por el salón.

DALIA: (Mirando a Samuel). ¿Tres de azúcar?

SAMUEL: Exactamente. (Sonrió satisfecho).

DALIA: Los demás, servíos vosotros.

ABEL: ¿Por qué él tiene trato de favor?

DALIA: No sé cuántas tomáis el resto.

ABEL: Dos.

MAX: Una.

TRISTÁN: Ninguna.

DALIA: ¿Ninguna? ¿En serio?

TRISTÁN: Sí.

DALIA: Una vida gris.

Tristán la atravesó con la mirada, pero Elena interrumpió la escena al golpear su taza con la cucharilla. Les pidió que le contasen todos los avances que habían tenido lugar en El Club del Olvido y Max tomó la palabra mientras los demás engullían galletas de mantequilla.

Elena: Así que habéis tenido un golpe de suerte. (Mantuvo la vista fija en Dalia).

Dalia: Ha sido un trabajo en equipo.

Elena: Ya veo.

Tristán: Te hemos dejado ahí el dinero.

Elena: Gracias. (Bebió un sorbo de té).

Samuel: ¿Por qué no le echas las cartas a Dalia?

Dalia: Oh, no, no. Mejor no.

Una de las cejas de Elena se arqueó con suavidad.

Elena: ¿No? ¿Estás segura?

Dalia: Sí. (Se rio, nerviosa).

Max: Vaya, vaya. (Sonrió con malicia), ¿quién iba a adivinar que eras una chica supersticiosa? Así que te da miedo. Interesante.

Dalia: Nada me da miedo.

Max esbozó una mueca burlona.

Max: Tranquila, será nuestro secreto.

Elena: Max, no seas impertinente.

Max: No lo estoy siendo. Lo digo en serio. A fin de cuentas, todos tenemos secretos, ¿no es así? (Le brillaban los ojos cuando cambió de postura). Abel, alcánzame una de esas galletitas. ¿No quedan de las que tienen el corazón de mermelada?

Elena: No. (Su voz era áspera y fría).

Max: Qué lástima. Son mis preferidas.

A continuación, se produjo un silencio extraño. Había pocas cosas que incomodasen tanto a Samuel. Los silencios le recordaban a su padre, porque ese hombre era capaz de sostener la tensión durante horas, periódico en mano, sentado en el sillón del salón como si fuese un trono. Ante el mutismo, a Samuel le empezaba a picar la piel.

Se rascó el brazo derecho.

SAMUEL: ¿Podemos enseñarle el pasadizo?

ELENA: Claro. (Dejó la taza en la bandeja).

DALIA: Suena todo muy misterioso...

TRISTÁN: Os acompaño.

Cada rincón de la casa de Elena era amplio, también el pasillo que conducía a las diferentes estancias. Las puertas de madera estaban pintadas de colores, y a Samuel le recordaban a un tablero de parchís. Se situó frente a la última, que era más pequeña. Giró la llave y empujó; las bisagras chirriaron. Le complació ver la creciente curiosidad en el rostro de Dalia.

Unas escaleras irregulares invitaban a bajar, aunque la oscuridad a partir del quinto escalón era casi total. Olía a humedad y el espacio se estrechaba.

DALIA: Parece una cripta.

TRISTÁN: Venga, vamos.

DALIA: Ya lo he entendido. (Siguió sus pasos con una sonrisa). Así que la puerta azul del local comunica con el almacén y... con la casa de Elena.

SAMUEL: Eso es. Baja despacio.

DALIA: ¿Dónde está el interruptor?

TRISTÁN: No hay. Ve con cuidado.

En los últimos tramos, apenas se veía nada y el ruido de las cañerías se coló entre las paredes.

DALIA: ¡Ay! ¿Qué ha sido eso?

SAMUEL: Una rata, seguro. (Se rio).

DALIA: ¿Hablas en serio?

TRISTÁN: Te está tomando el pelo.

En la penumbra, Samuel creyó ver que Dalia se aferraba al brazo de su amigo para mantener el equilibrio, pero, si ocurrió, Tristán se separó tan rápido que fue apenas un espejismo.

Cuando alcanzaron la puerta azul, Samuel la empujó para abrirla. La luz de las farolas se filtraba entre las persianas bajadas del local y arrojaba algo de claridad. El domingo por la tarde lo habían dejado limpio y recogido. Le entristeció aquella quietud. La melancolía se desperezó al entrar en un lugar que él ya asociaba a la diversión, la frivolidad y la ligereza. Era como pasear por una verbena con las luces de las atracciones apagadas.

DALIA: Claramente hay que trabajar la iluminación.

TRISTÁN: El almacén está cubierto, y eso es lo que importa.

Junto a la puerta azul que conducía al club, se abría la estancia en la que guardaban el género.

SAMUEL: Estoy deseando volver a abrir las puertas.

Se dirigió hacia la barra y cogió un botellín de cerveza.

TRISTÁN: Solo íbamos a enseñarle las escaleras, no a tomarnos algo mientras los demás esperan arriba. (Samuel se encendió un cigarrillo). ¿No me has oído?

SAMUEL: Es un momento. Relájate.

Tristán gruñó por lo bajo y se marchó; por el retumbar de sus pasos, podía adivinarse que subía los escalones de dos en dos. Dalia y Samuel se quedaron a solas. Ella se sentó en un taburete, frente a él. Por primera vez, parecía seria.

DALIA: ¿Alguna vez te has planteado por qué eres como eres?

SAMUEL: ¿A qué viene eso? Sería como preguntarse por

qué el cielo es azul o la razón por la que los perros ladran. (Apoyó los brazos en la barra).

Dalia: Sabes que todo eso tiene respuesta, ¿verdad?

Samuel: Lo que sé es que la vida es muy corta para pensar en tonterías.

Ella lo miró fijamente (¿con curiosidad o con lástima?), luego bajó del taburete, se internó por la puerta azul y desapareció. Samuel notó cierta tensión en el cuello mientras sus ojos seguían las sombras que se intuían tras la ventana, en la calle. Parecían pertenecer a una pareja. Una pareja que caminaba muy junta. Una pareja cuyas voces sonaban irreales desde el interior del local. Y se preguntó a dónde irían, qué cenarían, si follarían esa noche y si él dormiría en el lado derecho y ella, en el izquierdo. Todas las personas eran, en definitiva, tan interesantes como estereotipadas.

Atacó con las uñas la pegatina del botellín.

Podría haber regresado al piso en cuanto se tragó la última gota y aplastó la colilla en el cenicero, pero una fuerza desafiante lo instó a quedarse allí un poco más. Imaginó los hombros tensos de Tristán, el creciente mal humor de Max y el desconcierto de Abel. Pues bien, que así fuese. A fin de cuentas, ¿por qué tenía la constante sensación de estar recibiendo órdenes como flechas que llegaban de todas partes? La idea había sido suya. Cuando, borracho, propuso abrir un club de copas, no imaginaba que los demás le seguirían el juego, claro, pero ocurrió. La probabilidad dejaba de importar cuando llegaban los hechos. Así que, en cierto modo, podría decirse que aquello era más suyo que del resto; al menos, desde un punto de vista simbólico. Se lo repitió, se lo repitió y se lo repitió hasta que las palabras encontraron un lugar en su cabeza donde asentarse. Solo entonces, fue al almacén para apagar la luz y subió los escalones a tientas.

La claridad en la casa de Elena lo obligó a entrecerrar los

ojos. Avanzó por el pasillo con desgana, arrastrando los pies. Alcanzó a distinguir las voces del salón.

DALIA: ¿Y no te molesta el ruido?

ELENA: La casa está bien aislada. Además, tampoco cambiaría nada. El insomnio me acompaña desde hace muchos años. Es uno de esos amigos fieles a los que puedes hacerles mil perrerías sin miedo a que te den de lado.

Se alzó una de las risas líquidas de Dalia.

DALIA: ¿Qué edad tienes? Si no es indiscreción.

MAX: Oye, claro que lo es, princesa. Esas cosas no...

ELENA: Tengo cuarenta años y, a diferencia de Max, no me avergüenzo de mi edad, así que nunca he entendido esa tontería de no querer decirlo. Es como no querer admitir que una es morena o alérgica a los ácaros y a la piel del melocotón.

Samuel tenía las manos metidas en los bolsillos de su chaqueta deportiva cuando llegó al umbral de la puerta del salón. Se quedó allí unos instantes, convertido en un espectador silencioso: la escena era vaporosa como un pañuelo de verano de algún tono pastel; Elena reinaba y los demás, dóciles y satisfechos, se desplegaban a su alrededor.

Entonces, él entró. Y se sentó, dócil y satisfecho.

## 14

# LA NOCHE DE LOS NOMBRES FALSOS I

Samuel estaba seguro de haber encontrado la clave de la felicidad. Era aquello. Era el éxito y el convencimiento de tener un limón perfecto en la mano y una fuerza sobrehumana para exprimirlo hasta la última gota. Y el jugo..., ah, el jugo era delicioso, sin pepitas ni astringencias. Eso fue lo que pensó cuando, de pie en un taburete, contempló a todos los clientes allí congregados a su alrededor, tan anhelantes de limonada como él.

SAMUEL: ¡A El Club del Olvido se viene a jugar! ¡Queda prohibido revelar tu verdadera identidad! ¡Disfrutad de la música, de la compañía y de la noche!

Bajó del taburete entre aplausos.

MAX: Bien, ya has tenido tu dosis de protagonismo.
SAMUEL: El público me ama, eso ha quedado claro.
MAX: Va, ayuda a servir la primera tanda de bebidas.

Tristán ya estaba ocupándose de los cócteles. La noche del viernes había sido tranquila, quizá más de lo imaginado tras el éxito del sábado anterior, así que esperaban que las horas que tenían por delante compensasen la caja del fin de semana.

La primera mitad de la velada fue una sucesión de copas

y estrés. Un grupo de chicas se arrancó a bailar en medio del local. Se rompieron tres vasos, algo que sacó de quicio a Max. Y Dalia se dedicó a deambular entre la clientela, cámara de vídeo en mano, hasta que se cansó y apareció en la barra para pedirle a Tristán un cosmopolitan.

Lo enfocó con la cámara mientras él preparaba la copa.

DALIA: ¿De qué color son tus ojos?

TRISTÁN: ¿Mis ojos? No lo sé.

DALIA: ¿Cómo puede alguien no saber eso? (Lo siguió con la cámara como si intentase capturar la tonalidad exacta: ¿azul pálido?, ¿aguamarina?, ¿verde desgastado?, ¿gris lluvioso?). ¿Acaso no te miras al espejo?

TRISTÁN: Solo lo justo y necesario.

Sentada al lado de Samuel, ella apagó la cámara.

SAMUEL: ¿Qué opinas de la noche?

DALIA: Que la gente tiene poca imaginación.

TRISTÁN: Nada que no supiésemos ya.

SAMUEL: Oye, ¿no es ese el hermano de Abel?

MAX: Sí.

Silbó para llamar su atención, y el chico, que tenía el pelo tan ensortijado como Abel y la misma nariz ancha, se acercó a ellos. Llevaba una camiseta roja con surcos de sudor bajo las axilas.

MARIO: ¡Eh, tú debes de ser Dalia! Me llamo Mario.

DALIA: (Mirando a los demás). ¿Se llama Mario de verdad?

MAX: Sí.

DALIA: No puedes decir tu nombre.

MARIO: Bah, qué tontería.

DALIA: Te llamas Eugenio. Encantada. Yo soy Lucrecia,

actriz de telenovelas, aunque en mis ratos libres me gusta hacer velas aromáticas y dar de comer a los gorriones.

Mario se mostró consternado.

TRISTÁN: Te aconsejo que le sigas el juego.
MARIO: Esto... Así que Lucrecia. Vale. ¿Habéis visto a mi hermano?
SAMUEL: Anda por ahí. ¿Tienes un momento?
MARIO: Colega, para ti siempre hay tiempo.

Samuel se sirvió una cerveza y abandonó la zona de la barra. Salieron a la puerta, donde se congregaban algunos clientes. En la esquina de la calle de enfrente brillaban las luces de otro local menos concurrido. Mario se rio mientras rebuscaba algo en sus bolsillos.

MARIO: Os habéis llevado a la mitad de su clientela.
SAMUEL: Maravilloso. Oye, ¿te queda algo de...?
MARIO: Sí. Pero ni una palabra a mi hermano.
SAMUEL: Mis labios están sellados.

Cuando volvió a entrar en el local, Samuel era una pluma suave y ligera. Sus pies se deslizaban por el suelo como si flotara, ingrávido, ajeno a las colillas y a las baldosas pegajosas por las bebidas derramadas. Qué feliz se sentía. Qué fácil era la vida cuando todo sucedía como tenía que suceder. Una chica morena le cortó el paso. Se movía al ritmo de la música y, ante sus ojos, brillaba como una bola de discoteca.

DESCONOCIDA: Hola.
SAMUEL: Hola. ¿Cómo te llamas?
DESCONOCIDA: (Bailando). Marta.
SAMUEL: Ahora dime la verdad.

MARTA: Me llamo Marta. ¿Y tú?

SAMUEL: Bah, ¿sabes qué? Da igual.

No mucho después, estaba en el almacén y Marta (si acaso era así como se llamaba) le mordía la mandíbula sin delicadeza. Pero estaba bien. Un poco de dolor alimentaba el deseo. Samuel coló las manos por debajo de la camiseta rosa de la chica y buscó otra vez sus labios. Los besos eran voraces, de fuego, de lava, de brasas, y si los comparaba con los de Dalia, tenía la impresión de estar hablando de actividades diferentes, como la danza y la natación: uno podía intentar convencerse de que eran lo mismo solo por tratarse de deportes, pero en la práctica no podían ser más distintos. Porque Dalia era etérea y suave; con ella sabías que, en cuanto quisieses un bocado más, este te sería negado, y que siempre te quedarías con hambre. ¿Y quién disfruta de la dieta? ¿Quién? Las ideas se mezclaron en su cabeza de forma confusa, y al final llegó a la extraña conclusión de que, si Dalia pensaba que era demasiado buena para él, resultaba evidente que él era demasiado bueno para ella.

Alguien entró en el almacén.

MAX: Joder, Samuel...

SAMUEL: ¿Qué pasa?

MAX: ¿Qué pasa?, ¿qué pasa? (repitió burlón). Que estamos trabajando, eso pasa. Así que sal ahí fuera y sirve copas, coge una escoba o pasea entre los clientes y finge que haces algo para que no me ponga de mala leche y acabe pateándote el trasero.

SAMUEL: (Sonriéndole a Marta). Aunque no lo parezca, es mi amigo.

MAX: Te doy cinco minutos, ni uno más.

Cogió una caja de refrescos y salió.

Sin dejar de sonreír, Samuel se abrochó el cinturón que

ella había empezado a aflojarle y compuso una mueca graciosa bajo la luz de la solitaria bombilla que colgaba del techo.

SAMUEL: ¿Me das tu teléfono?

MARTA: No puedo, revelaría mi identidad.

SAMUEL: Pero si me has dicho que de verdad te llamabas Marta. Además, ¿qué más da? La idea de esta noche es absurda. ¿Qué haces mañana?

## 15

## MIENTRAS TANTO...

Mientras tanto, anclado tras la barra del local, cada vez que levantaba la cabeza Tristán se esforzaba por fijar la vista en las luces del techo, en la puerta que se abría y se cerraba o en el grupo de chicas que bailaba en el centro del club, pero, como si fuese inevitable, sus ojos caían sobre Dalia y seguían la estela que dejaba a su paso. Cuando ocurría, él pensaba tres cosas: que su pelo era del mismo color que los capullos de los gusanos de seda que guardaba en la caja de zapatos, que algo no encajaba en ella (como encontrarse un frigorífico en el dormitorio y, dentro de ese frigorífico, un reloj de arena), y que la razón por la que no podía dejar de mirarla no tenía que ver con su forma de ser o con su aspecto físico, sino con el modo en el que se movía. «Todo lo que está vivo es movimiento», había leído tiempo atrás. Ella le recordaba al vaivén constante del mar, suave y amable, también salvaje y peligroso.

## 16

## LA NOCHE DE LOS NOMBRES FALSOS II

Samuel salió del almacén con el teléfono de Marta, aunque en realidad se llamaba Ángela, y se acercó a la barra. La noche estaba decayendo. Se equivocó dos veces cuando se puso a servir copas y empezó a ligar con otra clienta, que era lo que claramente se le daba bien. Pasados quince minutos, Tristán le pidió con tosquedad que fuese a dar un paseo por el local, cosa que hizo encantado hasta que la fiesta se fue apagando como una vela que se consume y la tristeza se le coló dentro. Siempre le ocurría. Las noches deberían ser eternas, pensaba. Los días, con toda esa claridad y esa luz y el tráfico constante, estaban preñados de desidia. Las noches, en cambio, simbolizaban la libertad: oficinas cerradas, colegios vacíos, avenidas solitarias. Era un cuadro perfecto para él.

Abel se dejó caer en un taburete cuando se fueron los últimos clientes.

Dalia: ¿Puntuación de la noche del uno al diez?

Max: ¿Se me permite puntuar en negativo?

Samuel: Pero ¿qué dices? ¡Ha sido un doce!

Max: Nadie ha entendido el concepto. A partir de ahora, debemos tener en cuenta que la gente es mucho más tonta de lo que parece. Además, ¿qué vas a decir tú?, si te has pasado la noche ligando y por poco te lo montas con una en el almacén...

Samuel: Soy como una planta. La naturaleza me impulsa

a diseminar mi semilla. Es una función que tiene su origen en el bien común de la especie.

MAX: La única clase que memorizaste en el instituto.

ABEL: ¿Cómo ha ido la caja?

TRISTÁN: Estoy en ello.

Terminó de contar el dinero mientras los demás se encargaban de recoger. Más que barrer, Samuel bailoteó con el palo de la escoba y removió la mierda del suelo.

ABEL: Veo que sigues con energía...

SAMUEL: ¡La noche es joven! Deberíamos dejar la limpieza para mañana y salir por ahí. ¡Hagamos algo impulsivo! ¿Qué dices, Dalia?

DALIA: Depende del plan.

SAMUEL: ¡Cogemos unas cervezas y nos vamos a la playa!

MAX: Son las dos de la madrugada.

SAMUEL: ¡Por eso mismo! ¡Es temprano!

ABEL: Yo me apunto.

MAX: Dirías lo mismo si hubiese propuesto que nos tirásemos por un barranco. Por cierto, esa camiseta azul que llevas es igual que la que me compré el mes pasado.

ABEL: Me gustó. (Se encogió de hombros).

MAX: (Mirando a Tristán). ¿Tú qué dices?

TRISTÁN: ¿Por qué no?

SAMUEL: ¡Ese es mi chico!

Lanzó la escoba al suelo, se acercó a Tristán y le dio un beso en la cabeza que el otro intentó esquivar. Diez minutos después, los cinco corrían por las calles de la ciudad como si fuesen los únicos habitantes del lugar y todo aquello les perteneciera. Luego, el mar se dibujó frente a ellos bajo el fulgor misterioso de la luna llena. La arena amortiguó sus pasos y los acogió cuando se sentaron sobre ella.

Dalia sacó las cervezas de su bolso.

ABEL: Gracias.

SAMUEL: Gracias.

TRISTÁN: Esto..., gracias.

MAX: Está caliente.

Ella se rio y bebió un sorbo. Un silencio cargado de significado los envolvió. Las olas rugían unos metros más allá, la quietud de la noche era salvaje y tierna, y nada ni nadie podría haber agrietado aquel momento. Samuel ya había sentido otras veces esa perfecta complicidad. Pero entonces fue diferente, porque no eran cuatro, sino cinco, y esa última pieza aportaba una energía que rompía la monotonía del grupo.

ABEL: Hay gente que sí ha entendido el concepto.

SAMUEL: ¿De qué estás hablando?

ABEL: De esta noche. El juego de identidades.

MAX: Solo durante los primeros diez minutos, después se han derrumbado. Podría haber sido divertido, una noche donde todo el mundo es nadie.

TRISTÁN: Como cualquier día.

MAX: Ya, pero me refiero a... esa libertad.

TRISTÁN: Será que a la gente le gusta creer que es alguien.

SAMUEL: ¿Estamos en una clase de Filosofía o qué?

ABEL: Si hubiese sido un cliente esta noche... (meditó durante unos segundos), creo que me habría hecho pasar por un cantante de pop-rock.

MAX: ¿Y quién se lo iba a tragar? Además, ¿por qué nadie elige nada más corriente? Tipo: hacerte pasar por un electricista.

SAMUEL: Sí, y decirle a una tía: «Podría encender todas tus luces».

DALIA: Qué horror. (Se rio). Pero Maximiliano tiene razón, siempre nos atrae lo más grandilocuente. En el juego de las identidades falsas, me pido ser pastelera.

ABEL: ¿Pastelera? ¿Te gusta la repostería?

DALIA: No, pero el mundo adora a las pasteleras.

MAX: Princesa, el aburrimiento te está pasando factura.

DALIA: ¿Tú qué serías?

MAX: Un abogado, por ejemplo. O político.

ABEL: ¿No era eso lo que querías ser en realidad? Aún me acuerdo: era la típica pregunta que te hacían los profesores en el instituto y tú eras el único que sabía qué contestar.

DALIA: ¿En serio? ¿Y por qué no estudiaste Derecho?

MAX: No todos tenemos una vida tan fácil como la tuya.

SAMUEL: A mí me gustaría ser un agente de seguridad, pero de los que trabajan en un garaje de coches por las noches o en unos viveros. Hacer alguna que otra ronda, escuchar la radio y, al amanecer, irme a casa. ¿Y tú, Tristán?

Tristán apenas había tocado su cerveza y estaba tumbado en la arena, con los brazos bajo la cabeza. Contemplaba el cielo como si fuese un lienzo lleno de brochazos imposibles.

TRISTÁN: Astronauta.

SAMUEL: Es verdad. (Soltó una carcajada). ¿Os acordáis de lo obsesionado que estaba con el tema? Tenía un libro infantil sobre el sistema solar y todo eso.

MAX: Pero un día nos burlamos y nunca volvió a sacarlo.

TRISTÁN: Qué tontería. Como si fuese a importarme lo que pensaseis vosotros. Solo es que me gusta la idea de lo desconocido. (Tomó aire). Hoy se ven las estrellas.

Dalia, que estaba sentada a su lado, también se tumbó. Después, uno tras otro, lo hicieron los demás. Cinco cuerpos muy juntos, ajenos al frío y a la humedad de la noche, bajo la misma cúpula oscura, cuyas ideas vagaban por laberintos distintos que no desembocaban en la misma salida.

MAX: ¿Tristán?

TRISTÁN: ¿Sí?

MAX: ¿Aún recuerdas alguno de esos datos irrelevantes que te gustaba decirnos para demostrar que eras más listo que los demás?

TRISTÁN: Qué idiota eres.

MAX: Pero ¿te acuerdas?

TRISTÁN: Sí.

MAX: Pues ahora estaría bien escucharlos.

Hubo un silencio. Ninguno se movió.

TRISTÁN: Júpiter tiene más de dieciséis lunas.

DALIA: ¿De verdad? (Lo miró en la penumbra).

TRISTÁN: Saturno gira tan rápido que da la sensación de que está aplanado. Y si existiese una bañera tan grande como para poder meterlo dentro, el planeta flotaría.

SAMUEL: ¡Una bañera infinita! (Se echó a reír).

TRISTÁN: Urano tiene once anillos y rota de lado.

Llegó otro silencio. Aquel fue más denso.

DALIA: Ahora mismo me siento diminuta.

TRISTÁN: Es que lo somos. (Respiró hondo).

SAMUEL: Joder... (Se movió, incómodo). Cuando he dicho que dejásemos para mañana la limpieza del club porque la noche era joven, imaginaba que nos lo pasaríamos en grande, no que acabaríamos deprimidos y hablando de planetas.

ABEL: Yo empiezo a tener sueño.

SAMUEL: ¿Queda cerveza?

TRISTÁN: Bébete la mía.

Como un niño que quiere dejar claro su descontento, Samuel lanzó un suspiro y se incorporó. Cogió la cerveza de

Tristán. La euforia había alcanzado su punto álgido al salir del club y, en aquel momento, la bajada era inevitable, de manera que intentó esquivarla apurando los últimos tragos que quedaban.

Abel comenzó a tararear una canción mientras los demás seguían con la vista clavada en el cielo. Entonces, pese al mal humor, cuando miró a sus amigos en la oscuridad se estremeció. Y pensó que quizá aquel iba a ser el amor más grande que sintiese en toda su vida. Un amor que, en cierto modo, era una pared; la pintura podría cambiar de color o descascarillarse con el paso del tiempo, pero, más o menos lustrosa, seguiría siendo una pared.

## 17

## EL CLUB DEL OLVIDO II

Como si fuesen aprendices de artesano con talentos ocultos, no tardaron en perfeccionar la idea del club a partir de aquellas primeras semanas. Al mes siguiente ya habían diseñado una carta fija con los cócteles más solicitados, que empezaron a servir en copas y vasos pequeños: un detalle de sofisticación que contrastaba con el aire canalla del local y que seducía por igual a jóvenes del barrio alto y del barrio bajo. Los viernes solían convocar a una clientela más sencilla, pero los sábados el abanico se desplegaba y las paredes del club daban cobijo a todas las tribus urbanas, fuesen amantes del rock o del pop, comprasen su ropa en mercadillos o en *boutiques* de alta costura.

Simplificaron las ideas de las noches temáticas y dejaron de empapelar la ciudad cuando bastó con anunciar el evento de la próxima semana pegando un cartel en la puerta del local. Esta antelación los retó a ser más rápidos, pero agilizó la organización.

Durante la noche californiana, sonó Dick Dale & The Del-Tones y la gente no paró de pedir que volviesen a poner *Misirlou*. Regalaron guirnaldas de flores en la entrada, Samuel se puso una camisa vaporosa y no se quitó las gafas de sol. A última hora, se agotó la piña colada y tuvieron una discusión en el almacén que se vio interrumpida cuando un chico se subió a la barra y comenzó a tocar el ukelele entre vítores y risas.

Durante la noche del mar, colgaron redes de pesca por el local, Abel se enamoró de un tipo inglés y empezó a usar expresiones como *awesome!* y *totally!* Una chica llamada Patricia, clienta habitual dada a la extravagancia, apareció con una cola de sirena.

Durante la noche disco, hubo música funk, desde los Bee Gees hasta Donna Summer y los Village People. El local, que solía ser un zumbido de conversaciones entre tibios balanceos al ritmo de la melodía, se convirtió en una pista de baile. Dalia acostumbraba a estar pululando de un lado a otro; daba la impresión de no estar haciendo nada en concreto, aunque era una impresión equivocada, porque lo controlaba todo (la clientela, el ritmo de la noche, las consumiciones). Pero aquel sábado no. Aquel sábado, Dalia bailó y bailó y bailó. Su cuerpo se entregó a *Stayin' Alive,* cada nota de la canción se enredaba en sus caderas y era imposible ignorar su arrolladora presencia. Los ojos de Tristán se mantuvieron fijos en ella como si fuese la luz de un faro olvidado.

Y así pasó una semana. Y otra. Y otra más.

## 18

## GRIETAS Y CHICLES

El silencio en casa le resultaba asfixiante. Estaba solo. Y Samuel odiaba estar solo, toda esa quietud y el vacío que se abría en su cabeza. Tras terminarse la cerveza, se levantó del sillón y se acercó al reproductor de vinilos. Estaba puesto el disco de Dalia, aquella extraña recopilación de baladas cursis italianas que no habían escuchado hasta que ella llegó a sus vidas. Cada vez que Dalia aparecía en el piso (casi siempre sin avisar), lo primero que hacía era mover la aguja para que la música empezase a sonar. A veces, tarareaba un poco, sobre todo si sonaba Loretta Goggi. Otras, se deslizaba bailando por el salón. Pero lo que siempre hacía, sin excepción, era sonreír.

Samuel se quedó allí plantado y escuchó un par de canciones.

Después, cogió la cartera y las gafas de sol, y salió de casa. Llegó a la parada del autobús justo a tiempo y, durante el viaje, se dedicó a contemplar la ciudad con cierto hastío, porque era de día, y a él lo que le gustaba era sentirse vivo e invencible mientras el resto del mundo dormía, ajeno a lo que se perdía.

Caminó tres calles hasta llegar a la casa de Tristán.

Su amigo tardó un largo minuto en abrirle la puerta y, cuando lo hizo, a Samuel le incomodó descubrir que también Max estaba allí. Fue un segundo. Solo un segundo. Pero fue. Si echaba la vista atrás, no era capaz de colocar esa emoción en el mapa de la amistad que los unía; quizá porque estuvo ahí desde el principio. Era una grieta lo suficientemente pequeña como para que fuese capaz de ignorarla o de dudar sobre su propia percepción. Porque, en cierto modo, siempre había intuido que Tristán y Max tenían un vínculo diferente, pero le gustaba achacarlo al hecho de que ambos habían crecido en la zona del barrio que quedaba al otro lado del puente, lo que venía a significar que sus familias eran aún más humildes que la de Abel o la suya.

Pero, en ocasiones, se preguntaba si se trataba de algo más.

Algo a lo que él no podía acceder, una especie de puerta pequeña y desvencijada que tenía el cerrojo echado por dentro. La duda aparecía si los tres estaban a solas y se esfumaba en cuanto Abel entraba en la ecuación, como si este último fuese un enlace entre todos ellos, algo así como un chicle blando y húmedo que encajaba en los huecos abiertos y los mantenía unidos, muy juntos, bien pegados.

SAMUEL: No sabía que habíais quedado.

TRISTÁN: Porque no lo hemos hecho. Max ha ido a ver a sus padres y luego ha pasado por aquí. ¿Quieres tomar algo? Que no sea cerveza.

SAMUEL: Muy gracioso. ¿Hay café?

Tristán se alejó para preparar la cafetera.

En el sofá, Max estaba sentado al lado de la abu y veía la televisión con ella. Levantó la mano a modo de saludo y Samuel se acopló en el hueco que quedaba libre.

SAMUEL: Hola, abu. ¿Cómo estás?

ABUELA: ¿Abel? ¿Eres tú? Siempre tan simpático.

SAMUEL: No, soy Samuel. El otro.

ABUELA: ¿Samuel? ¿Qué Samuel?

MAX: Hoy no ha dormido muy bien.

ABUELA: Es ese ruido... Ese ruido...
SAMUEL: ¿Qué ruido?
ABUELA: El ruido.

Max le dirigió una mirada cortante, como si intentase decirle: «Déjalo ya, ¿acaso no ves lo que hay?», y luego cambió de canal y ya nadie dijo nada más.

TRISTÁN: ¿Quieres el café con leche?
SAMUEL: Sí. Saldré al patio a fumar.

Se levantó y cogió el vaso de café. Tristán lo siguió.

Samuel se encendió un cigarrillo y miró las macetas vacías, los trastos viejos, el balón desinflado que seguía en aquella esquina. De repente, todo el éxito que habían logrado con el club careció de sentido y recordó la voz de Dalia, aquella noche en la playa, diciendo: «Me siento diminuta».

SAMUEL: Está todo muy apagado.
TRISTÁN: ¿A qué te refieres?
SAMUEL: Al patio. Como abandonado.

Max salió en ese momento.

MAX: Será una metáfora de la abu.
SAMUEL: ¿Por qué dices eso? A ella le gustan las flores.
MAX: Le *gustaban* las flores.

Tristán taladró a Max con la mirada y este bajó la cabeza; solo un centímetro, pero la bajó. Y Samuel supo que ese era un gesto que jamás le concedería a él. Después, Tristán se giró y contempló el pequeño patio interior.

TRISTÁN: Así son las cosas.
SAMUEL: Oye, este café sabe a pis.

MAX: ¿Cómo sabes a qué sabe el pis?

SAMUEL: Joder, porque puedo olerlo.

MAX: Tampoco me sorprendería que lo hubieses probado. (Se rio cuando Samuel le dio un codazo). ¿Qué? No me mires así. De pequeño comías hormigas.

SAMUEL: No me comía las putas hormigas, solo quise probarlas una vez, una, y tú vas a recordármelo hasta el último día de mi vida.

MAX: Sí, probablemente.

Tristán se terminó su café de un sorbo y entró en la casa. Ellos lo siguieron y observaron cómo se sentaba en el sofá, al lado de su abuela. Hicieron lo mismo. Ocuparon las sillas que había libres y se quedaron mirando la televisión. Un tipo sonriente de mejillas sonrosadas agitaba una sartén y sofreía unas verduras. El instante era cálido. Ninguno se movió hasta que el hombre terminó la receta y emplató la comida.

# 19

# MATAR LA DEUDA

La antesala del sueño es un momento lleno de clarividencia. La mente se vuelve blanda y las ideas la sobrevuelan; es como si una apisonadora aplanase la cabeza y todo permaneciese sumido en un silencio efímero. Al despertar, el ruido vuelve.

Pero, aquel domingo, cuando Samuel abrió los ojos, tuvo la impresión de que el efecto del sueño se alargaba mientras se ponía en pie y se obligaba a beber dos vasos de agua porque, según tenía entendido, ayudaba a paliar la resaca. La cabeza le dolía horrores y tenía la garganta irritada por haber fumado demasiado, pero todo perdía relevancia frente al acontecimiento del día. Así que se dio una ducha rápida, se vistió y salió de casa.

Mostró todos sus encantos cuando se cruzó con dos vecinas en el portal, e incluso ayudó a una de ellas a subir el carro de la compra. Fue amable con el hombre del quiosco al comprar tabaco. Contó un par de chistes en la panadería. Y, luego, tras dar un enorme mordisco a su napolitana de chocolate, les lanzó a los pajarillos unas migajas.

La velada anterior había rozado la perfección.

Hubo gente que se quedó fuera porque el local estaba lleno. La noche de la selva fue un éxito, hasta el punto de que un periodista se pasó por allí para hacerles un par de preguntas manidas, libreta en mano y cámara de fotos colgada del cuello. El tipo era joven, apenas navegaba los treinta, se llamaba David y tenía una mirada de halcón. Apostado en la barra, mientras se tomaba una copa, lanzó varios interrogantes al aire que ellos intentaron contestar.

El ambiente era caótico pero embriagador.

Palmeras de plástico, cocos, ajustados vestidos con estampado de leopardo y camisetas floreadas con los tres primeros botones desabrochados. A las puertas del verano, el calor era sofocante, por lo que algunos clientes prefirieron quedarse fuera y montar su propia fiesta en la calle. Esto ocasionó un encontronazo con el local de enfrente, algo que Samuel solucionó con actitud chulesca. «Ten cuidado, no nos busques problemas», le advirtió Max. Pero Samuel se sentía feliz, y no le costó nada cerrarle la boca a la competencia. Así que, en resumen, le dio tiempo a ser entrevistado, a servir copas, a liarse con Patricia en una esquina del local y a pasar el rato con Mario, el hermano de Abel. Finalmente, en cuanto bajaron la persiana y repartieron el dinero de la caja, comprendió que cuando amaneciese iba a ser un día espléndido.

Y lo fue. Qué vecinas. Qué napolitana. Qué pajarillos. Qué vistas desde el autobús. Qué temperatura. Qué brillo el del barrio. Qué forma de subir las escaleras de dos en dos. Qué casa tan encantadora, pese a los muebles y las figuritas fosilizadas en las estanterías. Qué sopa de pollo tan deliciosa. Qué madre, siempre atenta y cariñosa. Su alegría no llegaba a tanto como para pensar «qué padre» con júbilo, pero sí fue capaz de aguantar la comida entera sentado a la mesa, frente a él, sin aspavientos ni malas caras.

Madre: Te veo más delgado, cariño.

Samuel: Me lo dices todas las semanas. Si fuese verdad, habría desaparecido del todo. (Se llevó la cuchara a la boca, tragó y le sonrió). Pero ¡mírame! Aquí me tienes.

Madre: Siempre tan chistoso...

El padre, que presidía la mesa, resopló.

MADRE: De todos modos... (ignorando los deseos de Samuel, abrió la olla que había en el centro de la mesa y le sirvió más sopa), se te marcan más los pómulos y la barbilla. Yo sé lo que me digo, que para eso te he parido. ¿Estás comiendo bien?

SAMUEL: Claro.

MADRE: Nunca has sido buen comedor (continuó ella, ajena a lo que él pudiese decirle, y miró al padre). Cielo, ¿recuerdas lo que costaba darle el biberón? Era un infierno. Vuelta por aquí, vuelta por allá, la de veces que recorríamos el pasillo.

Esa historia, como tantas otras, a Samuel se la habían contado cientos de veces. De hecho, si la hilaba con las fotografías que dormían en los álbumes familiares, podía formar en su cabeza un recuerdo que en realidad no le pertenecía. Su imaginación reconstruía los huecos y casi era capaz de ver a su padre caminando de un extremo del pasillo al otro, con él berreando entre sus brazos mientras la leche se enfriaba. La clave estaba en ese «casi», porque, pese a las instantáneas en las que el padre aparecía sosteniéndolo lleno de gozo, el hecho le resultaba inconcebible, casi absurdo. ¿Era posible que aquel hombre tosco y frío alguna vez lo hubiese tratado con ternura? Y si así era, si acaso aquel milagro ocurrió, ¿en qué momento se truncó? ¿Al soplar las velas de su tercer cumpleaños y manchar el sofá con restos de tarta? ¿A los seis, cuando empezó a tener pesadillas y le mostró su fragilidad? ¿O a los ocho, el día que le confesó que quería ser futbolista y su padre le pidió, con impaciente hosquedad, que dejase de decir sandeces? Si pudiese viajar atrás en el tiempo, no iría a Grecia en su época gloriosa ni en busca de dinosaurios, no, Samuel intentaría descubrir en qué instante su padre dejó de quererlo.

MADRE: Sam, la sopa se te está enfriando.

SAMUEL: Ya. (Cogió una cucharada). Perdona.

PADRE: Fíjate, esto sí que lo recuerdo. Toda la comida se quedaba fría, la carne como una zapatilla, el pescado pegajoso, el arroz blando...

SAMUEL: Suena todo delicioso.

PADRE: No te hagas el graciosillo.

MADRE: ¿Vais a querer postre?

SAMUEL: No, pero dime qué quieres y te lo traigo.

MADRE: Una manzana. Cielo, ¿quieres otra?

PADRE: No, no tomaré nada. Estoy lleno.

Samuel vació los restos de su plato en el fregadero de la cocina y contempló embelesado cómo los fideos y los trozos de pollo desaparecían por el desagüe. ¿Qué sería de ellos?, no estarían menos perdidos que el resto de la gente, eso seguro. Aquel pensamiento lo hizo sonreír mientras abría la nevera para buscar la manzana. Cogió la más roja. La alegría de la que había hecho gala al despertar empezaba a tambalearse. Estar cerca de su padre siempre le robaba la energía, como si aquel hombre fuese un agujero negro y él, la materia que engullía a su paso. Con un suspiro, se palmeó los bolsillos del pantalón vaquero para asegurarse de que todo estaba en su lugar. Lo estaba.

Volvió al comedor con renovada seguridad.

Su padre se había retirado al salón; por supuesto, sin recoger los platos. Samuel le dio la manzana a su madre y le pidió que no se levantase, él quitaría la mesa.

Cuando terminó, salió al balcón a fumarse un cigarrillo. Desde allí, podía ver la esquina de la casa de Abel, que vivía en el quinto piso de un edificio de color café. Dio caladas lentas mientras se fijaba en los balcones: le hacía gracia el valor que la gente les daba, esa ilusión con la que imaginaban allí un pequeño paraíso que consistía en una mesa, sillas, plantas a rebosar de flores y aire fresco. Le bastaba un vistazo rápido para distinguir qué vecinos se habían mudado hacía poco tiempo y cuáles llevaban años atrapados en aquel mismo sitio: su antigua parcela de libertad solía estar llena de trastos, bicicletas, cajas de almacenaje, viejos juguetes descoloridos o ropa tendida.

Apagó el cigarrillo y miró su propio balcón: macetas vacías en las que se acumulaba agua de lluvia, su caña de pescar envuelta en plástico, el tendedero de hierro con las patas oxidadas.

Otra vez, se palmeó el bolsillo y regresó al interior de la casa.

Se sentó en el sofá. Frente a él, su padre, apostado en aquel sillón que era un trono, hacía el crucigrama del periódico. La tensión en los botones de su camisa revelaba que no había adelgazado, pese a las recomendaciones del médico, y las gafas parecían hacer equilibrios en la punta de su bulbosa nariz.

Samuel cogió aire. Quiso decirle: «No confiabas en mí, ¿verdad? Pensabas que fracasaría...». O también: «Ahí lo tienes, no ha sido a fondo perdido. Nunca volveré a pedirte un favor».

Pero las palabras estaban atascadas en su garganta.

A lo lejos se oía el sonido del agua y de los platos. Su padre continuaba absorto en el crucigrama como si él no existiese. Samuel sentía que tenía algo obstruido en el pecho, y que se ahogaba, y de pronto le sudaban las palmas de las manos y... y...

Se levantó, se sacó el fajo de billetes del bolsillo del pantalón y lo lanzó sobre la mesa. Su padre, entonces sí, apartó el periódico y le dirigió una mirada desinteresada por encima de las gafas. A él le dieron ganas de tirárselas al suelo de un puñetazo. ¿Por qué sentía ese odio? ¿Cuándo había nacido y hacia dónde lo conduciría? No lo sabía.

SAMUEL: Ahí tienes tu dinero.

Su padre asintió, y ya está. No dijo nada. No le dio la enhorabuena porque las cosas le fuesen bien. No se alegró. Para ser precisos, no se inmutó.

PADRE: Ah, «oasis», por fin la veo.

Y rellenó las casillas del crucigrama.

# 20

# MIENTRAS TANTO...

Mientras tanto, o quizá un par de horas más tarde, Max se despidió de sus padres y atravesó las canchas de baloncesto semiabandonadas y llenas de grafitis. Usaba poco el transporte público, porque solía ir caminando a todas partes. Era entonces, con las manos metidas en los bolsillos y la cabeza gacha, cuando sentía que el ruido mental se aliviaba hasta convertirse en un murmullo suave. No era una persona que prestase atención a los demás ni que se fijase en los detalles; le resultaban indiferentes las ancianas que se reunían frente a las puertas de las casas con sus sillas plegables, los niños que jugaban al pillapilla o la ternura con la que una madre cogía la mano de su hijo para cruzar la calle.

Con una excepción.

Los aviones. Todos esos aviones que atravesaban el cielo azul del último día de primavera. No podía resistirse a alzar la vista cuando percibía el zumbido lejano que se colaba en la aplastante monotonía de la ciudad. Entonces, mientras contemplaba el trazo perfecto de la aeronave, las preguntas se apilaban unas sobre otras. ¿A dónde irían todos esos viajeros? ¿Se marchaban por trabajo o por placer? En caso de que fuese por lo primero, ¿cuántos de ellos terminarían mudándose? Y luego, con cierto aire lúgubre: ¿cómo se vería su barrio desde allá arriba?, ¿a cuántos metros de altura descubría uno su insignificancia? Max podía hacerlo desde el suelo, aunque hubiese preferido llegar a esa misma conclusión subido a un avión, con una copa de vino en la mano servida por una amable azafata. Su fascinación por Camus le había hecho comprender que el barrio era insignificante, sus amigos eran insignificantes, el futuro era insignificante.

Él, en resumidas cuentas, era insignificante.

No escaparía de lo absurdo de la existencia.

## 21

## GUSANOS DE SEDA I

Samuel regresó a su piso con los bolsillos vacíos y una deuda saldada que le había quitado el sueño hasta entonces. Dejó las llaves sobre la consola de la entrada. No había nadie en casa y hacía calor. Ya en su habitación, se quitó la camiseta y las zapatillas. El gato negro maullaba mientras se enredaba entre sus piernas, así que le sirvió comida. Después, cogió una cerveza, se encendió un cigarro y se dirigió al salón.

La caja de Dalia estaba en una estantería, junto a la ventana. La chica no había vuelto a llevársela, pese a que les había asegurado que solo necesitaba que cuidaran de los gusanos por unos días. Samuel la tomó, se sentó en el sofá y la abrió. Los nidos amarillos, tan frágiles y perfectos, parecían hechos de hilos de sol y dormían sobre un lecho de hojas de morera. Dentro, imaginaba la vida palpitante que guardaban: la crisálida, lo cambiante, una obra de teatro oculta que jamás vería. Durante la primavera, había disfrutado observando el movimiento ondulante de los gusanos al mudar de piel, dejando atrás jirones de sí mismos. Ahora, esa metamorfosis le estaba vetada. Como tantas otras cosas. Como el amor de su padre, la llave de aquella puerta que solo tenían Max o Tristán, el deseo de Dalia o recovecos de su propia cabeza.

Cogió un gusano grueso y blanquecino. Lo apretó ligeramente. Pensó que, si ejercía un poco más de presión, el gusano estallaría. Por un momento, casi pudo vislumbrar las salpicaduras sobre la mesa y sus dedos recubiertos de un líquido viscoso. Pero cuando volvió en sí, el gusano seguía allí, vivo y retorciéndose. Lo dejó sobre las hojas y, entonces, deslizó el índice sobre su piel suave para acariciarlo. En esta vida, todo se resumía entre elegir la luz o lanzarse a la oscuridad.

Luego, Samuel cerró la caja con cuidado.

## HOY, 2023

Llega temprano, algo poco habitual en él. Aun así, la espera frente al ascensor le resulta insoportable y termina subiendo por las escaleras los cuatro pisos que lo separan de la notaría. Ha pasado más de una década desde que dejó de ir al gimnasio y ha cogido peso; su corazón late a toda velocidad cuando llega al rellano y casi puede imaginar cómo se encogen sus pulmones, temiendo enfrentarse a otro arranque de valentía. Se toma un momento para recuperarse: no quiere que lo vean así.

No ha logrado dormir bien desde que recibió aquella llamada, y los últimos días han sido los peores. Nervioso, llama al timbre. Le abre el recepcionista, un tipo que parece haberse cepillado el bigote antes de salir de casa y que lo estudia con recelo. Tras tomarle los datos, le pide que aguarde en la sala de espera; mientras avanza hacia allí, no puede evitar mirar sus viejas zapatillas y su suéter desgastado, sintiendo que ambas cosas lo delatan. Ha hecho avances. Grandes avances. Pero las heridas cicatrizan, no desaparecen. Y sigue sintiéndose incómodo en ambientes donde todo parece perfecto y sofisticado, excepto él.

—¿Abel?

Se olvida de su vestimenta en cuanto oye esa voz que tantas veces lo acompañó mientras un brazo amigo se posaba sobre sus hombros con despreocupación. Contiene el aliento ante la sonrisa de Samuel: amplia, aniñada e irreverente.

Después, antes de que pueda reaccionar, recibe un explosivo abrazo y varias palmadas en la espalda.

—Joder, colega, ¡tu cabeza parece una pista de patinaje!

—Vete a la mierda. —Y luego se ríe, porque no esperaba de él corrección ni contención. Sabe que Samuel tiene un corazón blando pero acelerado.

—La verdad es que te sienta bien. Pareces hasta peligroso.

Abel pone los ojos en blanco, pese a estar de acuerdo. En cuanto asomaron las primeras entradas, se rapó la cabeza; y, aunque a veces le cuesta reconocerse al ver fotografías antiguas, le gusta su aspecto actual. En contrapunto, Samuel ha cambiado poco: viste igual, se mueve igual, sonríe igual, habla igual y, probablemente, piense igual.

—Siéntate. ¿Quieres un caramelo? Son gratis.

—Gracias, pero no. —Ocupa una silla a su lado.

—Pilla un puñado, aunque solo sea por joder al tipo ese de recepción. Está claro que es un imbécil. ¿A ti también te ha mirado como si fueses un fugitivo?

—Sí. ¿Qué narices...? Tienes razón. —Coge tres o cuatro caramelos y se los mete en el bolsillo de la cazadora. Es un gesto de rebeldía tan ingenuo como ridículo, pero lo lleva a recordar aquellos días felices en clase, cuando ir a la papelera para sacarle punta al lápiz o mandarse notitas era todo un desafío del que enorgullecerse.

Permanecen en silencio durante un minuto.

—¿Qué tal estás? —pregunta Abel.

—No me quejo. Sigo dando guerra.

—Eso me lo puedo imaginar...

—Fue tu cumpleaños hace dos días, ¿no? —Samuel lo mira de reojo mientras, con aparente indiferencia, se limpia las uñas—. Cincuenta y seis años.

—Cállate. Me da escalofríos pensarlo.

—Yo me sigo sintiendo un tipo de veintiséis.

—Como si no hubiese llovido desde entonces...

—¡Bah! ¡Míranos, estamos hechos un par de chavales!

—Señala la planta que hay en una esquina—. Ella, en cambio, está a punto de palmarla. Tanto dinero que tienen aquí para molduras y jarroncitos y tonterías, pero no son capaces de regar una planta.

—Sí, tiene mal aspecto.

Abel recordó aquel día lejano en el que todos tenían las manos manchadas de tierra. El tiempo, entonces, parecía avanzar a otro ritmo, más lento, más musical. Y ellos estaban algo difusos, con las líneas borradas por el paso de los años, pero era evidente que sonreían. Aún más: eran felices. Bajo el tórrido calor del sol de verano, las grietas apenas se distinguían y un velo reluciente y dorado lo cubría todo.

VERANO, 1993

# ABEL

## 22

## ATARDECÍA, Y ENTONCES...

El espejo del establecimiento le devolvía una escena un poco ridícula: él sentado en el sillón desgastado, con una bata negra que no impedía que los pelos se colasen por todas partes, mientras los chasquidos de las tijeras se alzaban en torno a la peluquera.

PELUQUERA: ¿Lo quieres aún más corto?

ABEL: *Totally!*, como el de la foto de la revista.

PELUQUERA: (Sin dejar de masticar un chicle de menta). Ya, pero, como te he dicho, ese es Bryan Adams y tú eres un tipo corriente. Te puedo hacer un corte de pelo parecido, pero nunca será igual. Tienes la cabeza más... más...

ABEL: Más, ¿qué?

PELUQUERA: Redonda.

ABEL: ¿Acaso hay cabezas que no sean redondas?

PELUQUERA: Yo solo te digo lo que hay.

ABEL: Es que me has dejado esto aplastado.

PELUQUERA: Eso es porque no tienes un remolino. (Lo miró a través del espejo). ¿Sabes quién sí tiene un remolino? Bryan Adams. Es la clave, lo que le da estilo.

ABEL: Voy a ser el hazmerreír...

PELUQUERA: No está tan mal.

ABEL: Parezco uno de los Beatles.

PELUQUERA: ¡Es verdad! ¡Ringo Starr!

ABEL: Lo que me faltaba. (Se quitó la bata y se puso en

pie; en vano, intentó deshacerse de los pelos adheridos a su ropa). ¿Cuánto te debo?

Un viento cálido lo recibió al salir a la calle. El día envejecía despacio mientras se dirigía al apartamento que compartía con los chicos. Esperaba una llamada de teléfono una hora más tarde y quería asegurarse de estar allí para descolgar antes de que Samuel o Max se lanzasen a por el aparato, que estaba en el salón. ¿Intimidad? Ninguna. No podía librarse de sus gestos jocosos, pero al menos se ahorraría el bochorno de un contacto directo entre ellos y su interlocutor.

Esta maniobra era ejecutada por todos: si una chica llamaba a Samuel, algo que sucedía a menudo, era Abel el que intentaba contestar y gastarle alguna broma mientras su amigo luchaba por arrebatarle el teléfono. Max, en cambio, tenía rachas de abundancia (hubo una época en la que el ring ring se volvió diario) y otras en las que parecía haberse retirado del mercado, como en aquel momento.

En esta pelea por dejar al otro en ridículo, el riesgo eran las madres: las tres llamaban a menudo (el padre de Max también lo hacía), y, si tenías la mala suerte de descolgar, estabas condenado a pasarte veinte minutos con la oreja caliente, manteniendo conversaciones cotidianas («qué calor hace», «cómo está el mundo», «espero que estéis comiendo bien», «no te imaginas lo que le ha ocurrido a la hija de la vecina»...).

Cuando Abel alcanzó el rellano, comprobó que ya podía oírse la música italiana que Dalia ponía cuando se dejaba caer por el apartamento, algo habitual. Pese a que los chicos solían burlarse de la pasión que desbordaban las canciones, a él le gustaba esa intensidad que crecía en torno a los estribillos. Porque, sí, tenía un punto cursi. Sentía debilidad por lo cursi, aunque no se permitía admitirlo públicamente. A menudo, antes de decir algo, Abel se preguntaba qué pensaría el receptor, y este detalle, lejos de ser anecdótico por su aparente pequeñez e irrelevancia, atravesaba toda su vida y era la clave para entenderlo.

Sus amigos estaban desperdigados por el salón. El gato dormitaba tumbado en la alfombra junto a Dalia, que tarareaba bajito. Tristán se comía una manzana roja a bocados. Max y Samuel, sentados en los sillones, jugaban una partida de cartas.

TRISTÁN: ¿Qué te ha pasado?

ABEL: ¿A mí? Nada.

TRISTÁN: En el pelo.

ABEL: Ah, eso... (Se pasó los dedos por el cabello). Quería un cambio.

SAMUEL: ¡La leche! ¿Qué...? Pero ¿qué...? (Se echó a reír sin atisbo de compasión). ¡Si parece que lleves un casco en la cabeza!

ABEL: *Shut up!* Es tendencia.

MAX: Lo fue. En los sesenta.

Las risas de los tres se entremezclaron; la de Samuel era explosiva, la de Max era ronca y la de Tristán, suave. Dalia, aún tumbada en el suelo y con los codos apoyados en la alfombra para mantenerse incorporada, lo miraba con aire pensativo.

DALIA: No está tan mal, pero...

MAX: Uy, los «peros» de Dalia. Ahora llega lo bueno: «No está tan mal, pero asustarías a una horda de zombis», «no está tan mal, pero tenemos que detenerte por atentar contra el buen gusto».

Las risas de los tres subían de tono y, luego, bajaban hasta convertirse en un sonido de fondo, pero no llegaban a desvanecerse.

Samuel: «No está tan mal, pero una señora se ha arrancado los ojos al verte pasar por la calle».

Y volvían a estallar en carcajadas.

Dalia: Iba a decir que no está tan mal, pero que podría hacerle unos arreglos para darle un toque más... actual. ¿Tenéis tijeras en casa?

Abel: ¿Estás segura?

Dalia: Claro, confía en mí.

Max: No pienso perderme esto.

En el baño, sentado en un taburete, Abel intentaba mantener la calma mientras los demás cuchicheaban a su alrededor y Dalia blandía las tijeras. Por un instante, mientras se miraba al espejo, pensó: «Esto jamás le ocurriría a Tristán. Porque, para empezar, él no pediría que le hiciesen un corte de pelo inspirado en un famoso, ni tampoco aceptaría las bromas que surgiesen por un trasquilado». Casi desde que tenía uso de razón, Abel había deseado ser más Tristán y menos Abel, un hecho que, en sí mismo, ya lo alejaba de la esencia de Tristán a la que aspiraba. Intuía que, en ciertos aspectos (seguridad, dinero, etcétera), su amigo había envidiado otras vidas, pero sabía, como se sabe que el corazón late, las ranas saltan y la Tierra es redonda, que Tristán nunca había anhelado ser otra persona, colarse en una piel diferente, tener un cerebro que no fuese el suyo.

Así que Abel se encontraba allí, sentado, sintiéndose un poco ridículo y pensando en todo aquello. A su favor, había que admitir que su aspecto iba mejorando conforme el suelo se llenaba de mechones de cabello.

Samuel: No está nada mal...

Max: Ya. Qué lástima. Ni un trasquilón.

Agradecido, Abel le sonrió a Dalia, y ella le guiñó un ojo antes de dar unos últimos retoques.

¿Qué pensó él la primera vez que la vio? Algo parecido a cuando pruebas una salsa nueva y deliciosa, pero eres incapaz de adivinar qué ingredientes se usaron para elaborar la receta. Sí, recordaba que las palabras que dijo fueron «me he enamorado», pero, curiosamente, no sintió una atracción sexual, sino algo más ambiguo y profundo. Y aunque la memoria emocional de Abel era laxa y él se encaprichaba con frecuencia de unos y de otras, Dalia nunca le gustó de esa manera. Abel comprendió pronto que lo que deseaba de ella era beber. Quería beber de su inteligencia, beber de su carisma, beber de su dulzura y beber de esa risa líquida que se colaba por todas partes.

Dio un respingo cuando sonó el teléfono y admitió su derrota un segundo después. Estando en el baño era imposible que pudiese alcanzar el aparato antes que los demás, así que la lucha fue entre Samuel y Max. Ganó el segundo.

MAX: ¿Diga? (...). Sí, Abel vive aquí, pero nunca me ha hablado de un tal George (...). Para que pueda entenderlo mejor, ponme un poco en contexto. ¿Cómo os conocisteis? (...). Ajá, ajá, es un chico encantador, es verdad, excepto cuando...

ABEL: ¡Te voy a matar!

Se lanzó sobre Max para quitarle el teléfono y ambos forcejearon. Como el otro no paraba de reírse, Abel tuvo ventaja y logró arrebatarle el aparato, pero cuando se lo llevó a la oreja y pronunció un «George» lamentable con la voz entrecortada, comprobó que no había nadie al otro lado de la línea; o bien la llamada se había cortado sin querer o bien George le había colgado. Tenía la cara roja de rabia.

ABEL: ¡Eres un idiota, tío! ¡Un idiota!

MAX: No es para tanto. (Aún se reía).

Abel: Pero ¡si ha colgado!

Max: Pues llámalo y explícale el juego del teléfono. Tú también me lo has hecho a mí muchas veces; ¿qué le dijiste a esa chica que conocimos jugando a los dardos...?

Abel: Que tenías clamidia.

Max: Eso fue graciosísimo.

Mientras todos se dispersaban por la casa, Abel pensó que había pasado bastante tiempo desde la última vez que una chica había llamado buscando a Max, y se preguntó cuánto duraría la racha de sequía, porque estaba deseando vengarse.

Dalia: (Mirando a Tristán). ¿Tú participas en esto?

Tristán: No, no tengo catorce años.

Abel: ¿Y ahora qué? Joder...

Dalia: Haz lo que te ha dicho Maximiliano, llámalo.

Abel: No puedo. Vive en una de esas residencias de estudiantes con trescientas normas. Hasta ahora, siempre se ha puesto él en contacto.

Dalia se acercó y le regaló una caricia en la mejilla.

Dalia: ¿Sabes cuál es la residencia?

Abel: Sí. Está cerca de la plaza.

Dalia: ¡Pues ve y pregunta por él!

Abel: Parecerá que estoy desesperado.

Dalia: No. Tan solo que eres un tipo decidido y valiente. Mira, si te quedas aquí esperando pueden pasar dos cosas: que mates a Maximiliano o que termines desquiciado mirando el teléfono hasta que suene. Y confía en mí: cuando suene, será tu madre.

Abel: Eres una mujer cruel.

Dalia: Tristán, ¿tengo razón?

Tristán cogió aire antes de hablar.

TRISTÁN: Sí a todo.

DALIA: Gracias. Así que...

ABEL: ¿Tú me acompañarías?

DALIA: ¡Claro! ¿Vienes, Tristán?

TRISTÁN: (Con cara de extrañeza). No puedo.

ABEL: Ah, ya, hoy empieza el cine de verano.

Tristán se despidió con una sonrisa vaga y los dos se quedaron a solas en el salón cuando se cerró la puerta del apartamento. Abel miró a Dalia dubitativo.

ABEL: ¿Qué camiseta me pongo?

DALIA: Déjame echarle un vistazo a tu armario.

La habitación de Abel era la más pequeña de la casa. Se habían jugado el reparto a piedra, papel o tijera, así que fue justo, pero a él le fastidió perder porque, hasta que se mudó con los chicos, nunca había tenido un lugar propio. En una familia de seis hermanos no había espacio para la intimidad. De manera que lo único que tenía de particular su dormitorio era que le pertenecía en exclusiva. Por lo demás, no se había molestado en comprar nada y tiraba con lo que ya había encontrado ahí al entrar. Desde hacía un par de meses, eso sí, se llevaba el cartel de la fiesta temática de la semana para, luego, colgarlo en las paredes.

DALIA: Veamos. (Abrió el armario de pino).

ABEL: Dudo entre estas dos camisetas azules que...

DALIA: Olvídate del azul. No es tu color.

ABEL: ¿Por qué dices eso? Si la mitad de mi armario es azul, mira.

Empezó a mostrarle a Dalia camisetas, camisas y cazadoras de forma desordenada.

Dalia: Lo sé. Pero la culpa es de Max.

Abel: ¿Cómo? (Frunció el ceño).

Dalia: Max siempre va de azul.

Abel: Es verdad. Le sienta bien.

Dalia: Claro, a él sí. Y, ahora, vamos a ver qué te sienta bien a ti, ¿te parece? (Cogió algunas camisetas). Ve probándotelas.

Abel obedeció y, una tras otra, se las fue poniendo con torpeza. Dalia evaluaba el resultado mientras se paseaba por la habitación y él esperaba, ansioso.

Dalia: Ya está. Tu color es el rojo.

Abel: ¿El rojo? No creo, no. Es demasiado fuerte y llamativo. Además, vamos a ver, si ninguna de estas camisetas es roja, no has podido ver cómo me queda...

Dalia: Por eso mismo. Hazme caso, sé que es ese.

Abel: Yo creo que el rojo sería el color de Samuel.

Dalia: ¿Por qué piensas eso?

Abel: Es atrevido. O de Tristán.

Dalia: ¿Tristán? (Por cómo enarcó las cejas, cabría pensar que era un disparate que el rojo fuese el color de su amigo). En absoluto. Tristán es... (Guardó silencio). Oye, ¿quieres que te ayude o no?, porque se está haciendo tarde.

Abel: Sí quiero. ¿Qué camiseta me pongo?

Dalia: Hoy, la mostaza. Otro día, ya veremos.

El sol había empezado a desplomarse cuando ellos salieron del apartamento, pero los días de verano eran lánguidos y de una claridad tibia, de ahí que él siempre tuviese la sensación de que todo podía ocurrir y de que nunca era demasiado tarde, jamás llegaba el final de las cosas, porque la vida perdía su linealidad y se abría como un abanico.

Dalia: ¿Puedo preguntarte algo?

Abel: Claro, soy un libro abierto.

Dalia: ¿El chico te gusta de verdad?

Abel pensó en George, en su cabello rizado y rubio, que, por alguna incomprensible razón, le recordaba al mar; en cómo se esforzaba en vano por pronunciar bien la erre o la jota, y en lo divertido que era si se tomaba dos copas de más.

Abel: Supongo. (Se encogió de hombros).

Dalia: ¡Estamos yendo a su residencia de estudiantes! En una comedia romántica, esta sería la penúltima escena, esa en la que se produce al fin la ansiada declaración. Y tú me dices «supongo». Creo que esa palabra debería prohibirse al hablar de amor.

Se le escapó una risotada mientras la miraba de reojo. Cada vez pasaban más tiempo a solas. Solía ser en el piso, cuando los demás se dispersaban (Max se marchaba quién sabía a dónde, Tristán se iba a su casa y Samuel desaparecía al caer la noche, con independencia de que fuese lunes o miércoles). Entonces, Abel y Dalia charlaban en el salón, con el gato como única compañía. Al principio, no había sabido cómo abordar una conversación, pero pronto se dio cuenta de que con ella era fácil hablar porque podía ser él mismo, y no le importaba que Dalia confirmase que a veces era ridículo y torpe. De hecho, a ella parecía agradarle que pudiese ser ridículo y torpe, pero no desde un ángulo burlón, sino desde otro lugar a medio camino entre la ternura y el afecto.

Abel: Está bien, tienes razón. Sí que me gusta, pero digamos que mañana podría dejar de gustarme y, ¿quién sabe?, quizá aparezca otra persona que...

Dalia: Entonces, ¿para qué todo este esfuerzo?

ABEL: Bueno, tan solo estamos dando un paseo.

DALIA: Parecías desesperado cuando se ha cortado la llamada.

ABEL: Y lo estaba. Lo *estoy*. (Se corrigió al ver su gesto).

DALIA: ¿Quién entiende el amor?

ABEL: ¿Me lo estás preguntando a mí?

DALIA: No, déjalo.

Caminaron en silencio un rato más, mientras el día daba los últimos coletazos.

DALIA: ¿Tristán ha dicho que se iba a un cine de verano?

ABEL: Sí. Lo ponen en el barrio todos los años. Por cada diez películas de la prehistoria, echan una actual. Pero es mejor que nada. Yo lo acompaño a veces. Y, si la peli es aburrida, me echo una cabezadita y ya está, no me importa.

Ella lo miró de reojo.

DALIA: ¿Crees que yo podría ir un día?

ABEL: Pues claro. Cuando quieras.

DALIA: ¿No le molestaría a Tristán?

ABEL: Qué va. Ni se dará cuenta. La gente joven se pasa el rato besuqueándose, y la gente mayor, cuchicheando. Pero a él le da igual, solo tiene ojos para la película.

Caminaron otro rato en silencio, aunque Abel seguía dándole vueltas a ese «supongo» desapasionado que había salido de su boca. Era, se daba cuenta, la palabra que les hubiese dicho a los chicos, pero no la que tendría que haber pronunciado en presencia de Dalia. En ocasiones, Abel olvidaba que estaba programado para la complacencia, y todo él eran capas y capas y capas que debía recolocar según la persona que tuviera delante. ¿Sus padres? El chico dulce, un poco callado. ¿Sus hermanos? El blanco de burlas que sabía reírse de sí mismo. ¿Samuel? Su lado más gamberro. ¿Max? El ego dolido que se retiraba a un rincón. ¿Tristán? La aprobación que tanto necesitaba. ¿Y Dalia? No, con ella no. Con ella, Abel tenía la impresión de que podía ser todas esas cosas y ninguna.

ABEL: Sobre lo que decías antes...

DALIA: ¿Sí?

Se detuvieron frente a un semáforo.

ABEL: Lo que creo sobre el amor es que es la droga más antigua y poderosa que existe. Si lo piensas bien, ¿quién no quiere estar enamorado?

DALIA: Mucha gente.

ABEL: Qué va. Lo que no quieren es sufrir.

DALIA: Forma parte de un todo. (Cruzaron por el paso de cebra cuando cambió a verde). A veces, no vale la pena. Es como tener que elegir entre que te hinchen el corazón o que te lo estrujen. Casi mejor que se quede como está.

La voz taciturna de ella flotó entre ambos.

ABEL: Yo prefiero una de cal y otra de arena.

DALIA: Hasta que te dé un infarto. (Sonrió).

ABEL: De algo hay que morirse. (Le devolvió el gesto).

La residencia se dibujó bajo las últimas luces del día. Delante de la puerta, Abel y Dalia se miraron como se miran los niños de preescolar durante el recreo, cuando uno pregunta con ansiedad «¿Puedo jugar contigo?», y el otro responde que sí.

ABEL: Gracias por acompañarme. Y por conseguir que dejase de parecerme a Ringo Starr. (Se señaló la cabeza). Sobre todo por eso.

Dalia: Tan solo necesitabas unos retoques.
Abel: Ya. Pues mi peluquera no lo vio claro.
Dalia: Venga, ve a que te hinchen el corazón.

Con la intención de hacerla reír, Abel simuló que estaba calentando para un combate de boxeo. Luego, se despidió con un abrazo corto y cruzó el umbral de la residencia de estudiantes con la esperanza de que no fuese demasiado tarde y aún aceptasen visitas. ¿Qué podía decirle para impresionarlo? Apenas sabía nada de inglés más allá de *I love you.* Pues quizá eso, ¿no? Un *Iloveyou* del tirón, sin miedo.

Cogió aire y avanzó un paso tras otro.

## 23

## GEOGRAFÍA DE ABEL

Abel siempre había tenido la dolorosa impresión de ser un comodín. Es decir, el tipo de persona complaciente, conformista y anodina que puede encajar en las grietas que abren aquellos que son arrolladores, ambiciosos y derrochan magnetismo. Cuando comprendió que no podía cambiarlo, lo convirtió en su mejor virtud. No fue algo premeditado, sencillamente dejó que la vida siguiese su curso. Al cumplir un año, siendo el menor de seis hermanos, se acostumbró a pasar de brazo en brazo como si fuese un saco de arroz. A los dos, compartía habitación con Mario y Omar. A los tres, anhelante de atención, fue bautizado como el bufón oficial de la familia. A los cuatro, entendió que, con cinco hermanos patrullando alrededor de la despensa, tenía que ser listo para no quedarse sin galletas. A los cinco, conoció a Samuel, Max y Tristán. A los seis, cuando Tino empezó a ver partidos de baloncesto, él empezó a ver partidos de baloncesto. A los siete, cuando Omar empezó a leer cómics de superhéroes, él empezó a leer cómics de superhéroes. A los ocho, cuando Mario empezó a escuchar música rock, él empezó a escuchar música rock. A los nueve, cuando Carlos empezó a coleccionar cromos, él empezó a coleccionar cromos. A los diez, cuando Kiko empezó a ponerse parches en la chaqueta vaquera, él empezó a ponerse parches en la chaqueta vaquera. A los once, aún temía a los tiburones por culpa de Spielberg. A los doce, tuvo por primera vez una prenda de ropa que no era heredada. A los trece, Samuel y Max no se hablaron durante una semana, y él se vio obligado a mediar entre ellos para que hiciesen las paces. A los catorce, comprendió que tenía una facilidad insólita para enamorarse. A los quince, vivió dos hitos importantes: besó a una chica y se sintió atraído por un compañero de clase. A los dieciséis, se emborrachó por primera vez, y Mario y Tino lo metieron debajo de la ducha para disipar los efectos del alcohol. A los diecisiete, se enamoró y se desenamoró de la mitad del instituto. A los dieciocho, supo que Max y Tristán hablaban un idioma secreto que Samuel y él no podían aprender. A los diecinueve, salió con una chica que decía «¡qué fuerte!» cada tres minutos y a él se le pegó la expresión. A los veinte, se dejó bigote; él creía que era elegante, pero a sus hermanos y a sus amigos les pareció ridículo. A los veintiuno, odiaba los bigotes. A los veintidós, se lio con un estudiante de moda que siempre usaba sombrero, y terminó por gastarse la mitad de la paga del mes en boinas, gorras y hasta en un bombín. A los veintitrés, después de una noche inolvidable, se bañó en el mar con los chicos mientras el sol despuntaba a lo lejos y todos se reían de lo que Tristán decía: «Esto es la belleza, esto tiene que ser». A los veinticuatro, se fue a vivir con Samuel y Max. A los veinticinco, supo que estaba destinado a fluir y transitar por caminos diseñados por otras personas. Por eso, a los veintiséis, cuando Samuel, tirado en el sofá, los miró y preguntó: «¿Por qué no montamos un club de copas?», Abel fue el primero en contestar: «¡Claro, hagámoslo!».

## 24

## NOCHE DE PÓKER

La decoración era sencilla: ases, reinas y comodines. Un tapete verde de fieltro engalanaba la barra y todos agradecían que les hubiese salido tirado de precio, porque sabían que al final de la noche sería un amasijo irrecuperable por culpa del alcohol derramado y las quemaduras de cigarrillo. Abel se había encargado de seleccionar la música: Nina Simone, Sinatra o Chet Baker. El presupuesto que le concedieron a Dalia dio para comprar algunos vasos de whisky, copas de cóctel y unas monedas doradas de chocolate que repartieron en cuencos por todo el local. En el cartel que habían colgado en la entrada la semana anterior, podía leerse: NOCHE DE PÓKER, SOLO PARA JUGADORES VALIENTES. En las paredes, había carteles de películas como *El golpe*, *El rey del juego* y *Casino Royale*. En cuanto a los cócteles, como la carta era lo suficientemente variada, tan solo añadieron un guiño: el black jack, una mezcla oscura con base de cola y ron.

Lo que sucedió a mitad de noche no entraba en sus planes.

Hacía calor. Un calor sofocante. Los clientes se divertían. La mayoría de los chicos vestían camisa, y las chicas, vestidos de fiesta rojos, negros y verdes. Excepto Patricia, probablemente la más fiel al club, que cada semana se tomaba la temática tan en serio como si se tratase de un examen final y aquella noche simulaba ser una reina de corazones. Así pues, en medio del ambiente relajado pero candente, unos tipos aparecieron con un juego de póker y se empeñaron en echar unas partidas.

Max: Esto es un club de copas, era algo simbólico.

Desconocido uno: ¿Me estás tomando el pelo?

Max: (Con un tono algo más desagradable). Te lo repito: nadie está jugando. Es una cuestión de ambiente, ¿entiendes? No somos un casino.

Abel supo que se avecinaban problemas al ver el brillo en los ojos de Samuel. Su amigo, que a esas alturas de la noche estaba borracho, dio una palmada en el aire antes de intervenir.

Samuel: ¡Un casino! ¡Guau! ¡Eso sería increíble! ¿No te parece, Max?

Con los labios apretados, Max le lanzó una mirada asesina que, de haber estado Samuel sobrio, hubiese hecho su efecto, pero no lo estaba.

Samuel: ¿Tú qué opinas, Abel? ¿Tristán? (Detrás de la barra, Tristán servía cócteles y le ignoraba). ¡Perfecto! ¡Podemos jugar en el almacén! Una mesa, unas cuantas sillas... ¡y al lío! (Bebió un trago largo de cerveza).

Los tres siguieron a Samuel con la mirada mientras este se alejaba con el grupo de desconocidos y se internaba en el almacén. Después, hubo un silencio tenso.

Max: ¿Qué narices vamos a hacer con él?

Tristán: Habrá que contenerlo...

Max: Ya, claro, la pregunta es cómo.

Abel: Venga, tampoco es para tanto.

Debía admitir que, cuando estaba achispado, Samuel se convertía en un chiste andante. Abel nunca había conocido a nadie con más desparpajo, gracia y espontaneidad; se le podía pasar cualquier cosa por la cabeza y todo parecía probable, como en verano. Y Abel pensaba que aquella fascinación tenía que ver con la esperanza.

TRISTÁN: Deberías ir con él para vigilarlo.
ABEL: ¿Queréis que sea su niñera?
MAX: Te lo agradeceríamos.

Como Max y Tristán controlaban más la barra y a él le gustaba poco estar de cara al público, comprendió que ir al almacén era el mal menor. De camino, se cruzó con Dalia, que salía del cuarto de baño; estaba pálida y no tenía buen aspecto.

ABEL: ¿Todo bien?
DALIA: Sí. La regla, ya sabes.
ABEL: Ah, eso. (Tomó aire). Esto... Tengo que vigilar a Samuel. Por lo visto, ha decidido organizar unas partidas ilegales de póker.
DALIA: Fantástico.

La iluminación del almacén era lúgubre, con una solitaria bombilla que colgaba del techo lleno de telarañas que nadie se había molestado en quitar (principalmente porque Dalia había dicho que eran hogares, y que nada era tan importante como el hogar). Extravagancias a un lado, las estanterías estaban atestadas de trastos inservibles y la mercancía del club: licores, refrescos, cervezas y demás. Finalmente, en el centro de la estancia, había una mesa desvencijada y varias sillas; algunas de playa, otras más parecidas a taburetes y una de madera. Allí acababa de empezar una partida de póker.

Abel se presentó al entrar, antes de sentarse junto a

Samuel, y los demás hicieron lo mismo. Había un tipo joven de patillas largas y ojos rasgados que llamaba la atención por su baja estatura y que dijo llamarse Jota; sin embargo, el aspecto de los otros dos hombres era diferente: fornidos y de rasgos duros, con algún que otro tatuaje asomando bajo las mangas de sus camisetas oscuras. Uno de ellos, que respondía al nombre de Iñaki, fue el que se encargó de repartir cinco cartas a cada uno.

Los jugadores eran cuatro, y sobre la mesa dormía un puñado de billetes.

Al ver sus cartas, Samuel comenzó a resoplar. Abel le dio un codazo para que dejase de hacerlo, pero su amigo no atendía a razones y, como si quisiese remarcarlo, se bebió la mitad de la cerveza de un trago, lanzó un eructo y se echó a reír. El cuarto jugador, que se había presentado como Pedro y que estaba sentado a la izquierda de Iñaki, lo miró antes de empezar la partida.

JOTA: Voy con diez mil pesetas.

PEDRO: Paso.

SAMUEL: ¡Subo a quince mil!

IÑAKI: Paso.

A la hora de descartar, Samuel tiró cinco cartas. Desesperado, Abel las recogió y le susurró al oído que dejase de hacer el tonto.

SAMUEL: Relájate. No es para tanto.

JOTA: (Mirando a Abel). ¿Tu amigo sabe jugar?

SAMUEL: ¡Claro que sé jugar! Y, en cuanto vuelva con otra cerveza, te lo demostraré.

Se tambaleó al levantarse y salió del almacén. Iñaki alzó una ceja, crítico.

PEDRO: Esto parece una broma de mal gusto.

ABEL: Mirad, no queremos problemas. Ya os lo hemos explicado: la noche de póker era una idea ambiental, que es lo que hacemos cada sábado en el club. No estábamos organizando un campeonato ni nada parecido.

JOTA: (Tras encenderse un cigarrillo). ¿El local es vuestro?

ABEL: Sí. (Lo dijo con gran orgullo).

JOTA: ¿Conoces las reglas del póker?

ABEL: Claro. ¿Por quién me tomas?

JOTA: Bien, pues entonces juega tú.

Abel quiso negarse. Pero el problema de las negativas, en líneas generales, es que implican decir la palabra «no», lo que para él era equivalente a que dos letras envueltas en ácido escalasen por su garganta y, después, le abrasasen la lengua. Para una persona que se había construido por imitación, sin espacio para definirse, el «no» era inaccesible, porque implicaba dos cosas: rechazar una posibilidad o perder el amor de su interlocutor. Por eso, a menudo Abel se había encontrado a sí mismo riéndose de un chiste que no entendía. O señalando a su acompañante y diciendo: «Tomaré lo mismo que él», cuando el camarero aparecía para pedirles nota; ¿le apetecía una cerveza?, quizá no, pero eso era lo de menos. Y cuando iba a una heladería... Cuando iba a una heladería el mundo parecía congelarse por completo mientras él, aturdido y nervioso, paseaba la mirada del helado de chocolate al helado de turrón, del helado de vainilla al helado de pistacho, del helado de fresa al helado de nata. ¿Cómo elegir?, ¿cómo lo hacía toda esa gente que decidía al instante, con firmeza, sin titubeo alguno? Él siempre tenía la sensación de haberse equivocado.

Entonces, delante de aquellos desconocidos, se sintió tan paralizado como al entrar en una heladería. ¿Quería jugar al póker? No. Eso lo tenía claro. Pero, en el mejor de los casos (si fuese capaz de verbalizarlo, algo poco probable), pensarían que era un cobarde, un pardillo, un cero a la izquierda. En el peor, se sentirían ofendidos, lo que derivaría en un enfado y, luego, en un conflicto. Nada existía en el mundo que Abel odiase tanto como los conflictos. Se encontraba en una encrucijada. ¿Por qué Samuel le había metido en aquel lío y se había largado sin más? ¿Por qué Tristán se permitía ordenarle que hiciese de niñera como si fuese su jefe? ¿Y por qué Max lo había mirado con esa superioridad de la que hacía gala a diario y que resultaba de lo más pretenciosa?

Allí, en el almacén, rodeado por esos tres tipos, tuvo ganas de levantarse y de lanzar la mesa al suelo, de gritar y de decirles a todos que eran unos idiotas por creerse tan especiales y maravillosos. Pero no lo hizo. Por supuesto.

ABEL: Está bien. Juguemos.

## 25

## MIENTRAS TANTO...

Mientras tanto, en ese mismo local, Tristán tenía la sensación de que las horas se solapaban unas sobre otras, cóctel tras cóctel, canción tras canción. Pero, de vez en cuando, ella. Que siempre parecía que estaba, pero no estaba; que se movía entre la gente como impulsada por ráfagas de viento; que era como una de esas bombillas que te hacen dudar, de las que parpadean antes de encenderse del todo, de las que desconfías no solo porque funcionen de forma errática, sino porque consumen demasiada energía. Y él la miraba, claro, porque ¿qué otra cosa podía hacer? Condenado detrás de la barra, con las manos ocupadas y la noche estirándose más de lo deseable.

La aparición de Samuel lo obligó a perderla de vista. Su amigo abrió el grifo de cerveza y se sirvió una de mala manera, con demasiada espuma.

TRISTÁN: ¿No crees que ya has bebido suficiente?

SAMUEL: ¿Estás hablando conmigo? (Se echó a reír). Pero si solo llevo... (Alzó los dedos de la mano para contar y se tambaleó hacia atrás). ¡La noche es perfecta!

TRISTÁN: ¿Qué ha pasado con esos tipos?

SAMUEL: ¿Qué tipos? (Bebió un trago).

TRISTÁN: Los del póker.

Tristán, que era una de esas personas que saltan de la paciencia a la absoluta desesperación en cuestión de segundos, apretó los dientes e intentó mantener la calma.

Samuel: Ah, esos. Están en el almacén. Creo.
Tristán: Joder, Samuel. Eres un desastre.

Avisó a Max antes de alejarse de la barra y moverse entre la clientela a codazos. Abrió la puerta azul de un tirón. Y, luego, entró en el almacén. O, al menos, eso sería exactamente lo que hubiese ocurrido de no haberse encontrado a Dalia sentada en uno de los escalones que conducían al piso de arriba, con las piernas encogidas. Lo primero que pensó fue que habría bebido demasiado, pero recordó que ella, como él, solía mantener el control. Es una característica de las personas que viven en alerta constante: pueden relajarse ligeramente, pueden despreocuparse ligeramente y pueden confiarse ligeramente, pero eso es todo. Así que Tristán se agachó frente a ella, la observó en silencio unos instantes y, cuando descartó la posibilidad inicial, se decidió a preguntar.

Tristán: Dalia, ¿qué te pasa?

Era, quizá, la primera vez que se dirigía a ella por su nombre. La chica alzó la cabeza, el cabello rubio y alborotado enmarcaba su rostro empalidecido.

Dalia: No me encuentro bien.

Tristán alzó la mano y ella se apartó dando un respingo. Cuando comprendió que lo que pretendía era tomarle la temperatura, se calmó y pareció avergonzarse, aunque no tardó en reponerse. Él le apartó a un lado el flequillo desordenado y posó la palma de la mano en su frente. Estaba caliente. Se oían voces que provenían del almacén, pero de pronto se volvieron lejanas, y la partida de póker, poco relevante.

TRISTÁN: Tienes fiebre.

Ella se levantó.

DALIA: No es nada, solo me he agobiado.

TRISTÁN: ¿Vives lejos? Te acompañaré.

DALIA: No, no, no. (Y negó también con la cabeza). No puedes dejar a Max solo en la barra, todavía queda mucha noche por delante.

TRISTÁN: Se las apañará. Pediré un taxi.

DALIA: ¡¿No me estás escuchando?!

En la penumbra, él se mostró confundido y a Dalia la embargó la ternura. A esas alturas, ya había entendido la dinámica del grupo. Tristán, de una manera un tanto ambigua, siempre terminaba por llevar las riendas; los demás tenían en cuenta sus opiniones y pocas veces las contradecían. No estaba acostumbrado a que alguien le dijese qué era lo que tenía que hacer y se amparaba en que sus intenciones eran buenas.

TRISTÁN: Vale. Entonces, me quedaré aquí contigo.

DALIA: Estaré bien sola y tú tienes que trabajar.

TRISTÁN: No insistas. No pienso irme.

Con esa actitud lánguida que a Dalia la ponía de los nervios, Tristán se sentó en uno de los escalones y se quedó ahí, como una estatua, imperturbable.

Ella buscó desesperadamente una salida.

DALIA: Estaba pensando... (Una pausa). ¿Crees que a Elena le molestaría que subiese a su casa? Me dijo que nunca se duerme hasta bien entrada la madrugada.

Tristán: No, estará encantada.
Dalia: Perfecto. Pues vamos.

La poca luz que se colaba por debajo de la rendija de la puerta azul se fue extinguiendo conforme ascendieron por las empinadas escaleras. Tristán se encontraba a su espalda, pendiente de todos y cada uno de sus pasos. Su presencia parecía alterar el aire y llenar el espacio; Dalia jamás hubiese comparado a Tristán con el fuego, sino con el chasquido previo al fuego, porque era sutil, sí, pero incisivo y determinante.

Una vez arriba, a oscuras y con el murmullo del club de fondo, él dio tres golpes secos en la puerta. Elena no tardó en abrir. Llevaba una bata de seda negra y el cabello recogido en un moño. La mujer se fijó primero en él y, luego, en Dalia.

Elena: ¿Estás bien, cielo? ¿Qué pasa?
Tristán: Tiene fiebre y yo diría que...
Elena: Me ocuparé de ella, vete tranquilo.
Tristán: Bien.

Pero no fue un «bien» tiránico.
Fue un «bien» resignado.

## 26

## NOCHE DE PÓKER II

Abel no podía creerlo. Se sentía pletórico. Atiborrado de suerte. Triunfante y dichoso. Feliz feliz feliz. Tenía fuegos artificiales debajo de las uñas, y esos fuegos, de colores, estrellados y brillantes, reventaban cada vez que cogía una carta. Primero, un par de reyes. Luego, un *full* de sietes y ochos. Después, una escalera limpia. ¿Cómo era posible? Por una vez, la suerte estaba de su parte y se aliaba con el destino para extenderle una alfombra roja a su paso. Y Abel había descubierto que le gustaba caminar por ese suelo mullido. Cuando en la vida te tocaban buenas cartas, y nunca mejor dicho, era más fácil sentirte satisfecho en tu propia piel y no buscar la aprobación de los demás.

JOTA: No puede ser, no puede ser.
ABEL: ¡Y sumamos! ¡Qué maravilla!
IÑAKI: Es el tío con más suerte del mundo.
JOTA: Se está haciendo tarde, creo que deberíamos irnos ya.

Miró a sus dos amigos y, después, arrastró la silla hacia atrás para levantarse.

ABEL: ¡Eh, eh! ¿Qué prisa tenéis? Habíais dicho que un par de partidas más. No podéis rajaros ahora. Va, ¿a quién le toca repartir?

Pedro: Ya hemos palmado suficiente.

Iñaki: Sí, joder, tengo los bolsillos vacíos.

Abel: Venga, no seáis aguafiestas.

Jota: Danos un respiro. Otro día.

Abel: La noche del póker es hoy.

Jota: Podemos jugar cuando nos dé la gana. Ya nos pasaremos algún sábado. Por cierto, ¿tienes algún tipo de descuento para las consumiciones?

Resignado, Abel se puso en pie y cerró la puerta del almacén tras salir el último. Quedaba gente en el club y ya habían sobrepasado con creces la hora a la que les estaba permitido cerrar. Le dijo a Max que no cobrase las copas de sus compañeros de juego y también él pidió un cosmopolitan. Buscó a Dalia entre los clientes rezagados.

Abel: ¿Alguien ha visto a Dalia?

Tristán: Está en casa de Elena.

Abel: ¿Por qué? (Bebió un sorbo).

Tristán: No se encontraba bien.

Abel: Ah, es verdad, me he cruzado con ella cuando iba al almacén.

Tristán lo miró fijamente. Tan fijamente que la cerveza que estaba sirviendo comenzó a derramarse por el borde del vaso y se escurrió por la rejilla del grifo.

Tristán: ¿Y no se te ha ocurrido quedarte con ella?

Abel: ¡Me habíais pedido que hiciese de niñera!

Max: Tarea que has cumplido de fábula. (Resopló).

Abel: ¿Qué queréis que haga? Ya es mayorcito, ¿no? Nadie puede pararlo cuando ha bebido de más, es una pérdida de tiempo. Suficiente que he salvado la situación.

Tristán: ¿Qué situación?

Abel: ¡La partida de póker!

MAX: Lo que nos faltaba, claro.

ABEL: Pues ha sido in-cre-í-ble.

MAX: Y nosotros, mientras, matándonos a poner copas. ¿Sabes qué? Vamos a empezar a rotar, a ver qué pasa, porque llevamos meses pringando.

Abel no contestó, aunque deseaba decirle que nadie lo había obligado a ocupar el puesto y que había sido una decisión tomada por él, independientemente de que hubiera sido tras descubrir que Samuel no podía estar detrás de la barra por razones evidentes y que él se sentía avasallado cuando se acercaban los típicos tíos de apariencia canalla que no daban por buena la noche si no se metían en alguna trifulca. Era innegable que Tristán y Max se manejaban mejor con esa clase de individuos; además, Tristán había desarrollado un curioso interés por todo lo relacionado con la coctelería, y parecía disfrutar de esa parte del trabajo.

ABEL: Iré a buscar a Samuel.

No mintió, fue lo que hizo a continuación. Y lo encontró. Vaya si lo encontró. Estaba fuera, en la puerta del club, con Patricia colgada del brazo. Vociferaba mientras señalaba el local de enfrente, cuyos dueños ya estaban bajando la persiana. ¿Qué les decía? Nada bueno; algunas cosas eran ininteligibles; otras, tan solo estupideces deslavazadas: «¡No se puede domar a la gente!», «¡Somos el mejor club de la ciudad!».

Visiblemente angustiado, Abel lo sujetó por los hombros e intentó establecer contacto visual con él, pero Samuel tenía la mirada nublada y la boca algo desencajada.

Patricia, a su lado, no paraba de reír.

ABEL: ¡Cállate! ¿Quieres meternos en problemas?

SAMUEL: ¿Problemas? ¿Problemas? ¿Qué es la vida si no

un problema de los gordos? Más que un hipopótamo... Más que... un globo aeros... *arostático*...

Samuel y Patricia rompieron a reír a la vez. Abel, al borde del enfado, los empujó para que entrasen en el club y alzó la mano para despedirse del tipo del local de enfrente, pues quería evitar a toda costa un enfrentamiento. En aquel instante, como si un mechero prendiese en su cabeza, comprendió que una de sus tareas era apagar los fuegos que Samuel encendía; primero, con la partida de póker y, después, con aquello. Es más, ¿acaso no era lo que hacía todo el tiempo, con todo el mundo, en todas partes? Ser un conciliador.

¿Era esa su mejor virtud? Sí.

Pero ¿quería que lo fuese?

## 27

## LO QUE A ABEL LE GUSTABA

El amor. Las patatas fritas con kétchup. Los cotilleos que le contaba su madre sobre vecinas que no conocía, por mucho que fingiese que escucharla era un fastidio. Los platos y vasos de Duralex que había en su casa. El amor. El café con dos de azúcar. Componer, frente al espejo del baño, muecas y expresiones que luego nunca usaba en la vida real. Encogerse de hombros, porque era una respuesta infalible. El barrio, lo cotidiano hasta la médula y la rutina. El amor. La música; en concreto, le gustaba ser quien manejaba lo que sonaba en el local, aunque no supiese bien cómo había ocurrido. Leer revistas para adolescentes en las salas de espera. Los días templados, cuando nadie podía quejarse por el calor o por el frío. El olor a gasolina. El amor. Coger una caja de galletas y que quedase la última. El papel de aluminio. Ser testigo de un debate, aunque no entendiese el grueso de la cuestión. Encontrarse una moneda en el suelo. Los globos y las borlas de colores, pero, sobre todo, el confeti; ¿cómo era posible que un puñado de papelitos resultasen tan festivos?

Y el amor.

# 28

## EL ANGELITO INVISIBLE

La madre de Abel era una señora que siempre estaba sofocada. Él la imaginaba así desde el principio de los tiempos: naciendo sofocada, estudiando sofocada, casándose sofocada, etcétera. Su frase estrella era: «¡Qué sofoco, qué sofoco!». Y también: «¡Un día de estos me vais a matar de un sofoco!». En ese caso, las palabras solían ir dirigidas a Mario y a Tino, que eran los especialistas en darle disgustos. Abel, en cambio, estaba convencido de que él era su hijo favorito, quizá como compensación por estar al final de la lista en las preferencias de su padre. No se llevaba mal con él. De hecho, no se llevaba, a secas. Nunca habían discutido ni alzado la voz, lo suyo era una indiferencia serena que sobrellevaban con dignidad, amparados por el pelotón familiar.

A lo largo de su amistad, Samuel le había dicho miles de cosas (la mayoría de ellas irrelevantes), pero Abel recordaba con nitidez una frase que pronunció cuando tenían dieciséis años y estaban matando el tiempo en las canchas de baloncesto.

SAMUEL: Qué suerte tienes. Tú puedes ser invisible.

ABEL: ¿Qué quieres decir? (Lanzó la pelota a la canasta).

SAMUEL: Sois seis hermanos, ¿quién va a fijarse en lo que haces o dejas de hacer, en lo que sabes o no sabes, en lo que piensas o no piensas?

Diez años después, aquel domingo de verano, las palabras de su amigo resurgieron con fuerza. Allí, sentado a la mesa con sus padres, sus hermanos y sus tres cuñadas, Abel comprendió que Samuel tenía razón, pero incluso fue más allá: podía estar o no estar. Quizá alguien comentaría de pasada su ausencia, pero diez segundos después lo habrían olvidado. En cierto modo, era ventajoso. De joven, Abel tenía el camino hecho gracias a los demás y no se le imponía un toque de queda cuando salía por las noches, así que él y Tristán siempre se quedaban rezagados hasta más tarde. En el instituto gozaba de cierta ligereza: sus padres no estaban al acecho del boletín de notas y daba un poco igual lo que hiciese porque no iba a ser lo suficientemente «importante», teniendo en cuenta que a Mario lo habían expulsado dos años atrás y que Tino, cuatro antes, había estado a punto de incendiar el edificio. Por contraste, aunque llegase a casa de madrugada y coleccionase suspensos, su madre seguía pellizcándole la mejilla y llamándolo «mi angelito».

Omar: ¿Cómo fue la noche?
Abel: Bien. Pásame el queso.
Carlos: Yo también quiero queso.
Cuñada uno: ¿Queso? ¿Dónde está el queso?
Madre: ¡Calma! ¡Hay queso para todos! (Se puso en pie y movió el ventilador para dirigir el aire hacia la mesa). ¡Qué sofoco! Cada verano es peor que el anterior.
Mario: Yo creo que son todos iguales.
Abel: ¿Quién quería queso?
Carlos: ¡Por aquí!
Cuñada uno: Casi no queda.
Madre: Hay más en la nevera.
Cuñada dos: Yo me levanto.
Cuñada tres: No, ya voy yo.
Abel: A mí me pilla más cerca.
Madre: Gracias, mi angelito.

El jaleo del salón quedó amortiguado cuando entró en la cocina. La estancia era pequeña y angosta, de manera que si había más de cuatro personas tenían que empezar a moverse como si jugasen al Tetris. Abel cogió la bolsa de queso de la nevera, tamaño extragrande, y regresó sobre sus pasos. Fue un segundo, solo uno, pero allí, parado en el umbral de la puerta y contemplando a su familia como si protagonizasen *El banquete de Waterloo*, se imaginó lo opuesto: cómo sería la vida de Samuel, ser el príncipe de la casa, que los padres estuviesen aguardando su llegada porque, en caso de que no asistiera, el sentido de la comida se perdería. Y los ojos de sus progenitores fijos en él, atentos. Justo como sus hermanos miraban entonces la bolsa de queso que Abel sostenía en la mano.

OMAR: ¡Lánzala por aquí!

PADRE: Eh, nada de lanzarla.

MADRE: Son salvajes, cariño. Salvajes.

TINO: (Sin dejar de sonreír). ¡Unga, unga!

KIKO: Mira que eres tonto. (También sonriendo).

CUÑADA TRES: ¿Piensas acabar con el queso?

OMAR: Es que si no la pasta no sabe a nada.

MADRE: La próxima vez, cocinas tú un kilo y medio de espaguetis con este calor que hace; ¡casi me da un sofoco mientras freía el tomate! Qué desagradecido.

CARLOS: Pídele perdón a mamá.

OMAR: ¡Si solo he dicho que está sosa!

CUÑADA UNO: ¡Cariño! (Con tono de reprimenda).

MARIO: Y luego soy yo la oveja negra.

TINO: ¿No era yo? (Sonrió con malicia).

OMAR: ¿Queréis que diga que está sabrosa?

TODOS: ¡Sí! (Entre risas).

OMAR: Pues bien: está sabrosa.

MADRE: Gracias, cielo.

Omar puso los ojos en blanco y su novia le dio un puntapié por debajo de la mesa. Así se sucedió el resto de la comida: espaguetis y bromas, más queso y discusiones sobre fútbol, el café y debates de política (aunque ninguno tenía mucha idea del tema); después, comenzaron las despedidas en el siguiente orden: Tino, Carlos y su chica, Omar y su chica, Kiko y su chica, Mario y Abel. La madre les dio un beso en la mejilla que Mario se limpió y Abel respetó. El aire caliente los golpeó al salir a la calle.

MARIO: Esto es insoportable.
ABEL: Es la peor hora del día.
MARIO: Por la noche tampoco refresca. (Se encendió un cigarro). Menuda resaca tengo. (Tiró el humo). Oye, entonces, el club va de puta madre, ¿no? En el barrio no se habla de otra cosa. Lo de las noches temáticas sigue siendo la leche. Se le ocurrió a esa amiga vuestra, ¿verdad? La rubia. ¿Cómo se llamaba?
ABEL: Dalia.
MARIO: Eso, sí. ¿Sale con alguien?
ABEL: Ni idea, pero no creo que seas su tipo.
MARIO: Qué tontería. ¿Por qué dices eso?

Sin dejar de caminar hacia la parada del autobús, miró a Mario de reojo. Los seis hermanos habían nacido en años consecutivos, como si se hubiesen propuesto ser una melodía perfectamente orquestada; Mario y él se llevaban un año, y esa proximidad era clave en su relación, aunque no tuviesen grandes cosas en común. Los límites en lo respectivo a sus grupos de amigos eran difusos; a menudo, Mario había terminado la noche con Samuel, Max, Tristán y él, como si fuese uno más. Cuando ocurría, se abría una contradicción en Abel: por un lado, adoraba a su hermano, ¡más que eso!, lo idolatraba, porque Mario era extrovertido, seductor y uno de esos listillos que siempre se salen con la suya; pero, por otra parte, si Mario entraba en acción era inevitable que Abel se apagase; ¿quién se fija en un cabo de vela si de pronto se encienden los focos de un escenario?

ABEL: No es por ti, es que Dalia es... distinta. Ya sabes, vive en el barrio alto. Y viste como si fuese modelo. Y habla como si estuviese en un programa de televisión. Y...

MARIO: Ya veo cuál es el problema: estás enamorado de ella.

ABEL: ¿Qué? ¡No! ¡No es verdad!

MARIO: Claro, claro. Lo que tú digas.

ABEL: Solo somos amigos. Buenos amigos.

MARIO: Tranquilo, no se lo contaré a nadie.

Inesperadamente, Abel tuvo ganas de darle un empujón y de lanzarlo lejos lejos lejos. Quiso decirle que dos semanas atrás había jugado al póker con unos tipos de aspecto intimidante y había salido victorioso. Esa noche había ascendido hasta las nubes y había descubierto que estar allí, en lo alto, era adictivo y gozoso. Ya no quería conformarse con el suelo, sino volver a sentir esa euforia que nacía del estómago y saltaba hacia arriba, semejante al golpe del enamoramiento. Pero los tres hombres no habían vuelto a dejarse ver por el local, y él, en el plano sentimental, atravesaba otro bache, porque lo suyo con George empezaba a desinflarse: siempre ocurría igual, una intensidad arrolladora al inicio y, luego, caída libre. Y no, Dalia no le gustaba de esa manera. Así que, aquellos días, la sensación de vacío se extendía imparable como el lodo denso, y lo último que quería era aguantar las bromas socarronas de su hermano y aquel ego que no le cabía en el pecho.

Por eso el tono le salió áspero:

ABEL: No estoy enamorado de Dalia y no quiero que sigas diciendo tonterías que puedan afectar a nuestra amistad, ¿lo has entendido?

MARIO: Guau. Relájate. (Alzó las manos).

Fue entonces cuando se dio cuenta del hueco que Dalia se había hecho en su vida, como un pajarillo que llega a un árbol y comienza a juntar ramitas y ramitas para construir un nido. Se preguntó si los demás también eran conscientes de que unos meses atrás esa chica era una desconocida y, de pronto, formaba parte del grupo. Vale, había dinámicas en las que no participaba: se negaba a jugar a la quiniela porque pensaba que el fútbol era una estupidez y se ponía nerviosa cuando hablaban de anécdotas del pasado, así que hacía preguntas como una metralleta, presa de la ansiedad porque temía no entender, quedarse fuera del círculo, ser prescindible. Era la grieta más evidente que Abel había percibido en ella: el miedo.

Si pudiésemos escarbar hasta encontrar el nacimiento de los temores ajenos, tendríamos ante nosotros el mapa casi completo de cada persona.

## 29

## MIENTRAS TANTO…

Mientras tanto, a varios kilómetros de allí, Dalia alzaba un vaso de té con hielo y se lo llevaba a los labios. Enfrente, sentada en el sofá, Elena pasaba las páginas de un viejo álbum de fotografías; al hacerlo, todo en ella se volvía tembloroso: las manos, la sonrisa, probablemente el corazón. Desde el primer momento en el que la vio, Dalia tuvo la impresión de que esa mujer era tan divertida como trágica, cosa que comprobó la noche que le abrió las puertas de su casa y cuidó de ella. Le fascinaba su belleza, espléndida como si fuese una diosa griega hastiada de la vida, y más aún su inteligencia.

Elena era un espejo donde se dibujaban trazos azules y lilas de soledad. Por eso había empezado a visitarla, para mirarse en ese espejo desde diferentes ángulos, por delante y por detrás, pero especialmente de perfil.

Señaló una instantánea en la que ella aparecía colgada de la espalda de un chico rubio, los dos rondaban los veintipocos años, estaban en un salón y cabría suponer, por la decoración y los suéteres de lana, que era Navidad. Dalia no pensó: «Parecen felices», sino: «Eran felices», porque en sus rostros no había espacio para la duda.

Elena: Esta fue la primera Nochebuena que pasé con su familia.

Dalia: ¿Te llevabas bien con ellos?

Elena: Sí, sí. Sus padres y su hermana eran encantadores. Tenía una tía muy divertida que a las diez de la noche ya se había bebido varias copas de champán y nos contaba anécdotas increíbles, era una de esas mujeres adelantadas a su época.

DALIA: ¿Sigues manteniendo el contacto?

ELENA: No, ya no. (Suspiró). Mira, este día se nos estropeó el coche y nos quedamos tirados en mitad de la nieve, menos mal que había un hostal cerca...

Estaban en el arcén de una carretera, los dos un poco borrosos y haciendo muecas, rodeados por un manto blanco que se extendía hasta la línea del bosque.

DALIA: Tu marido era...

ELENA: Perfecto, sí.

No era eso lo que tenía pensado decir, pero, en lugar de corregirla, Dalia sonrió y dejó que siguiese pasando páginas y buceando en el pasado. Entendía que así es como se ve a las personas amadas que se quedan congeladas en el tiempo: perfectas.

DALIA: ¿Aún te duele?

ELENA: En todas partes. Me duele en los dedos, en los dientes, en los huesos. Sobre todo me duele en la cabeza, porque ahí viven los recuerdos.

DALIA: ¿Qué se puede hacer?

ELENA: Nada, no se puede hacer nada.

Elena le había contado la historia a Dalia la mañana que despertó en su casa, tras hacerle tragar una pastilla y prepararle el desayuno. Había conocido a su marido en una floristería: ella pensaba regalarse unas flores y él tenía una cita a ciegas esa noche que canceló quince minutos después de tropezarse con Elena. «Fue un flechazo», le repitió varias veces.

Después, el idilio: escapadas, promesas y una colección de recuerdos que no dejó de crecer. Se casaron. Elena, que provenía de una familia acaudalada y relacionada con el mundo del arte, tomó las riendas del negocio. Él era profesor de Filosofía y daba clases en un instituto. Una tarde lluviosa, salió del recinto, se despidió de algunos padres congregados en la entrada y subió a su moto. Zigzagueó entre los coches, era hora punta y no estaba previsto que la tormenta amainase pronto. Quería llegar a casa lo antes posible. Quizá por eso aceleró en lugar de frenar ante un semáforo en ámbar; dos impulsos, dos elecciones, dos destinos. Minutos después, estaba tendido en la carretera encharcada; lo último que vio fue el cielo gris desenfocado por culpa de la lluvia, que parecía caer sobre él como serpentinas plateadas.

Elena: ¿Cómo eras tú de pequeña? Imagino que monísima. Tienes que traerme alguna fotografía un día de estos. Seguro que tus padres se volvieron locos.

Dalia: No me gustan mucho las fotos.

Elena: ¿Por qué?

Dalia: Ya sabes, toda esa gente sonriente que mira a la cámara, toda esa obviedad, toda esa contención. Siempre acabo por fijarme en lo que no puedo alcanzar: alguna puerta entreabierta o el armario que queda al fondo, y me frustra no poder ir allí y abrir todos los cajones. Lo que deseo es avanzar por la fotografía.

El cabello de Elena caía lacio como una cascada de regaliz.

Elena: Ah, eres una inconformista.

## 30

## LA RASTREADORA

Abel y Dalia caminaban cogidos del brazo por el barrio más bohemio de la ciudad. Hileras de árboles abrazaban las calles estrechas y adoquinadas. La lluvia de la noche anterior había dejado en el aire un olor a asfalto húmedo que desenterraba el calor matinal. Ella parecía conocer bien la zona, así que él se dejaba llevar.

Entraron en una tienda de antigüedades y Dalia tocó todos los cachivaches que dormían en el lugar. Abel se dio cuenta de que era una de esas personas que usan el sentido del tacto de forma inconsciente y que sufren cuando se encuentran con el típico cartel de NO TOCAR, GRACIAS en un establecimiento. Ella acariciaba las teclas de una antigua máquina de escribir, acariciaba el marco de madera de un cuadro, acariciaba un perrito de porcelana, acariciaba un viejo joyero, y había algo bello en la manera en la que sus dedos se deslizaban sobre los objetos por encima, como si lo que de verdad desease tocar fuesen los recuerdos que encerraban.

DALIA: ¡Me encantan estas copas!
ABEL: Son bonitas, sí. ¿Cuánto cuestan?
DALIA: Oh, eso es lo de menos.
ABEL: Ya, quizá para ti, pero...
DALIA: El regateo se me da genial.
ABEL: ¿En serio? (Se mostró escéptico).
DALIA: ¡Sí! Y es uno de los grandes placeres de la vida.

En efecto, Dalia se dirigió al mostrador y saludó al dueño de la tienda por su nombre, lo que delataba que era una clienta habitual. Después, dio comienzo una ardua negociación entre ellos. Lo que a Abel le fascinó no fue el resultado que logró, una rebaja que se acercaba a la mitad del precio inicial, sino el camino recorrido para llegar hasta ahí. Dalia era rotunda, firme y mantenía la barbilla alzada al hablar. No le temblaba la voz al negar. No titubeaba cuando el hombre le lanzaba algún reproche. No reculaba ante el primer cabeceo. Abel estaba convencido de que él no solo hubiese sido incapaz de llevar a cabo aquel trato, sino que habría salido de allí pagando de más.

Ya en la calle, ella volvió a enroscar una mano en torno a su brazo. En la otra, llevaba una bolsa llena de copas de colores embaladas entre papeles.

Abel: ¿Cómo lo has hecho?

Dalia: ¿El qué?

Abel: Salirte con la tuya.

Dalia: Funciona así en la mayoría de los rastrillos. El dueño fija un precio muy por encima de lo que vale porque ya sabe que el cliente intentará bajarlo.

Abel: Ya. Pero ha sido... tenso.

Dalia: ¿Tú crees? ¡No, qué va! Conozco a Juan desde hace años y es encantador. Podría decirse que es casi un ritual: lees la etiqueta y te preguntas cuánto estarías dispuesto a pagar tú, ¿vale? Y, luego, vas al mostrador y sueltas la cifra así de golpe. La oferta tiene que ser razonable, pero, de todos modos, él se ofenderá, claro, aunque sabe perfectamente el margen que tiene para jugar. Entonces, llega la parte más interesante, que viene a ser como bailar en el límite. (Se rio y movió las caderas). Él sube un poco, tú bajas otro poco, él se resiste, tú te mantienes firme..., *ed ecco!*

Abel: ¿Qué significa eso?

Dalia: Es como decir: «¡Y eso es todo!».

Abel: No me parece tan sencillo.

Dalia: Sí que lo es, lo que pasa es que... (Lanzó un suspiro y, después, interrumpió el paseo y se plantó delante de él, en mitad de la calle). Abel, ¿te apetece acompañarme a comprarme un sombrero?

Abel: Vale.

Dalia: Y luego podríamos ir a ver a mi tía abuela.

Abel: De acuerdo.

Abel intentó retomar el paso, pero ella lo frenó.

Dalia: ¿Te das cuenta?

Abel: ¿De qué?

Dalia: Eres incapaz de decir «no».

Abel: Eso no es cierto. ¿Lo ves? Lo estoy haciendo ahora.

Dalia: Claro, no era literal. Pero, dime la verdad, ¿te apetece ver cómo me pruebo un sombrero tras otro? ¿Tienes ganas de conocer a mi tía abuela?

Abel: No. (Lo dijo bajito).

Ella le dirigió una sonrisa tranquilizadora.

Dalia: Conmigo puedes ser tú mismo.

Abel: Es que... este también soy yo, ¿no? Quiero decir, siempre lo soy.

Dalia: ¿Y te gusta? Ese es el quid de la cuestión, mi pequeño Sancho Panza.

Abel: ¿Qué? (La miró confuso). Bueno, no. Me encantaría poder regatear como tú lo has hecho antes. Eso sería la leche.

Dalia: ¡Pues hagámoslo! Vamos.

Él se sentía efervescente mientras avanzaban por una callejuela sin salida. Antes de llegar al final, entre una cafetería minúscula y una tienda de discos, había un establecimiento de ropa retro. Dalia se coló dentro y Abel la siguió. Casi todas las prendas tenían un aire setentero: había trajes de solapas anchas, pantalones acampanados, jerséis de punto y camisetas estampadas; los colores eran terrosos, abundaban los cuellos en forma de V y los tejidos como la pana o el terciopelo.

DALIA: Echa un vistazo a ver si encuentras algo que te guste. (Una prenda atrajo su atención, pero antes de abandonarse al placer de curiosear, añadió algo más). Que te guste a ti y solo a ti. Olvídate de lo que pueda pensar el resto del mundo.

Abel asintió, pese a estar poco convencido. El problema era que no estaba seguro de haberse preguntado alguna vez qué le gustaba y, por lo tanto, no lo sabía. Max usaba los siete días de la semana camisetas azules; Samuel parecía un Rolling Stone extraviado, con sus pantalones pitillo y su chaqueta de cuero; Tristán tendía a los colores oscuros como si buscase cubrirse de melancolía; ¿y él? Él era una mezcla de los tres, cogía de aquí, de allá y lo metía en una batidora, que era como ser una de esas personas que entendían un poco de todo, lo que a su vez venía a ser lo mismo que no saber de nada.

Así que aquel día miró con detenimiento las prendas que colgaban inertes del perchero, a la espera de que alguien las hiciese suyas. ¿Podría ser él ese alguien? Cogió una chaqueta de pana de un tono anaranjado que recordaba al óxido. No se preguntó qué diría Samuel o Tristán, pero sí lo que opinaría Max. «Es ridícula», quizá. O «Pareces una botella de butano». Pensativo, deslizó los dedos por los pequeños botones marrones.

DALIA: Es preciosa. Venga, pruébatela.

Abel lo hizo. Metió los brazos por las mangas de la chaqueta y se acercó al espejo antiguo de la esquina. Se miró de frente. Se miró de espaldas. La tela abrazaba sus hombros con deliciosa precisión.

Cuando se giró, Dalia estaba grabándolo con su cámara.

ABEL: ¿Qué tal me queda?

DALIA: No lo sé, dímelo tú.

ABEL: Me queda de puta madre.

La risa líquida de Dalia era alegre.

DALIA: La verdad es que sí, pareces uno de esos galanes modernos de telenovela. Ahora, mira el precio.

Abel buscó la etiqueta.

DALIA: Piensa cuánto estás dispuesto a pagar y ve a hablar con la dependienta. (Se acercó para susurrarle al oído). Es simpática.

ABEL: ¿Tú la conoces?

DALIA: Sí, desde hace años. No te lo pondrá difícil.

Como un cordero que se dirige al matadero, Abel se acercó al mostrador. La mujer rondaba los cincuenta años, tenía el cabello rubio platino y las muñecas llenas de pulseras que tintineaban mientras doblaba prendas de ropa. Él tragó saliva.

ABEL: ¿El precio de esta chaqueta es negociable?

A su espalda, Dalia lanzó un bufido.

DEPENDIENTA: Guapo, en esta vida todo es negociable, excepto la muerte. (Dejó a un lado las camisetas que ya había doblado). ¿Cuánto ofreces?

ABEL: Ehhh... Pues... depende...

DEPENDIENTA: Di una cifra.

Abel: ¿La mitad de lo que marca?

Dependienta: ¡¿La mitad?! Qué poca vergüenza. No, no, de eso nada. Deja la chaqueta en la percha. (Y retomó su tarea anterior).

Abochornado, Abel se giró y asesinó a Dalia con la mirada. Solo había cuatro clientes más en la tienda y era consciente de que la dueña los observaba de reojo, así que, cuando llegó hasta ella, siseó bajito.

Abel: ¡Me has dicho que era simpática!

Dalia: Y lo es. Pero la has ofendido. Una cosa es abrir una negociación y otra cometer un robo a mano armada. Tiene que comer y pagar las facturas.

Abel: Quería que tuviese margen de subida.

Dalia: Pues te has pasado de listo. Vuelve.

Abel: ¿Qué? ¡No! Estoy harto de hacer el ridículo.

Dalia: No has hecho el ridículo, tan solo has cometido un error. Yo te acompañaré. Nos cambiamos los papeles, seré tu fiel escudera.

Abel: No sé de qué me hablas.

Dalia: Venga, venga, vamos.

Le dio un empujoncito en la espalda que lo animó a regresar al mostrador. Para calmarse, Abel no dejó de acariciar los botones de la chaqueta de pana.

Abel: Hola. Siento si antes he sido... (Hizo una pausa, incapaz de encontrar las palabras adecuadas). Es mi primera vez en esto del regateo... (La mujer no parecía impresionada). ¿Me haría una rebaja de setecientas pesetas?

El rostro de la dependienta se descongeló cuando las arrugas de su entrecejo se suavizaron y las comisuras de su boca se alzaron como si un hilo tirase de ellas.

Dependienta: Claro que sí, guapo. Esto es otra cosa. (Le quitó la chaqueta de las manos y, luego, miró a Dalia). ¿Es amigo tuyo? ¿Lo estás entrenando?

Dalia: Sí, algo así.

Abel: ¿Entrenando?

Dependienta: Esta chica tiene un don especial para encontrar las mejores prendas, es una rastreadora profesional. Cuando la conocí era toda inocencia, pero ahora... (Compuso una mueca). Es imparable. Cada semana da con algo.

Dalia: Dejemos las batallitas para otro día, hoy tenemos prisa.

Abel: Gracias por todo. La chaqueta es genial.

Dependienta: No hay de qué. Hasta pronto.

Al salir de la tienda, Abel se puso la chaqueta. Estaban a veintitantos grados y sabía que tan solo podría darle uso por las noches o cuando llegase el otoño, pero le satisfizo pensar que era suya, que le gustaba y que no se parecía a ninguna prenda que Samuel, Max o Tristán tuvieran en el armario. Curioseó el bolsillo pequeño del pecho mientras seguía los pasos decididos de Dalia por la acera. Sus dedos dieron con un papel y lo sacó de un tirón. Era un trozo rasgado de una hoja y alguien había escrito a lápiz: «Nos vemos a las diez en la plaza. Ve con cuidado. Te quiero. G».

Abel: No me lo puedo creer. Esto es una señal.

Dalia: A ver... (La cogió para leerla). Oh, no hay nada como descubrir en un objeto o una prenda las huellas de su anterior dueño. Me encanta. Siempre miro entre las páginas de los libros para buscar notas o billetes de autobús. Da igual si son recordatorios irrelevantes como «comprar pan», ¿no crees? Te preguntas si, en primer lugar, llegó a comprar el pan o se le olvidó; y, en caso de que lo hiciese, ¿cómo era esa persona? ¿Buena, mala, estúpida, inteligentísima, alta, baja, con perro, amante de las plantas...?

Él tuvo la impresión de que no había pensado tanto en toda su vida, ni siquiera sobre gente que sí formaba parte de su mundo.

ABEL: Creo que tú vas un paso más allá.

DALIA: En absoluto. Mira, vuelve a leer la nota, seguro que te empieza a tentar el enigma. «Nos vemos a las diez en la plaza», vale. Y, luego, «Ve con cuidado». ¿Por qué le dice eso? ¿Es peligroso? ¿O acaso son amantes y lo que le pide es discreción? Quizá su historia esté prohibida. ¿Quién será «G»? ¿Germán, Gema, Gala? Teniendo en cuenta que estaba en la chaqueta, puede que su anterior dueño recibiese la nota o, al revés, que la escribiese, se la guardase y nunca llegase a entregarla, lo que sería tristísimo.

ABEL: Solo me picas porque es una historia de amor.

DALIA: ¿Y?

Se agachó para acariciar a un perro.

ABEL: Sabes que soy un enamorado del amor.

DALIA: ¿Eso qué quiere decir en la práctica?

ABEL: No sé. (Se encogió de hombros). Supongo que me gusta alguien tan rápidamente como deja de gustarme. Y pasa al revés, también. A veces creo que... (Se mordió el labio, pensativo). Creo que lo doy todo en las primeras semanas, así que soy poco misterioso, y resulta que a la gente eso no suele conquistarle.

DALIA: Debería ser al revés, ¿no?

ABEL: En un mundo ideal, quizá.

Continuaron caminando en silencio. Abel se cuestionaba a menudo lo siguiente: «¿Cuándo debe uno decir "te quiero"?». ¿Existía un tiempo estipulado? ¿A él se le escapaba con demasiada facilidad esa palabra?

Dalia abrió otro interrogante.

DALIA: ¿Y cómo te sientes cuando estás enamorado?

ABEL: Pues igual que tú, supongo. (La miró de reojo y, después, tuvo que esquivar a un peatón). Porque te has enamorado, ¿verdad?

DALIA: No.

Y por primera vez, Dalia no le pareció perfecta, luminosa e inalcanzable. Porque supo que estaba mintiendo. Aún más, supo que le mentía a él y que se mentía a sí misma.

## 31

## LA NOCHE DE PIJAMAS I

Aquel día, hubo problemas con el aforo. La semana anterior se habían publicado dos nuevas piezas en distintos periódicos que recomendaban El Club del Olvido como uno de los mejores sitios para disfrutar de la noche. «Diversión asegurada y la promesa de que cada fin de semana será diferente», era el titular de uno de ellos. En el otro podía leerse: «Estos jóvenes saben lo que hacen, con una carta de cócteles que se desmarca de los demás locales que se asientan en la zona de moda de la ciudad. Eso sí, no es apto para los alérgicos a las multitudes: siempre está lleno hasta los topes».

En esta ocasión, la temática había atraído a una clientela amplia y diversa, desde jóvenes hasta adultos que buscaban dejar atrás durante unas horas responsabilidades y convenciones sociales. El concepto era sencillo pero efectivo: una pijamada.

La fila para entrar en el local estaba compuesta por gente con ganas de divertirse que vestía camisones, batas de seda y pantalones estampados de algodón; los más atrevidos habían acudido con zapatillas de estar por casa, e incluso había un par de chicas que llevaban rulos en la cabeza. Se avecinaba, ante todo, una noche cómoda.

Abel se sentía especialmente satisfecho porque la idea había sido suya, nacida durante uno de sus paseos con Dalia. Y ella, por supuesto, la había atrapado al vuelo, porque si algo caracterizaba a Dalia era que nunca dejaba escapar una buena oportunidad. En ocasiones, daba la impresión de que su mente se mantenía adormecida hasta el momento adecuado, cuando todos los engranajes giraban a la vez con rapidez.

Tristán: Encárgate tú de las cervezas.
Max: Vale. Por aquí han pedido dos margaritas.
Tristán: Abel, ¿puedes echarme una mano?
Abel: Claro. Espera, que paso, déjame hueco.

En contraste con el código de vestimenta, relajado e informal, el ambiente en el interior del local era agobiante. Los clientes se apiñaban alrededor de la barra en busca de la primera copa de la noche, y ese solía ser el punto álgido de tensión y caos, porque, después, en algún momento indefinido, todo comenzaba a fluir.

Abel admiraba la ligereza con la que Tristán preparaba los cócteles. Él siempre dudaba con las medidas y le era difícil recordar los detalles, como que el margarita debía ir con hielo triturado y el cosmopolitan prepararse con este para enfriar la bebida, pero servirse siempre sin él. «Es crucial para que la textura sea correcta», aseguraba Tristán. A él le costaba creer que algo así marcase la diferencia, pero era evidente que la carta que ofrecían, junto con las noches temáticas de los sábados, se había convertido en la clave del éxito, así que intentaba defenderse detrás de la barra mientras los clientes, como zombis con billetes en la mano, luchaban por abrirse paso para llegar hasta ellos.

Al final de la noche, la caja le daba la razón a Tristán.

Respecto a los inicios, la fidelidad a la cerveza se mantenía intacta, pero el consumo de cubatas clásicos había disminuido, dando paso a la imparable subida de los cócteles, que tenían un precio más alto y generaban mayor beneficio.

Abel: Necesito más hielo picado.
Tristán: Pues cógelo, joder, tengo las manos ocupadas.
Abel: Max, ¿podrías pasarme...? (Suspiró). Da igual, déjalo.

Se movió como pudo en el reducido espacio. El calor en el interior del local era asfixiante y él estaba sudando. Cuando regresó a su puesto, colocó tres copas sobre la barra. Enfrente, dos chicas lo miraban, cuchicheaban entre ellas y se reían.

DESCONOCIDA UNO: ¿Cómo te llamas?

ABEL: Abel. ¿Y vosotras?

DESCONOCIDA UNO: Laura y Tusi.

ABEL: ¿Tusi? (Deslizó las copas hacia ellas).

TUSI: No preguntes. (Se rio alegremente).

LAURA: Qué pena que tengas que pasarte toda la noche atrapado detrás de esa barra. (Le regaló una mueca infantil). Con nosotras te divertirías mucho más.

Abel se relajó. Miró a Laura. Miró a Tusi. Y pensó que podría enamorarse de cualquiera de las dos. Tenían ese brillo en la mirada del principio de la noche que luego terminaba por volverse neblinoso. Se preguntó cómo era posible que Tristán y Max fuesen inmunes al estimulante danzar de la clientela a lo largo de la jornada.

Había tanta gente en el mundo…

Y él era fácilmente impresionable.

ABEL: No estaré toda la noche aquí.

LAURA: Perfecto. Pues búscanos cuando te liberes.

Una sonrisa bobalicona se apoderó de su rostro mientras ellas se alejaban, pero se le borró en cuanto los siguientes clientes reclamaron su atención. Más copas. Más calor. Más gente. Más dinero en la caja. Más correcciones de Tristán. Más indicaciones de Max.

Más. Más. Más. Más.

MAX: ¿Dónde está Samuel?

ABEL: Creo que fuera, aún hay cola.

MAX: Ve a ver cómo va. Y haz algo con la música, esta canción ha sonado antes.

Terminó de servir una última copa y se limpió las manos en un trapo antes de abandonar la barra. Se movió entre la gente buscando huecos imposibles y ajustó la música, que aquel día era como la de cualquier otro sitio, comercial y bailable. Luego, al salir, el aire tibio lo recibió y alivió la tensión acumulada. En efecto, alrededor de la puerta del local se congregaban más de treinta personas en pijama y parecían estar disfrutando de una fiesta secundaria; allí no había música, pero Samuel animaba el ambiente dando palmas y cantando a pleno pulmón. No estaba solo, lo acompañaba Mario.

Abel se dirigió hacia su hermano.

ABEL: ¿Qué estáis haciendo? Si seguís armando jaleo se quejarán los vecinos y vendrá la policía. Una cosa es pasar aquí el rato y otra...

MARIO: ¡Faltabas tú! ¡Venga, cántanos algo!

ABEL: ¿No me has oído? Te estoy diciendo que...

SAMUEL: ¡Mi amigo del alma! (Le pasó el brazo por los hombros). ¡Esta es la mejor fiesta de pijamas de la historia! Pero necesitamos más cerveza.

ABEL: Baja la voz. (Se apartó).

SAMUEL: ¿Por qué? ¡Venga, venga, que no pare la marcha! ¡Tú, la del gorrito rosa, ven aquí! ¿Cómo te llamas? (La chica en cuestión, que iba tan borracha como él, le dijo algo al oído). ¡Increíble! Pero ¡si es nombre de duquesa! ¿Qué digo de duquesa? ¡De reina, joder!

Hubo aplausos y vítores.

ABEL: ¿Dónde está Dalia?

SAMUEL: ¿Dalia? A saber. Se lo estará montando con alguien en el baño. Pobre infeliz. Mañana le dirá que solo quiere que sean amigos.

Daba la impresión de que todo lo que Samuel hacía o decía iba cargado de cierta ligereza que provocaba que los demás lo pasasen por alto. Samuel era el niño, el inconsciente, el impulsivo. A Samuel, en cierto modo, había que protegerlo de sí mismo. Pero esa noche, Abel sintió el malestar trepando por su estómago y no quiso tragárselo.

Abel: Eres un idiota. (Pronunció cada palabra alta y clara).

Samuel: ¿Qué? ¿Por qué? Venga ya, si era una broma...

Mario: Uy, alguien está sensible hoy.

Abel: Y tú cierra la boca.

Mario: Joder, hermanito.

Abel volvió sobre sus pasos y buscó a Dalia por el interior del local. No tardó en encontrarla; llevaba una escoba en una mano, un recogedor en la otra, e iba vestida con un pijama corto de raso de color azul pálido. Mostró todos los dientes al sonreírle.

Abel: ¿Qué estás haciendo?

Dalia: Se habían roto dos copas.

Abel: Ah, bueno, vale. Samuel está fuera armando jaleo.

Dalia: Intentaré contenerlo, pero no prometo nada. (Se hicieron un hueco entre la gente para avanzar por el club). Oye, ¿quién es esa chica?

Abel: ¿Quién?

Dalia: La que habla con Tristán.

Por un momento Max se había quedado solo atendiendo la barra, y Tristán, un poco más allá y cruzado de brazos, escuchaba con atención lo que le decía una mujer pelirroja.

Estaban cerca. El tipo de proximidad que no se mantiene con una desconocida, a menos que vaya acompañada por gestos de coqueteo. Abel la reconoció al instante.

ABEL: Es Mónica, su exnovia. Dame la escoba, ya la guardo yo.

Se la quitó de las manos, se dirigió al almacén y la dejó allí. Cuando se dio la vuelta, había tres tipos en la puerta. Iñaki, Pedro y Jota. Ya había dado por hecho que no volvería a verlos. De pronto, se sintió como si acabase de beberse tres cafés de golpe, animado y eufórico. Lo peor de la fiesta había pasado, porque durante la primera mitad siempre había más demanda de copas, y lo que quedaba por delante, en resumen, eran dos chicas a las que había prometido buscar por el local, una bolsa grande de confeti que se había empeñado en comprar y unos tipos dispuestos a jugar al póker a los que pensaba sacarles un pellizco tan generoso como la última vez.

La noche aún no era un cadáver.

## 32

## MIENTRAS TANTO...

Mientras tanto, Dalia estaba congelada en medio del local. A su alrededor, la gente bailaba, reía, bebía, se besaba, discutía, charlaba, fumaba. Y ella miraba. Veía la escena que tenía ante sí como si fuese una obra de teatro, y no pensaba en la trama, en el decorado ni en el ritmo, sino en lo evidente que era que los dos protagonistas, Tristán y Mónica, habían compartido juntos muchos ensayos. Porque sus ojos se conocían, sus bocas se conocían, sus manos se conocían y sus pieles se conocían.

Para ella, la piel de Tristán era un enigma.

Primero, en cuestión de cantidades: ¿cuántas manchas tenía? ¿Cuántos lunares se extendían por su espalda como pequeñas islas? ¿Cuánto pelo le crecía en el pecho? Después, en torno a los lugares: ¿dónde tenía cosquillas?, ¿qué zona se rascaba con más frecuencia? Y, por último, en lo relativo al contexto: ¿cómo se había hecho cada cicatriz? ¿Lo hería fácilmente el sol obstinado del verano? ¿Le buscaban los mosquitos o les resultaba poco apetecible? ¿Se le erizaba la piel al emocionarse? ¿Cuándo aparecieron cada una de sus pecas?

SAMUEL: ¡Te habíamos perdido!
DALIA: He estado aquí todo el tiempo.
SAMUEL: ¿Quieres algo de beber? Ven.

Tiró de su brazo, y ella, como si fuese una muñeca de trapo, no intentó resistirse. Llegaron hasta la barra, que a esas horas de la noche estaba más despejada. Incansable, Max seguía trabajando. Cuando Dalia volvió a buscar a Tristán con la mirada, vio que tanto él como la chica habían desaparecido y, en su lugar, había un grupo de hombres que se carcajeaban con fuerza y fumaban cigarrillos de liar.

MAX: ¿Qué le pasa a la princesa?
DALIA: ¿Me pones un cosmopolitan?
SAMUEL: ¡Esa es la actitud! (Le dio una palmadita en la espalda). Yo pensaba que te lo estabas pasando bien con algún amiguito. Ya sabes, alguien que fuese... (Frunció el entrecejo, incapaz de encontrar la palabra). Uno de esos tipos estirados que hoy han aparecido con pijamas ridículos de seda que solo se usan en las películas.
DALIA: ¿Por qué dices tantas tonterías?
MAX: Habla su ego malherido. (Se rio).
SAMUEL: Yo no tengo de eso, te lo llevaste todo tú. Mírate, no te cabe en los bolsillos. (Se encendió un cigarro y, luego, señaló a Dalia). Las chicas de tu estilo solo se divierten con los chicos como nosotros, eso lo supe desde el día en que te conocí.
DALIA: ¿A qué viene esto? ¿A ti qué te pasa?
MAX: Le pasa que ha bebido más de la cuenta.

Samuel comenzó a balbucear una tibia respuesta que Dalia no se quedó a escuchar. Se dio la vuelta y salió del local. Miró a un lado. Miró a otro lado. Todavía había gente congregada en torno a la puerta, pero ninguna chica era pelirroja y ningún chico tenía la piel llena de enigmas. Se habían ido.

Dalia clavó los ojos en la farola de enfrente hasta que la luz la obligó a parpadear.

Luego, se alejó calle abajo.

## 33

## LA NOCHE DE PIJAMAS II

Reina de tréboles, nueve de diamantes, siete de picas, tres de corazones y dos de tréboles. Nada que encajar. Tras cambiar tres cartas, la suerte siguió esquivándole: un rey, un ocho y un cinco, todos de palos distintos. Miró a los demás jugadores: Pedro sonreía; Jota, en cambio, parecía aburrido, casi decepcionado por el poco brillo de la noche. Todo eran números sin sentido y figuras que se daban la espalda. Dejó caer las cartas. Y vuelta a empezar. Miró su reloj de pulsera. Las manecillas avanzaban despacio. Los minutos empezaron a estirarse como si estuviesen hechos de goma y los segundos se volvieron resbaladizos. En algún punto indeterminado, Abel perdió la noción del tiempo.

Cuando salió del almacén, aturdido, lo recibió otro golpe de confusión. Samuel se había subido encima de la barra, vestía un pijama granate y lanzaba confeti mientras gritaba: «¡Viva! ¡Vivan los novios!». En el centro del local, un chico que instantes antes había estado arrodillado, besaba a su prometida entre vítores. Ya no había música, pero nadie parecía echarla de menos. Los clientes rezagados celebraban el amor.

Aquellos puntitos de colores estaban por todas partes; sobre los taburetes, la barra, algunas botellas, el suelo del local y las cabezas de la gente. Mientras los observaba, Abel se dijo que el confeti era traicionero. ¡Ah, parecía tan festivo, tan inocente y encantador...! Pero era solo papel. Un papel reciclado, de poca calidad, carente de utilidad.

¿Quién lo barrería al día siguiente?

## 34

## AL DÍA SIGUIENTE

Samuel lanzó la escoba a un lado. Eran las seis de la tarde de un domingo cargado de apatía y los cinco se encontraban limpiando el interior del local.

SAMUEL: Es imposible barrer el puto confeti.

MAX: Haberlo pensado antes de vaciar una bolsa entera.

SAMUEL: ¿Cómo iba a imaginar que se quedaría pegado al suelo? No podríamos arrancarlo ni con un aspirador. Y me duele la cabeza. ¿Alguien tiene una pastilla?

Los miró uno a uno, con las gafas de sol puestas pese a estar en el interior.

DALIA: Toma. Aunque no te la mereces.

SAMUEL: ¿Y eso a qué viene?

Abel estuvo a punto de decirle: «Porque eres un imbécil cuando bebes y, últimamente, siempre bebes, así que...». Pero continuó limpiando la barra con el trapo. Había dormido poco, la comida en casa de sus padres se le había hecho eterna y no se le daba bien iniciar conflictos; estaba seguro de que Max, Tristán o la propia Dalia podrían hacerse cargo de la situación mucho mejor que él.

TRISTÁN: Tienes que empezar a controlarte.

SAMUEL: No me digas lo que tengo que hacer como si fueses mi padre. Además, no es para tanto. Tan solo disfruto de todo lo que hemos conseguido, ¿acaso no os dais cuenta? Hemos salido en el periódico. Varias veces. La gente hace cola para entrar en este templo. (Extendió los brazos para abarcar el local y las gafas de sol resbalaron por su nariz). Es mucho más de lo que cualquiera de nosotros había soñado, y deberíamos aprovechar cada segundo de cada día de cada minuto.

MAX: Ni siquiera sabes decirlo bien.

SAMUEL: Relájate, esto no es un examen de Matemáticas. Por cierto, toca repartir el dinero de la caja. (Rodeó la barra con grandes zancadas).

TRISTÁN: No lo toques. Hay que hacer un pedido.

SAMUEL: ¿Otra vez?

MAX: ¿En qué mundo vives? (Dejó a un lado lo que estaba haciendo). ¿Sabéis una cosa? Me marcho ya, tengo prisa y anoche no paré de currar.

SAMUEL: ¡Vaya jeta!

DALIA: Tiene razón.

MAX: Princesa, no necesito que me defiendas.

DALIA: No te defendía, Maximiliano, tan solo puntualizaba un hecho objetivo.

Ajeno a la conversación, Abel despegó con las uñas algunos papelitos del confeti; uno rojo, uno amarillo y otro verde. Era adictivo rascar y rascar.

TRISTÁN: ¡Joder! (Se le habían caído encima de la camiseta los restos de una copa que alguien había dejado detrás del maltrecho sofá). ¡Lo que faltaba!

SAMUEL: Lo mejor será que nos marchemos todos.

Max decidió evitar otro encontronazo y salió del local sin despedirse. Ante el silencio que se abrió, Samuel soltó algunas bromas para intentar apaciguar la tensión subyacente de la tarde. Los domingos, tras la euforia y los problemas de la noche anterior, solían ser delicados; era un día condenado a ser un paréntesis entre el brillo de los sábados y la aceptación que amortiguaba los lunes.

DALIA: Creo que está enfadado de verdad.

SAMUEL: Max está enfadado desde que nació. Y en cuanto aprendió a hablar empezó a decir esa expresión suya: «Por encima de mi cadáver».

ABEL: ¿Os lo imagináis? A él no le valió con «ma-má».

DALIA: ¿Nunca os habéis preguntado por qué?

SAMUEL: Por qué ¿qué?

ABEL: Es un quejica profesional.

DALIA: ¿Y si un día el enfado va en serio?

SAMUEL: No, no funcionamos así. Llevamos toda la vida juntos, discutimos y nos reconciliamos; somos como un matrimonio octogenario. (Miró a Abel y a Tristán). ¿Quién va a querer a estos tipos como los quiero yo? Va, tíos, venid, dadme un abrazo.

TRISTÁN: Vete a la mierda.

Estaba intentando limpiarse la camiseta con un trapo mojado. En cambio, Abel se acercó a Samuel y le dio unas cuantas palmaditas en la espalda antes de que el otro lo aferrase entre sus brazos. Cuando lo soltó, Samuel sacó la cajetilla de tabaco y se llevó un cigarro a los labios; lo dejó colgando, sin llegar a encenderlo.

SAMUEL: Me marcho, y vosotros también. Dejad esto como está. Yo pasaré mañana y me encargaré de limpiar. Lo prometo.

La puerta del local se cerró con un golpe metálico segundos después y, a través de la ventana, los tres contemplaron la figura larga y espigada de Samuel cruzando la calle antes de alejarse.

Abel dejó de rascar confeti y estiró los brazos.

Abel: Me parece justo dejárselo a él.

Tristán: Bien. (Tiró el trapo).

Dalia: ¿Qué vais a hacer ahora?

Tristán: Esta noche hay cine de verano.

Dalia: ¿Podemos unirnos al plan?

Tristán levantó la vista hacia ella. Su expresión era un pantano; por mucho que Abel hubiese intentado deducir en qué estaba pensando, no habría sido capaz de averiguarlo. Tristán se movía como nadie en el territorio de los silencios.

Tristán: Sí. (Fue a buscar el candado para cerrar la persiana). Pero antes tengo que pasar por casa para cambiarme de camiseta.

Abel: Perfecto. Te acompañamos.

## 35

## DALIAS ROSAS

Mientras Tristán metía la llave en la cerradura de la puerta, tuvo la sensación de que la duda flotaba entre ellos. Si Abel no hubiese estado allí, seguro que le habría pedido a Dalia que esperase fuera cinco minutos, pero ¿cómo no iba a entrar él a saludar a la abu? Esa mujer era un pedazo de bondad de carne y hueso. De todas las cosas que los cuatro tenían en común (el fútbol, el barrio, el colegio, el club...), quizá la abu era el único anclaje en el que había unanimidad de opinión y por el que jamás habían discutido.

TRISTÁN: Pasad.

Aunque, en realidad, era evidente que estaba deseando decir: «No paséis». Para intuir esa reticencia había que fijarse en la línea marcada de su mandíbula.

MARÍA: ¿Tristán? ¿Eres tú? Ah, hola, Abel.
ABEL: ¿Cómo estás, María? Te veo bien.
MARÍA: Anda, qué va. Tengo un dolor de rodillas... (Chasqueó la lengua). En verano me sienta mal el calor y, en invierno, el frío. Pero que me quede como estoy. (Y se santiguó mientras sus ojillos caían sobre Dalia). A ti no te conozco.
TRISTÁN: Se llama Dalia. Y ella es...
DALIA: Tu abuela, ¿verdad? Encantada.
TRISTÁN: No. María es la hermana de mi abuela. Ella está

fuera. (Y señaló la puerta de cristal esmerilado que daba al patio interior). Joder, esperad, voy a cambiarme la camiseta, que el olor a ginebra es insoportable...

MARÍA: ¡Esa boca, señorito!

Tristán, que rara vez se ponía nervioso, parecía nervioso. Daba la impresión de que se sentía desubicado en su propia casa. Al tiempo que caminaba hacia la habitación, se empezó a quitar la camiseta por la espalda, entró y salió en menos de un minuto, con prisas, todavía encajando un brazo por la manga derecha.

MARÍA: ¿Cuánto tiempo vas a quedarte?

TRISTÁN: No mucho, el cine empieza en... (miró su reloj) cuarenta minutos.

MARÍA: Vale, aprovecho para pasar por casa de la vecina y ayudarla con el dobladillo de un disfraz para su nieta; la pobre ya no se aclara. Aquí, si no son las rodillas, es la vista o la cabeza. (Lanzó un suspiro y señaló la puerta del patio). Acabábamos de salir, es bueno que le dé un poco el aire, con este calor es imposible pisar antes la calle.

TRISTÁN: De acuerdo, vete tranquila.

Abel no esperó a que María se despidiese para dirigirse al patio interior. Había dos sillas de playa y la abu estaba sentada en una de color azul. ¿Qué miraba? Eso era un misterio. La pared, quizá, y las grietas que la surcaban. El cementerio de macetas vacías y tallos secos. Los gorriones que se posaban en la cuerda de tender que pendía en el otro lado del patio. La pila vieja que años atrás se había usado para quitar manchas rebeldes y llenar la regadera que ella solía utilizar para regar las plantas.

Los recuerdos que Abel guardaba de la abu se conservaban bien, como si estuviesen envueltos en papel de burbujas. Recordaba sus bizcochos de limón para merendar, la adoración con la que miraba a su nieto y el mimo con el que arrancaba las hojitas secas de las plantas hasta dejarlas limpias, como un acto de amor desinteresado.

Abel: Hola, abu. ¿Cómo estás?

Abuela: ¿Samuel? ¿Eres tú?

Abel: No, soy Abel. (Se sentó en la otra silla de playa, a su lado, mientras Tristán y Dalia salían al patio). ¿Tienes calor? ¿Te traigo un vaso de agua?

Abuela: No, no. No, no, no...

Y siguió negando con la cabeza.

Al menos, hasta que la vio a ella.

Abuela: ¿Quién eres?

Dalia se movió despacio, menos entusiasta y más cohibida que de costumbre. Abel no tenía claro si era por el evidente estado de la abuela de Tristán, que parecía atrapada a medio camino entre la niñez y la vejez, o por aquella casa humilde pero llena de calor humano. Había algo tierno en su deterioro, una dignidad heredada, pero Abel no estaba seguro de que Dalia pudiese apreciarlo como ellos lo hacían.

No le costaba imaginar a su amiga de pequeña: preciosa, rubísima, dando vueltas en una ostentosa habitación rosa rebosante de muñecas y peluches.

La casa de Tristán era un antónimo de aquello.

Allí todo hablaba de remiendos, las paredes estaban llenas de fotografías descoloridas, y el aire olía a sopa y a colonia barata de supermercado.

Dalia: Me llamo Dalia, soy una amiga.

Abu: Dalia... Dalia..., ¡como las flores! (Le tembló la voz). Yo tenía dalias rosas, sí, sí, sí. Y también... dalias lilas. Los pétalos... así en punta...

Tristán estuvo a punto de intervenir para apaciguar a su abuela, pero Dalia se adelantó y se agachó frente a la mujer. Posó su mano perfecta, de piel suave y dedos finos, sobre la mano arrugada e hinchada de la abuela.

DALIA: ¿Las tenías aquí? (Señaló las macetas).

ABU: Sí, sí. Todo... Todo era de colores...

DALIA: Seguro que era un jardín precioso.

ABU: ¿Quién eres? (Miró las manos unidas, asustada, y se apartó de golpe e intentó ponerse en pie). ¿Tristán? ¿Tristán, dónde estás?

TRISTÁN: Tranquila, abuela. Estoy aquí.

Él le acarició la cabeza hasta que se calmó. Luego la levantó, cogiéndola por debajo de las axilas, y la llevó al salón. La puerta estaba entreabierta.

DALIA: (En un susurro). ¿Cuánto tiempo lleva así?

ABEL: Unos años. Va empeorando.

DALIA: ¿Y los padres de Tristán?

ABEL: Es mejor no tocar ese tema.

La curiosidad bailaba en los ojos de Dalia, pero logró contenerla. El murmullo del televisor ahogó el vacío de la casa cuando Tristán encendió el aparato.

DALIA: ¿Es verdad lo que dice? ¿Antes esto estaba lleno de plantas?

Se movió por el pequeño patio y sus ojos se detuvieron en el balón desinflado de la esquina.

ABEL: Sí, le gustaban las flores. Nosotros veníamos aquí a merendar y a jugar cuando éramos niños. Luego empezamos a ir a las canchas del barrio.

Tristán regresó. Dalia se giró hacia él.

Dalia: ¿Por qué no plantáis flores?
Tristán: María estará al llegar.
Dalia: Sería algo bonito para ella.
Tristán: La película empieza en...
Dalia: ¿No me estás escuchando?

Se hizo un silencio profundo y Abel tuvo la impresión de que él no formaba parte de ese silencio, que se había quedado fuera sin saber muy bien por qué. Podría haber aceptado aquel desplazamiento y limitarse a ser un testigo mudo, pero no le dio la gana hacerlo. Buscó su voz, sin tener en cuenta la evidente incomodidad de Tristán.

Abel: Yo creo que sería estupendo.
Tristán: ¿De verdad estamos hablando de esto? (Mantuvo la mirada fija en ella). Dalia, tienes que aprender a dejar de meterte en los asuntos de los demás.
Dalia: Solo era una idea.
Tristán: Ya. Otra más.

Por primera vez, Dalia parecía afectada.
La silla chirrió cuando Abel se levantó.

Abel: ¿Por qué te lo tomas así? A tu abuela le gustaría. Al menos, cuando saliese a tomar el aire tendría un paisaje... agradable. Además, te ayudaríamos. Sí, eso es, ¡hagámoslo entre todos! Estoy seguro de que Max y Samuel estarán de acuerdo.

Notó que estaba intentando convencer de algo a otra persona y le resultó estimulante: exponer una idea, recibir la negativa, adornarla y volver a la carga. Tristán se limitó a poner cara de pocos amigos.

TRISTÁN: Ya veremos.

Salieron de la casa en cuanto llegó María y pasearon por el barrio hasta la plaza donde se montaba el cine de verano. El aire olía a fritura y las luces amarillentas de las farolas caían sobre ellos. Había una lona blanca tensa entre dos postes frente a un mar de sillas de plástico, y un proyector esperando. Las primeras filas estaban formadas por un ejército de jubilados cargados con abanicos y botellas de agua; siempre eran los primeros en llegar.

Dalia se sentó entre los dos.

DALIA: ¿Qué película es?

TRISTÁN: *El apartamento.* ¿La has visto?

DALIA: No. ¿Tú sí?

TRISTÁN: Muchas veces.

Los cuchicheos del público se disolvieron en el aire cuando los títulos de crédito aparecieron en la pantalla. A medida que avanzaba la película, Abel se sintió más y más identificado con Baxter; ese trabajador de una aseguradora dispuesto a complacer, anhelante de amor y condenado a darle la llave de su casa a cualquiera.

*FRAN: Pero, bueno, dígame, ¿por qué tenemos que enamorarnos?*

*BAXTER: Pues no lo sé.*

*FRAN: A las personas que continuamente sufren accidentes, ¿cómo las llaman ustedes?*

*BAXTER: Una póliza peligrosa.*

*FRAN: Yo sería una póliza peligrosa si me asegurase en cuestiones de amor. La primera vez que me besaron fue en un cementerio (...). Tengo la gran cualidad de enamorarme de quien no debo, donde no debo y cuando no debo.*

El público empezó a levantarse cuando la palabra «fin» apareció en la pantalla, pero ellos no. Ellos se quedaron allí sentados, delante de la lona blanca, callados. ¿Cuántas veces él, al terminar una película, se había apresurado a preguntarle a Tristán qué le había parecido para saber qué debía opinar a continuación? Porque era evidente que Tristán sabía distinguir una mala película de una buena película, y Abel no estaba dispuesto a correr el riesgo de equivocarse. Si Tristán decía: «No está mal», él contestaba a continuación: «Sí, tiene partes flojas». Pero si Tristán comentaba: «Es perfecta», Abel respondía: «Una maravilla», aunque en ocasiones ni siquiera la había entendido o, aún peor, le había parecido pretenciosa.

Esa noche dijo lo que pensaba realmente.

ABEL: Me ha encantado.

DALIA: A mí también.

Tristán lo miró, lo miró viéndolo de verdad, y luego sonrió despacio. ¿Había un atisbo de orgullo en su sonrisa o solo fue lo que Abel quiso creer?

Regresaron andando por el mismo camino.

En las calles había poca gente y el cielo perlado se cernía sobre ellos; a la luna le faltaba un pedazo para rozar la perfecta redondez.

Dalia señaló un punto cercano.

DALIA: ¿Eso de ahí es Venus?

TRISTÁN: No. Es una estrella: Sirio.

ABEL: ¿Cómo iba a ser Venus? Si es un planeta.

TRISTÁN: Hay varios que sí pueden verse, pero en la ciudad es difícil.

DALIA: Deberíamos ir un día al campo y pasar la noche allí a la intemperie, tumbarnos en el suelo con una manta y mirar las estrellas durante horas.

ABEL: (Con tono irónico). Uy, sí, suena muy apetecible.

Pero Tristán no se rio, que era lo que él esperaba que hiciese. Tristán, con las manos en los bolsillos, era de pronto un animal cauteloso que miraba de reojo a Dalia. Dicho de otra manera: era un hombre de las cavernas que se encontraba delante de un arbusto plagado de frutos rojos y se preguntaba si serían nutritivos o venenosos.

# 36

## GUSANOS DE SEDA II

De vez en cuando, Abel abría la caja que Dalia había trasladado del salón a su habitación. En verano, tras unos días de quietud, los capullos de seda comenzaron a temblar como si susurrasen de vida contenida. En el interior, las polillas empujaron con torpeza hasta conseguir abrir un orificio diminuto y húmedo por donde asomaron con timidez, aterrorizadas ante la hostilidad del mundo. Eran blanquecinas, casi translúcidas, y sus alas estaban plegadas como papel mojado. Durante un rato permanecieron quietas, mientras el aire las iba endureciendo y se desprendían del polvo de seda. Después, empezaron a moverse con pasmosa lentitud, arrastrándose, ciegas, buscando a tientas compañía. «Ni siquiera las polillas soportan la soledad», pensó Abel. No volaban, nunca volaban, pero lograban encontrarse entre ellas. Y entonces se unían torpemente, espalda contra espalda, y permanecían así durante horas; en ocasiones, toda la noche.

Eran indistinguibles. No existían polillas guapas o feas, polillas tímidas o extrovertidas, polillas complacientes o egoístas, polillas malas o buenas, polillas originales o convencionales.

Polillas. Solo polillas.

Sintió envidia. Qué fácil era ser una polilla.

Tras el despertar, en la caja quedaron capullos vacíos, seda deshecha y un chisporroteo tenue, casi eléctrico, de alas que nunca irían a ninguna parte.

## 37

## EL CLUB DEL OLVIDO III

El verano, perezoso y caluroso, avanzó sin mirar en ningún momento si alguien se quedaba atrás. El tiempo siempre es el primero de la fila, y el resto, pobres infelices, caminan a su espalda intentando alcanzarlo. Nunca lo logran. Pero sí transitan el mismo sendero.

Para Abel hubo algunos tramos rectos llenos de vivaces florecillas y otros más sinuosos. El problema con los caminos sinuosos es que las curvas dificultan saber de antemano qué habrá unos metros más allá. Todo es intuición. Y la intuición es como el tiempo: traicionera.

Durante la noche de los sombreros sonaron grupos de los setenta como Dire Straits y The Smiths. En un momento dado, cuando Abel se subió a un taburete para buscar a Samuel entre la multitud, vio un mar de sombreros moviéndose al ritmo de la música; los había de copa alta, marineros y mexicanos, estilo *cowboy* y safari, con plumas o purpurina. Uno de ellos estaba sobre la cabeza de George y, cuando su mirada se topó con él, se preguntó si realmente aquel tipo inglés le había gustado de verdad o si tan solo buscaba enamorarse de sí mismo a través de su validación.

Durante la noche de los pecados capitales, pusieron canciones de Iron Maiden y de AC/DC que Abel cantó hasta que se le quedó la voz ronca. Después, no supo muy bien cómo, acabó en el almacén; enfrente de él había tres tipos, las cartas se movían como mariposas sobre la mesa y no había nada que desease tanto como atraparlas.

Durante la noche del pop, la gente bailó y bailó hasta que, a altas horas de la madrugada, la policía apareció en el local y les dijo que tenían que cerrar de inmediato. Les hicieron prometer que no darían más problemas, ante lo que Samuel contestó: «¿Problemas? Agente, mírenos, si somos ángeles abstemios». Después, vomitó entre dos coches, y él y Max se lo tuvieron que llevar a casa sujetándolo cada uno de un brazo.

Y así pasó una semana. Y otra. Y otra más.

## 38

## DUALIDAD

Samuel estaba tirado en el sofá y canturreaba una de las canciones italianas que a Dalia tanto le gustaban, *Il Mondo,* de Jimmy Fontana. El LP de baladas giraba y giraba en el tocadiscos, atrapado en la apacible tarde. Max estaba encerrado en su habitación, haciendo quién sabía qué, y Tristán se había ido a casa.

ABEL: ¿Hemos pagado el mes de septiembre?
SAMUEL: Lo dudo. (Se encendió un cigarrillo).
ABEL: Iré a casa de Elena. ¿Dónde está el dinero?
DALIA: Te acompaño. (Dejó al gato en el suelo).
SAMUEL: Mira en el armario de la cocina.

Guardaban el dinero en un bote de cristal, entre los macarrones y los fideos. Abel cogió los billetes y se los guardó en el bolsillo trasero de los vaqueros. Después, él y Dalia caminaron calle abajo. El otoño se abría paso a codazos entre los últimos días del verano, el calor se había vuelto suave y el ambiente en la ciudad era, de pronto, más sobrio y apagado, como si las responsabilidades que habían quedado olvidadas en vacaciones se asentasen con más fuerza al regresar. Él llevaba puesta la chaqueta anaranjada que había comprado con Dalia dos meses atrás y, de no haberle perturbado nada más, se hubiese sentido el rey del mundo, porque la tela lo abrazaba sabiéndose escogida.

Como de costumbre, Elena salió al balcón cuando llamaron al timbre. Le gustaba descubrir quién iba a visitarla antes de abrir la puerta de casa. Subieron por las escaleras y entraron en el piso. Les ofreció té y aceptaron. Solo bebían té con ella. Abel le dejó el dinero en la mesilla auxiliar, junto al teléfono.

ELENA: ¿Qué tal la semana? Ponedme al día.

ABEL: Parecida a las demás: Max de mal humor, Tristán con la cabeza en otra parte y Samuel con resaca. (Se echó dos cucharadas de azúcar).

ELENA: ¿Y dónde tiene la cabeza nuestro Tristán?

ABEL: Eso es imposible saberlo.

ELENA: ¿Qué opinas tú, Dalia?

DALIA: No lo conozco tanto...

ELENA: Ya, claro. (La miró de un modo singular antes de centrar su atención en Abel). ¿Estás bien?

ABEL: Sí. Un poco cansado, eso es todo.

ELENA: ¿Quieres que te eche las cartas?

ABEL: Eh, bueno, no sé, lo hiciste el mes pasado y no entendí nada de lo que salió. Creo que no tenía sentido. Era sobre la dualidad o algo así.

ELENA: ¿Entiendes lo que es la dualidad?

ABEL: Más o menos.

Cuando se dio cuenta de que estaba moviendo la pierna derecha de forma repetitiva, dejó de hacerlo de golpe. Elena le dedicó una mirada larga.

ELENA: Está bien. ¿Y tú, Dalia?

DALIA: ¿Yo? No, no creo que...

ELENA: ¿De qué tienes miedo?

DALIA: ¿Ese cuadro de ahí es nuevo? No recuerdo que estuviese cuando vine la semana pasada. Me refiero al pequeño. (Señaló la pared).

ELENA: Sí, es una apuesta personal. Levantaos.

Los tres se plantaron delante del lienzo.

ELENA: ¿Qué opináis?

DALIA: Es tristísimo. Y precioso.

ABEL: Pero si son solo brochazos azules y grises, podría hacerlo yo mismo en media hora. Creo que estoy desaprovechando oportunidades.

Elena y Dalia se miraron, cómplices, y volvieron a sentarse para beberse el té antes de que se enfriase. La charla en torno a la artista del cuadro, las noches temáticas del club y la vida en general fue deslavazada. No profundizaron en nada, pero acabaron por pasar toda la tarde en casa de la mujer, que los atrajo sin remedio con su sofisticada y sugerente presencia. Si Abel hubiese tenido que imaginarse a Elena siendo un animal, no habría dudado a la hora de verla como una elegante araña balanceándose en su lustrosa telaraña.

Antes de marcharse, Abel se excusó para ir al baño y, al regresar, las vio a las dos inclinadas sobre la mesa, con las cabezas muy juntas, cuchicheando en voz baja.

Admiraba los vínculos que las mujeres forjaban entre ellas. Si se preguntaba cuándo había sido la última vez que él había mantenido una conversación emocional y seria con los chicos, era incapaz de situar ese instante en el tiempo.

Probablemente, nunca había ocurrido.

Ya en la calle, Dalia le dio un codazo.

DALIA: ¿Qué te ocurre? Elena tiene razón, estás raro.

ABEL: ¿Ayer, hoy o siempre? (Intentó bromear).

DALIA: Últimamente.

ABEL: Estoy bien.

Dalia no contestó, pero cuando volvieron a casa y él se dejó caer en la cama de su habitación, ella se tumbó a su lado y lo abrazó. Y ninguno dijo nada, las palabras no encontraron rendijas por las que colarse, pero Abel se sintió menos solo, y tuvo ganas de reír y de llorar a la vez, de hacerse inmenso, gigante, y de encogerse hasta desaparecer.

# HOY, 2023

Y una mierda va a subir él por las escaleras.

No porque no pueda hacerlo, dejemos eso claro: entrena cuatro días a la semana y, cuando necesita despejarse, queda con un grupo de amigos para hacer rutas de montaña en bicicleta. A simple vista, nadie diría que tiene cincuenta y cinco años. Se cuida. Él se cuida. Retinol por la noche y vitamina C por la mañana, una dieta equilibrada y un sueño medido a diario por el reloj inteligente que nunca se quita.

Sus zapatos italianos brillan mientras espera el ascensor y, al abrirse las puertas, el espejo le devuelve el reflejo de un tipo de cabello entrecano, bien peinado, que viste una camisa azul entallada y traje de chaqueta. Pulsa el botón: tiene unas uñas impolutas.

Silba con aire distraído.

De no conocerlo, sería fácil pensar que su día está siendo tan plácido como cualquier otro. Pero no es cierto. Dos horas antes, Max ha tenido que meterse en el baño para vomitar por culpa de los nervios. Apenas ha dormido. Y siente que le falta el aire.

Un hombre con bigote lo recibe en la puerta de la notaría, lo mira de arriba abajo y se muestra satisfecho. Max lo detesta al instante, quizá porque le recuerda a una faceta de sí mismo que no soporta. Facilita su documento de identidad en el mostrador y, después, sigue las indicaciones que le da el tipo y se dirige a la sala de espera.

Un paso, y otro y otro.

Un latido, y otro y otro.

—¡No me lo puedo creer! —Samuel se pone en pie de un salto—. ¡Dichosos sean los ojos! ¡El jodido Max Golden en persona!

—¿Max Golden?

—Ahora eres de oro, ¿no? —Deja caer la mano en su hombro—. Venga, va, dame un abrazo. Pero un abrazo de verdad, de los que te hacen crujir los huesos.

A Max lo atraviesa la misma incertidumbre que sentía de joven con respecto a Samuel: nunca tuvo claro si odiaba su estilo vulgar o si, justo por ello, lo quería con toda su alma. Hoy la balanza se decanta con rapidez y gana la segunda opción. Max nota, de verdad nota, que los ojos se le llenan de lágrimas, como si los nervios acumulados se volviesen líquidos, y para disimularlo se aferra al cuerpo de Samuel. El abrazo es largo. Al oler su cabello, Max piensa: «El muy idiota sigue usando champú de camomila como si tuviese cinco años». Esa idea, que el niño que siempre ha estado dentro de Samuel siga vivo, es un golpe en el pecho; quizá porque es dolorosamente consciente de que, en cambio, el niño que él mismo fue está muerto y enterrado. Traga saliva para deshacer el nudo que le atenaza la garganta y, en ese instante, otros brazos se cuelan entre ellos como las ramas rebeldes de un árbol que se retuercen para encontrar su lugar.

Se separa de Samuel, aún con ganas de llorar.

—Abel.

—Max.

—Ven.

Este abrazo es más tierno, más cálido, más pacífico. Oleadas de nostalgia se estrellan con fuerza contra el presente. Abel da un paso atrás, lo mira a los ojos y le da unas palmaditas en la mejilla. La familiaridad del gesto es angustiosa. Se suponía que todo eso había quedado atrás y, de pronto, Max está ahí, emocionado como hacía años que no lo estaba, sin saber qué decir, cuando él es el maestro de las palabras afiladas.

—¿Estás bien? —pregunta Abel.

—¿Bien? ¡Míralo! Si está de puta madre. —Samuel se ríe y, luego, le aprieta el brazo—. ¿Has tocado sus bíceps? Qué barbaridad. ¡Es una piedra!

—Sí, todo bien —le responde a Abel—. Voy un momento al baño.

No tarda en encontrar los servicios. Una vez dentro, se acerca a uno de los lavabos, abre el grifo y se llena las manos de agua para lavarse la cara. Repite el proceso tres veces más. «A ver si así se me quita la tontería», piensa. Después, inclinado hacia delante, con las manos apoyadas en la encimera de mármol brillante, se mira en el espejo y respira hondo.

Regresa a la sala de espera. Abel y Samuel cuchichean.

—¿De qué habláis?

—La planta se muere.

—¿Qué? —Max se sienta.

—Esa planta. —Samuel señala la maceta que ocupa una esquina de la sala de espera—. ¿No lo ves? Le quedan dos telediarios. En este sitio van de listos y te miran por encima del hombro, pero luego los señoritos no son capaces de regar una puta planta.

Max se ríe. Joder, cómo echaba de menos reírse.

Se olvida de las normas de etiqueta y estira las piernas hasta rozar con los zapatos las patas metálicas de la mesilla auxiliar. Todavía con el corazón encogido, sus ojos bailan entre Samuel, Abel y la planta. El tono descolorido de las ramas le recuerda al otoño en el que todo cambió, cuando un lecho crujiente de hojas marrones, ocres y anaranjadas cubrió las calles. La ciudad, y también su corazón, eran todo melancolía.

OTOÑO, 1993

# MAX

## 39

## ANOCHECÍA, Y ENTONCES...

Max deslizó las manos por su espalda desnuda y se detuvo en la hendidura bajo el omoplato derecho. Luego descendió hasta el borde de las sábanas blancas y acarició la curva de su trasero. La dulzura dio paso al deseo cuando apretó la carne con fuerza. Ella se giró y la cama chirrió. Se miraron a los ojos. En esa mirada había una galaxia, y nadie más entendía las reglas que la regían. Él se acercó y hundió la nariz en su cuello. Quería llevarse ese olor, meterlo en una botella y quedárselo para siempre. Sus labios se encontraron instantes después, y todo fue instinto y suavidad y pasión.

MAX: Volvamos a empezar.

Tiró la sábana a un lado y se colocó sobre ella. Le apartó el cabello largo y oscuro del rostro, acogió sus mejillas entre las manos y la besó una y otra vez.

ELENA: Espera...
MAX: ¿Por qué?
ELENA: Es tarde. Estás cansado.
MAX: Yo nunca estoy cansado.

El comentario le arrancó a ella una sonrisa que él atrapó al vuelo. Sus cuerpos desnudos se enredaron y volvieron a moverse al unísono, tan compenetrados que era difícil distinguir dónde empezaba uno y dónde terminaba el otro. Al acabar, él no deshizo el abrazo. Quería alargar aquel instante perfecto. El problema con Elena era, precisamente, que Max nunca llegaba a sentirse satisfecho, siempre deseaba más y más. Era un muerto de hambre que vivía en una celda y tenía que aceptar que le racionasen la comida.

Ella se levantó y cogió la bata negra que estaba a los pies de la cama. Se la puso y se ató el lazo con soltura. Mientras la miraba, Max pensaba que a nadie podría sentarle como a ella una bata de seda de ese color, parecía una reina de la noche.

MAX: ¿A dónde vas?
ELENA: Al baño. ¿Te parece bien?
MAX: Depende. ¿Vas a tardar en volver?
ELENA: (Con una sonrisa). Eres incorregible.
MAX: Pero dejaría que tú intentases corregirme.

Con los ojos en blanco, ella lanzó un suspiro exagerado y salió del dormitorio. Max, desnudo y con un codo apoyado en la cama, se quedó mirando la puerta por la que Elena había desaparecido. No dejó de hacerlo hasta que regresó.

ELENA: Deberías estar vestido.
MAX: Sí, si tuviese el propósito de irme.
ELENA: Mañana tengo una reunión importante.
MAX: Deja de comportarte como un tópico. Sé que los odias tanto como yo. (Se puso la ropa interior y ahuecó la almohada). ¿Con quién es esa reunión? Nada me gusta tanto como que me cuentes historias de las tuyas.

Ella se tumbó a su lado.

ELENA: Es una galería de Londres con la que hago negocios.

MAX: Londres... (Saboreó la palabra como si fuese un caramelo). ¿Has estado allí? ¿Cómo es? No escatimes en detalles. Quiero saberlo todo.

ELENA: Ya te hablé de aquel sitio de Ámsterdam.

MAX: Sí. Y me quedé con ganas de más. Venga...

ELENA: Está bien. (Acarició el rostro de Max con ternura y él cerró los ojos, porque cuando lo hacía sentía que podía colocar mejor las palabras en su cabeza). Londres es como un lienzo que nunca está acabado del todo. El río es un brochazo que rompe la primera capa de niebla. Y la pintura nunca está seca, como si cada día hubiese nuevos retoques; es un óleo antiguo, lleno de trazos superpuestos.

MAX: ¿De qué color es?

ELENA: Algunas zonas son tan vibrantes que los colores se desbordan. En otras, todo se compone de pinceladas doradas y de un azul pálido que recuerda al humo.

Él abrió los ojos de golpe.

Se inclinó y la besó.

MAX: Ninguna otra persona podría hacer lo que tú haces.

ELENA: ¿A qué te refieres? (Apartó la mano de su mejilla).

MAX: A todo esto. Describir de esta forma las ciudades.

ELENA: La singularidad es solo una ilusión.

MAX: ¿Lo ves? Intentas rebatirme con una respuesta que deja claro que llevo razón. (La cogió del brazo cuando ella fue a levantarse). No te vayas.

ELENA: De verdad que es tarde.

MAX: ¿Qué más da? Tú apenas duermes y yo no necesito hacerlo.

Tardó unos segundos en darse cuenta de cómo podía interpretarse aquella frase. Ella, a sus cuarenta años, sufría insomnio. Él, a los veintiséis, podía permitirse no dormir una noche entera y mantenerse fresco al día siguiente. Esos catorce años, que eran un puente resbaladizo entre ambos, parecían estar hechos de cemento.

Elena se puso en pie y salió del dormitorio. Max se vistió.

MAX: ¿Te has enfadado?
ELENA: No, sabes que no.

Ella puso la tetera al fuego y, frente al hornillo de gas, cerró los ojos cuando él la abrazó por detrás y le dio un beso tras otro en la nuca.

MAX: El té lleva teína. Por eso no duermes.
ELENA: Ojalá fuera por eso. Venga, vete ya.
MAX: Sí, sí, tranquila. (Alzó las manos como un pistolero desarmado y le regaló su sonrisa estrella, la ladeada que dejaba siempre con ganas de más). ¿Nos vemos mañana por la noche?, ¿sobre las diez o las diez y media?
ELENA: Mejor el sábado.
MAX: No podré escaparme hasta que termine en el club.
ELENA: No me importa esperarte. Buenas noches, Max.

Tras salir del edificio, pasó junto a la persiana bajada de El Club del Olvido y le echó un vistazo rápido: había en su mirada una mezcla de orgullo y desazón difícil de entender. Con las manos metidas en los bolsillos de la chaqueta vaquera, siguió caminando hacia el apartamento que compartía con los chicos. Un perro meaba a los pies de una farola, la basura se desbordaba de una de las papeleras, una niña berreaba dentro de un cochecito y una pareja discutía frente a un paso de cebra. Pero Max no vio ni oyó nada de todo aquello, porque lo que acontecía en la ciudad le era tan ajeno como cualquier cosa que sucediese fuera de él y, por lo tanto, de su órbita de interés.

Y eso mismo ocurrió cuando subió a casa.

No percibió que Dalia había puesto un disco de música que no era el de las baladas italianas. No percibió que Abel tenía las uñas tan mordidas como las de Samuel. Como tampoco percibió que este último tenía los ojos enrojecidos.

MAX: ¿Cómo va eso? ¿Qué hacéis?

DALIA: Cartas. (Y alzó la baraja).

MAX: Ah, vale. Buenas noches.

SAMUEL: ¿De dónde vienes?

No había llegado al umbral de la puerta de su habitación cuando las palabras lo detuvieron. Giró sobre sus talones y miró a su amigo. Qué fácil era aquello, pensó. Y qué difícil hubiese sido de haber formulado Tristán aquella pregunta, en lugar de Samuel. Sonrió con soltura.

MAX: He estado dando un paseo por el puerto.

SAMUEL: Genial. Mientras tanto, nosotros hemos llegado a la conclusión de que deberíamos empezar a cobrar entrada en el club. Incluiría una copa, pero nos daría un beneficio extra y, de paso, nos desharíamos de los que vienen bebidos de casa.

MAX: No es mala idea. ¿Lo sabe Tristán?

ABEL: Sí, lo hemos hablado con él.

SAMUEL: Se ha ido hace un rato.

MAX: De acuerdo. Hagámoslo.

Entonces sí, se metió en su habitación sin mirar atrás. Lo malo de compartir casa con sus amigos era la falta de intimidad. Lo bueno de compartir casa con sus amigos era que hubiese sido mucho peor tener otros compañeros de piso. A Max las personas le gustaban lo justo. En ocasiones, frente a la forma en la que Samuel se relacionaba con la gente o Abel establecía vínculos, se sentía como un bicho raro huraño y antisocial. Pero ¿quién dictaba cómo debían ser las cosas?, ¿qué era lo adecuado?, ¿dónde se situaba el límite entre lo correcto y lo incorrecto, y por qué?, ¿acaso era mejor encajar dentro de un molde?, ¿no era ese el camino hacia una conducta gregaria y la estandarización de la sociedad?, ¿y no era la homogeneización una de las cosas que él más detestaba?

Max era el tipo de hombre que se hacía esas preguntas.

Al igual que se preguntaba cuántas horas faltaban para volver a la cama de Elena, tumbarse a su lado y recoger cada palabra suya como si las vocales estuviesen hechas de esmeraldas y las consonantes de rubíes.

# 40

# GEOGRAFÍA DE MAX

Max era consciente de su magnetismo, de su ambición y de su inteligencia, como también era consciente de que todas esas virtudes cogían polvo en un rincón de una casa abandonada. Tenerlas o no era irrelevante, lo que de verdad cambiaba el peso de la balanza era la posibilidad de lo que podías hacer con ellas. Y él no podía hacer nada; estaba destinado a ver la vida pasar ante sus ojos, atado y amordazado. Eso lo entendió pronto. Al cumplir un año, caminaba con soltura y comía verduras sin rechistar. A los dos, hablaba con un vocabulario que sorprendía a los amigos de sus padres. A los tres, nació su hermana Eva y el ambiente en casa se tiñó de gris y se volvió lluvioso. A los cuatro, cuando llegó la Navidad, debajo del árbol solo había un regalo para él y no era ninguna de las cosas que había pedido; ató cabos y comprendió de golpe dos cosas: que Papá Noel no existía y que su familia era pobre. A los cinco, conoció a Samuel, Abel y Tristán en el colegio. A los seis, se cronometraba cuando hacía puzles en casa. A los siete, ya había aceptado que Eva necesitaba toda la atención de sus padres, así que se ponía el despertador por las mañanas, elegía su ropa, se preparaba el almuerzo e iba solo al colegio; al regresar, hacía los deberes sin que nadie tuviera que decírselo. A los ocho, era el usuario más joven y voraz de la precaria biblioteca del barrio. A los nueve, las tardes que más disfrutaban eran las que pasaba en casa de la abu, cuando Samuel y Abel llegaban más tarde, y tenía a Tristán para él solo y una ración doble de bizcocho de limón. A los diez, era el empollón de la clase, pero tenía un carácter tan agrio que nadie se atrevió nunca a meterse con él. A los once, Eva estuvo hospitalizada un total de setenta y tres días del año; para entonces, Max ya era completamente autosuficiente. A los doce, le avergonzaba la forma inculta de hablar de su padre y, al mismo tiempo, sentía un inmenso orgullo cuando aparecía con la ropa sucia al llegar de trabajar. A los trece, estuvo una semana sin hablarle a Samuel porque, sin querer, este rasgó una página de su álbum de cromos de fútbol; Samuel, que cada año se permitía hacer la colección, no le dio importancia, pero para Max era su posesión más preciada. A los catorce, le picó una medusa y él solo pudo pensar en lo fascinantes que eran los celentéreos. A los quince, salió con una chica durante ocho meses. A los dieciséis, empezó a ir con su padre a la obra los fines de semana para ayudar en casa. A los diecisiete, dejó de ir al instituto, pese a que varios profesores hablaron con él para convencerlo de lo contrario. A los dieciocho, trabajaba codo a codo con su padre. A los diecinueve, comenzó a estar cabreado con el mundo. A los veinte, Tristán le dijo que había un puesto libre en el bar donde él trabajaba y aceptó la oferta. A los veintiuno, le impactó descubrir a Camus y el existencialismo. A los veintidós, se aferró al absurdo de la búsqueda humana del sentido, y eso lo alivió un poco. A los veintitrés, después de una noche inolvidable, se bañó en el mar con los chicos mientras el sol despuntaba a lo lejos y todos se reían de lo que Tristán decía: «Esto es la belleza, esto tiene que ser». A los veinticuatro, se fue a vivir con Samuel y Abel. A los veinticinco, su cabreo con el mundo aumentó peligrosamente. Por eso cuando Samuel, tirado en el sofá, los miró y preguntó: «¿Por qué no montamos un club de copas?», Max contestó: «Bueno, hasta que caiga un meteorito, no tengo nada mejor que hacer».

## 41

## MIENTRAS TANTO...

Mientras tanto o, más concretamente, un viernes a media mañana, Dalia abandonó satisfecha una de sus tiendas favoritas de moda retro y caminó por las calles de la ciudad bajo el sol tibio del otoño. Vestía pantalones de pana, un suéter marrón chocolate y una *blazer* de cuadros de inspiración británica. En su cabeza, Patty Pravo cantaba *Pensiero stupendo* y sus pasos, largos y decididos, seguían las notas de la canción. Grabó con la cámara de vídeo retazos de la ciudad durante el paseo, hasta que llegó a su destino.

Casi siempre sabía dónde encontrarlo.

DALIA: *Buongiorno!*

La sonrisa de Antonello era inmensa.

ANTONELLO: *Mia bella amica!*

DALIA: ¿Me has echado de menos?

ANTONELLO: *Sempre! Come stai?*

DALIA: Bien, pero sospecho que mi italiano se está resintiendo. ¿Tienes un rato ahora? Podríamos practicar un poco. Te invito a café y a un cruasán.

ANTONELLO: *Ma certo!*

Entraron juntos en la cafetería más cercana y se sentaron en una mesa junto al ventanal. Cuando la camarera terminó de tomarles nota, los dos se quedaron absortos contemplando a través del cristal la hoja solitaria que pendía de un árbol y que era invisible a los ojos de los transeúntes que caminaban bajo ella por la acera. Esa hoja temblaba porque su vida estaba a punto de acabar; pronto caería al suelo y, arrastrada por la lluvia, terminaría en el interior de la alcantarilla más cercana.

Suspiraron al unísono. Después, comenzaron a charlar.

## 42

## LA NOCHE DE LOS DEPORTES

La noche de los deportes había sido un éxito, pese a la novedad que supuso para los clientes pagar la entrada; como incluía una copa, no fue un gran problema. Detrás de la barra, Max se compenetraba con Tristán como si llevasen media vida trabajando juntos. Solo necesitaban un gesto o una palabra para entenderse; no tenían que decir: «En breve nos quedaremos sin hielo y habrá que ir a buscarlo al arcón del almacén», bastaba con «hielo» y una mirada apremiante. Así que dominaron la noche mano a mano y, cuando cerraron la persiana, Max no dudó a la hora de dirigirse a Samuel.

MAX: Mañana te encargas tú de limpiar por la tarde.

SAMUEL: ¿Yo solo? (Se frotó los ojos). ¿Por qué?

MAX: Porque hoy no has trabajado. (Señaló el local). ¿Quieres disfrutar los sábados como un cliente más? Perfecto. Pero lo tendrás que compensar de alguna forma. Abel lleva semanas ocupándose de hablar con los comerciales para los pedidos.

SAMUEL: ¡Vamos, tío...! (Miró a los demás). ¿Vosotros estáis de acuerdo?

TRISTÁN: Completamente.

ABEL: Sí. (Y sonó firme).

SAMUEL: ¿Dalia?

DALIA: No es asunto mío.

SAMUEL: Sí que lo es.

DALIA: Lo siento, pero no pienso meterme en esto. La razón por la que quise mantenerme al margen del club es porque no quiero responsabilidades. Opinar es una responsabilidad. (Se apartó el cabello hacia atrás).

SAMUEL: ¿Mantenerte al margen? Pero ¡si no has faltado ni una sola noche! ¡Y podría decirse que vives en nuestra casa! Duermes con Abel casi a diario.

Pese a que Max no solía atender a lo irrelevante, sí era perspicaz a la hora de avistar hilos sueltos. En ese instante, por ejemplo, no le pasó desapercibida la mirada de Tristán congelada sobre el inocente rostro de Abel.

DALIA: Sabes lo que pienso. Pero no voy a pronunciarme.

SAMUEL: Genial. Y encima me hablas como si estuviésemos en un juzgado. (Le dio una patada a una piedrecita que había en la acera). Vale, limpiaré mañana.

MAX: Perfecto. Si no hay nada más que decir...

ABEL: Podemos irnos a casa.

Tristán se despidió con un leve movimiento de cabeza y se alejó calle abajo, porque era el único que seguía viviendo en el barrio, que quedaba a unos veinticinco minutos a pie y en dirección opuesta al piso que los tres compartían.

MAX: Yo daré un paseo antes. Luego nos vemos.

SAMUEL: ¿Un paseo? Son las tres de la madrugada y hace un rato te quejabas de lo cansado que estabas. (Se tambaleó un poco hacia la derecha).

MAX: Ya, pero necesito que me dé el aire.

Dio media vuelta sin añadir nada más. Caminó, caminó y caminó. Pasados diez minutos, se giró y regresó sobre sus pasos. La persiana cerrada del local quedaba a dos metros de distancia cuando llamó al timbre de la casa de Elena. Distinguió su silueta en el balcón, apenas una aparición fugaz, luego la puerta se abrió.

ELENA: ¿Cómo estás? ¿Cansado?
MAX: Lo estaba. Ahora ya no.

Le dio un beso voraz y ella gimió en su boca. No tardaron en caer sobre la cama y empezar a desnudarse el uno al otro. Pasadas las cuatro de la madrugada, seguían despiertos, ya saciados, hablando de todo aquello que no podían compartir con nadie más. La luz de la lamparita de noche dibujaba sombras en el rostro de Elena y caía con fuerza sobre la fotografía que descansaba en la mesilla de noche.

Allí estaban él y ella, eternos.

Max cogió aire y tragó saliva.

MAX: Cuéntame algo más sobre él.
ELENA: ¿Sobre quién? (Lo preguntó pese a saberlo).
MAX: Tu marido. Tengo curiosidad...
ELENA: No se me ocurre nada.
MAX: ¿De verdad?
ELENA: Max...

Ella tiró de la sábana.

MAX: ¿Qué pasa? Somos amigos y tenemos un lío irrelevante, tú lo dejaste bien claro desde el principio. No es tan raro que hablemos de asuntos personales.
ELENA: Dudo que dijese «irrelevante».
MAX: Quizá no usaste esa palabra, pero como si lo hubieras hecho. Algunos días, incluso tengo la impresión de que te avergüenzas de mí.

Lo miró horrorizada.

Elena: ¿Hablas en serio?

Max: Sí. (Se levantó). Te da pavor que alguien se entere de lo nuestro.

Elena: ¡Porque no lo entenderían! ¿Es que no te das cuenta?

Max: A mí lo que entiendan o no entiendan los demás me importa una mierda, suficiente tengo con entenderme a mí mismo. (Empezó a abrocharse el cinturón tras ponerse los pantalones). En cualquier caso, pongamos que estoy de acuerdo con eso; tampoco es que yo quiera anunciar al mundo mis «líos irrelevantes», pero ¿por qué parece que cada vez que estamos a punto de tocar un tema personal tú te alejas como si yo fuese el demonio?

Elena: No es cierto, no hago eso.

Max: Sí lo haces. De todos modos, es tarde y será mejor que me marche, no vaya a ser que rompa una de tus muchas reglas.

Cogió su camiseta azul, le dio un beso en la mejilla para despedirse y se fue.

El frío de la noche le mordía la piel y se frotó los brazos mientras se lamentaba por no haber cogido la chaqueta vaquera horas antes. Claro que, si ella no fuese tan terca, aquello no hubiese sido un problema. Los anteriores líos que había tenido, que eran múltiples y variados, no le habían impedido que se quedase a dormir. Pero Elena sí. Elena, que se distanciaba en cuanto él hacía el amago de acercarse, le había explicado, como si fuese un estúpido niño pequeño, que dormir junto a una persona era un ejercicio de intimidad porque durante el sueño somos vulnerables, ajenos a la mirada del otro.

Y él había aceptado sin rechistar.

Porque, al fin y al cabo, Elena salía poco de casa, bebía té a toneladas y nunca parecía estar del todo presente. Era una mujer solitaria, misteriosa y con un aire excéntrico. Echaba las cartas, trataba con galerías de arte y vestía una bata de seda negra que solo podría aparecer en una película de vampiros de serie B.

Así que no tenía sentido que le gustase en serio.

Pero ¿cuántas cosas ilógicas pasan a diario?

## 43

## LO QUE A MAX LE GUSTABA

La justicia. Manejar el silencio como si fuese un arma. Comer pipas con sal. Quejarse hasta del ruido que la gente hacía al respirar. Vestir con colores azules: azul marino, azul petróleo, azul celeste, azul imperial, azul pálido, azul índigo. La justicia. Las nubes arreboladas. La puntualidad. El café con una cucharada de azúcar. La simetría. La gente que usaba las palabras de manera precisa e inteligente. Las despedidas breves. Los paraguas negros, sin tontos estampados. La justicia. Leer el periódico de buena mañana, en soledad. Las sábanas recién lavadas y, a ser posible, planchadas. La rotundidad de la frase «Por encima de mi cadáver». La sonrisa inocente que su hermana Eva esbozaba al verlo. Las bufandas de lana de buena calidad que contemplaba en los escaparates. El pan tostado en su punto justo. La justicia. Fantasear con meteoritos estrellándose contra la Tierra cuando la realidad apretaba demasiado. Los colores nostálgicos del otoño. Las promesas cumplidas. El olor a madera. Sentir el peso de las monedas en el bolsillo al caminar. Los gatos que no se dejaban acariciar. El olor del pegamento en barra.

Y la justicia.

## 44

## LO DIGNO, LO JUSTO

La casa donde Max había crecido era un mausoleo olvidado por el mundo; al menos, así lo sentía él. Excepto el comedor, que había sido el regalo de bodas de sus padres, los demás muebles eran heredados, así que las habitaciones estaban hechas de retales y todo estaba desparejado: las mesillas y las lámparas de noche, las sillas y las cortinas.

El centro de gravedad de aquel hogar no eran la madre ni el padre, sino Eva.

Pese a todas las preguntas que Max se hacía a diario, nunca se había cuestionado por qué quería a su hermana. Sencillamente lo hacía. Lo mismo le ocurría con sus padres. Cuando se trataba de ellos, Max no hacía una lista de virtudes y defectos, no se ponía exigente ni sacaba a relucir su lado sarcástico. Era amable, considerado y justo. Porque de eso iba todo. Su familia era gente digna y justa. A Max le gustaba la justicia.

Aquella mañana de domingo, distinguió a lo lejos a su madre y a su hermana antes de llegar al portal del edificio. Un rayo de luz caía sobre ellas porque se habían parado justo ahí, bajo un fragmento de sol triangular, para intentar atrapar el calor.

MAX: Hola, mamá.
MADRE: Cariño, ¿cómo estás? Llegas pronto.
MAX: He madrugado.

En realidad, todavía no se había acostado.

MADRE: Tu padre está cocinando hoy.
MAX: Déjame adivinarlo: migas.
MADRE: Es su plato estrella.
MAX: Eva, ¿estás tomando el sol? Déjame un poco.

La sombra de una sonrisa cruzó el rostro de Eva cuando él se agachó a su lado, a la altura de la silla de ruedas, y luego cerró los ojos en un acto reflejo para incrementar la sensación de calor.

MAX: Yo me quedo con ella, sube a casa si quieres.
MADRE: Vale, pero no tardéis.

Una vez que estuvieron a solas, Max se incorporó, cogió el manillar de la silla de ruedas y avanzó a paso lento por la calle. La mañana era templada y agradable.

MAX: Qué buen día hace, ¿no te parece?
EVA: (...).
MAX: Esta temperatura debería durar todo el año. Aunque entonces seguro que echaríamos de menos la nieve del invierno y el mar del verano. ¿Te cuento un secreto? El ser humano está condenado a la eterna insatisfacción.
EVA: (...).
MAX: Mira esos gorriones de ahí, los que están debajo del banco comiendo trozos de pan. Creo que son felices.

De pronto, un gorrión le dio un picotazo a otro que intentaba quitarle su ración.

MAX: Bueno, ya no estoy tan seguro.

Max dejó de caminar y dio la vuelta a la silla para ver la cara de su hermana. Su expresión estaba congelada en una mueca que para él simbolizaba la ternura, pero sus ojos se movían siguiendo el baile de los pajarillos. Max le abrochó los primeros botones de la colorida chaqueta de lana que vestía y, después, los dos se quedaron contemplando a los gorriones hasta que una ráfaga de aire fresco los sorprendió y se dirigieron a casa.

Abrió el portal, arrastró la silla por el rellano y subió la rampa que se había construido años atrás en la finca. Max aún recordaba las reuniones vecinales y al idiota del tercero que se quejaba cada vez que el tema se valoraba en la junta. Una tarde se cruzó con él en la puerta, lo miró fijamente a los ojos y le dijo: «O dejas de dar por el culo o te parto las piernas para que entiendas lo importante que es esa rampa».

Ya no hubo más problemas.

La madre se llevó a Eva al salón cuando entraron y él se quitó la chaqueta vaquera y fue a la cocina. Su padre llevaba un delantal y removía el contenido de la sartén. Max se acercó por detrás, le acarició con la mano la cabeza y le dio un beso en la mejilla.

Padre: Hijo, ya estás aquí. ¿Tienes hambre?
Max: Mucha. (Era mentira).
Padre: Bien, porque he hecho tu plato preferido.
Max: Gracias, papá.

Las migas eran, en efecto, su plato preferido a los siete años, y dejaron de serlo en torno a los nueve, cuando descubrió el placer de llevarse a la boca una hamburguesa completa. Pero aquel era uno de esos detalles que uno jamás les corrige a sus padres porque, en el fondo, quiere que sigan pensándolo. Max estaba convencido de que algunas mentiras, aquellas que no escondían maldad ni segundas intenciones, eran pasto de felicidad.

MAX: ¿Está puesta la mesa?
PADRE: Creo que aún no.
MAX: Vale. Yo me encargo.

La comida fue apacible. Su madre le puso al tanto de las últimas novedades de la asociación del barrio de la que formaba parte desde hacía años; allí, por las tardes, acudía con Eva y se juntaba con otras mujeres, como la tía abuela de Tristán. Después, comentó con su padre los últimos partidos de la liga; a esas alturas, a Max había dejado de interesarle el fútbol, pero se esforzaba por fingir lo contrario cuando iba a casa.

De postre comió melocotón en almíbar. Luego, se levantó para ir al cuarto de baño y pasó por su antigua habitación. Su madre, que se sacaba un extra haciendo arreglillos, había colocado allí la máquina de coser, y la caja de costura y varias prendas de ropa estaban sobre la cama. Por lo demás, todo seguía igual.

Max se fijó en el álbum de cromos que dormía en una balda de la estantería y una fuerza extraña, extrañísima, lo impulsó a cogerlo. Él no era, por lo habitual, una persona nostálgica. Se sentó en la cama, lo abrió y pasó varias páginas hasta dar con la que estaba rasgada por la parte inferior. Resultaba curioso lo que representaba de ellos aquel álbum lleno de jugadores de fútbol ya retirados. Guardaba un recuerdo de Samuel: la semana que estuvieron sin hablarse porque a Max le indignó su vaga disculpa tras romper la página. Guardaba un recuerdo de Abel: haciendo gala de su generosidad, le había dado un taco de cromos que bien podría haber cambiado por otros. Y guardaba un recuerdo de Tristán, uno de los que más habían marcado a Max en toda su vida.

Cuando logró completar toda la colección, apareció en casa de Tristán con el álbum bajo el brazo y se lo ofreció. Torpe en lo sentimental, le dijo algo así como: «Tomatelorregaloestuyosiquieres». Tenían trece años, pero la mirada de Tristán ya era un invierno insondable. No dijo nada durante lo que a Max le pareció una eternidad, aunque él podía adivinar el debate en sus ojos: el deseo frente al orgullo. Ganó el segundo. Lo rechazó con brusquedad, aunque en sus ojos se apreciaba un brillo húmedo, contenido.

MADRE: Cariño, ¿te preparo café?
MAX: No, lo tomaré en casa de Tristán.

Max se levantó y dejó el álbum en la estantería.

MADRE: ¿Cómo está su abuela? María me habla cada vez menos de ella.
MAX: Porque tendrá poco que contar. Está... que no está.
MADRE: Qué lástima, ¡con lo buena que ha sido esa mujer! Tiene el cielo ganado. (Chasqueó la lengua y negó con la cabeza). ¿Y Tristán cómo lo lleva?
MAX: Creo que lo tiene asumido desde hace tiempo.
MADRE: Demasiadas cosas ha tenido que asumir ese chico...

Max suspiró y se sacó la cartera del bolsillo trasero del pantalón. Comenzó el ritual semanal desde que había empezado a trabajar a los dieciséis años: su madre protestaba, él insistía, ella se culpabilizaba, él la calmaba, ella cogía el dinero, él respiraba al fin, ella le daba un beso tembloroso en la mejilla, él se despedía para no alargar la situación. Max entendía de justicia, sí, pero también de dignidad y de orgullo.

# 45

# AMIGO DEL ALMA

Un amigo del alma es aquel capaz de encajar en la palabra «familia». Durante los primeros años en el colegio, Max anduvo a medio camino entre dos grupos, y fue Tristán quien propició la decisión final. Y una vez que él escogía un camino, lo recorría todo recto, sin desvíos. La presencia de Abel y Samuel, desprendida y chispeante, era necesaria para lograr un equilibrio perfecto, pero Max sentía que cuando estaba a solas con Tristán la vida era menos plana y podía abandonarse a una conversación profunda que jamás se daba cuando los cuatro estaban juntos.

Siempre un poco de puntillas, claro.

Porque Tristán era... Tristán. Es decir, un enigma emocional. Max lo había conocido siendo un niño, un adolescente y un hombre, y en ninguna de esas etapas tuvo nunca la impresión de llegar al fondo de la cuestión y de conocerlo de verdad. Saber qué pensaba Tristán era todo un reto, pero algo factible. Sin embargo, saber qué deseaba este era un imposible, y a menudo Max se preguntaba si la clave era que ni el mismo Tristán entendía sus propios anhelos.

Aquel día, cuando se despidió de sus padres, puso rumbo a casa de su amigo. Quedaba apenas a tres calles de distancia porque los dos vivían al otro lado del puente que partía el barrio por la mitad. Llamó a la puerta y esperó hasta que Tristán abrió.

TRISTÁN: ¿Quieres café?

Max asintió. Mientras Tristán preparaba la cafetera, se sentó junto a su abuela en el sofá. La televisión, como era habitual, estaba encendida y amortiguaba el silencio que reinaba en la casa. Se tomó el café, atento a la película del domingo que se emitía. Mientras tanto, Tristán doblaba ropa en su habitación. Pasado un rato, fue junto a él.

TRISTÁN: ¿Cómo está Eva?
MAX: Bien, sin novedades.

Era durante el invierno cuando el cuerpo de Eva se resentía, especialmente por infecciones respiratorias recurrentes, bronquitis y neumonías.

MAX: ¿Qué estás leyendo? (Antes de que pudiese responderle, cogió el libro que estaba en la mesilla de noche). *Los miserables.* Buena elección.
TRISTÁN: ¿Lo has leído?
MAX: Qué pregunta. Hace años.
TRISTÁN: Claro.

Le dirigió una sonrisa burlona. Max siempre había sacado mejores notas y era más rápido. Tristán leía, pero lo hacía despacio, como si saborease cada palabra, y un libro tan largo como aquel podía durarle perfectamente dos o tres meses, como si una parte de él no desease despedirse nunca de los personajes y alargase el camino. Se relacionaban con la literatura de maneras opuestas. Max odiaba la poesía. La poesía lo entristecía, porque era ácido para el corazón, y le ponía de mal humor; prefería resguardarse bajo el paraguas de la ficción. Tristán podía navegar por un poema durante varios días.

Se tumbó en la cama, con las manos tras la cabeza.

MAX: ¿Sabes que ahora Dalia y Elena son amigas?
TRISTÁN: Sí, algo me imaginaba. (Dobló una última ca-

miseta y guardó la ropa en el armario). ¿Por qué te sorprende? Tienen bastante en común.

MAX: ¿Lo dices porque ambas son de buena familia?

TRISTÁN: No. (Se mostró pensativo). Es la actitud.

MAX: ¿Y cómo definirías la actitud de Dalia?

TRISTÁN: No me he molestado en pensarlo.

Max le dirigió una sonrisa socarrona.

MAX: Yo sí lo he hecho. Creo que, de entrada, parece una chica muy segura, pero en cuanto rascas la superficie..., todo se desmorona. Ya sabes, problemas con papi.

TRISTÁN: ¿Qué quieres decir?

MAX: Hambre de amor, claro.

Tristán no contestó. Se sentó en la silla de madera que había en una esquina de la estrecha habitación y miró a Max. El silencio se alargó unos minutos.

TRISTÁN: ¿Qué tiene con Abel?

MAX: ¿Con Abel? Nada. ¿Eso a qué viene?

TRISTÁN: Duerme con él. Lo dijo Samuel.

MAX: ¿Y qué? Son amigos, eso es todo. Se queda en casa cada dos por tres, así que imagino que dormir en el sofá le empezaría a resultar incómodo a la princesa.

Todavía inmóvil en la silla, Tristán suspiró.

Max se incorporó para coger uno de los tomos que había en la estantería. Era el cuento del sistema solar que a Tristán le obsesionaba de niño. Hojeó unas páginas.

MAX: ¿Nunca te preguntas...?

TRISTÁN: Qué.

MAX: ¿Cómo hubiesen sido nuestras vidas de habernos tocado otras cartas?

TRISTÁN: ¿Otras cartas?

MAX: Ya sabes, que mi hermana no estuviese enferma. Que tus padres...

TRISTÁN: No. Es una pérdida de tiempo.

MAX: Siempre tan pragmático.

TRISTÁN: ¿Por eso no soportas a Dalia? Porque tuvo buenas cartas.

MAX: No es que no la soporte, es que no me fío de ella.

TRISTÁN: ¿Te ha dado razones para desconfiar?

MAX: Es una cuestión de intuición.

TRISTÁN: Ya.

MAX: ¿Confías tú en ella?

Aquel fue un instante cargado de significados cruzados, aunque en ese momento Max aún no los entendiera del todo. La respuesta tardó en llegar, como si una fuerza invisible le sacase las palabras en contra de su voluntad.

TRISTÁN: Sí, hasta que me demuestre lo contrario.

# 46

## MIENTRAS TANTO...

Mientras tanto, no muy lejos de allí, Dalia caminaba por la calle cogida del brazo de Antonello. Si hubiesen preguntado por ellos a los desconocidos que se cruzaban en su camino, todos habrían contestado que él parecía feliz y ella parecía feliz. Así pues, ambos, bien felices, avanzaban un paso tras otro. La luz del sol iluminaba las últimas hojas del otoño y el aire era templado. Entraron en una tienda de vinilos y curiosearon por las estanterías. Había una cabina en la que podían reproducir los discos; por aquel entonces, el dueño del sitio los conocía y los saludaba al verlos llegar.

ANTONELLO: Oh, este es precioso.

DALIA: La carátula no me suena...

ANTONELLO: No es conocido. (Lo dejó en la estantería). *La vita è ingiusta*, el disco era..., *come dirlo?* Adelantado para su momento.

A Dalia aquello le pareció tristísimo.

Siempre le angustiaba esa idea, la de llegar antes de tiempo, descolocada en el calendario. O, al contrario: hacerlo cuando ya era demasiado tarde y solo quedaban puertas entornadas y ecos de lo que podría haber sido.

ANTONELLO: ¿Aún tienes el disco que te regalé?

DALIA: ¡Claro que sí! Es mi tesoro. Me gustan todas las

canciones. El otro día, escuchando una de las baladas, decidí cuál era mi palabra favorita en italiano.

ANTONELLO: No te hagas de rogar.

DALIA: Es *nostalgia,* por lo que significa y por cómo se pronuncia. Toda esa melancolía contenida en unas letras: «nos-tal-llí-a». Es fantástica.

ANTONELLO: *Oh, sì, che bella!*

## 47

## DECISIONES DEMOCRÁTICAS

Abel, Tristán y Max estaban viendo un partido de fútbol en la casa que los chicos compartían. Aquel día de finales de octubre, Abel se exaltaba más de lo habitual cada vez que el equipo rival tenía opciones para marcar un gol. Max comía pipas, distraído, aunque disfrutaba de la placidez del momento, porque debía reconocer que pocas cosas en el mundo le aplanaban tanto la mente como ver una pelota danzando de un lado a otro.

Entonces sí. Entonces dejaba de hacerse preguntas.

En el descanso tras el primer tiempo, Max dijo:

MAX: Abel, ¿hiciste el pedido esta semana?

ABEL: Sí. (Cogió el paquete de pipas y se puso un puñado en la mano). Aunque las cuentas de la caja no cuadraban.

TRISTÁN: Nunca cuadran.

ABEL: Ya, pero me refiero a algo más llamativo de lo normal. Por el cálculo que hizo Max, según el género que consumimos tenemos unas ganancias que...

MAX: ¿De qué desajuste estamos hablando?

ABEL: Nada preocupante. Ha sido puntual.

Max miró a Tristán. Y Tristán miró a Max.

MAX: Creo que la situación de Samuel se está complicando.

ABEL: ¿Qué quieres decir? Él siempre ha sido... (Escupió una cáscara de pipa). Bueno, ya sabes, un poco impulsivo y alocado, pero no tiene maldad.

MAX: ¿De verdad no te has fijado en sus pupilas las últimas noches? Cualquiera se daría cuenta de lo que pasa a kilómetros de distancia.

Abel se mostró contrariado.

ABEL: ¿Qué estás insinuando?

MAX: Que la bebida no es su único problema.

TRISTÁN: Eso es imposible.

MAX: Tristán...

TRISTÁN: Déjalo ya.

MAX: Sé que esto... Sé que...

TRISTÁN: No quiero hablar del tema.

ABEL: Su problema es la cerveza, está claro y...

MAX: Ese es solo *uno* de sus *problemas.*

ABEL: ¡¿Puedes dejar de interrumpirme?!

Max destinó la poca paciencia que le quedaba aquel día a no saltar en ese momento sobre Abel para decirle que era difícil no interrumpirle cuando todo lo que comentaba solía ser terriblemente predecible y obvio. En lugar de eso, respiró hondo y se contuvo.

MAX: La cuestión es que Samuel está descontrolado. A partir de ahora, tenemos que estar atentos en el tema del dinero y atarlo en corto.

ABEL: Tranquilo, me ocuparé del dinero. (Se sacudió la sal de las manos). En cuanto a lo otro, eso es más complicado. Sé realista, Max, estamos hablando de Samuel. Nadie puede atarlo, ni en corto ni en largo. (Tomó aire antes de seguir). ¿Por qué no intentamos que cambie de aires durante el próximo fin de semana?

TRISTÁN: ¿Qué quieres decir?

ABEL: Es tu cumpleaños, Tristán. Por una vez, podríamos cerrar el club e irnos de pesca. Hace mucho que no vamos de pesca. Y sería un lugar tranquilo para tener una conversación seria con Samuel. ¿Qué os parece la idea?

MAX: Nefasta. Quedan dos días para el sábado y ya está hecho el cartel del siguiente fin de semana. Deberíamos haberlo pensado antes.

ABEL: Tenemos más de una semana de antelación para poner una nota y avisar de que el club no abrirá durante esos días por motivos personales.

TRISTÁN: Max, quizá sea una buena idea.

MAX: ¿Tú crees? No sé, no sé...

Lo meditó, repantingado en el sofá, con los labios arrugados por culpa de la ingente cantidad de pipas que había comido. Era cierto que había pasado una eternidad desde la última vez que fueron juntos de pesca, y era una tradición diferente que le gustaba.

ABEL: Venga, se retrasa la siguiente noche temática y ya está.

MAX: Bueno.

ABEL: ¿Bueno?

MAX: Que está bien. (Resopló). Aunque Samuel no estará de acuerdo.

TRISTÁN: No importa. Es una decisión democrática.

MAX: Eso sí, me niego a dormir en tiendas de campaña como hasta ahora. Esta vez, alquilamos una de esas cabañas de madera.

TRISTÁN: Bien.

ABEL: ¿Y qué hacemos con Dalia?

MAX: No sé si te sigo.

ABEL: La invitamos, ¿no?

MAX: ¿Lo dices en serio?

ABEL: Es nuestra amiga.

MAX: Dudo que le apetezca disfrutar de un fin de semana de pesca, barro y frío. Pero si es lo que queréis, se lo podéis decir. ¿Tú qué opinas, Tristán?

TRISTÁN: Bien. Invitémosla.

Max dejó escapar un largo suspiro y se puso en pie. Cogió la chaqueta que había dejado en el brazo del sofá. El descanso del partido de fútbol estaba a punto de llegar a su fin y los jugadores ya estaban saliendo al campo.

ABEL: ¿No vas a ver la segunda parte?

MAX: No, he quedado.

ABEL: ¿Con quién?

MAX: ¿A ti qué te importa?

TRISTÁN: ¿Nos vemos mañana?

MAX: Sí. Hablad vosotros con Samuel.

ABEL: Vale. Será divertido. (Y se rio).

## 48

## UN PEQUEÑO ERROR

No había nada que Max odiase más que pasar por delante de una agencia de viajes y ver todos esos dichosos carteles colgados en el escaparate: Londres, Roma, Nueva York, Ámsterdam, Dublín; ofertas de viajes que él nunca disfrutaría. En algún momento entre los catorce y los dieciséis años, había aceptado que su prodigiosa memoria servía para poco, que su uso del lenguaje era irrelevante en el mundo real y que estaba destinado a quedarse para siempre en el barrio, casarse con una mujer con la que la vida fuese soportable y tener unos hijos a los que intentaría darles las oportunidades que él no había tenido.

Su relación con Elena era, en el fondo, un acto de rebeldía.

Ella era el tipo de mujer que él deseaba tener a su lado: inteligente, singular. Y, al hacerlo, rompía las reglas no escritas de su entorno: la edad y la clase; es decir, el lugar que a cada uno le correspondía por vivencias y por contexto.

Pero ¿era real aquello a ojos del mundo? No.

Las últimas semanas, a Max había empezado a pesarle el hecho de sentir que él era un secreto, que todo parecía ocurrir solo en un plano paralelo y que nunca sería suficiente como para pasar a otro nivel. Así que se había alejado, aunque hacerlo le supusiese un esfuerzo titánico porque todo su ser quería ir al encuentro de Elena.

Aquel día caminó despacio, muy despacio, hacia la casa

de ella. ¿Por qué? Pues porque Max era el tipo de persona que se dejaba lo mejor del plato para el final. Desde niño, si la cena consistía en patatas, brócoli y carne, él empezaba por el brócoli (lo odiaba), seguía con la carne (no estaba mal) y terminaba con las patatas (le encantaban).

Posponía el placer para disfrutarlo más.

ELENA: Pasa. ¿Hace frío?
MAX: Sí, empieza a refrescar.
ELENA: ¿Te preparo algo caliente?
MAX: No, no es necesario, gracias.

Ella le dirigió una mirada larga. Si Max no hubiese estado demasiado perdido dentro de sí mismo, se habría dado cuenta de que esa mirada estaba cargada de dulzura y, quizá, de una pizca de miedo.

ELENA: Hace semanas que no te veo.
MAX: Para ser sincero, no estaba seguro de que quisieses verme.

Dubitativa, Elena se tragó las palabras que iba a decir y dio media vuelta. Él la siguió a través del amplio pasillo de la casa. Apoyado en la pared había un cuadro embalado, aunque a través del plástico se intuían los tonos marrones, rojos y ocres.

Para llenar el silencio, lo señaló.

MAX: ¿Te acaba de llegar?
ELENA: Al revés, se lo llevan mañana.
MAX: ¿A dónde viaja?
ELENA: París. Un coleccionista buscaba obras de un artista en particular. No ha sido fácil encontrar algo que se ajustase a su presupuesto.

De haberse dejado llevar, a Max se le habría escapado una risa amarga.

Aquel cuadro, inmóvil, sin emociones ni posibilidad de transformarse, iba a conocer más lugares, más cielos y más manos que él mismo.

¿No era la vida entera una cruel ironía?

Dejó de pensar en ello cuando vio que Elena iba directa al dormitorio. La decisión le gustó y no le gustó; por un lado, la deseaba tanto que oía los latidos de su propio corazón en la cabeza, pero por otra parte le incomodaba que todo se redujese a eso. Sin embargo, cuando ella lo besó, se derrumbaron las pocas defensas que le quedaban y acabaron en el suelo, junto a la ropa que se quitaron con prisas el uno al otro.

Mordiscos y besos.

Suspiros y más besos.

Gemidos y más más besos.

En la cama, saciado y desnudo, Max se puso de costado para que quedasen cara a cara. Los ojos de Elena estaban llenos, llenísimos, y él se dio cuenta entonces de que la había echado de menos no de una forma ambigua, sino peligrosa. Se preguntó hasta cuándo se alargaría aquello y qué haría después, el día que todo llegase a su fin.

Tragó saliva y respiró hondo.

Max: Así que... París.

Elena: ¿Qué?

Max: El cuadro.

Elena: Sí. Lo recogen mañana.

Max: ¿Has estado allí? (Ella apartó la mirada). Sí, claro, cómo no. Pues háblame de esa ciudad. (Cerró los ojos, preparado para dejarse llevar).

Elena: París es una cuestión de luz. Y por su claridad quebrada se filtra la lluvia. La geometría y la historia se reflejan en las aguas del Sena, sabe envejecer con elegancia. Incluso dormida, es una ciudad mágica, y tiene una belleza un poco arrogante, como tú.

Él abrió los ojos y sonrió despacio.

MAX: ¿Te parezco arrogante?
ELENA: De un modo encantador.
MAX: ¿Tengo que entenderlo así?
ELENA: Es la arrogancia de la juventud, Max.

Él resopló y se incorporó. No soportaba que ella hiciese referencias veladas al abismo que los separaba. Empezó a buscar su ropa.

ELENA: ¿Ya te marchas?
MAX: Es tarde, ¿no crees?

La indecisión danzaba en la mirada de Elena.

ELENA: Quédate a dormir.
MAX: ¿Qué significa eso?
ELENA: No lo sé. Olvídalo.
MAX: ¿Puedes ser sincera?
ELENA: Siempre lo soy. No puedo darte más, Max. (Estaba sentada en la cama, abrazándose las rodillas encogidas). No me queda nada.

Max quiso decirle que a él le bastaba con lo que veía, que ella era suficiente, pero sabía que la vida de Elena tenía pliegues en el pasado. Ya había tenido su gran amor.

Despacio, volvió a la cama.

Se tumbó junto a ella.

Alzó la mano y le acarició la cabeza con ternura. Elena cerró los ojos y él distinguió una lágrima deslizándose por su mejilla. La atrapó con los labios. En la penumbra, incluso cuando ya se había quedado dormida, la miró durante horas y horas.

En algún momento, se dejó vencer por el sueño.

Pero cuando el timbre sonó y lo despertó, tuvo la impresión de que era imposible que la noche entera hubiese pasado. Y, sin embargo, la luz de la mañana se colaba por las rendijas de la persiana y el murmullo del tráfico de la calle indicaba que era hora punta.

MAX: ¿Quién llama a estas horas?

ELENA: Será la empresa de transportes que tenía que venir a llevarse el cuadro. (Se levantó y se puso la bata negra de seda). Ahora vuelvo.

Con la mejilla contra la almohada y todavía adormilado, Max imaginó el andar de Elena por el pasillo, sus manos abriendo la puerta del balcón y su cuerpo inclinándose hacia la calle como siempre hacía. Mentalmente él aún estaba allí cuando ella entró en la habitación, nerviosa y dando voces.

ELENA: ¡Max, Max! ¡Levanta!

MAX: ¿Qué pasa? (Casi lo gruñó).

ELENA: ¡Es Dalia!

MAX: ¿Dalia?

ELENA: Tienes que irte.

Él se incorporó de golpe.

MAX: ¿Está subiendo?

ELENA: Sí.

MAX: ¿Y cómo pretendes que salga?

ELENA: Baja al club por las escaleras.

MAX: No tengo la llave del candado.

ELENA: ¡Pues esperas ahí hasta que se vaya y luego subes!

(Parecía tan perturbada que Max trató de consolarla, pero ella se apartó). ¡No hay tiempo!

MAX: Intenta entretenerla. Tranquila.

ELENA: No puedo estar tranquila. Esto es...

Negó con la cabeza y salió de la habitación. Max se preguntó qué era lo que iba a decir a continuación: «¿Esto es una aberración?», quizá. «¿Esto es lo peor que he hecho en mi vida?», esperaba que no. Quiso seguir pensando alternativas, pero aún estaba desnudo y la voz de Dalia se coló en la casa como una melodía fantasmagórica.

Empezó a ponerse los pantalones vaqueros.

MAX: Joder... (Masculló bajito).

La ropa estaba desperdigada por toda la habitación. Al final, decidió cogerlo todo, los zapatos, los calcetines, el cinturón y la camiseta, y terminar de vestirse cuando bajase al club. Salió del dormitorio de puntillas y avanzó por el pasillo.

La puerta azul quedaba apenas a unos metros.

Y entonces...

DALIA: ¿Te encargas hoy tú del té? ¡Llevo media hora meándome! ¡No aguanto más! (Un paso y otro y otro). Anoche me bebí casi un litro de agua porque...

Los ojos de Dalia se detuvieron sobre él, que se sintió como un cervatillo paralizado por los faros de un coche en mitad de una noche cerrada. Había estado a punto de conseguirlo. A punto. Su mano derecha, de hecho, la que no cargaba todos los bártulos, estaba sobre el pestillo de la puerta. Y ahí se quedó suspendida.

La voz de Elena se alzó a lo lejos.

Elena: ¿Qué has dicho?

Dalia: Nada. (Siguió mirándolo). Que bebí mucha agua porque tenía migraña. Si tienes té rojo, mejor, pero cualquiera me va bien.

Max entendió que aquello era una señal, abrió la puerta y desapareció escaleras abajo. El corazón le latía a toda velocidad. Ya en el interior del club, dejó sus cosas sobre un taburete y respiró hondo. Se preguntó qué habría pensado Dalia al haberlo descubierto en semejante tesitura, descalzo, desnudo de cintura para arriba, con los vaqueros sin abrochar y despeinado.

Y, sobre todo, por qué no había dicho nada.

Se vistió y esperó allí durante lo que le pareció una eternidad, hasta que distinguió los pasos de Elena bajando por las empinadas escaleras que conectaban con su casa.

Elena: Ya se ha ido. Puedes subir.

Max: Vale. (Se dirigió hacia ella).

Elena: Menos mal que has sido rápido.

Max: Uff, sí, menos mal. (Y le sonrió).

## 49

## TE PROPONGO UN TRATO

Llevaba todo el día de los nervios y se había comido un paquete de pipas de forma compulsiva. Ya estaba atardeciendo cuando llegó aquel toctoctoc desde el otro lado de la puerta, tan inocente como aterrador, y Dalia apareció en escena, también inocente y aterradora. A decir verdad, él había sabido ver aquello desde el principio.

Entró con ese andar etéreo suyo y cerró tras de sí.

MAX: ¿Qué quieres?

DALIA: Solo hablar.

MAX: No creo que tengamos nada de lo que hablar.

DALIA: Quiero saber qué es lo que pasa con Elena.

MAX: Eso, como supondrás, no es asunto tuyo.

DALIA: Creo que en estas circunstancias podría serlo.

Dalia se paseó por la habitación con aire distraído, deslizó el dedo índice por los lomos de algunos libros y avanzó hasta la ventana. Contempló la calle.

DALIA: ¿No tienes la impresión de que el mundo es demasiado vertical? Los edificios y los semáforos, las farolas y los árboles. Todo tiende a alejarse del suelo.

MAX: Princesa, ¿esto nos lleva a alguna conclusión?

DALIA: Del mar me gusta su horizontalidad.

MAX: Genial. ¿Alguna extravagancia más?

Dalia apartó la vista de la calle y lo miró.

DALIA: ¿Por qué me odias?
MAX: Yo no diría tanto...
DALIA: Sí, lo noto.

En aquel instante, ella le pareció increíblemente frágil. Rara vez Dalia aparentaba la edad que tenía; a veces, en su mirada podía verse a una mujer de ochenta años, y a una señora de cuarenta que estaba harta de la rutina, y a una chica de dieciséis que deseaba vivirlo todo. Pero esa tarde no era ninguna de ellas. Esa tarde, Dalia era una niña de unos siete años que no entendía por qué Max se negaba a incluirla en su equipo. Y él sintió una especie de incómoda compasión, pero, precisamente por ello, no aflojó las riendas, sino que se mantuvo imperturbable, frío, y le lanzó su verdad.

MAX: El problema es que creo que no eres una persona sincera.

DALIA: ¿Y no piensas que se valora demasiado la sinceridad? ¿Debemos contarles a los niños que Papá Noel no existe? ¿O dejar de fingir y asumir que las personas no cambian? Si te estuvieses muriendo ¿te gustaría que te lo dijesen?

MAX: Descubrí la farsa de Papá Noel a los cuatro años. Sé que las personas nunca cambian. Y sí, me gustaría saber que me muero, gracias.

DALIA: ¿Eres sincero al ocultar tu relación con Elena?

MAX: Eso es un asunto personal, no mezcles las cosas.

DALIA: Entre ocultar y mentir hay una línea finísima.

MAX: Princesa, ¿qué es lo que quieres? Ve al grano.

DALIA: Guardaré tu pequeño secreto, Maximiliano. Y, a cambio, necesito que hagas algo: quiero que organices con los chicos una quedada, mañana o pasado, para que vayamos a comprar plantas. Después, las llevaremos a casa de Tristán.

MAX: ¿Qué...? ¿Qué estás diciendo?

Dalia: A su abuela le gustarán.

Max: Pero... (Negó con la cabeza).

Dalia: Pero ¿qué?

Max: Nada. Está bien.

Dalia: ¿Así de fácil?

Max: Sí, no hay trampa.

Dalia: De acuerdo. Entonces, tenemos un trato.

Con una pequeña sonrisa, Dalia le ofreció la mano y él, tras dudar un momento, se la estrechó.

No dijo nada más antes de salir de su habitación.

Max se quedó mirando la puerta cerrada mientras pensaba en ella. Le parecía que Dalia era una persona performativa, su presencia era escénica; era intensa, teatral, provocadora incluso en lo cotidiano, y se expresaba como si su vida fuese una representación. Quizá era aquello lo que tanto le molestaba de ella: la coreografía.

# 50

## UN JARDÍN DE OTOÑO

Las flores que nacen en octubre saben que el frío se acerca y florecen con urgencia ante el adiós. Los crisantemos se abren densos y silenciosos; los pensamientos, diminutos y frágiles, resisten como pueden; y las dalias, obstinadas y exuberantes, continúan brillando cuando todo a su alrededor comienza a apagarse para dar paso al invierno.

Max, Samuel, Abel y Dalia estaban parados delante de la puerta de aquella casa modesta y cálida. Los cuatro sostenían bolsas y macetas en las manos, ante los curiosos ojos de algunas vecinas que paseaban por la calle. Cuando Tristán abrió, su expresión se tiñó de confusión y, poco después, de comprensión.

Su mirada se mantuvo fija en ella. En Dalia.

TRISTÁN: ¿Qué es esto?

MAX: Un regalo para la abu. ¿Tienes café? (Se abrió paso sin contemplaciones y entró en la casa). No me vendría mal una taza grande.

ABEL: Habrá que hacer dos cafeteras, sí.

SAMUEL: ¿Y la abu? Ah, ya la veo.

Todos dejaron las flores en el patio interior; después, Samuel se sentó en el sofá junto a la abuela mientras Max y Abel se ocupaban de preparar el café. Unos metros más allá, Tristán hablaba con Dalia en voz baja, pero la casa era tan pequeña que la conversación llegó a todos los rincones.

Tristán: Esto... Todo esto...

Dalia: No es por ti. No pienses que lo es.

Tristán: No era lo que iba a decir. (Su voz se volvió más afilada). Lo quc está claro es que lo de meterte en los asuntos ajenos se te da de maravilla.

Dalia: ¿De quién es este asunto?

Tristán: Mío. Y solo mío.

Dalia: Creo que los demás no están de acuerdo. A todos les pareció una buena idea y tenían ganas de hacerlo. ¿Por qué no puedes agradecerlo sin más?

Tristán: No se trata de...

Dalia: Ya. Es por orgullo.

La chica era lista, eso no lo podía negar; al ver que Dalia daba en la diana, a Max se le escapó una sonrisa. Sin embargo, antes de que la situación se complicase, decidió intervenir. Ya con la cafetera al fuego, se acercó a ellos y, ante la mirada atónita de Tristán, rodeó los hombros de Dalia con el brazo, en un gesto despreocupado y amistoso.

Max: Ha sido idea mía.

Tristán: ¿Qué?

Max: Sí, Dalia lo comentó de pasada y yo le dije que teníamos que hacerlo de inmediato. No sé cómo no se nos ocurrió antes a nosotros.

Tristán le contempló durante lo que pareció una eternidad, como si estuviese intentando bucear dentro de él hasta encontrar una fisura por la que colarse.

Max: Colega, no le des más vueltas.

Abel: Sí, a ella le va a encantar y el patio está desaprovechado.

Max: Ya está saliendo el café. Tú sin azúcar, ¿verdad, Tristán?

El aludido tomó aire y asintió. Después, se alejó hacia la cocina y comenzó a sacar tazas del armario. Max se inclinó hacia Dalia para poder susurrarle al oído.

MAX: Bingo, princesa. Ahí tienes su punto débil.

Ignoró la mirada agradecida que ella le dirigió.

«Ya se dará cuenta de todo lo que implica ese orgullo herido», pensó.

Porque ahí se encontraba la base de todos los defectos de Tristán: el primero y principal era que le resultaba imposible aceptar ayuda; en un mundo posapocalíptico y desértico, Max podía imaginarlo perfectamente estando deshidratado, pero rechazando con estúpida elegancia un vaso de agua. ¿El segundo defecto? No daba segundas oportunidades. El perdón de Tristán era una utopía y, en caso de suceder el milagro, de lo más ambiguo.

ABEL: Abu, ¿cómo estás?
ABUELA: Aquí, aquí, bien.
SAMUEL: Le decía que hoy tiene buena cara.
ABUELA: Oh, Max, siempre tan...
SAMUEL: No, yo soy...
MAX: Sí, muy buena cara.

No le hizo falta más para que Samuel entendiese que era mejor no corregirla. La mirada de la abuela se paseó entre los chicos. Por un instante, Max recordó aquellas tardes en la casa y todo ese amor que ella tenía para regalarles; ninguno sintió nunca que hubiese un favorito, su corazón albergaba espacio suficiente para acogerlos a los cuatro.

Finalmente, sus ojos se detuvieron en Dalia.

ABUELA: La chica... Otra vez.
DALIA: Sí, hola. Me alegra volver.

Abuela: Esta casa siempre está abierta... Siempre... Los niños corren... (Se quedó en silencio unos segundos, como si intentase reordenar las partes del pasado que se colaban en el presente). Corrían. Hace años... Muchos años.

Dalia se sentó a su lado en el sofá.

Dalia: Esos niños siguen aquí.

La abuela los contempló a todos y cada uno de ellos; Samuel, con ese aire a Mick Jagger, la chupa de cuero y el cabello enmarañado; Abel, con su camisa de pana anaranjada y la mirada amable; Max, con un suéter azul petróleo y bien peinado; y Tristán, con los ojos claros brillantes, el pelo oscuro y una expresión de rendición en su rostro.

Abuela: Sí, sí... Mis niños.

Y sonrió con gran satisfacción.

Quince minutos más tarde, las tazas vacías de café se amontonaban en el fregadero y ellos estaban en el patio interior. Había que remover la tierra seca de las macetas y mezclarla con la nueva, trasplantar las flores, tirar todo lo inservible y barrer el suelo. No fue necesario repartir las tareas; de algún modo, los cinco funcionaron como una maquinaria perfecta y se organizaron sin palabras. Samuel cogió la radio del salón y la llevó fuera; de vez en cuando, junto con Abel y Dalia, bailoteaba animado. Tristán hacía viajes al contenedor más cercano y sacaba macetas rotas y trastos viejos. Cuando cogió el balón desinflado que había en una esquina, se lo lanzó a Samuel.

Samuel: ¡Mierda! ¡Avisa antes!

Tristán: Quería ver si te quedaban reflejos. (Le sonrió). Y, además, el balón es tuyo. Déjalo en ese montón de ahí y ahora me ayudas a tirarlo todo.

Samuel: ¿Cómo estás tan seguro de que es mío?
Max: Porque, si fuese nuestro, lo recordaríamos.

Samuel dio vueltas a la pelota entre las manos.

Samuel: Ahora que lo dices… Sí, sí, me suena.

Max chasqueó la lengua, pero no dejó que el regusto amargo le nublase el día. En cierto modo, no era culpa de Samuel ser como era, sino del entorno. Todo era siempre una cuestión de entorno. ¿Acaso no habría valorado más las cosas de no haber sido hijo único y haberse visto obligado a compartir? Samuel había sido un niño deseado con desesperación y, cuando llegó al mundo, sus padres se mataron a trabajar para dárselo todo; dentro de sus posibilidades, claro, que no se acercaban a las de Dalia ni muchísimo menos.

Ella, ajena a su entorno natural, estaba arrodillada en el suelo y sacaba una planta de una de las macetas, dejando a la vista las raíces blanquecinas y enredadas.

Max se acercó y escarbó para agrandar el hueco en la maceta y que ella pudiese meterla mejor. La música de la radio seguía sonando, los otros tres hablaban y reían y, allí, en aquel escenario imprevisto, Max se miró las manos llenas de tierra y se sintió dichoso; y pensó que esa tarde compartida con los chicos era mejor que todas las noches del club, que el éxito del negocio y el futuro al que los podría conducir.

Dalia: ¿Estás bien?
Max: Sí, claro que sí.
Dalia: De acuerdo.

Por supuesto, ella no pareció convencida, y él tampoco hizo nada por convencerla.

Un jardín de octubre no grita, susurra. Los tonos son hondos: amarillos que rozan el dorado, violetas que parecen guardar el crepúsculo entre los pétalos y rosas que recuerdan atardeceres. Allí, cada flor parecía ser una ofrenda a la mujer que años atrás los había cuidado. Los crisantemos llenaban el aire con un perfume leve y terroso; los pensamientos, temblorosos pero tenaces; las dalias, reinas del lugar y dispuestas a desafiar al viento.

Los cinco miraron el lugar con satisfacción.

SAMUEL: Vamos a enseñárselo. Ya.
MAX: Tranquilo. Ve a por ella, Tristán.

Impaciente, Samuel daba saltitos. Paró de hacerlo cuando Tristán regresó con su abuela cogida del brazo. La mujer se mostró aturdida y, a continuación, su boca se abrió y se quedó así, abierta, durante cinco segundos. Agitó las manos en el aire.

ABUELA: ¡Tristán!
TRISTÁN: Dime, abuela.
ABUELA: ¿Y mi regadera?

Todos se echaron a reír.

ABEL: Eso, ¿dónde está?
TRISTÁN: No hay regadera...
SAMUEL: Qué tontos somos.
MAX: Servirá un vaso de agua.

Entró en la casa y sacó un vaso de plástico que encontró. Abrió el grifo de la pila del patio, lo llenó y se lo dio a la abuela. Ella lo vació rápidamente en una de las macetas, y después comenzó a arrancar hojas secas y a nombrar colores: lila, rosa, naranja, rojo.

Cuando María llegó, no escondió su sorpresa.

MARÍA: Oh, Dios mío, esto es precioso... (Se llevó una mano a los labios). Precioso. (Miró a Tristán). ¿Ha sido idea tuya? Siempre has sido un ángel.

La mujer lo abrazó.

Y Tristán, atrapado aún entre sus brazos, clavó la mirada en Dalia como instantes antes todos habían clavado las manos en los escombros, las rodillas en el suelo y las flores en la tierra.

## 51

## FIN DE SEMANA DE PESCA I

El padre de Max les había dejado su coche y los cinco habían logrado encajarse en su interior como sardinas dentro de una lata oxidada; el vehículo tenía más de quince años y, cuando atravesaban un bache, se hacía evidente que la palabra «amortiguación» no podía ser uno de los reclamos publicitarios cuando aquel coche había salido al mercado.

Samuel: Os prometo que no sé qué narices estamos haciendo, perdiendo un fin de semana en el club para irnos de pesca. ¿Acaso somos jubilados?

Abel: No le des vueltas. Éramos cuatro contra uno.

Samuel: Ah, pero ¿Dalia sí quiso votar en esto?

Dalia: Yo solo me apunté al plan. (Se miró las uñas).

Abel: Tres contra uno, lo mismo es.

Samuel: Oye, al menos para en la gasolinera para que podamos comprar comida y cerveza. No quiero morirme de hambre en medio de la nada.

Max: Estamos a una hora y media de la ciudad.

Samuel: Pues eso, «la nada» más absoluta.

Abel soltó una risita mientras Max se desviaba hacia la gasolinera. Él bajó con Samuel, los demás se quedaron en el coche y esperaron hasta que regresaron y metieron las bolsas en el maletero. Reanudaron la marcha.

MAX: Tristán, no había tarta, he cogido unos dulces...

TRISTÁN: No importa, sabes que no es necesario.

ABEL: No todos los años se cumplen veintiséis.

MAX: Evidentemente, estaríamos en un bucle temporal.

ABEL: ¿Por qué tienes que ser siempre tan literal? Es un dicho sin más.

SAMUEL: Oye, Dalia, ¿cuándo es tu cumpleaños?

La chica iba sentada en medio del asiento trasero, entre Abel y Samuel.

DALIA: Ya pasó. Fue a principios de octubre.

ABEL: ¿Estás bromeando?

DALIA: No.

SAMUEL: No nos dijiste nada.

DALIA: Ya. Es que no me gusta celebrarlo.

SAMUEL: ¿Y qué gracia tiene la vida sin celebraciones?

Max y Tristán la observaban por el espejo retrovisor.

DALIA: A mí no me parece algo importante.

ABEL: En el grupo se celebran todos los cumpleaños. El de Samuel en enero, el mío a principios de marzo, después le toca a Tristán y, en diciembre, al chiquitín.

MAX: Qué gracioso eres. (Lo masculló entre dientes).

ABEL: ¡Pues será un doble cumpleaños! Tristán y Dalia.

SAMUEL: Qué bien suena: Tristán y Dalia.

Hubo unos segundos de silencio en los que todos parecieron intentar adivinar si el comentario de Samuel era irónico o, por el contrario, no albergaba dobleces.

La cabaña que habían alquilado tenía dos habitaciones con dos camas y un sofá en el salón. Había una chimenea, un pequeño porche que daba al embalse, y el suelo crujía como si se quejase cada vez que alguien caminaba sobre él. Max fue el primero en adjudicarse una habitación y Samuel no dudó en unirse a él.

TRISTÁN: Quedaos vosotros dos la otra. Yo dormiré en el sofá.

ABEL: ¿Estás seguro? Yo puedo apañarme con el sofá.

TRISTÁN: (Miró a Dalia). Sí, estoy seguro.

Y dejó su mochila encima del sofá como para reafirmar su decisión. Se tomaron unos momentos para inspeccionar la casa, deshacer el poco equipaje que llevaban y, por su cuenta, Max se encargó de guardar la compra. Se felicitó por haber cogido comida; lo único que Samuel había elegido eran unas chocolatinas y cerveza.

Cerró la puerta de la nevera con un suspiro.

MAX: No tardará en anochecer.

ABEL: ¿Y eso significa que...?

Abel ya estaba tirado en el sofá, frente al televisor, viendo un partido de fútbol. A su lado, Samuel se había quitado las zapatillas. Tristán estaba en el baño.

MAX: Hay que buscar palos pequeños y piñas para encender la chimenea. Ya voy yo, así estiro las piernas. (Cogió su chaqueta azul).

DALIA: Te acompaño.

MAX: Hace frío.

DALIA: No me importa.

Max cogió una cesta de mimbre que había junto a la chimenea y salieron de la cabaña. El día envejecía y los colores de la despedida teñían el cielo. Los dos caminaron en silencio mientras se alejaban del embalse y se acercaban a la zona más boscosa. Los árboles eran de troncos finos y alargados, crecían muy juntos, y el suelo era un riachuelo de hojas. Dalia llevaba una bufanda alrededor del cuello de un tono verde muy brillante que recordaba a la cabeza de los patos que vivían en los estanques de la ciudad.

Dalia: ¿Ese sirve? (Se agachó y cogió un palo fino).
Max: Sí, de ese tamaño está bien. Estos están secos.

Guardaron unos cuantos en la cesta y avanzaron.

Dalia: Gracias por lo del otro día.
Max: ¿De qué estamos hablando?
Dalia: Cubrirme con Tristán cuando aparecimos en su casa con las plantas para su abuela. (Tropezó con unas piedrecitas, pero logró no caer). A ti te respeta.
Max: Y a ti también.
Dalia: No le gustó.
Max: Lo que a Tristán no le gusta es necesitar a otra persona, sea cual sea el contexto. Hay algo que tú no puedes entender (se giró hacia ella, la luz ya era leve): en ocasiones es mucho más fácil dar que recibir.
Dalia: ¿Por qué?
Max: Cuestión de privilegio.

Max continuó subiendo por una pequeña cuesta. Dalia seguía sus pasos sin rechistar y, cada vez que él se agachaba para coger ramas y piñas, ella lo imitaba.

Dalia: ¿Qué pasa con Elena?
Max: No vamos a hablar de eso.
Dalia: ¿Por qué no? Soy la única persona con la que puedes tener esta conversación, ¿me equivoco? Y ella es mi amiga. Me importa.
Max: La conoces desde hace meses.
Dalia: ¿Y? ¿Por qué todo el mundo piensa que se deben

valorar más las amistades de la infancia que las que creas cuando eres adulto?

Max: Porque conocer a alguien es cuestión de tiempo.

Dalia: Relativo.

Max resopló por lo bajo y cogió un puñado de agujas de pino secas. En esa ocasión, ella no se agachó a su lado, sino que se mantuvo de pie, de brazos cruzados.

Dalia: ¿Estás enamorado de ella?

Max: Qué estupidez. Claro que no.

Dalia: Oh. Estás enamorado de ella.

Él estaba empezando a irritarse.

Max: Princesa, deja de decir tonterías. No es nada serio.

Dalia: ¿Por qué no va a ser algo serio?

Max: ¿Hablamos de tu vida sentimental?

Dalia: Yo no tengo vida sentimental.

Max: Esa es buena. ¿Tengo cara de idiota?

Él negó con la cabeza, lanzó un suspiro y atrapó otro puñado de palitos. Si hubiese tenido que hacer un examen sobre Dalia y le hubiesen pedido que la describiera, habría dicho que era como uno de esos caramelos dulzones que se te quedan pegados en el paladar. Nadie se resiste a un caramelo, pero, a largo plazo, resulta molesto, genera caries y, además, se vuelve horrorosamente adictivo. Por supuesto, Dalia no se conformaría con un sabor normal, como fresa o limón; ella sería de arándano con hierbabuena, de mandarina con maracuyá o de alguna de esas mezclas insoportables y presuntuosas.

Max: Ya casi no hay luz, vámonos.

Dalia: ¿Habrá suficiente con esto?

Max: Sí, mañana podemos coger más.

No hablaron durante el camino de regreso, pero fue un momento apacible y Max se relajó un poco tras tocar el asunto de Elena. Lo que más le había molestado era que Dalia tenía razón: ¿con quién podía hablarlo si no era con ella? Ser un secreto le pesaba demasiado. Cada vez que se imaginaba confesándoles a los chicos su aventura, le parecía más y más fácil; de hecho, se veía incluso preparado para soportar las bromas que aquella noticia generaría (que serían múltiples y variadas). Y esa semana ella le había pedido que se quedase a dormir. Y luego... Después..., digamos que las líneas que habían trazado al comienzo, todas claras y firmes, se iban desdibujando para dar paso a la ambigüedad y, por tanto, a la incertidumbre. Dos cosas que Max detestaba.

DALIA: Creo que la fiesta ha empezado ya.
MAX: Eso parece... (Reprimió un gruñido).

La voz de Samuel se oía desde lejos. Al entrar en la cabaña, lo encontraron bailando en el salón con una cerveza en la mano. La radio estaba encendida. Tristán también parecía animado y Abel, en el sofá, se reía de quién sabía qué.

SAMUEL: ¡Caperucita roja y el lobo ya han vuelto!
MAX: Tu falta de ingenio nunca deja de sorprenderme.

Se arrodilló delante de la chimenea, metió palos, piñas y agujas de pino; logró encenderla al segundo intento. El fuego llenó de calidez la estancia.

ABEL: Venga, que estamos de cumpleaños.
TRISTÁN: Max, Dalia, ¿qué queréis beber?
DALIA: Una cerveza. ¿Hay algo de picar?
ABEL: Sí, ¿te apetece más dulce o salado?

Max se acercó a Tristán y habló bajito.

Max: ¿No deberíamos tener antes una charla seria con Samuel? Era el objetivo principal de este fin de semana, además de despejarnos un poco.

Tristán: Tarde. Ya lleva varias cervezas. Creo que no importa cuándo tengamos esa conversación, será un desastre igualmente. Así que vamos a relajarnos.

Y, por una vez, Max lo hizo.

Aquella noche no tenía que estar sirviendo copas y quería acallar esa vocecita en su cabeza que no dejaba de susurrar «Elena, Elena, Elena» cada vez con más frecuencia, desde que abría los ojos hasta que se abrazaba a la almohada al caer la noche. De manera que bebió y comió cuando pusieron sobre la mesa auxiliar patatas fritas, olivas y unas latas de mejillones. Abel les habló de sus últimos ligues (ninguno sonaba prometedor, pero daba la impresión de estarlos afrontando desde un ángulo más racional), Tristán se mostró absurdamente nostálgico («Veintiséis años, ¿qué ha sido de la vida?»), Samuel intervino con sus habituales bromas y Dalia abrió una conversación en torno a la belleza.

Abel: No lo entiendo.

Dalia: Es fácil. Solo hay que saber mirar bien. Por ejemplo, ¿qué te viene ahora a la cabeza si piensas en el callejón que hay junto al club?

Abel: Suciedad, mugre, pis.

Dalia: También podrías fijarte en las hierbas que crecen entre los adoquines. O, aún mejor, en el hecho de que es un callejón sin salida.

Samuel: ¿Y eso qué importa?

Dalia: Es poético. Una calle que no conduce a ninguna parte, destinada a que la gente siempre tenga que dar media vuelta cuando entra en ella.

Max: Estoy impresionado, princesa.

DALIA: ¿Estás siendo irónico?

MAX: (Se rio). Evidentemente.

Ella también dejó escapar una risita. Pero, luego, cuando alzó la vista hacia Tristán, se mostró seria y cautelosa. Le dirigió su siguiente pregunta.

DALIA: ¿Tú qué piensas?

TRISTÁN: Me guardaré esa respuesta. (Se puso en pie con un amago de sonrisa). ¿Alguien quiere más cerveza?

Cuatro manos se alzaron a la vez.

DALIA: Samuel, ¿me das un cigarro?

SAMUEL: ¿Para qué? Si tú no fumas.

DALIA: Solo quiero fingir un poco...

Samuel le lanzó el paquete de tabaco.

ABEL: ¿Jugamos a preguntas y respuestas?

MAX: La obviedad del nombre me preocupa.

TRISTÁN: Creo que se refiere al yo nunca.

ABEL: Sí, eso era. (Cogió una de las latas que Tristán había dejado sobre la mesa y se arrellanó más en el sofá). Podría ser divertido. Va, empiezo: yo nunca he mentido.

Abel, Max, Samuel y Dalia bebieron un trago.

Tristán se mantuvo inmóvil, mirándolos.

SAMUEL: Eh, venga, ¡bebe!

TRISTÁN: No recuerdo haber mentido de forma premeditada.

MAX: Es imposible que no lo hayas hecho, Tristán.

ABEL: Tío, la gracia era que bebiéramos todos.

DALIA: Sigo. Yo nunca me he chupado la sangre de una herida.

MAX: Princesa, pero ¿qué tipo de afirmación es esa?

Los cuatro se rieron y bebieron. Dalia no.

TRISTÁN: ¿Qué problema tienes con la sangre?
DALIA: Ninguno, siempre y cuando no tenga que beberla.
SAMUEL: ¡Los demás somos vampiros! ¡Vampiros!

Al alzar los brazos, se le derramó un poco de cerveza en la mesa. Max se levantó para meter otro tronco en la chimenea y avivar el fuego.

ABEL: Yo nunca he copiado en un examen.

Todos bebieron menos Max y Dalia.

El juego continuó mientras las cervezas iban desapareciendo de la nevera: «Yo nunca he mentido sobre mi edad», «yo nunca me he enamorado», «yo nunca he perdido las llaves», «yo nunca he sido infiel», «yo nunca he besado a dos personas un mismo día», «yo nunca he tenido un flechazo», «yo nunca...».

SAMUEL: ¡Tengo una!
ABEL: Venga, suéltala.
SAMUEL: Yo nunca he salido con la chica que le gustaba a un amigo.

Tristán lo miró fijamente. Después, alzó su lata de cerveza y dio un trago largo. Se limpió la boca con la manga de la camiseta negra. Max, que estaba un poco harto del juego, había bebido de más y creía entender el fondo de la cuestión, decidió intervenir.

MAX: Está bien, pues ya que vamos fuerte...
ABEL: Eh, no, tío, que estamos de broma.
MAX: Yo nunca he robado dinero de la caja.

El silencio se volvió espeso, solo el crepitar del fuego lo rompía. Ninguno bebió, pero la tensión se mantuvo mientras todos se miraban. Samuel soltó una risotada.

SAMUEL: ¿A qué viene esa pregunta?
MAX: No lo sé, dímelo tú. (Se levantó).
TRISTÁN: Max, esta no es la manera de...
SAMUEL: ¿Me estás acusando de algo?
ABEL: Chicos, creo que no es el momento.
SAMUEL: ¡No me lo puedo creer! Pero ¿a ti qué te pasa? (Miró a los demás). ¿No vais a decirle nada? Porque una cosa es aguantar su humor de perros y otra...
MAX: El problema, Samuel, es que cada fin de semana acabas hecho polvo, así que es probable que ni siquiera recuerdes si has cogido dinero de la caja.
SAMUEL: ¡Que no he cogido nada, joder!
ABEL: Eh, mantengamos la calma.
SAMUEL: Tristán, Tristán... ¿Tú también crees que soy un ladrón? Porque me conoces. Sabes que nunca tocaría ni un céntimo y...
TRISTÁN: (Tomando aire). Olvídate de ese tema. Lo que nos preocupa es tu estilo de vida. Tienes que empezar a bajar un poco el ritmo antes de que se te vaya de las manos.

Respirando con fuerza, enfadado e indignado, Samuel miró a su alrededor y chasqueó la lengua. Luego, nervioso, se rascó el brazo de forma brusca.

SAMUEL: Ya veo. ¿Esto es una puta intervención?
MAX: Podría decirse que sí. ¿Qué te estás metiendo?
SAMUEL: Joder, esto es increíble... (Le temblaban las manos cuando se encendió un cigarro. Después, los señaló). No confiáis en mí, ¿verdad? Ninguno de vosotros.
TRISTÁN: No confiamos en que seas capaz de cuidar de ti mismo.

SAMUEL: ¡Bah! ¡Todo palabrería barata! ¡Cuánta tontería! ¿Sabéis lo que es la vida? Un pestañeo. Te descuidas y ya ha pasado todo, ¡se acabó!

TRISTÁN: Solo te pedimos que aflojes un poco.

SAMUEL: ¡Ya descansaré en el cementerio!

A continuación, con el cigarrillo colgando de los labios, se puso la chaqueta. Intentó abrochársela, pero no logró encajar la cremallera y se rindió.

ABEL: ¿Vas a salir ahora?

SAMUEL: Sí, quiero dar un paseo.

MAX: Es de noche. No es una buena idea.

SAMUEL. Puedes meterte tus buenas ideas por...

Pero no llegaron a oír las últimas palabras, porque las dijo justo cuando abrió la puerta y un chirrido ahogó su voz. Luego, todo fue silencio hasta que Max se puso en pie y cogió del cajón de la cómoda una linterna. Comprobó que funcionaba.

MAX: Iré a buscarlo. No me extrañaría que el muy idiota se cayese por un barranco y, entonces sí, terminase descansando de verdad en el cementerio.

ABEL: Te acompaño.

## 52

## MIENTRAS TANTO...

Mientras tanto, Dalia y Tristán se quedaron a solas en la cabaña. No hablaron. Permanecieron en el sofá, el uno cerca del otro, pero sin tocarse e inmóviles, como si el más leve gesto pudiera deshacer el perfecto equilibrio. Frente a ellos, la lumbre se consumía lentamente, y las llamas se estiraban en reflejos dorados que derramaban luz y calor. Dalia deseó grabar el baile del fuego, pero no quiso ir a por la cámara.

DALIA: ¿No crees que habéis sido demasiado duros?

TRISTÁN: Quizá, pero porque queremos a Samuel.

DALIA: ¿Estará bien? (Se mostró preocupada).

TRISTÁN: Max nunca dejaría que le pasara nada. (Suspiró). No es un mal tipo. Un poco brusco y muy directo, pero en el fondo...

DALIA: Ya lo sé.

TRISTÁN: Bien.

Más silencio y crepitar del fuego.

TRISTÁN: Así que fue tu cumpleaños.

DALIA: Sí.

TRISTÁN: ¿Cuántos?

DALIA: Veinticinco.

TRISTÁN: ¿Te da miedo envejecer?

DALIA: No. ¿Y a ti?

TRISTÁN: No. Lo que da miedo es que envejezca el mundo que conoces.

DALIA: Ya. Eso sí.

TRISTÁN: Entonces, ¿por qué no celebrarlo?

DALIA: Es agridulce, como la Navidad. ¿Te gusta la Navidad?

TRISTÁN: No estoy seguro.

DALIA: ¿Nada más que decir? (Sonrió y lo miró de reojo). ¿Sabes? A veces nos imagino a todos con picos y palas, cavando para sacarte las palabras.

Todo Tristán era tensión, pero aun así continuó hablando.

TRISTÁN: ¿Qué quieres saber?

DALIA: Qué sientes respecto a la Navidad.

TRISTÁN: Siento... (respiró hondo) que puede ser la época más triste del año y también la más feliz, depende de las circunstancias. En casa de Abel es una fiesta, se reúnen todos y la noche se alarga hasta la madrugada.

DALIA: ¿Y en la tuya?

TRISTÁN: Estamos mi abuela y yo. Desde hace unos años, también María. (Se frotó el mentón con la vista fija en las llamas). ¿Cómo es para ti?

DALIA: Muy normal. Nada especial.

Más silencio y crepitar del fuego.

TRISTÁN: Lo que has dicho antes... sobre el callejón sin salida... (Gruñó por lo bajo, como si le enfadase su propia sequedad). Entiendo ese tipo de belleza.

Ella le miró y le sonrió abiertamente, sin fisuras.

DALIA: Espera aquí, tengo un regalo de cumpleaños para ti.

Se levantó del sofá y fue a la habitación. Abrió la mochila que había llevado para pasar el fin de semana y sacó una bolsa. El corazón le latía con fuerza cuando regresó al salón. Tristán estaba allí, con ese aire lejano que lo abrigaba, sus ojos invernales batallando contra el calor de la chimenea. A menudo, Dalia pensaba que era una estatua perfecta, siempre y cuando nadie se acercase demasiado a ella, porque si eso ocurría, si alguien intentase frotar sus aristas, podría romperse en cualquier momento.

DALIA: Ni siquiera he tenido tiempo para envolverlo.

TRISTÁN: ¿Cómo se te ha ocurrido comprarme algo?

DALIA: Es una tontería, lo encontré en una tienda de segunda mano esta semana y pensé..., bueno, pensé que quizá te haría gracia. (Él cogió el regalo mientras ella seguía hablando). Aunque ahora creo que es una estupidez.

Tristán abrió la bolsa despacio, pero era evidente que había una impaciencia contenida en el movimiento de sus manos. Sacó un cuento infantil de páginas gastadas y leyó el título de color morado: *Todos los secretos sobre el sistema solar.* Se detuvo como si algo acabase de golpearlo. Miró a Dalia. Miró el cuento. Miró a Dalia. Miró el cuento.

Ella parecía preocupada.

DALIA: Te he dicho que era una tontería...

TRISTÁN: No, no es eso. (Tomó aire).

DALIA: Es que recordé que la noche que estuvimos en la playa se habló de que de pequeño te gustaba un libro parecido...

TRISTÁN: Sí. Y me encanta. Gracias.

Distraído, él acarició las páginas.

Más silencio y crepitar del fuego.

TRISTÁN: Y gracias también por aparecer en casa con las macetas. No importa lo que diga Max, sé que fuiste tú.

Después, guardó el cuento en su mochila con cierto celo, se levantó y metió un par de troncos en la chimenea.

Entonces, regresaron los demás.

## 53

## FIN DE SEMANA DE PESCA II

En mayor o menor medida, a la mañana siguiente todos tenían resaca. Tras un desayuno de escaso valor nutritivo (café y chocolatinas), los recibió un cielo grisáceo al amanecer y una luz lechosa bajo la que brillaban los sedales. Samuel llevaba gafas de sol, pero el resto se veían obligados a entrecerrar los ojos y a fruncir el entrecejo.

El aire olía a barro fresco y los juncos se reflejaban en la quietud del agua, tan solo rota cuando un pez saltaba y dejaba tras de sí un círculo perfecto y efímero. Los chicos montaron las cañas con la precisión de quien ha repetido el gesto a menudo.

Cada giro del carrete sonaba limpio y metálico.

DALIA: ¿Qué ponéis en los anzuelos?

ABEL: Maíz o pan. Pero deberíamos haber comprado *boilies,* porque a las carpas les encantan. (A continuación, cargó el carrete).

DALIA: *¿Boilies?*

ABEL: Es un cebo preparado.

SAMUEL: Me duele la cabeza.

MAX: Poco castigo me parece.

SAMUEL: Ay, no me grites, hoy necesito amor y mimos. (Fingió que lloriqueaba). Lo de anoche fue una emboscada en toda regla, ¡y casi me pierdo en el bosque!

MAX: Tristán, sujétame o no sé lo que le haré.

Samuel: Venga, dame un abrazo.

Max: Por encima de mi cadáver.

Samuel se rio, canalla y juguetón. Después, lanzó el aparejo al agua. Los demás lo imitaron y, satisfechos, disfrutaron de la quietud del momento. Pasado un rato, Tristán se giró hacia Dalia y le pidió que se acercara a él.

Tristán: ¿Quieres probar suerte?

Dalia: Vale, ¿por qué no?

Tristán: Sujétala así.

Él pasó el hilo entre los dedos y le tendió la caña. Max, a menos de un metro de distancia, presenció el roce de sus manos como un espectador en un cine vacío.

Más allá, las carpas se movían bajo la superficie, invisibles.

Pasados unos quince minutos, el flotador de Abel tembló con tanta ligereza que el movimiento pasó desapercibido entre los reflejos del agua hasta que el hilo se tensó con un tirón firme. Abel alzó la caña. El sedal se arqueó como una cuerda de violín.

Max: No tires tan fuerte, deja que pelee un poco.

Abel: ¡Qué aguante! No se cansa...

Al final, la carpa salió a la superficie, reluciente y agitada.

Samuel: Yo la mido, que Abel siempre tira hacia arriba.

Dalia: ¿Medirla? (Seguía sujetando la caña de Tristán).

Abel: Esa es la gracia, gana quien saque la más grande.

Dalia: ¿Y esto se come?

Abel: Solo si te gusta el barro.

Max: Yo creo que la princesa es de morro fino, seguro que no baja de lubina o rodaballo salvaje. (Se rio de su propio chiste y ella le dio un puntapié).

DALIA: ¿Y qué hacéis luego?

TRISTÁN: La liberamos.

ABEL: Esto es pesca deportiva.

Con las manos mojadas, Tristán cogió la carpa, que, cubierta por una capa de mucosidad brillante que reflejaba la luz de la mañana, parecía resbaladiza. La metió en el agua y la sostuvo durante unos segundos hasta que la cola empezó a agitarse.

Entonces, la soltó.

Las siguientes horas se deshilacharon entre conversaciones triviales, carpas que picaban el anzuelo y silencios apacibles. Tras guardar las cañas, regresaron a la cabaña, cocinaron unas sopas de sobre, recogieron el equipaje y lo cargaron en el coche.

Hicieron una parada en un bar de carretera.

Samuel apareció con dos magdalenas que dejó sobre la mesa; en cada una de ellas, había una vela clavada. Se sacó el mechero del bolsillo y las encendió.

SAMUEL: Lo siento, no había nada mejor.

DALIA: ¿Por qué hay dos? Yo no... Yo...

SAMUEL: ¡Tienes que pedir un deseo!

ABEL: Venga, a la de tres: *Cumpleaños feliz...*

MAX: *... cumpleaños feliz, os deseamos...*

SAMUEL: *... y que cumpláis muchos más.*

Tristán y Dalia intercambiaron una mirada divertida antes de inclinarse y soplar las velas. Max se preguntó qué podría haber deseado Tristán, pero le irritó la idea de que ella pudiese desear aún algo más. Se tomó su café y, cuando volvieron al coche, metió una cinta de casete en el reproductor. El cansancio y la música los mecieron.

Mientras conducía, Max recordó por qué le gustaba tanto ir de pesca y, curiosamente, no tenía nada que ver con el hecho de pescar. Era porque, durante ese fin de semana, todos cambiaban de escenario como si fuesen una de esas pegatinas que se pueden colocar en diferentes páginas de un libro. El barrio, aquel agujero del que ninguno podría salir jamás, se desdibujaba a lo lejos, y ellos eran otros, con sueños y futuros distintos, sonrientes bajo la sombra de los árboles y frente al espejo del embalse.

## 54

## LA NOCHE DE LAS MÁSCARAS

Las mismas paredes, las mismas luces, la misma barra, las mismas horas, el mismo ambiente, las mismas acciones (servir copas, paseos al almacén, vigilar la situación).

Max volcó la botella sobre el vaso.

¿En qué estaba pensando para que el líquido terminase derramándose por los bordes? No estaba seguro. Reaccionó cuando Tristán le dio un codazo para llamar su atención. Con un suspiro, cogió el trapo y limpió la superficie de madera.

Aquella noche los clientes llevaban máscaras y él se sentía como si fuese un fantasma y lo presenciase todo desde un lugar lejano y frío. Estaba allí, sí, pero no estaba. Y era una sensación incómoda, como cuando a uno se le pega la ropa al cuerpo por culpa del sudor y no hay forma de quitársela de encima. Nunca estaría dentro de aquel universo como lo estaba Samuel, pero tampoco podría salir de él, así que se quedaría para siempre anclado en medio de ninguna parte, flotando en la nada más absoluta.

TRISTÁN: ¡Max! ¿Va todo bien?
MAX: Sí, claro. (Sirvió otra copa).

La noche avanzó a trompicones. Tras el fin de semana de pesca, daba la impresión de que Samuel intentaba controlarse, aunque por supuesto no se mantenía totalmente sobrio;

él y Dalia se ocupaban de cobrar la entrada en la puerta. Abel, que instantes antes había estado junto a ellos tras la barra, se ausentó durante casi una hora y, cuando volvió a aparecer, no dio ningún tipo de explicación y se hizo cargo de la música.

Max vio a Mónica a lo lejos. Era inconfundible. Tenía el cabello rojizo, el rostro acribillado de pecas y los ojos rasgados. La conocían desde los quince, cuando ella había entrado en el instituto. Samuel se pilló por ella desde el primer día, pero...

Ella se pilló por Tristán.

Tristán tenía ese no sé qué capaz de atraer a la gente. Max lo admiraba por ello, aunque resultaba molesto que lograse convertirse en el centro de todo sin proponérselo, sin el menor esfuerzo e, incluso, sin apenas hablar.

MÓNICA: ¿Qué tal va la noche?
MAX: Buff, como todas las demás.
MÓNICA: Tú siempre tan positivo. ¿Me pones una cerveza?
MAX: ¿No prefieres probar algún cóctel?

Antes de que Mónica pudiese contestar, Tristán apareció y deslizó una cerveza en su dirección; la espuma osciló peligrosamente. Ella le dio las gracias y tomó un sorbo.

MÓNICA: ¿Podemos hablar?
TRISTÁN: Estoy un poco ocupado.
MÓNICA: Solo será un momento, de verdad.
TRISTÁN: Bien. (Suspiró). Max, ¿te haces cargo?
MAX: Cómo no. Tranquilo, está todo controlado.

Ya había pasado el punto álgido de la noche y no le costó dominar la barra. Una chica se acercó y él la atendió con esa cortesía distraída de quien sabe manejar los tiempos. Sus movimientos eran mecánicos: copa, hielo, mezcla, cobro.

Desconocida: ¿No me vas a decir tu nombre?
Max: Si lo hiciera, perdería el misterio.
Desconocida: Ah, así que eres de esos. Escondes algo.
Max: Solo intento que la gente vuelva a por otra copa.

Ella sonrió, divertida y coqueta.

Desconocida: Pues conmigo lo estás consiguiendo. (Le dio un sorbito a su bebida y le lanzó una mirada cargada de significado). ¿A qué hora terminas?

Max echó el freno unos segundos. La chica, que llevaba una máscara escarlata, era atractiva y tenía una forma de hablar particular, pero no era ella. No lo era. Aquel pensamiento le asaltaba cada fin de semana cuando, entre copa y copa, alguien coqueteaba con él. Aquellos meses, Max podría haberse divertido tanto como Abel o Samuel, que aparecían con restos de pintalabios en el cuello cada dos por tres, y sin embargo...

Sin embargo, Elena.

Max: No termino nunca, me tienen secuestrado.
Desconocida: Qué lástima. (Hizo un mohín).

Después, la chica se perdió entre la multitud. Max continuó a lo suyo, un poco enfadado consigo mismo por no ser capaz de aprovechar las oportunidades que la vida ponía en su camino. Cuando Abel apareció por allí, le pidió que le sustituyese.

Max: Faltan refrescos, voy al almacén.

Había algunas máscaras en el suelo, entre colillas y servilletas arrugadas. Los clientes reían alto y charlaban y bailaban como siempre, y Max, también como siempre, se sentía ajeno a la magia del ambiente. Abrió la puerta azul, en la que había un cartel de PROHIBIDO EL PASO. Pero, antes de que pudiese meterse en el almacén, se detuvo al ver a Dalia sentada en las escaleras que conducían a la casa de Elena.

Cabizbaja, jugueteaba con la goma de su máscara.

MAX: ¿Qué estás haciendo aquí?
DALIA: Había demasiado ruido.
MAX: Ya.

Se sentó a su lado.

El sonido de la fiesta llegaba amortiguado y daba la impresión de ser una de esas grabaciones antiguas en las que no se distinguen bien las voces.

DALIA: Maximiliano.
MAX: Dime, princesa.
DALIA: ¿Tienes algún sueño?

Él tomó aire. No estaba seguro de si alguna vez le habían hecho aquella pregunta tan manida para el resto del mundo; sus padres seguro que no, y sus amigos tampoco. Soñar, soñar. La propia palabra sonaba tramposa, poco consistente.

MAX: No sabría decirte...
DALIA: Inténtalo.

Se frotó el mentón y gruñó.

MAX: Sueño siempre como de lejos.
DALIA: ¿De lejos? ¿En qué sentido?
MAX: Como cuando no aspiras a ello.
DALIA: Entonces no es sueño ni nada.
MAX: Tienes razón. ¿Y a ti qué te pasa?

Dalia: Todo está bien... (Se puso la máscara en la cabeza, pero no llegó a cubrirse los ojos con ella). Pensaba en lo terrorífico que es enamorarse.

Max: Sí, completamente terrorífico.

## 55

## MIENTRAS TANTO...

Mientras tanto, a dos calles de distancia, Tristán miró a Mónica como quien repasa un paisaje que conoce de memoria. Sabía cómo iba a sonreír antes de que lo hiciera, qué gesto pondría cuando fingiera enfadarse, incluso el modo en que bajaría la mirada al terminar la frase. Su historia había dado tantas vueltas que el principio y el final se confundían, y todo formaba parte de un círculo que ninguno se atrevía a romper. Era lo conocido, lo cómodo, el refugio al que siempre podían regresar. Pero aquella noche, mientras ella hablaba, Tristán sintió que algo en su interior aleteaba y se movía en otra dirección: una certeza leve, casi culpable.

Pensó en otra voz, en otra risa.

Y lo familiar empezó a resultarle ajeno.

MÓNICA: ¿Qué ha cambiado?

TRISTÁN: Nada. Ese es el problema.

MÓNICA: Nosotros funcionamos así.

TRISTÁN: Esto es un punto y aparte.

MÓNICA: Va, Tris, no seas ridículo...

TRISTÁN: De verdad que me tengo que ir, no puedo dejar a los chicos solos en el club. (La miró, dubitativo). Lo siento, pero cerrar esto es lo mejor para los dos. Sabes que, si me necesitas como amigo, estaré siempre ahí, ¿de acuerdo?

Ella asintió en silencio y él se alejó de vuelta al local. Caminaba distraído, con la vista clavada en las líneas de la acera que dejaba atrás paso a paso; por eso estuvo a punto de tropezar con Samuel, que se echó a reír cuando lo esquivó.

SAMUEL: ¡Colega! ¡Mira por dónde andas!
TRISTÁN: Ven un momento, acércate.
SAMUEL: ¿Qué pasa? (Volvió a reír).

Necesitaba comprobarlo por sí mismo.

Necesitaba dejar de evitar el problema.

El viento de la noche era húmedo y punzante. Sujetó a Samuel por las mejillas y acercó su rostro al de él hasta que sus frentes casi se rozaron. La chaqueta de cuero de Samuel no servía de mucho y la llevaba torcida; Tristán tampoco tenía abrigo. Pero no fue aquello lo que provocó que el frío se le colase dentro, sino las pupilas de su amigo.

Grandes, dilatadas, con aquel brillo febril insoportable.

SAMUEL: Eh, tío, ¿qué haces? Hoy solo me he bebido tres cervezas.

TRISTÁN: No me lo puedo creer, Samuel. ¡No me jodas!

Tristán lo soltó de golpe y Samuel casi perdió el equilibrio.

SAMUEL: No es verdad, Tristán. Lo que sea que estés pensando... (Lo siguió por la calle). ¿Por qué te crees todo lo que dice Max? ¿Por qué no confías en mí?

TRISTÁN: Cierra la boca, Samuel.

SAMUEL: Espera, espera. Habla conmigo. Eres mi mejor amigo, lo sabes, ¿verdad? (Las palabras se le escapaban en una verborrea incontenible). Tú me has fallado alguna vez y yo te he fallado otras tantas, pero estamos en paz... ¿Tristán? ¡Tristán!

No se detuvo. No lo miró. No contestó.

Tristán entró en el club con aparente indiferencia, aunque tenía el corazón en un puño. Y nada deseaba más en el mundo que gritarle a Samuel que era un idiota y que él, precisamente él, debería entender por qué aquello le dolía así.

## 56

## EL CLUB DEL OLVIDO IV

El otoño se fue hoja tras hoja. La ciudad amanecía envuelta en un manto de color chocolate; el frío empezó a colarse por las rendijas, a instalarse en las aceras y a enmudecer los parques. Los árboles, desnudos, descansaban tras el esfuerzo de la primavera y el verano. En los escaparates ya brillaban las primeras luces de diciembre, y el aire olía a humo, a pan tostado y a café caliente. Los peatones caminaban con prisa, las manos metidas en los bolsillos y bufandas de colores alrededor del cuello.

Durante la noche del jazz, Samuel se subió a un taburete, señaló a la clientela y gritó: «¡Lo que pasa en El Club del Olvido se queda en El Club del Olvido! ¡Já! ¿Sabéis qué? ¡Y una mierda! ¡Porque es imposible que olvidemos esta maravillosa noche!». La gente estalló en vítores y la velada se estiró más de lo previsto. Samuel acabó montándoselo con Patricia en el almacén, algo que cada vez ocurría con más frecuencia.

Durante la noche de los muertos, decoraron el local con telarañas y sábanas blancas llenas de salpicaduras de sangre. Abel tuvo un ataque de ansiedad en torno a la una de la madrugada; tenía taquicardia, le sudaban las manos y sufría náuseas. Dalia se lo llevó a casa, se metió en la cama con él y quiso saber qué le pasaba. «A veces la vida se te sienta encima». Ella lo abrazó muy fuerte.

Durante la noche de los horóscopos, el club se llenó de motivos simbólicos y los clientes podían pedir un cóctel con su signo del zodiaco, aunque, en realidad, la bebida era siempre la misma; solo variaba el colorante alimentario. Algunos se dieron cuenta y protestaron, Max les dijo que si no estaban contentos no volviesen. Fue una noche desorganizada y cansada para todos. Al día siguiente, había otro descuadre significativo en la caja.

Y así pasó una semana. Y otra. Y otra más.

## 57

## GUSANOS DE SEDA III

Max tenía la mirada fija en el reloj del salón y en las manecillas que se movían de forma constante, incansables, con cruel obediencia. El silencio en la casa era tranquilizador, pero también le resultaba inquietante. Al pasar por la puerta de la habitación de Abel, vio la caja de zapatos que en primavera había estado llena de gusanos de seda y, en verano, de capullos rotos.

Entró, la cogió y la abrió.

Estaba vacía. Allí no quedaba nada.

Como en unos años no quedaría nada de él. Su paso por el mundo, absurdo y anecdótico, no sería más trascendental que el de aquellos gusanos y acabaría igual que todos los demás: convertido en una mezcla de olvido y polvo.

Ahí lo tenía. Esa era la respuesta.

## 58

## PASADO, PRESENTE, FUTURO

La oscuridad bañaba la ciudad. Tumbado en la cama, Max movió el brazo para tocar el cuerpo de Elena. Era reconfortante saber que estaba ahí, aunque apenas pudiese verla en la penumbra. Que ella hubiese cambiado de opinión semanas atrás y quisiese que se quedase a dormir tenía ventajas y desventajas. ¿Ventajas? Que Max se sentía dichoso, elegido, especial. Que le hacía feliz abrir los ojos y que ella fuese la primera imagen del día. Que ya no tenía que volver a casa de madrugada, con el frío y los pensamientos enredándose en su cabeza paso a paso. ¿Desventajas? Que empezaba a preguntarse qué sería lo siguiente: ¿en algún momento darían un paseo por la calle cogidos de la mano?, ¿sentía Elena por él lo mismo que sentía él por ella?, ¿cuál era el nivel de reciprocidad? Y que no podía dormir; de pronto, el sueño se le escapaba con gesto burlón.

Eran dos insomnes varados en la quietud de la noche.

ELENA: ¿Sigues despierto?
MAX: Sí.

Ella se movió en la cama y lo abrazó.

ELENA: ¿En qué estás pensando?
MAX: ¿De verdad quieres saberlo?
ELENA: Me arriesgaré.

Él dejó escapar un suspiro largo.

MAX: Cuando estoy contigo todo vuelve. Es como si tú me recordases que existe un mundo más allá del barrio y de lo que, en teoría, estoy destinado a ser.

ELENA: ¿Qué tontería es esa de «lo que estás destinado a ser»?

MAX: Todos llegamos al mundo con una ruta escrita.

ELENA: No es cierto. Puedes diseñar tu propio camino, solo tienes que proponértelo y, sobre todo, no tener miedo. El miedo paraliza.

MAX: No lo entiendes. No puedes entenderlo.

ELENA: Está bien, pues explícamelo.

Mientras hablaban, ella dibujaba espirales en su hombro.

MAX: A cambio, tú me hablas de él.

ELENA: (...). De acuerdo, lo intentaré...

MAX: Yo... Yo no creo en el destino como en algo mágico. Pero sí creo en el destino como en una cuestión de posibilidades. Al principio pensaba que la base era la educación y que los estudios eran la clave para escapar, pero... (mantuvo la mirada clavada en el techo) da igual el talento que tengas; ¿cómo vas a elegir ese camino si tu familia necesita que trabajes para llevar dinero a casa? Es un círculo. Todo es un círculo. Imposible salir. Y entonces los años van pasando, te plantas en los veintitantos, empiezas a pensar que elegiste mal, que no puedes volver atrás, y ese camino del que hablamos se va estrechando, cada vez aparecen menos bifurcaciones y...

ELENA: Shhh, tranquilo.

Max no se había dado cuenta de que estaba encadenando las frases sin apenas respirar ni de que el corazón le latía cada vez más rápido.

MAX: Tomar decisiones es agotador.

ELENA: En eso tienes razón.

MAX: Pero no tomarlas también.

ELENA: Cierto.

MAX: Todo es agotador.

Ella le acarició la mejilla.

ELENA: ¿Te has planteado alguna vez dejarlo todo atrás y hacer lo que de verdad deseas? Entiendo lo que dices sobre las posibilidades, pero el club va cada vez mejor, es rentable, así que quizá si ahorrases durante un tiempo...

MAX: Me plantaré con treinta y tantos, con un currículum más que limitado, compitiendo con gente mucho más joven. Y está el tema de la renuncia...

ELENA: ¿Renunciar a qué?

MAX: ¿Sabes? Yo no quería que el club funcionase. (Respiró hondo, consciente de que era la primera vez que admitía en voz alta lo que tantas veces había pensado). No tenía que funcionar... (Una pausa). El Club del Olvido es una condena.

ELENA: Max...

MAX: Lo digo en serio. Odio ese lugar, no sabes cuánto lo odio, y va y resulta que funciona, a la gente le encanta, y eso nos condena a todos a quedarnos ahí: Samuel seguirá en caída libre, Abel se conformará sin más, Tristán continuará atrapado y yo... (dejó escapar el aire contenido) yo no seré capaz de renunciar al único éxito de mi vida.

Elena lo abrazó con ternura.

Después, se levantó, se puso la bata negra, fue al salón y regresó con las cartas del tarot. Las barajó con una calma que resultaba hipnótica, sentada sobre la colcha arrugada. La luz de la lámpara era tenue, dorada, y afuera la ciudad dormía bajo un cielo sin luna.

Tras pedirle que cortase la baraja, sacó tres cartas. Max las miró y soltó un bufido.

Elena: Pasado, presente y futuro.
Max: De acuerdo. ¿Qué ves?

Giró la primera carta: el ermitaño.

Elena: En el pasado hay contención y espera. Has estado observando cómo otros se movían mientras tú te mantenías quieto, con la linterna apagada.

Giró la segunda carta: el colgado.

Elena: En el presente estás suspendido, ni avanzas ni retrocedes. Eres capaz de mirar las cosas desde otro ángulo, pero aún no sabes qué hacer con lo que ves, y eso te abruma y te consume. Es la carta del punto muerto antes del salto.
Max: (Riendo sin humor). Es todo tan evidente...

Giró la tercera carta: el sol.
Durante un instante, ella no dijo nada; solo observó el espléndido dibujo, la claridad y el brillo que contrastaban con las sombras de las otras dos.

Elena: El futuro está lleno de movimiento y de luz. Vas a salir de donde estás. Es una carta buena, pero exige que te levantes. Nadie vendrá a hacerlo por ti.

Max: Sabes que no creo en esto, ¿verdad?
Elena: (Su sonrisa era dulce). No hace falta. Las cartas no van a adivinar tu futuro, tan solo sirven para recordarte lo que ya sabes.

Mirándola, él se armó de valor.

Max: ¿Y tú? ¿Estás en ese futuro?

Elena: Max... (Tenía los ojos vidriosos). ¿No has escuchado nada de lo que acabo de decirte? Me encanta estar contigo. Me encantas tú. Por eso dejé que pasase lo que no tendría que haber pasado, por razones más que obvias. Pero sería egoísta por mi parte atarte a mí. Yo ya he vivido todas esas cosas que tú tanto deseas, los viajes y la aventura, la ambición y la dedicación a mi carrera laboral...

Max: ¿Qué importa? Vuelve a vivirlo conmigo.

Elena: Solo soy una estación de paso para ti.

Max: Eso tendré que decidirlo yo, ¿no crees? (Se frotó la cara, nervioso). ¿Y si no es así? ¿Y si eres el final del trayecto, pero te lo pierdes por no darme una oportunidad?

Elena: No se trata de oportunidades, sino de sentido común. La vida es así de injusta, no siempre podemos dejarnos llevar tan solo por lo que sentimos.

Max: Es por él, ¿verdad?

Elena: Max, no.

Max: No puedo competir con un muerto.

Elena: ¡Max! Estás siendo cruel.

Max: Tengo que irme. (Se levantó).

Elena: No así. Espera, Max.

Pero Max no esperó. Había entendido que era inútil, como también eran inútiles las palabras, la esperanza y la mesura. Todas las historias que parecen destinadas a ser ligeras empiezan bien y acaban mal en cuanto alguien quiere más.

Y siempre hay uno que quiere más.

# 59

## ¿TE CUENTO UN SECRETO?

Vagó durante el resto de la madrugada. El amanecer lo sorprendió como si acaso no lo esperase y no fuese la única certeza de su vida: que tras la noche llegaba el día, y tras el día la noche, y así siempre, sin tregua, daba igual lo que ocurriese en esas vidas tan insignificantes que se desplegaban bajo el sol y la luna.

Cuando llegó al portal del edificio donde vivía, no fue capaz de sacar las llaves, abrir y subir. Así que se sentó en el escalón, meditabundo, y contempló el ir y venir de la gente entre los primeros rumores de la ciudad: tráfico, cafés y panaderías abiertos, niños y adolescentes con mochilas a la espalda camino del colegio, perros disfrutando de su primer paseo matinal, los obreros de la calle de enfrente comenzando la jornada...

Y ella, que apareció con un cruasán en la mano, una boina negra, zapatitos brillantes y una gabardina larga que llevaba atada a la cintura.

Al verlo, no dudó en sentarse a su lado.

Dalia: ¿Qué haces aquí? ¿Estás bien?

Las palabras se le escaparon como si llevasen meses contenidas dentro de él y ya no pudiese retenerlas más. Tenía un nudo dentro del pecho y estaba enfadado, no con Elena, sino consigo mismo. Por ser tan iluso, por creer que algo podía cambiar, por permitirse fantasear con imposibles, por no haber evitado a tiempo enamorarse de ella.

MAX: Ella... Para ella nunca seré suficiente.
DALIA: ¿Puedo darte un abrazo?

Max asintió y Dalia se acercó. Sus brazos lo rodearon y al principio él se dejó hacer, inerte, como si fuese un muñeco, pero luego sintió la necesidad de aferrarse a algo sólido, otro cuerpo, y la estrechó con fuerza. Ella tardó en separarse.

Cabizbajo, Max se frotó el mentón y suspiró.

MAX: ¿Recuerdas lo que me preguntaste hace unas semanas cuando entraste en mi habitación para chantajearme? Lo de por qué el mundo es tan vertical.
DALIA: «Chantajear» es una palabra que...
MAX: El mundo urbano está estructurado así (la interrumpió sin miramientos), y mi teoría es que es algo aspiracional. En el progreso todo tiende a ir hacia arriba. Una catedral gótica es mejor cuanta más altura alcance. Hay que crecer y crecer para dejar huella.
DALIA: Max...
MAX: Este mundo de mierda está diseñado de esa forma y nosotros somos partículas de esa mierda. La verticalidad es el éxito: «ascender» en el trabajo, «mirar las cosas desde otra altura», todo eso. (Tomó aire). ¿Sabes qué es horizontal? La muerte. Te mueres en una cama, o te atropellan, o te revienta un infarto; da igual cómo, siempre acabas en el suelo. Y ahí por fin hay algo de justicia y de igualdad, pero incluso entonces algunos terminan en fosas comunes y otros en ridículos panteones enormes.

Se abrió un silencio doloroso entre ellos.

DALIA: ¿Qué puedo hacer por ti?

MAX: Tú, precisamente, nada. (Contempló sus propias manos). Mírame, soy un fracasado. Y estoy aquí atrapado..., estaré atrapado el resto de mi vida.

DALIA: No eres un fracasado. Eres el tío más listo que he conocido.

MAX: Si fuese listo, no estaría aquí. Esa es la contradicción.

DALIA: Qué tontería, no seas simplista. La vida es compleja.

MAX: Solo para algunos. Lamentablemente.

DALIA: Eso no es cierto. Todos nos creemos más especiales de lo que somos. La gente que ahora mismo pasea por la acera de enfrente también tiene problemas, sufre y se siente perdida, y toma decisiones a diario, más o menos acertadas. Es parte del juego.

MAX: Ya, para ti todo es un juego. Es fácil verlo así cuando tus preocupaciones son irrelevantes. (Sintió que todo se rompía dentro de él). Ni siquiera entiendo por qué sigues con nosotros. Ya te has divertido; era lo que buscabas, ¿no? Deberías haberte ido hace tiempo. Es por Tristán, ¿verdad? Él es la razón.

DALIA: No puedes estar más equivocado.

MAX: Sé sincera. Por una vez en tu vida.

DALIA: Está bien. Te contaré un secreto.

Ella dejó a un lado el cruasán y, entonces, Max se fijó en que le temblaba la mano. Dalia tenía la nariz enrojecida y los ojos brillantes, pero no supo si era por culpa del frío. Se acercó despacio, como si él fuese una bestia que pudiese morderla.

DALIA: No se lo puedes contar a nadie.

MAX: ¿Qué es...? ¿Qué es lo que...?

Ella se inclinó y le rozó la oreja con los labios.
Las palabras bailaron entre ellos.
Max se quedó petrificado.

Dalia: Max, ¿guardarás el secreto?
Max: Joder. Te lo prometo, Dalia.

Esa fue la primera vez que se llamaron por sus nombres.
Luego, él tomó la mano de ella y la apretó con fuerza.

## HOY, 2023

Pulsa el botón del ascensor, que se abre treinta y tres segundos después. Sube, aprieta el número indicado y evita mirarse en el espejo. No es que le desagrade la imagen que allí puede encontrar, es que a esas alturas se conoce lo suficientemente bien como para darle la importancia justa a un reflejo que solo es una cáscara.

«¿Quién eres, Tristán? ¿Quién eres?».

La pregunta que lo ha perseguido durante buena parte de su vida fue respondida años atrás y, desde entonces, está en paz. No tiene nada que demostrar, no se reprocha sus debilidades, no se avergüenza de sus contradicciones y no se aferra con rabia a sus propias ideas y convicciones, tan solo con serenidad.

Un hombre con bigote le abre la puerta de la notaría.

Tristán piensa que ese tipo de mirada maliciosa y gestos teatrales jamás se ha preguntado nada real sobre sí mismo, y le desagrada el escrutinio al que lo somete.

—Tengo una cita en cinco minutos.

—Perfecto. ¿Puede dejarme su DNI?

—Bien.

Tristán espera mientras el recepcionista teclea en el ordenador. Inquieto, tamborilea con los dedos sobre el mostrador. El lugar carece de personalidad: ambientador de vainilla, paredes blancas, líneas rectas, suelo de cerámica y láminas de IKEA que visten cientos de paredes más de la ciudad.

—Ya veo... De acuerdo.

—¿Hay algún problema?

—No. Todo en orden. Puede pasar a la sala de espera.

—¿Hacia la derecha? —pregunta Tristán, impaciente.

El hombre asiente. Tristán toma aire y se dirige a la sala. Cruza el umbral de la puerta y los ve. Los ve. Allí están, los tres bajo el mismo techo después de tantos años. Y él también. Los cuatro. Están los cuatro. Más viejos, sí. Pero ellos.

Samuel es el primero en levantarse para abrazarlo con su energía electrizante; en algún momento, Abel se une también a ese abrazo. No es hasta que se separan de él cuando al fin Tristán fija los ojos en Max y Max fija los ojos en Tristán.

«Es curioso cómo el tiempo teje y desteje recuerdos a su antojo».

En el caso de Max, las puntadas sueltas se han disimulado con el paso de los años y la memoria ha hilvanado una sucesión interminable de recuerdos amables.

—Tristán... —La voz de Max está cargada de emoción.

—Ya me habían dicho que las cosas te iban bien, pero... —Lo señala de arriba abajo con una sonrisa—. Mírate, podrías estar trabajando en este lugar.

—De eso nada. Tengo mejor gusto.

La risa de Samuel se cuela entre ellos mientras se estrechan la mano. Antes de que pueda alejarse, Max tira de él y le da un abrazo torpe y unas palmadas en la espalda.

—¿Cómo estás?

—Bien. ¿Y tú?

—También.

—No como esa planta —dice Samuel.

—¿Qué? —Tristán lo mira confuso.

—¡La planta! ¿No la ves? Está moribunda.

—Está obsesionado con ella desde que hemos llegado. —Abel se encoge de hombros.

—No es obsesión, es empatía. —Samuel señala la maceta.

—¿Cuándo has aprendido esa palabra? —bromea Max.

—No puedes ser gracioso con ese traje —se burla Abel.

A todos les gusta que sea él, precisamente él, quien meta la puntilla. Hay más risas, más charla rápida, más miradas significativas. Los cuatro, sentados en la sala de espera, parecen llevar años deseando que se dé este momento.

Minuto a minuto, Tristán siente que desaparece la tensión que ha ido acumulando a lo largo del día, como el hielo que se derrite a finales de invierno. Y recuerda otro invierno, treinta años atrás, cuando sus vidas parecían estar suspendidas sobre un hilo fino, finísimo, que podía romperse ante el mínimo roce y en cualquier momento.

Y ella, claro. Aquel invierno frío e inhóspito, ella lo cambió todo.

INVIERNO, 1993

# TRISTÁN

## 60

## LA NOCHE DEL JUEGO DE LA BOTELLA

Tristán tardó siete segundos en sentirse atraído por ella, trece minutos en comprender que esa chica iba a ser un problema para él, dos meses y cuatro días en empezar a pensar en ella a todas horas, cuatro meses y siete días en preguntarse si se estaba enamorando y siete meses en aceptar los hechos: Dalia se le había colado dentro.

¿Cómo sucedió? No, eso no lo sabía.

Él controlaba los tiempos, eso sí, todos los cuándos en el reloj del corazón; sin embargo, las razones eran difusas. Pero ¿acaso es posible diseccionar el amor con un bisturí? ¿O que la razón tome las riendas en algo tan impulsivo y arrollador?

Tristán lo había intentado. Sin éxito.

Aquel año, él había coleccionado detalles de ella. Por ejemplo: en primavera, Dalia parecía una chica un poco perdida entre tanto verde y tanta flor; en verano, su cabello dorado era capaz de atrapar destellos de sol; en otoño, siempre caminaba por el lado de la acera que estaba lleno de hojas secas y el crujido de sus pasos resultaba hipnótico. Tristán se había fijado en que casi nunca llevaba los zapatos de su talla y generalmente le venían grandes. También en el hecho de que no tenía coordinación a la hora de bailar, pero aun así bailaba y cerraba los ojos al hacerlo. Tenía las paletas un poco separadas, dos lunares en el cuello y, las pocas veces que se hacía una coleta, su rostro adquiría un aire serio y anguloso. Le encantaban sus pestañas. Y el blanco de sus ojos. O la forma en la que movía las manos y cómo flexionaba los dedos. A veces era irritante, frívola y entrometida, pero le fascinaba que a veces fuese irritante, frívola y entrometida.

Así que aquella noche, como docenas de noches anteriores, Tristán servía copas detrás de la barra y, de vez en cuando, la buscaba entre la gente.

Max: Hoy está más vacío.

Tristán: Será por el frío.

Max: O que la idea de la fiesta es una estupidez, por mucho que Samuel esté intentando sacarla adelante. Míralo, ahí sigue erre que erre.

La noche del juego de la botella había sido una propuesta de Samuel que los demás habían aceptado porque, tras los primeros meses efervescentes, planificar las noches temáticas había dejado de ser divertido y empezaba a resultar tedioso.

Así que ahí estaba Samuel, en el centro del local, con un botellín de cerveza que hacía girar sobre un taburete rodeado de clientes: las dos personas a las que apuntase el cuello de la botella en tiradas sucesivas tenían que darse un beso. Los que más copas llevaban encima tendían a alargarlo entre aplausos de los espectadores, pero la mayoría eran rápidos y castos. Parecían disfrutar más los que habían decidido no jugar y se encargaban de vitorear al resto. Samuel, como era de esperar, estaba en su salsa.

Ante la llegada del invierno, había menos gente congregada delante de la puerta, las quejas de los vecinos habían disminuido y el ambiente era más calmado.

Samuel: ¡Te apunta a ti! Venga, siguiente tiro... (La botella giró y giró). ¡Y al chico de las gafas! ¡Beso, beso, beso, beso!

El público coreó con él.

Dos chicos se acercaron y se dieron un beso fugaz.

Detrás de la barra, Max gruñó y puso los ojos en blanco.

MAX: Es tan infantil que siento vergüenza ajena.
TRISTÁN: Ya. (Suspiró). Voy al almacén a por hielo.
MAX: Coge también un par de botellas de ginebra.

Asintió y se dirigió hacia la puerta azul, que chirrió cuando la empujó para entrar. En el almacén, encendió la luz. Había una mesa en el centro y algunas sillas vacías alrededor; al lado, Dalia y Abel hablaban en susurros. Ella parecía preocupada y él estaba pálido. Tristán no llegó a oír nada porque se callaron en cuanto entró.

TRISTÁN: ¿Qué hacéis aquí?
ABEL: Nada. Yo ya me iba. No me encuentro bien.
TRISTÁN: ¿Necesitas algo?
ABEL: No, solo descansar.
TRISTÁN: Bien.

Abel salió del almacén, y Dalia y él se quedaron a solas.

Cada vez que aquello ocurría, Tristán tenía la impresión de que la temperatura del lugar subía varios grados y el suelo se volvía resbaladizo. Y siempre, sin excepción, había un silencio tenso antes de que alguno de los dos se decidiese a lanzar la primera palabra.

DALIA: ¿Qué estabas buscando?
TRISTÁN: Hielo y ginebra.

Dalia recorrió con la mirada las cajas que se apilaban en el suelo y las estanterías del almacén. Tristán avanzó decidido porque sabía dónde estaban las botellas.

Y justo entonces, todo se quedó a oscuras.

Se colaron algunos gritos del exterior.

DALIA: ¿Qué ha pasado?

TRISTÁN: Creo que se ha ido la luz.

No se veía absolutamente nada, porque en el almacén no había ninguna ventana, la puerta estaba cerrada y no tenían con qué iluminar el espacio. Tristán se movió a tientas, se golpeó la espalda con un mueble y, luego, oyó un estrépito.

TRISTÁN: ¿Dalia? ¿Estás bien?

DALIA: ¡Auch! Sí. Me he caído.

TRISTÁN: Espera, sigue hablando.

DALIA: ¿Y qué quieres que te diga?

TRISTÁN: No lo sé, cualquier cosa.

DALIA: Ojalá fuera un globo.

TRISTÁN: ¿En serio? (Se rio).

DALIA: ¿No te parece que son perfectos?

TRISTÁN: Creo que necesito escuchar tus razones antes de decidir si lo son.

Se movió más despacio porque deseaba alargar un poco más la conversación.

DALIA: ¿Por dónde empiezo? Los globos son sencillos. La complejidad está sobrevalorada. Y coloridos. La sobriedad también está sobrevalorada. Además, tienen una forma ovalada que...

TRISTÁN: ¿También las cosas cuadradas están sobrevaloradas?

La risa líquida de Dalia inundó el almacén.

DALIA: No iba a decir eso, pero sí, me gusta que al principio parezcan redondos y que, al final, se rebelen. También me fascinan sus contradicciones.

TRISTÁN: ¿Que son...?

Tristán había dejado de avanzar porque ya estaba a su lado. En la oscuridad, se preguntó cuántos centímetros se interponían entre ellos. ¿Treinta? ¿Veinticinco? ¿Veinte?

DALIA: Es evidente que los globos son frágiles, pueden explotar en cualquier momento, pero resisten manotazos y patadas. Y luego está la parte emocional: simbolizan la fiesta y la alegría y, sin embargo... (lanzó un suspiro), nos trasladan a la infancia. ¿Y existe algo más triste que la infancia? Somos tan vulnerables entonces...

Tristán contuvo el aliento cuando extendió la mano y se topó con el rostro de Dalia. ¿Qué era aquello? ¿Su nariz?, ¿su barbilla?, ¿su boca?, ¿su frente?, ¿su mejilla? Sí, definitivamente era la mejilla. Rozó su piel con el pulgar antes de apartarse.

TRISTÁN: Te encontré.

DALIA: Ya era hora. Llevo cinco minutos hablando sobre globos y me estaba quedando sin ideas. ¿Te he convencido con mis argumentos?

TRISTÁN: ¿Sobre querer ser un globo?

DALIA: Sí; ¿de qué color serías?

TRISTÁN: Yo... No lo sé...

DALIA: Piénsalo.

Tristán casi nunca pensaba en cosas que no fuesen perfectamente factibles. Se obligaba a no fantasear, a no proyectar, a no imaginar otras vidas. Ser práctico lo alejaba de las expectativas. Y alejarse de las expectativas lo alejaba del sufrimiento.

En resumen, todo era cuestión de alejarse.

TRISTÁN: ¿Negro?

DALIA: ¿Hablas en serio?

TRISTÁN: ¿Qué color serías tú?

DALIA: Un amarillo limón.

TRISTÁN: ¿Qué hacemos? ¿Intentamos ir hacia la puerta?

DALIA: O esperamos hasta que vuelva la luz. Porque volverá, ¿no?

TRISTÁN: Supongo.

Con torpeza, se sentaron en el suelo. Estaban cerca, aunque no llegaban a tocarse. Tristán agradeció que se encontrasen bajo el amparo de la oscuridad y que, de fondo, se oyesen voces que provenían del local. Recordó el rato que habían estado a solas en la cabaña, frente a la chimenea, aquel fin de semana de pesca. No fue más de media hora, pero él había vuelto tantas veces a ese momento que tenía la impresión de que habían transcurrido horas y que era un milagro que el fuego siguiese encendido y no quedasen tan solo brasas. En concreto, solía recrear el instante en el que ella le había regalado aquel cuento infantil y esa sensación que lo atravesó al verlo, como si todo, el viento, el tiempo, su corazón, se detuviese durante unos segundos colmados de magia.

DALIA: Creo que están desalojando el local.

TRISTÁN: Mejor. Ya es tarde y no tiene sentido que la gente deba esperar. Además, la temática de esta noche no da más de sí.

DALIA: No te ha gustado.

TRISTÁN: ¿A ti sí?

DALIA: Dime una cosa, ¿nunca has jugado a la botella?

TRISTÁN: No. Es una estupidez.

DALIA: Así que, a los dieciséis, mientras todos tus amigos se tomaban unas cervezas y pasaban un rato divertido, tú te quedabas en un rincón con ese gesto rígido que pones cuando algo no te interesa. Puedo imaginarte perfectamente.

TRISTÁN: Es que no le veo la gracia.

DALIA: Eres de los que no regalan besos...

Tristán se tensó. No contestó, porque aquello no había sido una pregunta, sino una afirmación. Le intrigaba cómo sería él a ojos de ella y, teniendo en cuenta lo diferentes que habían sido sus vidas, que en ocasiones pareciera verlo más allá de las primeras capas. Dalia no se conformaba con lo que se le daba. Era una de esas personas con complejo de topo, empeñadas en escarbar y escarbar y escarbar.

TRISTÁN: Y tú eres de las que los regalan...

El silencio se abrió entre ellos unos segundos.

DALIA: He regalado demasiados, sí.
TRISTÁN: ¿Por qué?
DALIA: Todo el mundo lo hace.
TRISTÁN: Tú no eres todo el mundo.
DALIA: Ah, ¿no?
TRISTÁN: No.

Otro silencio un poco más largo.

DALIA: Cuando alguien te besa, calma la soledad.
TRISTÁN: Depende de cómo te besen, ¿no?
DALIA: ¿Qué quieres decir?
TRISTÁN: Hay besos vacíos.
DALIA: Pero siguen siendo besos.

De pronto, la bombilla parpadeó y volvió la luz.

Tristán y Dalia, sentados en el suelo del almacén, se miraron el uno al otro. Hubo un instante de pausa, quizá de reconocimiento, y luego él se puso en pie y extendió la mano hacia ella, que la tomó y la soltó con brusquedad tan pronto como se levantó.

Se dirigieron hacia la puerta.

DALIA: Esta podría ser como una de esas escenas de película en las que, cuando los protagonistas salen de su escondite, descubren que el mundo ha cambiado durante su ausencia. Ya sabes: todos son zombis o han sido abducidos por extraterrestres.

TRISTÁN: Y quedamos tú y yo.

DALIA: Sí, solo nosotros.

Ella sonrió y él estuvo a punto de corresponder al gesto, pero tenía la impresión de que sus labios estaban acartonados. Con las sonrisas le ocurría lo mismo que con las palabras: casi tenían que arrancárselas. ¿Por qué no las dejaba ir libremente?

En el local, en efecto, tan solo quedaban Samuel, Abel y Max. Fuera, alrededor de la puerta del club, algunos clientes rezagados seguían reunidos.

SAMUEL: ¿Dónde os habíais metido?

TRISTÁN: Estábamos en el almacén.

MAX: Será mejor que cerremos cuanto antes.

TRISTÁN: Bien.

Y se alejó de Dalia.

## 61

## GEOGRAFÍA DE TRISTÁN

A Tristán no le gustaba hablar de conformismo, sino de pragmatismo. Entendía que, si tras un naufragio acababas en una isla desierta, de nada servía quejarse, lamentarse ni enfadarse; lo razonable era empezar a recolectar bayas, buscar raíces y fabricarse una caña de pescar. ¿De qué otra manera podría uno enfrentarse a las hostilidades de la vida? Al cumplir un año, Tristán lloraba y lloraba sin recibir consuelo. A los dos, fue con su madre de visita a casa de los abuelos; después, ella se marchó y él se quedó en aquel lugar que sería su hogar. A los tres, solo decía «sí», «no» y «abuela». A los cuatro, su abuelo se lo llevaba al bar cuando había partido de fútbol y, entre humo de cigarrillos y cercos de cerveza, de tanto en tanto uno de sus colegas murmuraba: «Mira que es raro tu nieto, Ramiro. Ni habla ni nada. Anda que tu hija... Anda, anda». A los cinco, conoció a Samuel, Abel y Max en el colegio. A los seis, nada le gustaba tanto como ver una película. A los siete, se quedaba junto a su abuela durante horas mientras ella cosía las ropas que la gente del barrio le llevaba para arreglar, y jugaba con los ovillos de lana de colores. A los ocho, su madre le envió un regalo por su cumpleaños: un libro sobre el sistema solar. A los nueve, su amistad con Max se afianzó y a veces se veían a solas y pasaban el rato en la calle dándole patadas al balón. A los diez, su abuelo murió de un infarto fulminante mientras se afeitaba en el cuarto de baño: Tristán se lo encontró, intentó reanimarlo, lo enterraron dos días después. A los once, al llegar la Nochebuena, en la mesa solo estaban su abuela y él; aquel año, anheló por primera vez el calor de otros hogares y ella, que pareció intuirlo, le dijo: «Cariño, sé cómo te sientes, pero en esta casa tenemos amor, que ya es mucho más que lo que tienen en otras casas. Coge el trozo grande de carne». A los doce, su madre apareció: les dio cuatro meses y cinco días, les quitó el dinero de su hucha y un anillo del abuelo. A los trece, Max dejó de hablarle a Samuel cuando este le rompió una página de su álbum de cromos, y Abel tuvo que mediar entre ellos. A los catorce, Max le ofreció aquel álbum; Tristán lo deseaba con toda su alma, pero lo rechazó sin contemplaciones, por orgullo. A los quince, Mónica llegó al instituto. A los dieciséis, Tristán se peleó con Samuel y empezó a salir con Mónica. A los diecisiete, encontró trabajo en el bar del barrio a donde, de niño, iba a ver los partidos de fútbol con su abuelo. A los dieciocho, Mónica y él rompieron. A los diecinueve, su madre apareció: les dio dos meses y veintitrés días, les quitó un medallón. A los veinte, él volvió con Mónica hasta en tres ocasiones. A los veintiuno, solo era capaz de pensar en el día siguiente, pero le parecía una insensatez plantearse qué ocurriría dos días después. A los veintidós, su madre apareció y, cuando lo hizo, Samuel estaba con él: Tristán nunca olvidaría la expresión de estupor y la mirada de su amigo. Les dio una semana y se llevó el poco dinero que la abuela guardaba bajo el colchón. A los veintitrés, después de una noche inolvidable, se bañó en el mar con los chicos mientras el sol despuntaba a lo lejos y pensó: «Esto es la belleza, esto tiene que ser»; no se dio cuenta de que lo había dicho en voz alta hasta que oyó las risas de los demás. A los veinticuatro, Samuel, Abel y Max se fueron a vivir juntos y él decidió quedarse con su abuela porque se había vuelto olvidadiza y su cabeza se estaba llenando de agujeros. A los veinticinco, su relación con Mónica era errática, confusa y un sinsentido, pero no sabía soltar el vínculo y tenía la impresión de que jamás conocería a nadie que le hiciese sentir algo más. Estaba tan perdido que ese pragmatismo inicial se acercaba de forma peligrosa al conformismo. Por eso, aquel día en el que Samuel, tirado en el sofá, los miró y preguntó: «¿Por qué no montamos un club de copas?», Tristán contestó sin demasiado entusiasmo: «Bien».

## 62

## MIENTRAS TANTO...

Mientras tanto o, siendo específicos, a la mañana siguiente del apagón, Dalia llamó al timbre de Elena. La mujer se asomó al balcón y le abrió la puerta.

Aquella casa llena de antigüedades y cuadros se había convertido en una guarida perfecta. Dalia entendía a Elena. Y Elena entendía a Dalia. La amistad que había surgido entre ellas nacía de una sensibilidad recíproca. Ya era parte de su tranquila rutina que preparasen juntas el té, que hablasen de trivialidades mientras el agua hervía y que, después, cuando se acomodaban en el salón, la conversación se volviese más honda.

ELENA: Ponme al día, ¿cómo va todo?

DALIA: Anoche se fue la luz en el local.

ELENA: Sí, la instalación eléctrica es antigua. Cuando los chicos lo alquilaron, les dije que lo primero que había que hacer era renovarla, pero ellos se negaron a hablar del tema porque querían abrir cuanto antes. Fue todo... precipitado. (Le dio un sorbo al té).

DALIA: Imagino que a Samuel le corría prisa.

ELENA: A todos les corría prisa, pero...

DALIA: Pero ¿qué?

Distraída, Dalia se quemó la lengua y dejó la taza en el plato. Siempre se confiaba cuando Elena empezaba a beber, pero tenían distintos niveles de tolerancia al calor.

Elena: Cada uno tenía razones diferentes. Es fácil aferrarse a lo primero que aparece cuando estás un poco perdido.

Dalia: ¿Tú crees que el club es eso? ¿Un refugio?

Elena: Quizá, es difícil saber qué piensan ellos.

Entonces, Dalia no pudo soportarlo más. No pudo. Porque le costaba dormir desde hacía semanas, porque la carga era demasiado grande y porque necesitaba aligerar parte del peso. Tomó aire y le sostuvo la mirada a Elena.

Dalia: ¿También lo que piensa Max?

Elena: Yo... (Suspiró). Lo sabes, ¿verdad? Claro que lo sabes. (Dejó la taza de té en el plato). Bien, es mejor así.

Dalia: ¿Por qué no me lo contaste?

Elena: Creí que duraría menos. Cada vez que él venía, tenía la sensación de que sería la última. Pero luego todo se fue enredando. Es complicado.

Dalia: Te importa.

Elena: Sí.

Dalia: ¿Y ahora qué?

Elena ahuecó el almohadón que tenía al lado y se sentó más recta en el sofá. Intentaba ganar tiempo y Dalia pensó que era la primera vez que no parecía tener la respuesta perfecta en la punta de la lengua, sino que andaba buscándola a ciegas.

Elena: Lo mejor que podría pasarle a Max sería que dejase el club, que se olvidase de mí y que se plantease de verdad qué quiere hacer con su vida.

Dalia: Eso no va a ocurrir, es una locura.

Por un instante, Dalia se preguntó si acaso no sería lo mejor para todos y no solo para Max, pero desechó rápidamente aquella idea descabellada.

ELENA: Las mejores decisiones suelen parecerlo. (Cruzó las piernas y se colocó bien la falda larga y púrpura que vestía ese día). Haz la prueba tú misma.

DALIA: ¿Quieres que haga una locura?

ELENA: Sí, y luego me cuentas.

## 63

## EL PEQUEÑO ASTRONAUTA

Lo último que Tristán esperaba al abrir la puerta era encontrarse allí a Dalia, con una maceta en la mano y un gorro de lana en la cabeza.

TRISTÁN: ¿Dalia?
DALIA: Hola. Yo... Es un helecho.
TRISTÁN: Un helecho...
DALIA: Sí, lo vi y pensé que tenía que comprarlo para tu abuela. Fue un impulso. Pero puedo volver en otro momento si ahora estás ocupado.
MARÍA: ¿Quién es? ¡La comida está lista, Tristán!

Su tía abuela apareció en la puerta y sonrió al ver a Dalia. Se limpió las manos en el trapo de cocina que llevaba y cogió el helecho con decisión.

MARÍA: Es precioso. Le encantará.
DALIA: Genial. Pues... ya está.
MARÍA: Oh, no, no. Pasa. Quédate a comer. ¿Te gusta la sopa con pollo? Porque si no puedo hacerte cualquier otra cosa: una tortilla, salchichas o... ¿Queda pisto?
TRISTÁN: Creo que sí.
MARÍA: Eso me parecía.

María fue al patio para dejar la maceta y ellos se quedaron a solas. Tristán pensó que era un milagro que Dalia estuviese allí, pero también una especie de maldición. Lo deseaba tanto como quería huir de ella.

Dalia: Lo siento. Quizá prefieres que me vaya, no pretendía todo esto, solo quería traer la planta.

Parecía esconderse tras los mechones rubios que caían sobre su rostro.

Tristán: No, está bien. Quédate a comer.
Dalia: ¿Estás seguro? (Tragó saliva).
Tristán: Sí, pero no esperes... (Movió las manos como si intentase abarcar la estancia). No esperes nada especial.

En realidad, quería decirle: «No esperes nada similar a lo que tú conoces, bonitas vajillas con dibujos floreados, comida deliciosa, copas, postre y servilletas de tela».

Dalia: La sopa me encanta.

Y sonrió, mostrando aquel hueco característico entre sus paletas. Después, se quitó el abrigo y el gorro de lana, aunque la estufa de gas era incapaz de calentar como debería el reducido espacio. Tristán cogió las prendas y las dejó en su habitación, sobre su cama. Cuando regresó al salón, Dalia sostenía a su abuela por el brazo y la ayudaba a dirigirse hasta la mesa redonda, donde estaban ya puestos un mantel de cuadros y tres vasos.

María: ¿Qué falta? Un vaso, un plato y cubiertos.
Dalia: Yo me ocupo, no te preocupes.
Tristán: Tranquila, ya voy yo.

En la cocina, Tristán cogió un plato, una cuchara y luego un vaso. Lo miró bien y lo cambió por otro y después por otro.

DALIA: ¿Qué haces?

Él se sobresaltó.

TRISTÁN: Intentaba encontrar uno que no estuviese rayado, pero...
DALIA: De verdad que no me importa. Ese es perfecto. Dámelo.

Le quitó el vaso que tenía en la mano y se alejó hacia la mesa. Tristán dejó escapar el aire contenido y siguió sus pasos. La espontánea visita lo había descolocado. Dalia ya había estado allí en dos ocasiones, cuando propuso comprar las plantas para su abuela y cuando finalmente lo hizo.

Pero aquello era diferente.

Porque los chicos no estaban.

Se sentaron. María había llevado la olla a la mesa y servía la sopa con cuidado: empezó por la abuela, siguió con Tristán y continuó con Dalia.

MARÍA: ¿Te pongo un poco más?
DALIA: No, así está bien. Gracias.
MARÍA: Es de pollo, verduras y fideos. (Se sirvió en su plato). Mi hermana cocinaba de maravilla cuando todavía... (Se interrumpió y, luego, sonrió). Yo hago lo que puedo. Vamos, que me defiendo, pero nunca ha sido lo mío.
DALIA: A mí tampoco se me da muy bien.
TRISTÁN: Ya. No te imagino amasando.
DALIA: Pues quizá lo intente algún día.

A Tristán se le escapó una sonrisa minúscula entre cucharada y cucharada. La abuela, sentada junto a Dalia, comía en silencio y, de vez en cuando, levantaba la vista hacia ella. La miraba con curiosidad, como si intentase ubicar su recuerdo.

ABUELA: ¿Quién es?
TRISTÁN: Es Dalia, una amiga.
ABUELA: Ah, sí, sí, Dalia... Como las flores.
MARÍA: Y te ha traído un helecho. Luego te lo enseño.
ABUELA: Un helecho... (Continuó comiendo).
MARÍA: ¿Tú también estás en ese club?
DALIA: Algo así, aunque no trabajo allí.
TRISTÁN: Pero forma parte de él.
MARÍA: ¿Quién iba a imaginar que les iría tan bien? Ha sido una suerte. Sí, una suerte... (Cortó un trozo de pan de la barra que había en la mesa). Imagínate, esta casa ya estaba pagada y mi hermana decidió volver a hipotecarla para darle el gusto a la niña. Qué desagradecida. Una da y da sin recibir nunca nada a cambio.
DALIA: ¿La niña? (Miró a Tristán). ¿Tienes una hermana?
TRISTÁN: No. Se refiere a mi madre.

La conversación se apagó durante un minuto; solo quedó el tintinear de los cubiertos, el leve golpeteo de los vasos contra la mesa y el murmullo del televisor.

MARÍA: Ya no es una niña, no, eso es verdad, aunque sigue comportándose como si lo fuese. Dio problemas desde bien jovencita...
ABUELA: ¿Quién da problemas?
TRISTÁN: Basta. Cambiemos de tema.
MARÍA: Dalia, ¿quieres más sopa? Y coge pollo.
DALIA: No, no, ya estoy llena, pero gracias.

Recogieron la mesa y, antes de que él pudiese detenerla, Dalia se arremangó y empezó a fregar los platos mientras María preparaba una cafetera.

Por momentos, a Tristán lo inquietaba el contraste entre la chica y su casa porque era evidente que ella no casaba con el lugar. Había llegado vestida con unos vaqueros, botas granates a juego con el abrigo largo de ante y un suéter a rayas de cuello ovalado.

Y, sin embargo, se amoldaba.

Era una de las características de Dalia que más lo hechizaban: que no parecía definirse nunca del todo y no dudaba en colarse por grietas diminutas. Así había conquistado a Samuel. Así había enternecido a Abel. Así había reconducido su relación con Max. Y así, probablemente, había entrado en el corazón de Tristán.

MARÍA: ¿Te va bien que me vaya ahora a jugar la partidita de cartas? Estaré en casa de la vecina. La abuela dormirá su siesta y vosotros podéis tomaros tranquilos el café.

TRISTÁN: Claro.

En efecto, la abuela se tumbó en el sofá del salón, con las manos bajo el almohadón y los ojillos somnolientos fijos en el televisor.

Tristán y ella pasaron a la habitación.

La chaqueta y el bolso de Dalia estaban sobre la cama. Él dejó las tazas de café en la mesilla de noche y colocó sus cosas en la silla de la esquina. Después, los muelles del colchón chirriaron cuando los dos se sentaron a la vez.

Evitó mirarla.

No podía dejar de pensar en las noches que ella, como si fuese uno de sus escurridizos gusanos de seda, se había colado en su cabeza mientras él estaba allí tumbado, con los brazos tras la cabeza y la mirada fija en el techo.

DALIA: Me gusta tu habitación.

TRISTÁN: No tiene nada especial.

Eso siendo considerado. En realidad, el cuarto era extremadamente sencillo: una cama individual, un armario de pino que nunca cerraba bien, la silla, una estantería con libros y un par de fotos, y una mesilla envejecida con una lamparita de noche.

DALIA: Ya, pero tiene encanto.

TRISTÁN: ¿Cómo es tu habitación?

DALIA: Uy, mucho más anodina y fría. No es tan fácil que un lugar tenga identidad y carácter. Oye, ¿puedo ver esas fotografías? (Señaló la estantería).

Tristán asintió y ella las cogió.

DALIA: Tu abuela y tú. Eras adorable de niño. ¿Y él quién es?

TRISTÁN: Mi abuelo. Murió.

DALIA: Y en esta estáis los cuatro... (Sonrió). Déjame que adivine quién es cada uno. Veamos, el que hace una mueca es Samuel, no tengo dudas. Y aquí tenemos a Abel. (Se inclinó tanto que le faltó poco para rozar el papel con la nariz). No me lo puedo creer, Max ya parecía enfadado a los ¿diez años?, ¿once? Mira, tenía el ceño fruncido. Y aquí estás tú.

Entonces, Dalia deslizó los dedos sobre la fotografía y acarició al niño que él había sido. A su lado, Tristán se estremeció como si hubiese sentido el roce.

DALIA: No has cambiado. El pelo igual de oscuro y esa actitud... Ya sabes, esa actitud.

TRISTÁN: No, no lo sé. ¿Qué actitud?

DALIA: A la defensiva. Se nota por la rigidez. Es como si estuvieses siempre en tensión, a la espera de que el Gobierno lance un aviso para evacuarnos a un búnker.

Tristán se rio. Todo un milagro.

TRISTÁN: Me gusta estar preparado.

DALIA: Claro, claro. Tú siempre alerta.

TRISTÁN: Se te está enfriando el café.

DALIA: Ah, sí.

Ella dejó de sonreír y bebió. Luego, cuando posó la taza en la mesilla, se fijó en los libros que descansaban allí. Había dos que eran infantiles: el que la propia Dalia le había regalado por su cumpleaños y el que Tristán tantas veces había releído de niño, hasta aprendérselo de memoria.

Podría haberla detenido.

Sí, podría haberlo hecho.

Pero permaneció inmóvil mientras ella lo cogía con cuidado, como si adivinase lo valioso que era para él, y contuvo el aliento al intuir que no se conformaría tan solo con echarles un vistazo a los dibujos de la portada. Dalia nunca se quedaba en la superficie. Y, en efecto, lo abrió. Allí estaba, aquel trazo inseguro:

*Para Tristán, mi pequeño y maravilloso astronauta.*
*Te quiere, mamá.*

TRISTÁN: Me lo regaló cuando cumplí ocho años.

No especificó que aquel había sido el único regalo que su madre le había hecho en toda su vida. Un libro del sistema solar y diez palabras.

DALIA: ¿Dónde está?

TRISTÁN: ¿Quién?

DALIA: Tu madre.

TRISTÁN: No lo sé.

Dalia volvió a leer la dedicatoria y pasó algunas páginas, cada una hablaba de un planeta distinto con datos precisos y un apartado de curiosidades.

Dalia: ¿Y tu padre?

Tristán se encogió de hombros, se levantó y recogió las tazas vacías. La abuela dormía cuando pasó por el salón para llegar a la cocina. Abrió el grifo del fregadero y contempló ensimismado el chorro de agua que caía y se colaba por la tubería.

Turbado, lo cerró y regresó a la habitación.

Dalia le dirigió una mirada cautelosa.

Dalia: Vale, entiendo que no quieres hablar del asunto de tus padres.

Tristán: Tú tampoco cuentas demasiado sobre los tuyos.

Dalia: Es que son... muy corrientes, ya sabes.

Tristán: La normalidad está bien.

Dalia: Supongo. (Suspiró). Dime algo sobre Marte.

Tristán: ¿Marte? Pues... (Dalia se había tumbado en la cama y él solo podía pensar en que aquella noche la almohada olería a ella) tiene el volcán más grande del sistema solar, la base es como Francia.

Dalia: Guau. ¿Y Venus?

Tristán: Es el más caliente. Sus nubes son espesas. Y no tiene lunas, como Mercurio. Son los únicos planetas sin satélites.

Dalia: Pobrecillos.

Tristán volvió a sonreír.

Tristán: Mercurio tampoco tiene apenas atmósfera.

Dalia: El universo se ha ensañado con él.

Otra sonrisa de Tristán. ¿Cuándo había sido la última vez que había sonreído tanto? Lo verdaderamente fascinante era que, al hacerlo, la tensión se esfumaba de su rostro y, durante ese brevísimo paréntesis, su expresión recuperaba algo de infancia.

DALIA: Lo que dije el día que fuimos al cine iba en serio. Creo que sería genial ir a ver las estrellas una noche.

TRISTÁN: Dudo que a los chicos les entusiasme.

DALIA: Pues hagámoslo tú y yo.

Él vaciló un instante, pero todas sus defensas se desplomaron cuando sus miradas se enredaron. Su parte más racional le gritaba que se mantuviera alejado de ella y que no se metiera en la boca del lobo, porque salir de ahí no solo trastocaría su vida, sino también la de los demás. Y saldría, eso lo sabía. No estaban destinados a formar un díptico.

TRISTÁN: Bien.

No fue un «bien» tiránico.

Sino un «bien» inevitable.

## 64

## LO QUE A TRISTÁN LE GUSTABA

La belleza. Los días de lluvia y el olor que dejaban tras de sí. Sentarse a observar la vida en el puerto de la ciudad. La explosión de sabor al morder gajos de naranja. El cepillo de su abuela, en el baño, lleno de cabellos finos y grises. Los edificios abandonados, las paredes desconchadas, los muebles que guardaban historias, los libros subrayados. La belleza. El café sin azúcar. La quietud del invierno. La fuerza y la tristeza de la poesía. La luz que lograba colarse por las persianas al amanecer. Las huellas de manos en los cristales empañados por el frío. Las fotografías borrosas. El sonido lejano de un piano. Y la melancolía del violín. Las películas en blanco y negro. La belleza. Las flores marchitas en un vaso de cristal. Las estaciones de tren antiguas. Las palabras «zócalo» y «anhelo» y «aleteo». La risa líquida de Dalia, que parecía colarse entre sus dientes separados. El movimiento que generaba más movimiento.

Y la belleza.

## 65

## MIENTRAS TANTO...

Mientras tanto, el sábado por la noche, la música golpeaba las paredes del club, aunque la barra se había ido vaciando conforme la noche avanzaba. Max se movía con una calma que desmentía el cansancio que en realidad sentía. Los vasos tintineaban, el hielo crujía y cada gesto tenía algo de composición aprendida: servía, giraba, limpiaba, cobraba, sin perder el ritmo. Cuando Dalia apareció, le ofreció un cosmopolitan y él se abrió una cerveza.

Chocó el botellín contra su copa.

Dalia: ¿Por qué brindamos?
Max: Por nosotros. (Y bebió).

Después, los dos se dirigieron una mirada cómplice. El resto del grupo era consciente de que algo había cambiado entre ellos; primero fue paulatino y, a partir de cierto punto, su relación dio un giro de ciento ochenta grados y él nunca volvió a llamarla princesa. Desde entonces, Max había llegado a plantearse si acaso no era Dalia la persona que mejor lo conocía en ese momento.

Probablemente, sucedía lo mismo a la inversa.

Nada es tan poderoso como los secretos compartidos.

Max: En breve hay que empezar a bajar la persiana.
Samuel: (Que acababa de aparecer). Aún es pronto.

MAX: Queda poca gente y no queremos líos con la policía.

TRISTÁN: O te quedas tú, Samuel, y te encargas de cerrar. Por cierto, ¿dónde se ha metido Abel? No lo veo desde hace un buen rato.

Dalia: Se ha ido. No se encontraba bien. Gastritis, creo.

SAMUEL: Lo vamos a empezar a llamar el Pupas. Está peor que mi abuelo.

MAX: Entonces, ¿lo dejamos en tus manos?

SAMUEL: ¡Claro! ¡Podéis iros!

En la puerta del club, junto a cinco o seis clientes que estaban fumando fuera, Max se subió la cremallera de la chaqueta mientras murmuraba que iría a dar un paseo para despejarse tras la jornada nocturna. Tristán y Dalia se miraron.

TRISTÁN: ¿Tú hacia dónde vas?

DALIA: Dormiré en la casa, así veo cómo está Abel.

TRISTÁN: Bien. Entonces, te acompaño.

Max los vio alejarse calle arriba, dos figuras que caminaban al mismo ritmo y que se fundían en la noche. Apartó su inquietud y llamó al timbre del portal de al lado. No alzó la vista hacia el balcón, la mantuvo fija en la puerta hasta que se abrió.

Subió y subió, como si quisiese alcanzar el cielo.

Y el cielo era ella, claro. Que se encontraba allí, en el umbral, esperándolo. Su rostro estaba surcado de dudas que desaparecieron en cuanto él la besó. No fue un beso dulce. No fue un beso tímido. No fue un beso suave. Cuando llegaron a la habitación, ella ya estaba desnuda y habían dejado un reguero de ropa en el pasillo. Elena le clavó las uñas en la espalda cuando se hundió en ella con fuerza. Aquello era imparable y el deseo..., ese deseo... ¿Cómo era posible que Elena no notase que tenían una conexión especial?

Elena: Ha sido... (Tomó aire).
Max: Increíble. Lo sé.
Elena: No está bien.
Max: Sí que lo está...
Elena: Dalia lo sabe.
Max: No es un problema.
Elena: ¿Por qué?
Max: Confío en ella.

## 66

## NO LO SÉ

Se inclinó para darle un beso en la mejilla a su abuela, que tenía la piel suave. Siempre había tenido la piel suave. Tristán lo sabía porque, de niño, se dormía acariciando con el dedo una arruga que nacía cerca de su sien y terminaba casi en la barbilla. Cuando era pequeño y tenía pesadillas, ella dejaba que se metiese en su cama; el abuelo dormía en el cuarto de al lado. Si hacía memoria, Tristán no recordaba que su abuela le hubiese negado algo jamás, y él, conforme pasaron los años, intentó no hacerlo tampoco.

María: ¿Vas a salir con este frío? Es jueves.
Tristán: He quedado, no sé a qué hora volveré.
María: ¿Con la chica mona? ¿Dalia?
Abuela: Dalia... Como mis flores.
Tristán: Sí. (Apartó la mirada).
María: Me gusta. Qué sofisticada es, viste como una de esas actrices que salen en las revistas. Y tiene luz en la mirada, sí. Bueno, abrígate bien.

Él le hizo caso antes de marcharse.

Habían quedado a las siete de la tarde en una parada de autobús que estaba a unos treinta y cinco minutos a pie desde su casa. Tristán caminó distraído, las luces de Navidad ya habían conquistado la ciudad y batallaban contra la oscuridad de la noche. Aquel día, tenía la sensación de que su cabeza era como los ovillos de lana de su abuela con los que jugaba de crío: no sabía cómo ni por qué, pero siempre terminaban enredándose y, aunque se esforzaba por reparar el desastre, casi nunca lograba deshacer los nudos y arreglarlo.

Y en cierto modo, en ese momento volvía a ser un niño. Un niño que quería jugar sin pensar en las consecuencias.

Tristán ya creía que ese niño se había ido para no volver.

Al llegar a la parada del autobús, ella estaba allí. La distinguió desde lejos; si en los últimos meses era capaz de encontrarla con asombrosa facilidad entre los clientes, dar con ella en una calle poco transitada era tan sencillo como diferenciar el color de los semáforos. Llevaba el gorro de lana que había usado el domingo anterior y una chaqueta que no era demasiado gruesa. Se frotaba las manos para entrar en calor.

TRISTÁN: No vas bien abrigada.

DALIA: Ah, hola a ti también.

TRISTÁN: ¿Y tu bufanda?

DALIA: «¿Qué tal tu día?, ¿cómo estás?». Esas son las cosas que se le preguntan a otra persona al encontrártela. Si lo hubieses hecho, te respondería: «Todo bien, hoy las clases de italiano me han ido de maravilla; ¿y tú qué te cuentas?».

Tristán reprimió una sonrisa. Después, se quitó la bufanda y se la puso a ella alrededor del cuello. Dalia no protestó, tan solo lo miró fijamente.

TRISTÁN: El autobús no tardará.

DALIA: Oh, mira, de hecho, ya viene.

Ella señaló el vehículo que se acercaba a lo lejos y que, poco después, frenó junto a ellos. Subieron y se sentaron al fondo. Tras la ventanilla, la ciudad empezaba a dar las primeras señales de cansancio; pronto, las tiendas cerrarían y los hogares se iluminarían, olerían a guisos, y se llenarían del rumor de las conversaciones al final del día.

TRISTÁN: ¿En qué estás pensando?

DALIA: En las casas. (Apartó la mirada del cristal). Creo que, si me diesen a elegir un superpoder, me gustaría ser invisible. Entraría en hogares ajenos y podría verlo todo.

TRISTÁN: ¿Qué crees que encontrarías? Todas las familias son iguales.

DALIA: Ya, pero sería testigo de esa intimidad...

TRISTÁN: Yo preferiría viajar en el tiempo.

DALIA: ¿Y qué momento revivirías?

TRISTÁN: Eso no lo he pensado.

DALIA: Pues menuda gracia.

No hablaron durante el resto del viaje. Tristán se levantó cuando llegaron a la parada, que era la penúltima. Allí, a ras de la colina de la ciudad, el viento era más gélido. Las casas ya no eran bloques de edificios, sino viviendas unifamiliares con chimeneas que escupían humo y que se diseminaban en la zona de las afueras.

TRISTÁN: ¿Subimos un poco más?

DALIA: Vale, aunque está oscuro.

TRISTÁN: Llevo una linterna.

Él le ofreció la mano y ella la aceptó. Los dedos de Dalia encajaron entre los suyos como lo haría una llave al introducirse en la cerradura correcta. Tristán evitó mirarla mientras caminaba colina arriba y tiraba de ella con suavidad. El aire silbaba entre los árboles, que se volvían más frondosos conforme se alejaban de la carretera secundaria. Al llegar a un claro, Tristán soltó su mano y dejó caer al suelo la mochila que llevaba. Sacó una manta vieja, la extendió y, después, se sentó encima y Dalia lo imitó.

Alzó la vista al cielo. Había pocas estrellas.

TRISTÁN: Hoy hay demasiadas nubes.
DALIA: No importa, me gusta estar aquí.
TRISTÁN: ¿Era esto lo que te imaginabas?
DALIA: Sí.

Sonrió y se tumbó. Él también.

TRISTÁN: Una, dos, tres, cuatro, cinco, seis.
DALIA: ¿Qué estás haciendo? (Se rio, feliz).
TRISTÁN: Cuento las estrellas que veo. Seis.
DALIA: Te has dejado una. Hay siete.
TRISTÁN: Qué barbaridad. Increíble.
DALIA: No sabía que podías ser irónico.
TRISTÁN: Nunca enseño todas mis cartas.

Se quedaron en silencio un largo minuto.

DALIA: No crees que esto sea raro, ¿verdad?
TRISTÁN: (Se giró y la miró). ¿En qué sentido?
DALIA: Ya sabes... Estar aquí a solas, tú y yo.
TRISTÁN: También quedas a solas con Abel.
DALIA: Sí, claro. (Lanzó un suspiro).

Tristán tomó aire. El hecho de estar los dos tumbados en aquel claro solitario y con la vista fija en el cielo... era demasiado incluso para él, que entendía como nadie de contención.

Quería... Quería tocarla.

Era dolorosamente consciente de ello.

Lo que deseaba era abrazarla fuerte, muy fuerte, y respirar contra su cuello, y olerle el pelo, y después... dejar salir todo lo que había ido creciendo durante los últimos meses.

Cada silencio, cada mirada, cada roce y cada palabra eran cosas irrelevantes por separado, pero, juntas, formaban una montaña que empezaba a resquebrajarse.

En aquel instante, un trueno sonó a lo lejos.

DALIA: Sospecho que hemos elegido un mal día.

TRISTÁN: Quizá el peor del año. Tenemos siete estrellas indefinidas, frío, nubes y una amenaza de tormenta. Bien.

DALIA: ¿Qué pasa con Neptuno?

TRISTÁN: Eso, ¿qué le pasa?

DALIA: Nunca lo has nombrado.

TRISTÁN: Ah, ya... Nuestra enemistad viene de lejos.

DALIA: Antes ironizas y, ahora, bromeas. Asombroso.

Él sonrió bajo el paraguas de la oscuridad.

TRISTÁN: Neptuno tiene una atmósfera azulada.

DALIA: ¿Y eso por qué?

TRISTÁN: El metano absorbe la luz roja.

DALIA: ¿Crees que hay vida allí fuera?

TRISTÁN: (Sin dejar de mirar el cielo). No lo sé.

DALIA: Eres la única persona que conozco que contesta a menudo «no lo sé».

TRISTÁN: Del uno al diez, ¿cómo de grave es ese defecto?

DALIA: En realidad, pienso que es una virtud.

TRISTÁN: Ah. Bien.

DALIA: La gente siempre quiere opinar, aunque no tenga ni idea. Yo lo hago. Es una forma de existir, ¿sabes? Como si gritases: «¡Estoy aquí!».

Tristán se preguntó si todos los «no lo sé» que iba acumulando venían a significar que cada vez él se iba difuminando más. La idea de la existencia le resultaba vaga y abstracta, pero no desde un ángulo trascendental, sino de un modo un poco absurdo.

TRISTÁN: Seguirás estando aquí, aunque digas «no lo sé».
DALIA: ¿De verdad lo piensas? Es que..., bueno...
TRISTÁN: ¿Qué? (Distinguía su boca en la oscuridad).
DALIA: Tiene que ver con la identidad.
TRISTÁN: Ya. Las opiniones definen.
DALIA: ¿Tú no necesitas definirte?
TRISTÁN: Sí. Pero creo más en los actos que en las palabras. Y las opiniones no dejan de ser palabras, por elaboradas que resulten. Los hechos, en cambio...
DALIA: Es verdad.

Permaneció en silencio, pensativa, y él no quiso romper ese paréntesis que ella había abierto. Tan solo cuando notó que temblaba se giró.

TRISTÁN: ¿Tienes frío?
DALIA: Un poco, sí.
TRISTÁN: Volvamos.
DALIA: Pero es pronto.
TRISTÁN: Podemos ir a tomar algo.
DALIA: Vale, eso suena bien.

Algunos rayos iluminaron el cielo mientras descendían por la colina y esperaban la llegada del autobús. Poco después, empezó a llover de golpe, como si las nubes se hubiesen roto, y el agua cayó sobre ellos sin compasión. Las gotas, gruesas y heladas, se convirtieron en una cortina que borraba el contorno de las casas y los árboles.

Tristán intentó cubrirse con la chaqueta, pero era inútil. Dalia, a su lado, se echó a reír mientras el agua le apelmazaba el cabello, y eso le hizo reír también a él.

DALIA: Definitivamente, un mal día.
TRISTÁN: La venganza de Neptuno.

Cuando por fin apareció el autobús, las luces se reflejaron en los charcos de la acera. Subieron con prisas. Estaban empapados y tenían las manos entumecidas.

Se miraron y rieron otra vez, sin decir nada.

El traqueteo del autobús los balanceó con suavidad hasta que Dalia se sentó junto a la ventana y Tristán ocupó el asiento a su lado. Ella apoyó la frente en el cristal, y unas gotas de lluvia se deslizaron por su cuello y se perdieron bajo el abrigo. Tristán las siguió con la mirada, absorto, casi hipnotizado, y apartó la vista un segundo después.

¿Qué habría pasado si hubiese tenido el valor de rozarlas con los dedos? ¿Ella habría cerrado los ojos o lo habría detenido con la mirada?

DALIA: Tristán...

TRISTÁN: Dime.

DALIA: ¿A dónde vamos a ir así?

Él intentó pensar con rapidez.

TRISTÁN: Al club, vayamos al club. Hay bebida gratis y calefacción.

Y quiso añadir: «Además, lo que pase en El Club del Olvido queda en el olvido. Allí no hay reglas, todo es un juego, la vida se vuelve ligera y resbaladiza».

## 67

## RELÁMPAGOS

El camino fue una sucesión de miradas tan efímeras como los relámpagos que salpicaban el cielo antes del bramido de los truenos. Al bajar del autobús, Tristán echó a correr, pero frenó cuando vio que Dalia iba caminando sin prisa por la calle, casi como si bailara una canción que sólo sonaba en su cabeza.

La lluvia no había amainado.

TRISTÁN: ¿Qué haces?
DALIA: ¿Qué haces tú? Si ya estamos empapados...
TRISTÁN. Tienes razón. (Y se echó a reír).

Así que se fundieron con la tormenta mientras se dirigían al club. Tristán se agachó, abrió el candado y subió la persiana. Ninguno se fijó en las dos figuras que, desde el balcón, contemplaban la lluvia. Tras entrar, bajó la persiana y encendió la luz. Se miraron y, entonces, el silencio se volvió demasiado hondo, demasiado cargado.

Tristán tomó aire mientras contemplaba las gotitas de agua que pendían de las pestañas de Dalia, de su nariz y de su pelo enredado. Se obligó a moverse.

TRISTÁN: ¿Qué te apetece beber?
DALIA: Algún refresco está bien.

Él cogió dos latas y rodeó la barra.

TRISTÁN: La calefacción va fatal, esto tardará en caldearse. Todo el sistema eléctrico es desastroso, pero ahora es tarde para meternos en una reforma.

Ella se había sentado en un taburete y Tristán se acomodó a su lado, con un codo sobre la barra y sus piernas rozándose como si el club estuviese lleno y tuviesen que hacerse un hueco entre la multitud. Abrió su refresco y bebió un trago tras otro; sentía que tenía algo atascado en la garganta. El líquido no alivió la sensación.

DALIA: Hay mucho silencio.

TRISTÁN: Ya.

DALIA: Seguro que Abel tendrá algo de música... (Se levantó y fue a echar un vistazo). ¡Mira! ¡Si grabó la cinta de canciones italianas que le pedí! Es adorable. De verdad, adorable. (Parecía decirlo para sí misma). Veamos... Oh, *L'immenso.*

TRISTÁN: ¿Debería conocerla?

DALIA: No. Es de Amedeo Minghi.

TRISTÁN: ¿Tiene muchos años?

DALIA: Es de los setenta. Una balada preciosa.

Mientras sonaban las primeras notas, volvió al taburete, volvieron a estar cara a cara, volvió aquel silencio particular, volvió la tensión que vibraba entre ellos.

Todo volvió. Como si el tiempo se cerrara sobre sí mismo.

TRISTÁN: ¿Por qué Italia?

Otro relámpago, sí, pero esta vez en los ojos de Dalia.

DALIA: No lo sé.

TRISTÁN: ¿Me estás imitando?

DALIA: Quizá. Me ha convencido tu teoría.

TRISTÁN: De acuerdo. Pero en los últimos meses me ha quedado claro que te vuelven loca las canciones de amor. Y todas son... desgarradoras.

DALIA: ¿Acaso no es el amor un desgarro?

TRISTÁN: No siempre. No tiene por qué.

DALIA: La verdad es que me sorprende tu positivismo sobre el tema. ¿Cómo han sido tus relaciones? ¿Florecientes, maravillosas y eternas?

TRISTÁN: Solo he salido en serio con una mujer.

DALIA: ¿Y qué tal fue la experiencia?

TRISTÁN: Muchas idas y venidas.

DALIA: La cuestión es que... (bebió un trago) incluso las historias que duran toda la vida, esas en las que dos ancianos van de la mano por la calle directos a la zapatería...

TRISTÁN: ¿Por qué a la zapatería? (Sonrió).

DALIA: Incluso esas, Tristán, terminan mal.

TRISTÁN: Creo que no te sigo.

DALIA: Uno de los dos morirá.

TRISTÁN: ¿Qué?

DALIA: Sí, en algún momento él encontrará el cadáver de ella, o a la inversa, y sí, claro que sí, será un desgarro terrible e insoportable.

Tristán alzó las cejas y soltó una risotada.

TRISTÁN: ¡No juegas limpio! Eres... Eres...

DALIA: (Alzó la barbilla). ¿Qué? Sigue.

TRISTÁN: Eres desconcertante.

Sí, eso era. Le resultaba desconcertante, errática e inaccesible. Tenía la impresión de encontrarse delante de una ciudad amurallada, aunque no adivinaba de qué podría estar protegiéndose.

Dalia era una elucubración, había que interpretarla.

Un trueno se coló en mitad de la canción.

TRISTÁN: Has tenido malas experiencias.
DALIA: No, en absoluto. Ha sido... fácil.
TRISTÁN: ¿Seguimos hablando de amor?
DALIA: O de sexo, como prefieras llamarlo.
TRISTÁN: No es lo mismo. No, no lo es...
DALIA: ¿Otra vez lo de los besos vacíos?
TRISTÁN: Sí, sigo pensando igual.

Bajó la vista hasta los labios entreabiertos de ella y cogió aire antes de volver a sus ojos. Dalia lo miró con una mezcla de miedo y anhelo. Una de las piernas de ella estaba entre las suyas, apenas unos centímetros la separaban de su mano.

DALIA: Quizá deberías demostrármelo.
TRISTÁN: ¿Lo que es un beso vacío?
DALIA: Sí. Para que lo entienda bien.
TRISTÁN: Eso va a ser imposible.
DALIA: Ah, ya, bueno. Está bien.

Con las mejillas encendidas, Dalia rehuyó su mirada y cogió el bolso pequeño que había dejado sobre la barra al llegar, dispuesta a salir huyendo. Tristán se planteó si no sería lo mejor, si tenía que dejarla ir, si debía ganar su lado racional.

Pero era demasiado tarde.

TRISTÁN: Puedo darte lo contrario: un beso lleno. (Deslizó la mano hasta su rodilla mientras se inclinaba hacia ella). Al menos, por mi parte.

Aún alterada, Dalia se mantuvo inmóvil.

Él no. Él se acercó más y la miró un instante, como si en esos segundos quisiera decirle todo lo que había callado los últimos meses, y entonces la besó.

Aquel beso fue un relámpago atrapado en la boca; la luz, el estallido. Luego, se volvió lento, profundo, cargado de verdad y de deseo. Había empezado a acariciarle la nuca con los dedos cuando Dalia gimió suavemente en su boca y él pensó que jamás podría olvidar aquel maravilloso sonido. Era imposible. Del todo imposible. Cuando logró volver en sí, Tristán apoyó la frente en la suya, con los ojos aún cerrados, respirando con esfuerzo.

El silencio duró un largo minuto.

DALIA: Vale, tenías razón.
TRISTÁN: Bien.
DALIA: Pero no quiero que tengas razón.

La sostuvo por las mejillas para mirarla.

TRISTÁN: ¿Por qué?
DALIA: Porque da miedo.

Él sonrió sin apartar los ojos de ella.

Pensó que en Dalia convivían la violencia y la ternura, la vejez y la infancia, el impulso y la cautela, el desamparo y la fuerza. Todo. Lo tenía todo dentro.

TRISTÁN: Puedes confiar en mí.
DALIA: (Tembló). Si fuese tan sencillo...
TRISTÁN: No miento. Odio las mentiras.

La música cesó unos segundos y, después, comenzó a sonar otra vez. Dalia se distrajo un momento, atenta a las notas.

Dalia: (En un susurro). *Era già tutto previsto.*

Y él pensó que sí, que el título de la canción era una premonición y estaba todo previsto, el comienzo y el final, aquel instante concreto, dentro del club, mientras la lluvia golpeaba la persiana. Dalia respiró hondo y su expresión cambió, el deseo aplastó la cautela cuando deslizó los dedos entre su pelo y lo besó, como si quisiese devolverle el golpe. Solo que no existía ninguna batalla y los dos estaban en el mismo bando.

A partir de ese momento, Tristán apagó esa parte racional de la que tanto presumía. ¿La coherencia? Siempre relativa. ¿Las consecuencias? Irrelevantes. ¿La claridad? Lejos.

Sus labios se reconocían, como si llevasen años buscándose.

Mientras la besaba y todo era saliva, dientes y piel, Tristán tenía la impresión de que no era la primera vez; lo había hecho antes a través de miradas y palabras, también en el reino de la imaginación había alcanzado esos labios. Pero entonces era tan real que ella respiraba en su boca y él, en la de ella. Y esa idea, la de compartir el mismo aire, lo sobrecogió como si fuese el último verso de un poema inolvidable.

De pronto, hacía un calor insoportable.

No tuvo claro quién empezó a tirar primero de la ropa del otro, pero minutos después se desató una carrera que consistía en desabrochar botones y cinturones, bajar cremalleras, retirar una prenda tras otra hasta llegar a la ropa interior.

Sobrecogido, Tristán se tomó unos segundos para contemplarla. Luego, la abrazó con fuerza antes de alzarla y sentarla en el taburete donde estaba antes de que empezasen a desnudarse. No apartó la mirada de sus ojos mientras se arrodillaba, le quitaba la última prenda y separaba sus piernas. Dalia, con los codos apoyados en la barra, gimió en cuanto su boca la rozó. Y fue entonces, al verla entregada al placer que él tanto deseaba darle, cuando Tristán se asustó al entender que era imposible que se cansase de aquello, que iba a querer siempre más y más y más. Acarició, lamió y besó hasta que ella tembló y gritó.

La miró, aún desde el suelo.

TRISTÁN: ¿Todo bien?
DALIA: Todo... perfecto.
TRISTÁN: Bien. (Sonrió).

A ella le temblaban las piernas cuando bajó del taburete y se sentó sobre él. No dejaron de mirarse al tiempo que se retaban: un beso negado, un beso relámpago. Tristán buscó a tientas su cartera, que, como ellos, estaba en el suelo. Después, ella lo acogió y él la sostuvo por la espalda. Los movimientos de Dalia eran lentos, como si quisiese torturarlo, y tenían ese aire etéreo e hipnótico que había acabado con la cordura de Tristán.

«Esto es —pensó Tristán—. Esto es la belleza, hacer el amor».

Y ella, claro. La forma que tenía de mirarlo y de acariciarlo.

Todo fue lluvia, piel, jadeos y susurros ahogados. Cuando finalmente Tristán se abandonó al placer, lo hizo aún aferrado a ella, como si temiera soltarla y que el instante se desvaneciera al igual que tantas cosas se habían desvanecido antes en su vida.

TRISTÁN: ¿Estás llorando?
DALIA: No, claro que no...
TRISTÁN: Estás llorando.

Le limpió una lágrima con los dedos.

TRISTÁN: ¿He hecho algo mal?
DALIA: Es que esto es... peligroso.

TRISTÁN: ¿Por qué?

DALIA: Podría enamorarme.

TRISTÁN: ¿Y eso es un problema?

DALIA: Sí, enamorarse lo complica todo.

TRISTÁN: Entonces estoy metido en un lío.

## 68

## LA NOCHE HAWAIANA

Habían colgado en el techo guirnaldas de flores y una pancarta donde podía leerse *ALOHA*. Varias piñas decoraban el local, sonaban los Beach Boys, las servilletas eran floreadas y adornaban las bebidas con pequeñas sombrillas de colores. Hacia medianoche, las conversaciones flotaban entre los acordes de *Kokomo*, dos parejas se besuqueaban en los sofás, una chica discutía con su novio delante de la barra mientras Max les preparaba un cóctel, y un tipo estirado se quejaba del olor dulzón del ron.

Dalia se movía de un lado a otro. Tenía la piel brillante por culpa de las luces y del calor que hacía en el interior. Y Tristán la seguía con la mirada, como cada noche desde hacía meses, solo que aquel sábado todo era diferente.

No podía dejar de recordar lo que había ocurrido entre ellos días antes, allí mismo, en el taburete donde estaba sentado un chico que fumaba un cigarrillo, reía y lanzaba el humo hacia el techo. Y más abajo, en el suelo que pisaban tacones, zapatillas y botas.

MAX: Hoy vas un poco lento.
TRISTÁN: ¿Qué hora es?
MAX: Nos queda un rato.
TRISTÁN: Salgo un momento.

Samuel estaba un poco más allá, hablando con un grupo de clientes habituales; llevaba la camisa blanca entreabierta y una flor ya marchita colgando del bolsillo.

Tristán había visto desaparecer a Dalia por la puerta azul un minuto antes y se dirigió hacia allí. Lo recibió la luz amarillenta de una bombilla solitaria. Ella parecía estar esperándolo con una sonrisa traviesa. Él tardó segundos en besarla contra la pared. Lejos de disminuir, tras romper la contención todo se había vuelto más intenso.

TRISTÁN: Tú y yo nos quedamos hoy a limpiar.
DALIA: Y mañana... Y pasado mañana...

Se separaron cuando la puerta se abrió de golpe.

SAMUEL: ¿Buscáis algo? (Su voz era neutra).
TRISTÁN: (Sosteniéndole la mirada). Hielo.

Dalia evitó hablar. Su silencio pesaba mientras Samuel asentía despacio, con un amago de sonrisa que no llegó a formarse.

SAMUEL: Entonces no os molesto.

Dejó la puerta entreabierta al irse, y el ruido del club volvió a colarse entre ellos. Dalia se quedó apoyada contra la pared y Tristán se alejó para coger hielo del arcón. Fuera, *Wouldn't It Be Nice* sonaba como una broma cruel.

De regreso a la barra, volvió a cruzarse con Samuel, que hablaba con Abel y su hermano Mario. Evitó mirarlo. El corazón le latía con fuerza y tardó un buen rato en adaptarse al ritmo que exigían los clientes y apartar a un lado sus preocupaciones.

Nada le irritaba tanto como volver a encontrarse en la misma encrucijada que años atrás, principalmente por las contradicciones que abría en él. Por un lado, le parecía injusto, casi infantil, pero comprendía la delicadeza de la situación.

Cuando el trabajo disminuyó, Max aprovechó para hablar con él.

MAX: ¿Estás bien?

TRISTÁN: Claro.

MAX: Si hay algo que necesites hablar... (Se rascó el mentón con evidente incomodidad). Bueno, ya sabes, estoy aquí y todo eso.

TRISTÁN: Lo mismo te digo.

MAX: Genial. (Lanzó un suspiro).

Se había preguntado en incontables ocasiones cómo era posible que todos ellos se conocieran desde niños, que hubiesen crecido como álamos apretados junto al mismo río y, aun así, siguieran siendo incapaces de abrirse en canal y hablar de lo que realmente importaba. Se veían a diario y, en cierto modo, eran perfectos extraños.

Tristán recogió los vasos vacíos que había en la barra.

Volvía a estar tan entretenido persiguiendo los pasos de Dalia por el interior del local que tardó en fijarse en los tres hombres que entraron juntos, rompiendo la estética tropical: llevaban chaquetas oscuras y no parecían tener ganas de divertirse.

El más joven, que tenía unas patillas largas, recorrió con sus ojos rasgados el establecimiento como si estuviese haciendo un barrido y, después, se dirigió hacia él. Los otros dos iban detrás. Tamborileó con los dedos en la barra de madera.

JOTA: Tequila.

MAX: Por favor.

El tipo, que era bajito y de apariencia inofensiva, levantó la mirada hacia Max con un insufrible aire de superioridad. Tristán intentó hacerse con el control antes de que apareciese el conflicto, pues sabía que la paciencia no era una de las virtudes de su amigo. Cogió tres vasos de chupito, los alineó y sirvió el tequila.

Tristán: Serán novecientas pesetas.
Jota: No. Nosotros somos clientes vip.
Tristán: ¿Cómo has dicho?
Max: Si no pagas, te juro que...
Abel: Son amigos míos.
Max: ¿Y? Que abran el bolsillo.
Abel: No pasa nada por invitarlos.
Max: Claro. Por encima de mi cadáver.
Desconocida: ¿Cuánto tiempo más tengo que estar esperando? Solo quiero una cerveza. (Achispada, alzó las manos).

Max gruñó algo por lo bajo y fue a servirle.

Mientras contemplaba la escena, Tristán pasó el trapo por la barra hasta dejarla reluciente. Entre los tres hombres y Abel hubo un intercambio de miradas y un gesto breve, casi imperceptible: uno de ellos le tocó el hombro. Después se sonrieron, pero Tristán tuvo la impresión de que el ambiente había cambiado y en el aire había una vibración distinta, como si se hubiesen abierto grietas.

Uno de los hombres apoyó un codo en la barra y le dijo a Abel algo que Tristán no alcanzó a oír, pero su amigo se tensó y murmuró una respuesta rápida.

Los ojos de Tristán se cruzaron con los de Dalia.

La chica se dirigió hacia ellos dando una decidida zancada tras otra y, cuando llegó a la barra, desplegó todos sus encantos con los amigos de Abel.

Tristán se giró hacia Max, que cogía una botella.

TRISTÁN: ¿Quiénes son esos tipos?

MAX: Los he visto varias noches por aquí.

TRISTÁN: Y parece que tienen barra libre.

MAX: Abel nunca ha destacado por su criterio.

Cuando la noche llegó a su fin, Tristán estaba tan agotado que apenas era capaz de percibirlo. Lo único que deseaba era volver a estar con ella a solas; follando, caminando, hablando, comiendo..., la actividad era lo menos relevante. Era la intimidad que alcanzaban siendo solo ellos dos lo que le resultaba adictivo.

TRISTÁN: Voy a quedarme un rato a recoger.

SAMUEL: ¿Ahora? Mañana será otro día...

DALIA: Yo puedo echarte una mano.

Los demás se demoraron un poco antes de marcharse. Tristán salió, los vio alejarse calle arriba y bajó un poco la persiana antes de volver a entrar en el local.

Dalia jugueteaba con una de las sombrillas de papel con las que habían adornado los cócteles. Absorta, rompió el palillo de madera en dos.

Tristán se acercó a ella y la estrechó entre sus brazos. Hundió el rostro en su cuello y dejó un reguero de besos en su piel hasta llegar a sus labios. Dalia le correspondió, pero sus besos eran esquivos y ausentes, como si estuviese en otra parte.

TRISTÁN: ¿Qué ocurre?

DALIA: Es que no entiendo por qué no quieres que Samuel sepa nada.

TRISTÁN: No es eso. Lo sabrá, pero...

DALIA: ¿Pero...?

TRISTÁN: A su debido tiempo.

Ella se separó de él con un suspiro.

DALIA: ¿Qué es lo que ocurre?
TRISTÁN: Es una larga historia.
DALIA: Pues tenemos toda la noche.

Él aceptó la derrota con deportividad. Sabía que tenía que ponerla al tanto de lo que había ocurrido entre ellos en el pasado, pero hablar de sí mismo siempre le resultaba difícil, y más cuando llevaba toda la noche esperando aquel instante y lo último que deseaba era desaprovechar el tiempo que tenían a solas. Decidió ir al grano.

TRISTÁN: Cuando teníamos quince años, Mónica llegó al instituto. Digamos que Samuel empezó a tontear con ella y salieron un par de veces. Pero...

DALIA: Apareciste tú, claro.

TRISTÁN: Lo que tuvo con él fue anecdótico y a mí me gustaba de verdad. Samuel no estaba enamorado de ella, tenía otros líos por ahí, así que no imaginé que fuese a molestarse como lo hizo. Quiero decir... (se pasó una mano por el pelo), lo que ocurrió conmigo fue después y no durante. Jamás cruzaría esa línea. Aun así, Samuel se enfadó como lo haría un niño que ha olvidado un juguete, pero, cuando ve que otro lo coge, decide que sí lo quiere y lo reclama.

DALIA: No sé si me gusta lo de los juguetes...

TRISTÁN: Joder, es una metáfora. (Se rio).

DALIA: Ya. Y la cuestión es que ahora...

TRISTÁN: Ha vuelto a suceder. Te conocimos porque estuviste con él y yo, bueno, prefiero no saber nada de lo que pasó entre vosotros. No es... No me va bien.

DALIA: De acuerdo. (Asintió despacio).

TRISTÁN: Así que la historia se repite.

DALIA: ¿Alguna conclusión?

TRISTÁN: Hablaré con él.

Dalia: Vale. Me parece bien.
Tristán: ¿Puedo besarte ya?

Ella se echó a reír, dio media vuelta y salió corriendo. Tristán sonrió divertido; si quedaba un rastro de su lado infantil, sin duda Dalia era la única persona capaz de lograr que saliese a la luz. Corrió tras ella, hubo cosquillas y besos antes de que acabasen en el suelo.

# 69

# MIENTRAS TANTO...

Mientras tanto o, más bien, a la mañana siguiente, Dalia removía su café con aire distraído y Antonello parecía absorto contemplando el repetitivo baile de su muñeca. El día era frío y lluvioso. Tras el ventanal de la cafetería se formaban charcos en las calles sobre los que los niños saltaban, y las luces navideñas animaban los escaparates de las tiendas.

ANTONELLO: ¿De qué quieres hablar hoy?
DALIA: De amor. Quiero hablar de amor.
ANTONELLO: *Oh, il grande tema: l'amore.*
DALIA: Todos queremos ser amados...
ANTONELLO: *Solo pochi fortunati ci riescono.*

Él tenía razón, solo algunos afortunados lo conseguían. Dalia se distrajo con las gotitas que resbalaban por el cristal, tan solitarias y minúsculas. Después, sonrió a Antonello, extendió la mano y la posó sobre la suya, que descansaba encima de la mesa. La mano de él era grande, cálida, y llevaba una pulsera trenzada que ella le había regalado.

## 70

## LA BELLEZA

Tristán diferenciaba entre dos tipos de belleza.

La belleza viva, en movimiento, y la belleza muerta, atada a la quietud.

La belleza muerta era una casa abandonada que años atrás había estado llena, el silencio de un cementerio antiguo, la pintura descascarillada, los relojes que habían dejado de funcionar, juguetes olvidados en un desván, tiendas del barrio que llevaban años luciendo el cartel de Se alquila, un columpio oxidado, una fuente sin agua, fotografías de gente que ya nadie recordaba o una estación de tren cerrada.

La belleza viva eran los niños corriendo al salir del colegio, un gato desperezándose, las plantas que crecían en el patio de la abuela, las cortinas movidas por el viento, bocas manchadas de chocolate en plena Navidad, el latido acelerado en el cuello de la persona amada, estorninos levantando el vuelo a la vez, los cambios de humor del mar o la torpeza de dos personas que empiezan a enamorarse.

Y ella, claro. Dalia era una belleza viva, como el sol del atardecer bailando en el suelo de una habitación. Tristán quería empaparse de esa luz antes de que se le escapase, porque sabía que en algún momento se impondría la noche.

Dalia: Tengo la sensación de que la vida es un carrusel precioso, lleno de luces de colores y caballitos pintados a mano. El problema es que siempre está en marcha. Gira y gira y gira. Yo quiero subir, pero no es tan fácil.

Tristán: Tendrás que saltar.

Dalia: Podría caerme.

Tristán: Sí. Como todos.

La habitación estaba empapada de una suave luz amarillenta y ellos hablaban en susurros porque era tarde. Estaban tumbados en la cama, abrazados.

Los dedos de Tristán reptaron por su cintura.

Dalia: ¿Me cuentas algo sobre Saturno?

Tristán: Sus anillos no son sólidos.

Dalia: ¿De qué están formados?

Tristán: De trozos de hielo y roca.

Ella le rozó la frente con ternura.

Dalia: ¿Cuántas veces has leído ese libro? Te lo sabes de memoria.

Tristán: Casi todas las noches, durante varios años.

Dalia: Háblame de ella.

Tristán: No tengo mucho que decir.

Dalia: ¿Cuánto tiempo llevas sin verla?

Tristán: Unos dos años.

Dalia: ¿Por elección tuya o suya?

Tristán: Suya.

Se quedaron en silencio. Estaban tapados con una manta vieja y gruesa. Con los dedos, Dalia parecía memorizar el contorno de su rostro, el ángulo de la nariz y la curva de la barbilla. Tristán cerró los ojos con fuerza y respiró hondo.

Tristán: Mi madre tenía dieciséis años cuando nací. Fui un error. Él era más mayor y, aunque la abuela intentó evitarlo, la convenció para que se fuesen a vivir juntos. Fue un desastre. No recuerdo nada, pero me contaron que unos vecinos avisaron a la policía porque me oían llorar durante horas y horas. A los dos años, me dejó aquí.

DALIA: Es horrible. Tuviste suerte de tener a tu abuela.

Tristán hizo una pausa larga. Ella le acariciaba el pelo mientras él seguía con la mirada fija en el techo. Pensó que nunca había hablado con nadie de todo aquello de una forma tan directa y visceral, sin florituras. Se sentía como si estuviese relatando una historia ajena que a él apenas le salpicaba. Las cicatrices están hechas de tiempo.

TRISTÁN: Estuvo fuera de la ciudad durante unos años, pero volvía ocasionalmente, cuando necesitaba dinero. No sé mucho sobre ella; solo que, a finales de los setenta, empezó a hacer películas de destape y, en los ochenta, terminó en el mundo de las drogas. Hace un par de años, la última vez que apareció por aquí, estaba consumida y la abuela decidió rehipotecar la casa para poder meterla en un centro donde recibiese ayuda. Duró allí la friolera de cuatro días y medio.

DALIA: Lo siento muchísimo. Ojalá pudiera... Ojalá pudiera aliviar lo que sientes. Tuvo que ser muy doloroso para ti. Seguro que aún lo es.

TRISTÁN: En algún momento dejó de doler.

DALIA: Ven aquí. (Lo abrazó muy fuerte).

TRISTÁN: Cada vez que volvía nos prometía que se quedaría y cambiaría de vida. Nunca le reproché sus decisiones, tan solo las mentiras. No soporto las mentiras.

Ella respiró hondo contra su mejilla.

DALIA: Y tu abuela, ¿cómo lo ha llevado?

TRISTÁN: Con resignación y sufrimiento.

Tristán pensó en la compasión que veía en los ojos de la gente y en la actitud orgullosa que nacía dentro de él a raíz de ese sentimiento que tanto le incomodaba. Y en su abuela, claro. A él le dolía la culpa que su abuela había cargado durante toda su vida, haciéndose responsable de las decisiones de otras personas y empequeñeciéndose.

Dalia: ¿Los chicos saben todo esto?
Tristán: Lo sabe el barrio entero.

En realidad, las pocas veces en las que ella había aparecido por casa, Tristán les había pedido a los chicos que dejasen de ir por allí; no soportaba que su madre les pellizcase los mofletes, que confundiese los nombres de sus amigos o que, delante de ellos, fingiese interesarse por él y ser la madre del año.

Tristán: Una vez, llegó cuando Samuel estaba en casa.
Dalia: ¿Y qué pasó? (Levantó la barbilla hacia él).
Tristán: Que Samuel vio una parte de mí. La vio.
Dalia: ¿Y cuál es esa parte?
Tristán: La fragilidad.

## 71

## LA FRAGILIDAD

Llamaron a la puerta, pero Tristán no se movió. En esos veinte segundos, él se estiró en la cama, Samuel se puso un cigarrillo en los labios, él contempló la llama del mechero, Samuel dijo algo gracioso y él estaba a punto de contestar cuando...

ABUELA: ¡Tristán! ¡Tristán!

Se levantó de golpe, asustado.
Abrió la puerta, salió al salón.

TRISTÁN: ¿Qué pasa?
ABUELA: ¡Es ella! Está... Está...
TRISTÁN: Cálmate. Yo me encargo. (Antes de que se girase para buscarlo, Samuel ya estaba a su lado). ¿Puedes quedarte con ella?
SAMUEL: Claro. Ven, abu, siéntate conmigo.

Samuel condujo a la abuela hasta el sofá, cogió el abanico que estaba en la mesilla del salón y le dio aire, porque era verano, el calor se colaba por todas partes, y la mujer estaba mareada y alterada. Mientras tanto, Tristán avanzó hasta la puerta con grandes y decididas zancadas, aunque por dentro temblaba.

Y allí estaba ella. O lo que quedaba de ella.

A los veintidós años, Tristán le sacaba más de una cabeza y era posible, pensó, que tiempo atrás hubiese existido algún parecido entre ellos (los ojos claros, el pelo oscuro, los rasgos definidos), pero por aquel entonces ya no quedaba ni un ápice de aquel eco del pasado. Sus semejanzas se habían marchitado, como también se había marchitado ella.

Un rostro cadavérico de ojos hundidos le devolvía la mirada. A él le hubiese gustado ser capaz de ver en esa mirada un rastro de ternura, de arrepentimiento o de humanidad, pero, en lugar de eso, solo pudo pensar en la mirada de la abuela: la honda tristeza, la neblina que se arremolinaba en torno a sus pupilas y la culpa.

Sobre todo eso, la horrible culpa.

MADRE: Tristán... ¡Cuánto has... crecido!

Y eso fue todo lo que pudo decir antes de doblarse en dos cuando le sobrevino una arcada. Tristán tomó aire, se serenó y la cogió de la cintura para meterla dentro. Cerró la puerta a su espalda. La mujer olía a alcohol, tenía los brazos y las piernas llenos de moratones y balbuceaba que no tenía a dónde ir y que necesitaba dinero.

ABUELA: Ay, ay, ay...

TRISTÁN: Está bien. Tranquila.

ABUELA: ¿Cómo voy a estar tranquila? Mírala, si no se tiene en pie. Mi niña... (Rompió a llorar). Mi pobre niña. No lo entiendo. No puedo entenderlo...

SAMUEL: Abu, ¿te preparo algo de beber? Por tu tensión.

La abuela seguía llorando y se tapaba la cara. En el sofá, Samuel le rodeó los hombros con suavidad, la abrazó y ella escondió el rostro en su pecho.

En aquel momento, su madre se escurrió peligrosamente hacia el suelo y Tristán la cogió en brazos sin esfuerzo, porque era todo huesos. Fue entonces cuando vio aquella mirada de estupor en el rostro de Samuel, que conocía la situación de oídas, sí, pero que jamás había visto a un hijo cargando a una madre de tan solo treinta y ocho años para llevarla en volandas como si fuese justo lo que decía la abuela: una niña.

Tristán se dirigió al baño, que era pequeño e incómodo. Abrió el grifo de la bañera y empezó a llenarla con agua tibia. Ayudó a su madre a desvestirse mientras ella continuaba gimoteando y se rascaba el brazo derecho sin cesar, de forma compulsiva. Cuando logró meterla en la bañera, no se marchó. Corrió la cortina para verle solo la cara, se sentó en un taburete que había en una esquina y se quedó ahí como una estatua, con el corazón latiéndole a toda velocidad, pero aparentemente imperturbable.

MADRE: Puedes... irte.
TRISTÁN: No.
MADRE: No te fías...
TRISTÁN: No me fío.

Su madre soltó una risita burlona y luego hundió la cabeza en el agua. Tristán se contuvo para no saltar de inmediato. Aguantó sin moverse un segundo, dos segundos, tres segundos, cuatro segundos y, entonces, cuando ya no lo soportaba más, ella emergió sin dejar de toser. Tristán dejó el taburete, se dio cuenta de que había estado clavando las uñas en el asiento. Tardó un largo minuto en serenarse.

TRISTÁN: Lávate bien, por favor.
MADRE: ¿Me estás... llamando sucia?
TRISTÁN: El jabón está ahí al lado.

Él mantuvo los codos apoyados en las piernas y entrelazó las manos para posar la barbilla sobre ellas. Se abstuvo de decirle que sí, que apestaba a bebida, a orina y a sudor. Que, al menos, quería que la abuela pudiese verla en el mejor estado posible cuando se le pasase el pedo y se despertase a la mañana siguiente en aquella casa.

También quería decirle muchas más cosas.

Que no soportaba mirarla. Que le dolían las decisiones que había tomado. Y que odiaba sus mentiras más que nada en el mundo: cuando era pequeño y ella llamaba por teléfono, le aseguraba que volvería a por él. Tristán preguntaba: «¿Cuándo, mamá?», y ella siempre respondía: «Pronto». Los años pasaron, y ese «pronto» fue un «nunca». Él dejó de referirse a ella como «mamá», y comenzó a comprender que todo lo que la rodeaba era mentira y que, además, esas mentiras obligaban a su abuela a no decir la verdad.

No estaba de viaje. No estaba trabajando. No volvería jamás a por él. Y más tarde: no aparecía porque quisiese verlo, sino porque necesitaba dinero. No deseaba cambiar. No existía intención alguna de dar un giro a su vida. No servía de nada que le tendiesen la mano. Y sin embargo... Sin embargo, Tristán era incapaz de cerrarle la puerta en las narices cuando hacía una de sus apariciones estelares.

Esa era su fragilidad.

Con ella, era frágil.

Samuel: ¿Va todo bien? (Llamó a la puerta del baño).

Tristán: Sí. (Se levantó para salir). Abuela, ¿tenemos sábanas limpias? Hay que preparar la cama de la otra habitación.

Samuel: Yo lo haré, tranquilo.

Él tragó saliva, todavía agitado.

Tristán: Gracias, Samuel.

Samuel: No me agradezcas esto.

Tristán cogió aire y regresó al cuarto de baño. Su madre tarareaba una estúpida canción que lo ponía de los nervios mientras él, agachado, buscaba una toalla en el mueble del baño.

Tristán: ¿Necesitas ayuda para salir?
Madre: ¿Qué te crees...?, ¿eh? Tú... ¡Ja!
Tristán: ¿Sí o no? (Apretó los dientes).
Madre: ¡No existirías! ¡Sin mí! ¡Sin mí!

Él era todo contención mientras ella intentaba ponerse en pie. Tal como Tristán había previsto, se tambaleó y resbaló. La sujetó con firmeza para ayudarla a salir y la envolvió con la toalla. Se fijó en sus dientes ennegrecidos y en las encías consumidas, pero pensó que esperaría al día siguiente para sugerirle que se lavase los dientes.

Madre: Eres un desagradecido... Y ella, esa vieja... (Tristán la sentó en el taburete). Qué ridícula. Todo el día rezando. Se cree que existe un Dios.

Soltó una carcajada triste y seca.

Tristán fue a buscar un pijama limpio de su abuela y le pidió que se vistiese. Como era de esperar, le quedaba enorme. La condujo hasta la habitación. Allí estaba la abuela con Samuel, terminando de poner las fundas en las almohadas.

Abuela: Ven aquí, mi niña. Ven.

Él la dejó en la cama. Luego, se retiró hasta la puerta mientras la abuela cogía un peine para intentar arreglarle el pelo corto y trasquilado a su madre. No esperó a ver cómo la arropaba y le daba un beso en la frente, prefería ahorrarse el dolor de la escena.

Salió al patio con Samuel y este se encendió un cigarro.

SAMUEL: Joder, Tristán.

TRISTÁN: Ya.

SAMUEL: Joder...

TRISTÁN: Es lo que hay.

SAMUEL: Pero ¿qué le pasa?

TRISTÁN: Se mete mierda...

SAMUEL: No pensaba... No creía...

TRISTÁN: Ahora ya sabes lo que hace.

Alzó los brazos, respiró hondo.

Lo que de verdad le apetecía era darle un puñetazo a la pared o una patada a una maceta, pero Tristán jamás había permitido, ni permitiría, que la violencia lo dominase.

Así que se contuvo. Era el rey de la contención.

SAMUEL: Lo siento mucho, tío.

TRISTÁN: Oye. (De pronto, se giró hacia él. Y lo miró de verdad, lo miró como se mira a alguien cuando quieres que esa persona entienda que lo que vas a decir es importante). Ya ves a dónde conduce tontear con eso. Prométeme que nunca lo harás.

SAMUEL: ¡Claro que no! ¿Por quién me tomas?

TRISTÁN: Bien. (Soltó el aire contenido). Bien.

# 72

## MIENTRAS TANTO...

Mientras tanto, un miércoles como otro cualquiera, Samuel se encontraba sentado en la terraza de un bar que estaba en la misma calle donde vivía con los chicos. Eran las diez y media de una mañana relativamente agradable, aunque hacía frío y su chupa de cuero tenía la batalla perdida. En la mesa solo había una cerveza. El líquido atrapaba la luz del sol invernal y emitía destellos bruñidos. Samuel no la había tocado todavía, tan solo la miraba. También la cerveza lo miraba a él. Aquel parecía ser un amor recíproco; pero el enamoramiento había pasado y, de pronto, tras el deslumbramiento se imponía la realidad. Y la realidad era que, hasta aquel año, Samuel disfrutaba saliendo por las noches, sí, y se tomaba unas copas, también, y se lo pasaba en grande, eso era innegable.

Pero no bebía solo, entre semana, por la mañana.

Sin embargo, era tan dorada, tan brillante...

Empezó a mover la pierna como si siguiese el ritmo de una canción que solo existía en su cabeza. Cogió un cigarrillo y se lo encendió. Por un instante, el humo empañó la rutilante visión de aquella cerveza fresca. Samuel se contuvo, de verdad que lo hizo. Miró las nubes y miró los árboles raquíticos y miró el cartel donde se leía el menú del bar y miró... todo, lo miró todo hasta que sus ojos volvieron al vaso.

Lo cogió y se odió cuando lo hizo.

Pero entonces ya no hubo vuelta atrás, se bebió más de la mitad de golpe, tomó aire y se la terminó con la misma avidez. Alzó la mano para llamar la atención del camarero y le pidió otra. Al encenderse el segundo cigarrillo, le temblaban las manos.

Dalia: Samuel, ¿estás bien?

Él levantó la vista mientras se guardaba el mechero en el bolsillo de la chupa. Dalia estaba allí, con la cámara de vídeo en las manos. No preguntó antes de sentarse en la silla vacía que había a su lado. Sus ojos se detuvieron en la cerveza. Apagó la cámara.

Samuel: Sí, todo bien. (Guardó silencio cuando el camarero apareció y le puso otra cerveza en la mesa). ¿Y tú? ¿Qué estabas haciendo?

Dalia: He ido a grabar el amanecer, luego he desayunado con mi profesor de italiano y vuelvo ahora. Pareces nervioso. Si necesitas ayuda...

Samuel: No, ninguna ayuda.

Se frotó los ojos y bebió un trago largo.

Samuel: Quiero preguntarte algo.

Dalia: Adelante. (Cruzó las piernas).

Samuel tamborileó con los dedos en la mesa. Volvió a coger el vaso. Se encendió un tercer cigarro. Tenía la impresión de que Dalia había aparecido en el peor momento, justo cuando él luchaba contra el deseo o, más triste aún, contra el hecho de desear algo dañino.

Samuel: ¿Estás saliendo con Tristán?

Ella le sostuvo la mirada.

Dalia: Sí.

Samuel: Vale.

Dalia: ¿Estás enfadado?

Samuel: No, no es... (Se terminó la cerveza, le hizo un gesto al camarero y después se giró hacia ella). Tú no lo entiendes.

Dalia: Sé lo de Mónica. Me lo contó, y creo que es normal que te moleste que se fije en chicas con las que has estado antes, pero no somos niños. Tú y yo sabemos que no se trata de eso, está claro que no estás enamorado de mí.

Samuel: ¿Por qué estás tan segura?

Dalia: Porque te conozco lo suficiente.

Samuel: Y sabes que me gusta el café con tres de azúcar.

Dalia: Sí, podría resumirse de esa manera.

Samuel: El problema... (Resopló, incómodo en su propia piel, y luego empezó a morderse las uñas). El problema es que Tristán siempre gana.

Esa era la verdad. La dolorosa verdad.

Él admiraba a Tristán como nadie más lo hacía. Y ahí estaba la clave, porque en ocasiones aquella admiración actuaba como un espejo, y Samuel no solo veía quién era Tristán, sino también quién podría llegar a ser él. Esa versión idealizada le incomodaba. No se trataba de una envidia hostil, sino apenas de una punzada suave que aparecía de cuando en cuando, mezcla de la fascinación por la otra persona y la percepción de sus propias carencias. El sentimiento era bonito pero frustrante.

Dalia: En esto no se trata de ganar o perder.

Samuel: Ya lo sé. (Buscó al camarero).

Dalia: No lo hagas. Aquí sí va de eso. Si pides otra cerveza, pierdes. Si te levantas, pagas y vuelves conmigo a casa, ganas. Tú decides.

SAMUEL: Va, no exageres, lo tengo controlado.
DALIA: Hablo en serio. ¿Qué vas a hacer?

Ella le ofreció la mano.
Samuel respiró hondo.

## 73

## MARIPOSAS BLANCAS

«El mar está enfadado», eso fue lo que pensó Tristán mientras paseaba por el puerto junto a Dalia, los dos cogidos de la mano, sin dejar de contemplar las olas que crecían confusas y furiosas antes de escupir palabras de espuma. De toda la belleza que él veneraba, ninguna le fascinaba tanto como la del océano. Las horas se deshilachaban cuando lo tenía delante. Tristán creía que aquella era una belleza atávica, sin fisuras, inagotable.

Acudía allí cuando la vida se volvía ruidosa y su cabeza era un enjambre de ideas desordenadas, porque el paisaje le recordaba tanto su insignificancia (apenas un átomo irrelevante) como su grandeza (estaba allí, estaba allí y su vida le pertenecía).

Y ahora compartía con ella ese mar de color estaño.

Era un viernes por la mañana, el viento había cambiado de golpe y los pescadores volvían al puerto antes de lo previsto. Las barcas entraban una tras otra, y encontraban huecos entre aquellas que ya habían sido cubiertas por lonas.

Dalia y él se sentaron en el muelle. No hablaron. Tan solo observaron cómo los hombres descargaban cajas azules y amarillas y recogían redes mientras el vaho de sus respiraciones se elevaba. Los peces, recién arrancados del mar, brillaban plateados y fríos como monedas antiguas. Para Tristán, que era capaz de rastrear en lo cotidiano, también en aquella rutina había belleza: los motores se apagaban y los pescadores destripaban el pescado sin violencia, casi con una especie de ternura.

Dalia: Es bonito. Doloroso pero bonito.

Tristán: Lo es, sí. (Y entonces sintió un profundo amor por ella). Tienes frío. Toma, ponte mi chaqueta. (Dalia protestó y él la ignoró). Yo estoy bien.

Le colocó la prenda por encima de los hombros y la abrazó contra su pecho. Fue un instante en el que percibió una paz terrible apoderándose de él. Una paz muy concreta y, de algún modo, tan maravillosa como dramática. Lo maravilloso de esa calma que Tristán sintió en aquel momento es que no existe una sensación que se le parezca a saber que estás en el lugar adecuado, con la persona adecuada, en el momento adecuado. Lo dramático es que el instante no sería digno de ser señalado si no fuese algo efímero.

Cuando uno se enamora, lo que desea es enseñarle el mundo a la otra persona a través de sus ojos. Compartir un lugar, un libro, una película, un temor, una canción, una idea. Pero no se trata solo de soltar ese algo, sino de ver cómo se recibe. ¿De qué forma lo traduce el ser amado? Es la necesidad de hablar un mismo idioma.

La dicha de Tristán tenía que ver con eso.

Le gustaba Dalia por quién era ella, por su alma subversiva, su risa líquida y su fuerza galvanizadora. Tenía un encanto que se desplegaba despacio, imperceptible al principio, y del que Tristán acabó siendo presa, aunque intentara resistirse.

Pero, sobre todo, le gustaba Dalia porque, sorprendentemente, ella sí hablaba su idioma. Y cuando miraban los pescados apilados en las cajas, Tristán sabía que ninguno de los dos veía tan solo pescados, sino la fugacidad de la vida y la belleza de la muerte.

Tuvo ese presentimiento desde el inicio, por eso le había

incomodado su presencia. Se sentía desnudo, desprotegido y a los pies de los caballos. La idea lo atravesó por primera vez en primavera, cuando acabaron en la playa de noche, ella se tumbó a su lado y él lanzó curiosidades sobre Júpiter, Saturno y Urano; volvió en verano, los dos sentados juntos en el cine del barrio, cuando vio una lágrima en su mejilla durante la escena del espejo roto; y se afianzó en otoño, cuando escuchó lo que decía de la belleza de un callejón sin salida, poco antes de que se quedasen a solas frente al fuego de la chimenea.

Así que se había rendido a ella. Aquella chica, cuyas raíces eran tan diferentes de las suyas, compartía su mirada. Y a Tristán lo angustiaba pensar en el futuro.

El frío se fue afilando. El viento llegaba del norte.

Dalia: Tristán, ¿en qué estás pensando?

Tristán: (Con un suspiro largo). En ti.

Dalia: Pero si me tienes delante...

Tristán: Al lado, y no importa.

Dalia: (Riendo). Resulta irritante que seas tan correcto. Delante, al lado, ¿qué cambia? (Le acarició la mejilla mirándolo a los ojos). Dime algo que no sepa.

Tristán: ¿Sobre qué?

Dalia: Sobre ti, claro.

Él lo meditó antes de contestar.

Tristán: A veces tengo la sensación de que el mundo está dentro de un tarro de formol, contenido y quieto; otras, pienso que todo va demasiado rápido, un cambio tras otro y otro, y no logro atrapar lo que sucede. Atraparlo bien, quiero decir.

Dalia: Empaparte de lo que ocurre.

Tristán: Sí, sí, eso es. Bésame.

Dalia sonrió mientras se inclinaba hacia él, que tenía los labios enrojecidos por el frío. Tristán deseó, entonces sí, ser capaz de atrapar ese beso y empaparse de ese beso.

Más aún, quedarse a vivir en ese beso.

TRISTÁN: Te toca a ti.

Ella lo pensó durante tanto tiempo que él se preguntó si no le habría oído bien. Estaba a punto de repetirlo cuando respondió al fin.

DALIA: Siempre me he sentido sola.

TRISTÁN: Yo también. (La abrazó).

DALIA: Lo sé. (Se aferró a él y habló contra su cuello). Y siempre pienso... pienso en vivir furiosamente y en ser dueña de mis decisiones. No quiero que me vivan la vida. Si esto es una película y solo tenemos un puñado de escenas, me niego a ser una figurante.

TRISTÁN: No, eso jamás sucederá.

Él alzó la mirada. Al principio, los copos empezaron a caer con timidez sobre sus pestañas y no parpadeó. Le sorprendieron la fuerza y la simpleza del momento. La nieve se posó suavemente sobre las cajas de pescado, los cabos, las botas de goma y el pelo de Dalia. Parecía querer convertirse en un velo con el que cubrir el puerto.

DALIA: Está nevando...

TRISTÁN: Sí.

DALIA: Es como si en el cielo aleteasen cientos de mariposas blancas.

TRISTÁN: O alguien tirase confeti blanco. (Sonrió).

DALIA: Tristán...

TRISTÁN: Dime.

Ella se separó de él y lo miró.

DALIA: Estás sujetando mi corazón entre las manos.
TRISTÁN: Lo sé. Y no lo voy a soltar.

El mundo entero se volvió lento y los ruidos del lugar se amortiguaron bajo la primera nevada del año. Él pensó en su tarro de formol y en el corazón solitario de ella, y se dijo: «Todos tenemos un invierno dentro; acaso bajo las uñas; acaso entre el corazón y las costillas; acaso tras la mirada; acaso dibujado de peca en peca. Y ese invierno es crónico. Pero, de repente, algo o alguien llega y enciende una hoguera».

Tristán supo que nunca olvidaría aquella mañana.

## 74

## GUSANOS DE SEDA IV

Al pasar por la habitación, vio la caja de cartón en la estantería, la misma en la que Dalia había criado gusanos de seda. La cogió y notó el peso liviano del invierno: dentro no quedaba nada, solo silencio y una promesa suspendida en el tiempo. Por un instante, Tristán tuvo la impresión de que aquella ausencia le hablaba y le decía que, en ocasiones, la vida se repliega para no morir del todo. Pensó en la primavera, en las hojas primerizas de una morera que se abrían con timidez y en los gusanos diminutos que comerían de ella, voraces; después, en los capullos de verano, hilados con certezas.

Todo pasaba. Y todo volvía, tarde o temprano.

Lo hacía, eso sí, con variaciones inevitables que daban como resultado otros envoltorios. Cuando no podía dormir, Tristán imaginaba su árbol genealógico: docenas de personas que se desdoblaban atrás y atrás en el tiempo, todas esas pieles que habían hecho posible que su piel hoy en día pudiese ser acariciada; y, luego, iba más allá y fantaseaba con las personas que, trescientos ochenta y siete años más tarde, pensarían en él.

Aquellos gusanos serían otros, claro.

Pero serían.

## 75

## PEQUEÑAS GRIETAS

Tristán notó que el ambiente estaba cargado en cuanto puso un pie en la casa que los chicos compartían. No era nada que estuviese fuera de lugar: el gato dormitaba en el sofá, los platos formaban una torre en la pila de la cocina, el suelo pedía a gritos que alguien lo barriese y en el reproductor estaba puesto el disco italiano de Dalia.

Hasta ahí, todo bien.

Pero el silencio era espeso, el espacio olía a cerrado y se palpaba un no sé qué subyacente difícil de explicar con palabras, aunque fácil de percibir por instinto.

Se quitó la chaqueta y la colgó de la percha.

Antes de que pudiese darse la vuelta, oyó un crujido a su espalda, como si los huesos del edificio se quejasen. Max apareció junto a él, tenía la expresión crispada por una preocupación que intentaba disimular, pero que se le escapaba en la postura.

Tristán supo que algo iba mal.

TRISTÁN: ¿Qué ocurre?

MAX: La caja, otra vez. El dinero no cuadra.

TRISTÁN: Joder. Bien. Pensemos soluciones.

MAX: ¿Soluciones? No. Ya está bien de confiar por las buenas. No hace ni un año que abrimos el club y sabes tan bien como yo que las cosas solo funcionan si hacemos la vista gorda: el trabajo no es equitativo y hay manos más ligeras que honestas.

TRISTÁN: Intenta mantener la calma, Max.

MAX: ¡No me queda calma, Tristán! (Se movió por el salón de un lado a otro). Mira, hoy es un día de mierda, ¿vale? Un día... horrible. Conocí a alguien hace un tiempo y yo... no dejo de replantearme toda mi vida. Todo esto del club... (tomó aire), ¿qué sentido tiene?, ¿te ves ahí a largo plazo, dentro de cinco o diez años? ¿Por qué estamos invirtiendo nuestra vida en un sueño que nunca tuvimos?

TRISTÁN: ¿Por qué no te sientas y te calmas?

Pero Max no parecía oírle.

MAX: Aceptamos porque no teníamos nada mejor que hacer. Y entonces, ¡pum!, ¡el club despega como un cohete! ¿Tú te lo imaginabas? No, claro que no. Yo tampoco. La cuestión es que resulta que a la gente no suele sentarle bien el éxito. Les cuesta masticarlo adecuadamente. Y Samuel es gente.

TRISTÁN: Ya basta. No hables con esa puta superioridad.

MAX: Es lo que hay. ¿Quieres que finja ser humilde? ¿Quieres que te diga que Samuel tiene una mente privilegiada y una sensibilidad proustiana? ¿Y tú qué? Eres exactamente igual que yo, solo que siempre con esa falsa modestia insoportable, y lo que te jode es que a mí no puedes engañarme. Porque lo sé. Yo lo sé.

TRISTÁN: ¡¿Quieres callarte de una vez?!

En mitad de la discusión, cuando las voces de Max y Tristán empezaban a quebrarse entre la rabia y el cansancio, Abel apareció en el umbral del salón, aún envuelto en una toalla que le caía torcida por la cadera. Acababa de salir de la ducha y tenía el pelo chorreando. Desconcertado, miró primero a uno, luego al otro.

ABEL: ¿Se puede saber qué está pasando?

La tensión que llenaba la habitación hizo que su presencia resultase casi ridícula. Pero, aun así, abrió un paréntesis y aquel segundo de extrañeza interrumpió la pelea; al menos, hasta que Max se recompuso.

MAX: Está pasando que estoy harto.

ABEL: ¿Qué...? Pero ¿qué ocurre...?

MAX: Ya le he contado lo de la caja.

ABEL: Ah. Eso. No me parece que sea tan...

TRISTÁN: (Señalando a Max). No vuelvas a hablarme así. Lo que sea que te haga estar de mal humor es tu problema. No lo pagues con los demás.

MAX: Yo no tengo problemas.

TRISTÁN: Pues nadie lo diría.

MAX: Qué fácil es ser tú, ¿no?

ABEL: Tíos, ¿a qué viene esto?

TRISTÁN: ¿Qué narices intentas decir? (Fue hacia Max dando largas zancadas y se paró tan cerca de él que el otro se quedó descolocado). Vamos, suéltalo todo.

MAX: Eres un cobarde. Te basta con contemplar, jamás actúas.

TRISTÁN: ¿Quieres que actúe ahora?

Max y Tristán ya no hablaban, se medían el uno al otro. El apartamento, tan pequeño, parecía encogerse más y más alrededor de ellos. Y entonces, como si el destino hubiese decidido intervenir a tiempo, la puerta se abrió.

Samuel entró arrastrando el frío del pasillo.

Silbaba, distraído, con ese aire despreocupado que solía irritar a Max en los peores momentos. No sabía nada. No podía saber lo que estaba ocurriendo. Y, sin embargo, su aparición fue como lanzar una chispa sobre un charco de gasolina.

Ambos se volvieron hacia él al mismo tiempo.

MAX: Mira, aquí tenemos al protagonista.

SAMUEL: ¿Qué fiesta me he perdido?

MAX: ¿Fiesta? (Dejó escapar una risa seca y llena de incredulidad). Estamos hartos de ti.

SAMUEL: Eh, baja esos humos. ¿Qué se supone que he hecho?

MAX: La pregunta sería qué no has hecho.

TRISTÁN: Déjame a mí hablar con él.

MAX: Claro, sí, tú eres el líder, Tristán.

El tono de Max era burlón y amargo. Tristán, que ya se encaminaba hacia Samuel, le dirigió una mirada afilada por encima del hombro, pero no retrocedió.

SAMUEL: ¿De qué hay que hablar?

TRISTÁN: De la caja. Del dinero que falta.

SAMUEL: ¿Otra vez con eso?

Soltó una risotada, fue a la cocina y volvió con una cerveza. Mientras tanto, Abel se había puesto unos pantalones y luchaba con la camiseta que estaba a punto de meterse por la cabeza.

SAMUEL: Sí, sí, cojo dinero sin parar y lo invierto en una empresa que fabrica ositos de gominola. Es un plan brillante.

MAX: Uff. No puedo más, no puedo más. (Apretó los dientes).

TRISTÁN: Estoy hablando en serio. Samuel, mírame.

Se acercó y colocó las manos sobre sus hombros. Entonces, la sonrisa de Samuel se desmoronó, y la broma dio paso a la irritación y a una actitud defensiva.

SAMUEL: ¿De verdad pensáis eso de mí? ¿Y os llamáis amigos?

Max: ¿Crees que no nos hemos dado cuenta de que te estás metiendo mierda todos los fines de semana? Como si fuese poco problema el temita del alcohol...

Samuel: ¿Tú de qué vas? ¡La mierda es tu mal humor!

Max: Yo tendré mal humor, pero tú te estás jodiendo la vida.

Samuel alzó los brazos y derramó cerveza en el suelo.

Samuel: Y qué pasa, ¿eh? ¡Es mi cuerpo! ¡Es mi vida!

Tristán: ¿Cómo has podido? ¿Cómo...? Joder...

Tristán estaba lívido. Sí, a esas alturas sabía lo que ocurría, pero oír que lo admitía así, con esa despreocupación, con esa ligereza, con esa irrelevancia, le removió algo visceral que ni siquiera sabía que tenía. Vio a su madre. Vio en lo que Samuel podría convertirse. Y sintió un profundo deseo de hacerle daño por ser tan estúpido.

Cuando dio un paso adelante, Abel y Max fueron rápidos a la hora de lanzarse a por él y sujetarlo. Tristán, sin apartar los ojos de Samuel, respiró hondo una y otra vez. Lo recordaba de niño: todo pelo rubio y pecas y sonrisa desdentada. Los recordaba a los tres de niños. La generosidad de Abel. La lealtad de Max. ¿Qué quedaba de aquellos críos esa tarde de invierno? Todo cáscara y restos tan pequeños que ni un microscopio podría ayudarlos a reconocerse en ellos. Ya estaban lejos. Ya eran otros.

Tuvo ganas de llorar, pero el enfado ganó la batalla.

Tristán: Eres una puta decepción.

Y Samuel, que lo admiraba como nadie más lo hacía, se rompió en ese instante y dejó salir toda la rabia contenida y un pelotón de palabras confusas.

SAMUEL: Tú eres perfecto, ¿no, Tristán? Moralmente superior. Estás en otra galaxia. No, no, mejor aún: eres el sol y los demás tenemos que pasarnos la vida dando vueltas a tu alrededor. Porque tú no llamas para quedar, claro que no, tú necesitas que te llamen los demás y esperas en tu casa. Tú no tienes una conversación, tú dictas sentencia. Siempre hay que ir buscando tu puta estela divina como si fueses un mesías y...

ABEL: Samuel, tío, tranquilízate. El tema es...

SAMUEL: El tema, el tema... (Burlón, bebió un trago largo de cerveza, se limpió la boca con la manga de la camiseta y miró a Abel). No sois amigos ni nada. Ah, una cosa más: ¿sabes quién fue el primero que me vendió? Tu querido hermano Mario.

ABEL: ¡No es verdad! (Gritó. Por primera vez, Abel gritó).

SAMUEL: Y tanto que sí. ¿De qué crees que vive? De pobres ilusos que compran su mierda. (Los señaló a los tres). Ahora bien: yo no he tocado ni un puto céntimo de la caja. No entiendo por qué me acusáis a mí. Puede ser cosa de Tristán. O de Max. O de Abel. (Fijó los ojos en él). ¿Has sido tú, Abel? ¿Eres la rata?

MAX: Deja de decir tonter...

ABEL: Yo... Lo siento.

MAX: ¿Qué?

Abel se desmoronó en el sofá y el silencio cayó sobre el salón con un peso extraño, casi físico. Max se quedó inmóvil, sin dar crédito. Tristán parpadeó, como si no hubiese oído bien. Tras unos segundos, Abel alzó la cabeza. Tenía los ojos brillantes, llenos de vergüenza. Parecía más joven, como si la confesión lo hubiese trastocado.

Se frotó la cara con la palma abierta.

ABEL: No... No era tanto al principio. Solo necesitaba cubrir una mano. Una mano absurda. Me tendieron una trampa. Jugué una partida con la gente equivocada.

TRISTÁN: ¡Tú...! Tú... (Estaba tan enfadado que no le salían las palabras).

ABEL: Les debía más de lo que podía pagar. No sabía qué hacer.

TRISTÁN: ¡¿Qué tal venir a hablar con nosotros?!

ABEL: Pensé que lograría pararlo a tiempo, pero fue al revés: todo se complicó. Quise arreglarlo y lo rompí todavía más y más. (Se le quebró la voz). Lo siento. Os he fallado a todos. He fallado al club y a lo que somos.

Sus hombros se hundieron, agotados.

Por un instante, pareció que iba a derrumbarse, pero tan solo se quedó ahí, con la respiración entrecortada, esperando la sentencia de los otros tres.

MAX: ¿No has oído el proverbio «nunca apuestes más de lo que estés dispuesto a perder»? ¿Qué tienes en la cabeza? Además de serrín.

SAMUEL: ¡Y me acusabas a mí! ¡Serás desgraciado!

ABEL: ¿Sabes de quién fue la culpa? ¡Tuya! ¡Si acabé en esa partida fue porque estos dos me pidieron que hiciese de niñera porque tenías uno de tus muchos días malos!

SAMUEL: Ah, claro. La política del país, el cambio climático, la pobreza y que tú te dediques a jugar y a robarnos la pasta, sí, todo es culpa mía.

ABEL: ¡Lanzas fuegos y te largas sin apagarlos!

SAMUEL: Al menos no soy un mentiroso de mierda.

TRISTÁN: ¡Basta! (Se llevó los dedos al puente de la nariz, nervioso, y respiró hondo). Esto es serio. ¿Cuánto dinero les debes a esos tipos?

Abel susurró la cifra contra el cuello de su camiseta.

MAX: ¡¿Cómo?! ¡La madre que te parió!

TRISTÁN: ¿Por qué no acudiste a nosotros?

Samuel: Ah, claro, pero seguro que a ella sí se lo has contado, ¿verdad? (Miró fijamente a Abel y, mientras lo hacía, aplastó la lata de cerveza con la mano). Seguro que fuiste corriendo a contárselo a Dalia. Qué idiota.

Tristán: A ella ni la nombres.

Samuel: ¡Eh, relájate! Además, no tengo ningún problema con Dalia, el único problema eres tú y tu complejo de jefe mandón e insoportable.

Max: Esto del club siempre fue una mala idea...

Samuel: ¿Mala idea? ¡Hemos salido en los periódicos! ¡Cobramos entrada! ¡La gente hace cola en la puerta cada fin de semana, llueva o nieve!

Max: ¿Y qué? ¿Eso te parece tan importante?

Samuel: Sí, me parece la hostia. (Apretó los labios y tomó aire. En aquel momento, más que enfadado, parecía dolido). ¿Sabes qué es lo que pasa contigo, Max? Que nunca hemos sido lo suficientemente buenos para ti.

Max: Yo jamás he dicho eso.

Samuel: Ya, pero lo piensas.

Max: Cállate. No es verdad.

Tristán supo que sí era verdad, Samuel llevaba razón en aquello. Dio un paso al frente, dispuesto a ser ese líder que a todos parecía irritar. Solucionaría los problemas de Abel, hablaría con Max, reconduciría a Samuel y después...

Samuel: Ni siquiera confías en nosotros. ¿Sabes lo que suelo hacer entre semana? Voy al club y me quedo allí un rato pensando en todo lo que hemos conseguido. Y creo que no tengo que recordarte dónde desemboca la puerta azul. (Sonrió ante el silencio de Max). ¿Cuántas veces hay que visitar a Elena al mes para pagarle el alquiler?

Abel: ¿Qué insinúas? (Se echó a reír).

Samuel: Que todos tenemos secretos.

Abel: Pero ¡qué tonterías estás diciendo! (Se puso en pie

y fue hacia ellos, dispuesto a volver al ruedo). Si Elena podría ser nuestra madre.

Max atravesó a Abel con la mirada.

MAX: No vuelvas a decir eso jamás o...

SAMUEL: Oh, oh, esto se pone interesante.

TRISTÁN: Te juro que nunca he tenido tantas ganas de pegarte, Samuel. (Lo siguió hasta la cocina cuando fue a por otra cerveza). Estás acabando con mi paciencia.

SAMUEL: ¿Quién lo ha empezado todo? ¡Yo he llegado a casa y ya habíais preparado la hoguera! (Abrió la lata). Aún estoy esperando una disculpa.

MAX: ¡Por encima de mi cadáver! (Lo gritó en la distancia).

TRISTÁN: ¡Tira eso! ¿No ves el daño que te estás haciendo?

SAMUEL: Madura un poco, Tristán. No eres el centro de todo. ¿Y sabes otra cosa? Lo que tú madre haya hecho o dejado de hacer tampoco es el centro de...

Ya no pudo decir nada más antes de que Tristán se lanzase sobre él, tan dolido que era incapaz de pensar con claridad. Forcejearon en el suelo de la cocina. Cuando lograron separarlos, cada uno se había llevado un buen golpe en la mejilla. Tristán se zafó de Abel y Max de malas maneras y fue a abrir la ventana porque necesitaba respirar, respirar, respirar. Estaba enfadado con Max. Estaba enfadado con Abel. Estaba enfadado con Samuel. Y estaba, sobre todo, enfadado consigo mismo por no haber sido capaz de anticiparse a aquella situación. Las grietas estaban ahí. Eran visibles desde hacía tiempo y, en lugar de repararlas antes de que fuese demasiado tarde, había dejado que se abriesen del todo.

Porque aquella era una de esas discusiones que abrían heridas que uno ni siquiera sabía que tenía. Como cuando alguien te avisa: «Tienes sangre en el brazo», y al mirarte el corte sientes una mezcla de sorpresa y desconcierto, y eres incapaz de recordar cuándo te lo hiciste.

Pero está ahí, sí. El corte está. Y sangra.

Con el pulso acelerado como si acabase de correr, Tristán se dirigió hacia el perchero y cogió su chaqueta. Se había puesto solo una de las mangas cuando sonó el teléfono. Todos, menos él, se lanzaron a por el aparato, pero lo cogió Max.

MAX: ¿Diga? (...). ¿Dalia, eres tú? ¿Estás llorando? (...). ¿Qué te pasa? (Se mantuvo con el teléfono pegado a la oreja mientras los otros tres se arremolinaban a su alrededor, preocupados). Vale, vale, tranquila. Dame la dirección. Ya vamos.

Tristán ya estaba a su lado cuando colgó.

TRISTÁN: ¿Qué le ocurre? ¿Está bien?

MAX: No lo sé, pero creo que sí. (Como si todo quedase olvidado de golpe, le dio a Tristán un apretón en el hombro). Llamaba desde una cabina. Está cerca.

ABEL: Yo llevo las llaves.

SAMUEL: Venga, rápido.

En aquel momento, mientras bajaban por las escaleras del edificio a toda prisa, Tristán comprendió como nunca la expresión «tener el corazón en un puño».

## 76

## GRANDES GRIETAS

El frío seco de diciembre los golpeó cuando salieron del portal y echaron a correr. Las luces de Navidad colgaban en las calles como constelaciones artificiales, brillantes y engañosas. La gente caminaba arrebujada en abrigos y ajena a la angustia que a ellos los movía. El aire les cortaba la garganta; el asfalto estaba húmedo y los charcos reflejaban destellos azules y rojos que se distorsionaban con sus pisadas. Pasaron por delante de una cafetería y, cuando la puerta se abrió, salió una ráfaga de calor, olor a chocolate y pan tostado que se desvaneció en segundos. Detrás de ellos, el mundo seguía su curso, imperturbable, y se oían unos villancicos lejanos de fondo. Nada había cambiado y, sin embargo, la ciudad parecía más grande, como si la urgencia dilatara las distancias.

MAX: Es dos calles más allá, todo recto.

SAMUEL: No, hay que girar a la derecha.

TRISTÁN: Joder... ¿Dónde...? ¡¿Dónde?!

SAMUEL: ¡Confía en mí! (Lo zarandeó). Confía en mí por una vez en tu vida. Conozco esa calle, trabajé justo enfrente hace unos años.

TRISTÁN: Bien.

En aquel momento no dudó: giró a la derecha.

La calle era estrecha, la mayoría de los comercios estaban cerrados y las persianas metálicas pintadas con grafitis. El viento silbaba entre los toldos recogidos y los árboles desnudos que parecían garras apuntando hacia el cielo. Abundaban los carteles donde podía leerse SE VENDE o SE TRASPASA. Una pareja pasó a su lado; él llevaba un gorro de lana, ella un paraguas plegado, y los miraron con curiosidad antes de seguir su camino.

Avanzaron más y más, hasta que la hallaron.

Dalia, agachada en la acera, era apenas una silueta recortada por el brillo dorado de la farola. Al verla, los cuatro se quedaron quietos un segundo. Solo un segundo. Y luego corrieron a su encuentro. La discusión que esa tarde había despertado rencores y heridas abiertas se disolvió de golpe. En ese instante, solo existía ella.

TRISTÁN: Dalia...

Estaba de rodillas, con el pelo pegado a la cara y las manos temblorosas. Tristán se dejó caer a su lado y la rodeó con los brazos. Todo fue alivio en cuanto la estrechó contra su pecho, tanto que ni siquiera pudo procesar la escena completa en un primer momento y no comprendió lo que ocurría hasta que salió de su estupor.

ABEL: ¿Está bien? Tiene sangre.
MAX: Espera, déjame ver...

Solo entonces Tristán se fijó en la figura que sus amigos señalaban. Era un hombre de unos sesenta años, con la ropa sucia y desgarrada, el pelo ralo y pegado al cráneo; tenía el labio hinchado, el pómulo magullado y una línea oscura de sangre le resbalaba desde la ceja hasta la barbilla. Dalia lo cogía de la mano con una delicadeza casi infantil.

SAMUEL: ¿Qué le ha pasado?
DALIA: Unos chicos... (Lloraba en silencio). Le han dado

una paliza. Porque sí, sin razón, solo para divertirse. (Apretó más la mano del hombre, que balbuceó algo ininteligible con un acento raro). Él no les había hecho nada...

ABEL: Ahí hay una cabina, llamemos a la policía.

DALIA: Ya he ido a buscarlos y han pasado por aquí.

MAX: ¿Entonces? ¿Acaso no piensan hacer nada?

DALIA: No. Para ellos es invisible. Se han limitado a decir que estaría colocado y que ya se le pasaría...

Dalia acarició la mejilla del hombre, que tenía una mirada rota; la tristeza se intuía más en los párpados cansados que en el brillo de sus ojos.

DALIA: No puedo levantarlo sola y necesito... necesito llevarlo a un lugar seguro.

Max se agachó y posó la mano en la cabeza de Dalia. El gesto era protector. El gesto era... íntimo. Tristán sintió cómo se tensaba. No era solo el miedo, ni el frío, ni la sangre que brillaba en la ceja del hombre; era la sensación incómoda de intuir que había un cable pelado bajo la superficie que él no había visto hasta ese momento.

Y entonces Max cerró los ojos un segundo. Fue algo imperceptible para cualquiera que no lo conociera, pero Tristán lo vio. Y ese minúsculo pliegue en la expresión de su amigo confirmó que había información que se le escapaba de aquella escena.

TRISTÁN: Dalia, ¿quién es este hombre?

DALIA: Él... es mi profesor de italiano.

TRISTÁN: ¿Tu profesor? Pero...

DALIA: Se llama Antonello.

SAMUEL: Si es un mendigo.

Ella le lanzó una mirada airada.

Dalia: ¡Es un hombre! Solo un hombre. (Se puso en pie. Las lágrimas habían dejado surcos negros en sus mejillas). ¿Vais a ayudarme o no? Necesito levantarlo para llevarlo al albergue donde... vive. Está cerca, son solo unas calles.

A su lado, Max se mantenía pétreo como un soldado de firmes convicciones. Su expresión era indescifrable, aunque era evidente que estaba sufriendo. Tristán, con el pulso acelerado, se debatió entre exigir respuestas o ayudar al pobre hombre, que, todavía en el suelo, respiraba con dificultad y temblaba de frío.

Ganó la compasión.

Se quitó la chaqueta y la colocó sobre los hombros de Antonello antes de levantarlo con torpeza; Samuel lo cogió por un brazo y él, por el otro. Dieron un par de pasos tambaleantes y el hombre emitió un gemido ronco.

Tristán: Despacio. (Ajustó el agarre).

Samuel: Tranquilo. Lo tengo controlado.

Dalia echó a andar rápido, como si quisiera que todo terminara cuanto antes. Max iba a su lado, sin mirarla directamente, pero pendiente de cada paso. Las calles estaban casi vacías. El viento arrastraba algún papel, y las luces navideñas parpadeaban con un brillo enfermizo. Pasaron junto a una parada de autobús, donde un cartel publicitario mostraba a una familia sonriente abriendo regalos. Era una ironía dolorosa.

Dalia: Es por aquí, falta poco.

Doblaron la esquina. La zona se volvió más oscura y silenciosa. Las aceras eran estrechas, los edificios viejos y por las ventanas escapaba un olor tenue a sopa caliente que a Tristán le recordaba a su barrio. Mientras cargaba al mendigo, sintió un escalofrío. ¿Por qué Dalia parecía conocer cada rincón como la palma de su mano? Había una seguridad particular en su andar. No necesitaba levantar la vista para orientarse. Una certeza invadió su mente: «Solo quien ha vivido mucho tiempo en un lugar termina caminando por él de una forma tan automática».

El albergue apareció al fondo: un edificio de fachada gris con un pequeño cartel. En la puerta, una mujer fumaba un cigarrillo mientras repasaba una lista en una carpeta. Llevaba un jersey grueso y el pelo recogido en un moño apresurado.

Cuando vio a Dalia, se le iluminó la cara.

DESCONOCIDA: ¡Dalia! (Tiró el cigarrillo al suelo y lo apagó con el zapato. Al levantar la vista, los vio también a ellos). ¿Qué ha pasado, cielo?

«Cielo». Lo dijo con la naturalidad de quien conoce a alguien desde hace mucho tiempo, como si la hubiese visto llegar a menudo por esa misma calle.

La mujer se acercó deprisa y, al ver al hombre herido, soltó un suspiro cansado, como si aquel tipo de escenas fuesen habituales en sus noches.

DESCONOCIDA: Otra vez...

DALIA: No sé quiénes eran, se han ido en cuanto he aparecido.

DESCONOCIDA: Venga, vamos dentro. Rápido, antes de que se enfríe más. Creo que esta noche no quedan habitaciones, hablaré con Elio para arreglarlo.

Con la mirada baja, Dalia asintió.

Samuel, Abel y Tristán intercambiaron un gesto breve, incómodo y lleno de preguntas que siguieron quedándose sin respuesta cuando entraron. El olor cambió de golpe: detergente barato, café recalentado y mantas viejas. La calefacción estaba alta. Había un pequeño salón y la mujer les pidió que dejasen al hombre en el sofá.

Al soltarlo, a Tristán le temblaban los brazos por el esfuerzo.

Antonello cerró los ojos, exhausto. Dalia se quedó a un lado, abrazándose a sí misma y con el maquillaje corrido. Max se colocó junto a ella, sin tocarla esta vez, pero cerca. Cuando la mujer se arrodilló para revisarle al mendigo la herida de la ceja y del labio, le sonrió con una mezcla de tristeza y cariño.

DESCONOCIDA: Qué mesecito llevas, Antonello.

ABEL: ¿Le han pegado... más veces? (Parecía horrorizado).

SAMUEL: Si encuentro a esos chavales los dejo sin piernas.

DESCONOCIDA: No, es que hace unas semanas tropezó en la acera y tuvo una mala caída. (Lanzó un suspiro). Pero sí, la gente es cruel. Hay percances a diario.

La mujer se puso en pie. Entonces, miró directamente a Tristán y él tuvo la impresión de que lo estaba evaluando.

DESCONOCIDA: Gracias por traerlo. Dalia siempre se preocupa por él, ya lo sabéis. Voy a buscar el botiquín para curarlo.

Pero no. Él no sabía que ella se preocupaba por aquel hombre. Y esa sensación de estar llegando tarde a la vida de Dalia abrió un abismo a sus pies.

DESCONOCIDA: (Girándose justo antes de salir del salón). Por cierto, Dalia, ¿tienes dónde quedarte esta noche o quieres que hable con Elio?

DALIA: No hace falta. (Su voz era un susurro).

DESCONOCIDA: Vale. Vuelvo enseguida.

La puerta se cerró con un clic suave que, sin embargo, sonó como un portazo en el pecho de Tristán. El silencio se volvió espeso. Samuel miró alternativamente a Dalia y al hombre que yacía en el sofá, sin saber por dónde empezar. Abel, nervioso, tenía las manos entrelazadas. Max seguía al lado de Dalia, rígido, como un perro guardián.

TRISTÁN: Dalia, ¿qué está pasando?

Su voz era baja pero afilada y firme.

Ella se pasó una mano por la cara y emborronó aún más los restos negros del rímel. Tenía los ojos hinchados y parecía diminuta, perdida dentro de sí misma mientras clavaba la vista en sus zapatos. En aquel momento, si Tristán hubiese sido capaz de dejar atrás su enfado y mirar más allá, podría haber visto a la niña que Dalia fue. Samuel y Abel también la observaban, expectantes. Max no. Max cerró los ojos un instante, como si se anticipase a lo que estaba a punto de suceder y quisiera detenerlo.

TRISTÁN: Dalia, mírame. Por favor.

Ella inspiró hondo, temblorosa como una hoja a finales del otoño. Tristán deseó abrazarla, pero supo que, si se movía un milímetro, solo uno, se desestabilizaría.

MAX: Ya es tarde y ha sido un día duro...

TRISTÁN: Mantén la boca cerrada, Max.

ABEL: Dalia, ¿qué ocurre? Somos tus amigos. Puedes contárnoslo.

SAMUEL: Sí, ¿acaso no hemos venido en cuanto nos has llamado?

Dalia alzó la mirada y la paseó por todos ellos hasta que se detuvo en Tristán. Y ahí se quedó, atrapada en él, frágil, desnuda y vacía.

Dalia: Yo... no soy como creéis.

Abel: ¿Qué quieres decir?

Dalia: Pues... (con un gesto vago, sin fuerzas, intentó abarcar la modesta estancia) que no crecí en el barrio alto. Que no estudié en un colegio privado. Que no tengo dinero. (Dejó caer la mano, inerte). Y vivo en este lugar. Este albergue... es mi casa.

Hubo otro silencio, pero aquel fue invernal.

Tristán: ¿Desde hace cuánto tiempo?

Dalia: Desde... siempre. No tengo familia.

Tristán: Esto es una broma pesada, ¿verdad? Porque no me lo puedo creer. ¡No es posible que lleves mintiéndonos durante casi un año!

Max: Baja ese tono, Tristán.

Pero Tristán estaba fuera de sí, descolocado, confundido y enfadado. Tenía un nudo en el estómago y, de pronto, respirar se había convertido en una tarea compleja.

Tristán: ¡Y tú lo sabías!

Max: Te lo repito: cálmate.

Ella sollozó. Max tragó saliva, incapaz de sostenerle la mirada a Tristán. Samuel hizo un gesto para intervenir, pero Abel le sujetó del brazo. El momento no les pertenecía a ninguno de los dos, aunque ambos se posicionaron de forma silenciosa junto a Dalia.

Tristán: ¿Que me calme? ¿Eso es lo que tienes que decir? (Los miró como si los viese por primera vez, decepcionado). Sois todos unos mentirosos. No valéis la pena.

No quiso perder ni un segundo en coger la chaqueta que le había prestado al hombre. Se dio la vuelta y salió de allí como si en la habitación acabase de declararse un incendio. No paró ni miró sobre su hombro al oír los pasos que lo seguían.

El viento gélido lo recibió en la calle.

Dalia: ¡Tristán! ¡Tristán, espera!

Siguió andando, recto, recto, todo recto.

El dolor no era un grito. El dolor era silencio.

Dalia: Tristán, por favor... (Lo cogió de la manga del jersey y él se vio obligado a detenerse). Yo quería contártelo, pero... (había desesperación en su mirada) no sabía cómo hacerlo. Esto no debería haber ocurrido, no fue algo que tuviese previsto... (Las palabras se arremolinaban en su lengua como los copos de nieve que empezaban a caer sobre ellos). Al principio, solo era un juego, pero jamás imaginé que vosotros... (Tragó saliva). Después, ya era demasiado tarde. No quería perder lo que tenemos.

Tristán: Dalia, no tenemos nada. Al menos, nada real.

Dalia: No, no, no. Todo es real. Todo. Mírame.

Tristán: Se lo contaste a Max. A él sí.

Ella retrocedió medio paso.

El pecho de Tristán subió y bajó como si le faltara el aire. La nieve seguía cayendo lenta, silenciosa, como si quisiese amortiguar el dolor de aquel instante. Los copos, esos copos que ella había comparado semanas atrás con mariposas y él con confeti blanco, se enredaban en el pelo de Dalia y se posaban sobre los hombros de Tristán.

Dalia: Si se lo conté a él fue porque necesitaba quitármelo de encima y hablarlo con alguien. Quería compartirlo contigo, pero no sabía cómo hacerlo...

Tristán: No sé qué es peor. Que fueses capaz de fingir

durante meses o que, llegado el momento, te resultase más fácil hablar con Max que confiar en mí.

DALIA: ¡No tiene nada que ver con la confianza! Fue por miedo. Tristán, lo que siento por ti... (Volvió a dar un paso adelante). Nunca había sentido nada parecido por nadie más. Sé que suena estúpido. Y cursi. Y...

Pero él alzó una mano, apenas un par de centímetros, para detenerla. No era un gesto brusco. Era triste y cansado. El gesto de alguien que está intentando sostenerse en pie mientras todo a su alrededor se tambalea antes de desmoronarse.

TRISTÁN: Ya nada de eso importa. Te di lo que soy, todo lo que tenía... (Se llevó una mano al pecho, como si buscara algo que ya no estaba ahí). Y tú, en cambio, tú... eres una mentira. ¿Cómo saber qué partes de ti son reales...?

Dalia abrió la boca, pero no encontró palabras, tan solo lo miró implorante. Los copos seguían cayendo sobre ella, derritiéndose en sus mejillas húmedas.

TRISTÁN: No existes, Dalia.

Dalia retrocedió, como si las palabras la empujasen físicamente. Y Tristán también: sin dejar de mirarla, porque una parte de él aún se aferraba a ella, dio tres pasos atrás. Después, se giró y ya solo miró hacia delante. Una fina película de nieve cubría las aceras y, a cada paso que daba, él dejaba una huella en el pavimento; pensó que había una belleza singular en ver su propia soledad dibujarse a su espalda.

Siguió caminando. No sabía hacia dónde.

Solo sabía que ya no podía volver atrás.

## HOY, 2023

Ella no ha subido por las escaleras. Tampoco por el ascensor. Al menos, no lo ha hecho en la última hora. Si queremos ser precisos, habría que decir que Dalia ha sido la primera en llegar al edificio. Solo que no ha entrado en la notaría. En lugar de eso, ha subido a la azotea.

Y allí está ahora.

Apoyada en el murete, contemplando la ciudad que se extiende a lo lejos. Una ciudad que, como ella y como la vida misma, es un juego extraño: un mar que brilla como metal bruñido, barrios cosidos por puentes invisibles, primaveras verdes, veranos que caen sobre el asfalto sin piedad, otoños vestidos de hojarasca e inviernos nevados.

Dalia exhala un suspiro que se pierde en la tarde.

«Ya debería estar mejor», se dice. Pero lo cierto es que sigue doliendo. La razón por la que están allí remueve tanto el pasado como el presente. Inquieta, se suelta la coleta, y deja que el cabello rubio, con algunas canas plateadas, caiga libre y desordenado. Igual que su corazón. Igual que el duelo de las últimas semanas. Igual que...

Suena su teléfono móvil y mira la hora.

Es tarde. Ha llegado la primera y, al final, va a aparecer la última. No piensa más ni se pierde en melancolías. La edad le ha dado dos cosas: algunos problemas de espalda y una seguridad en sí misma que anhelaba tener cuando era más joven.

Baja por las escaleras y llama a la puerta.

Le abre un tipo estirado con bigote. Su gesto altivo le causa rechazo de inmediato, así que no se molesta en regalarle una sonrisa. La complacencia gratuita quedó fuera de su vida hace muchos años. Se acerca al mostrador y le da los datos.

—¿Los demás ya han llegado?

—Sí, están en la sala de espera.

—Perfecto. Gracias.

Sus botas negras resuenan contra el parqué conforme avanza por el pasillo. Lleva un suéter gris perla, un pantalón vaquero y un cinturón con cuentas azul turquesa. En su mano derecha tintinean pulseras finas y plateadas.

Antes de entrar en la sala, distingue sus voces.

Hablan de una planta. Una planta que está en un rincón que queda dentro de su ángulo de visión y que, por lo visto, está al borde de la muerte. Discuten entre ellos. «Esta gente está todo el día en reuniones importantes, pero luego no pueden regar una puta planta», ese es Samuel. «Tampoco está tan mal, solo un poco pocha, como cansada», replica Abel. «Le quedan dos telediarios», sentencia Max.

Dalia sonríe y busca algo en su bolso.

Cuando aparece en la sala de espera, lo hace con una botella de agua en la mano derecha. Se acerca a la planta, se inclina y vierte el agua en la maceta.

Vuelve a ponerle el tapón a la botella.

—Ya está, chicos. No era tan difícil.

—Joder. —Samuel se levanta de un salto.

—Dalia —dice Abel—. Está claro que te necesitábamos en nuestras vidas.

—¿Tú qué opinas, Tristán? —pregunta Max, juguetón.

Sentado en una de las sillas de la sala de espera, con las piernas estiradas, Tristán la mira. Es una mirada penetrante, larga e íntima.

Después, sonríe lentamente.

# EL FINAL, 1993-1994

## DALIA

## 77

## ÉRASE UNA VEZ...

~~Érase una vez...~~

~~Una niña que creció en un castillo, tenía cientos de muñecas con vestiditos hechos a mano y una cama con dosel, montaba a caballo y sus padres la querían más que a nada en el mundo. Era la reina de la casa.~~

Érase una vez...

Una niña perdida, que no era de nadie y era de todos, que llegó al mundo sin raíces y, aun así, creció y creció de manera errática, de un orfanato a una casa de acogida, de una casa de acogida a un orfanato, de un orfanato a las calles.

~~Érase una vez...~~

~~Una princesa que tenía amor a raudales, que tuvo de regalo de cumpleaños una brújula con diamantes incrustados que siempre indicaba la dirección correcta y que jamás necesitó alzar la voz para conseguir todo lo que deseaba.~~

Érase una vez...

Una chica que pensaba que recibir amor era tan difícil como cotizar en bolsa: nunca entendió las reglas, nadie se las enseñó. Esa chica, pues, se valía de su intuición y aceptaba que algunas vidas no consistían en bailar, sino en sobrevivir.

~~Érase una vez...~~

~~Una princesa que no conocía la palabra «soledad», pero un día se perdió y tuvo la suerte de cruzarse con cuatro jinetes dispuestos a rescatarla. Ella gritó: «¡Socorro, socorro!~~

~~Y ellos aparecieron, solícitos, y salvaron a la hermosa muchacha.~~

Érase una vez...

Una mujer acostumbrada a masticar la palabra «soledad» y a gozar de su libertad, pues era el único bien que poseía. Hasta que conoció a cuatro jinetes y se sintió en casa, cuando ella no sabía qué era casa. Los jinetes no sospechaban que ella terminaría por rescatarlos de las jaulas que se habían construido.

~~Érase una vez...~~

~~Un príncipe de brillante armadura, cabellos dorados y perfecta dentadura. Era perfecto, perfectísimo, sin grietas a la vista.~~

Érase una vez...

Un hombre de cabello oscuro y ojos invernales que guardaba su corazón bajo llave. No era perfecto, en absoluto, y estaba lleno de grietas.

Érase una vez...

~~Una chica que lo tenía todo.~~

Érase una vez...

Una chica que no tenía nada.

## 78

## GEOGRAFÍA DE DALIA

Dalia había leído muchas veces el significado de la palabra «suerte» en el diccionario: «La ocurrencia de hechos favorables o desfavorables que no dependen de la voluntad propia, sino del azar, la casualidad o circunstancias que escapan al control de una persona». ¿Cómo era posible que la suerte estuviese tan mal repartida y que la vida, en general, fuese tan poco equitativa? Pues bien, en cuanto a esto, nunca dio con la respuesta. Al cumplir un año, estaba sola. A los dos, estaba sola. A los tres, estaba sola. A los cuatro, estaba sola. A los cinco, estaba sola. A los seis, estaba sola. A los siete, estaba sola. A los ocho, estaba sola. A los nueve, estaba sola. A los diez, estaba sola. A los once, estaba sola. A los doce, estaba sola. A los trece, estaba sola. A los catorce, estaba sola. A los quince, estaba sola. A los dieciséis, estaba sola. A los diecisiete, estaba sola. A los dieciocho, estaba sola. A los diecinueve, estaba sola. A los veinte, estaba sola. A los veintiuno, estaba sola. A los veintidós, estaba sola. A los veintitrés, estaba sola. A los veinticuatro, conoció a Samuel, Abel, Max y Tristán. A los veinticinco, se enamoró perdidamente de Tristán.

## 79

## NAVIDAD, DULCE NAVIDAD

Solo se oía el tintineo de los cubiertos contra los platos. Elena había sacado de la despensa una vajilla delicada, navideña, con dibujos de acebos y pequeñas semillas rojas entrelazadas por finas líneas doradas que ribeteaban el borde. El mantel era sencillo, de un blanco roto, y las servilletas, verdes, aportaban un toque de color. Encima de ese mantel, descansaba la comida que habían cocinado juntas esa misma tarde: gambas a la plancha con ajo y perejil, canapés de salmón ahumado, redondo de ternera con salsa de verduras y una cazuela con sopa de marisco.

Sentadas a la mesa, estaban ellas dos.

Sobraba espacio por todas partes, porque allí había hueco para más de ocho personas, pero ambas mujeres se sentían dichosas.

Aquel año, no estaban solas.

Elena: ¿Estás bien?

Dalia: Sí. ¿Y tú?

Elena: También.

Dalia: La sopa está deliciosa. Es como... (degustó la última cucharada que se había llevado a la boca) como si me estallasen en la boca cangrejos y almejas, trozos de rape y langostinos. Increíble.

Elena sonrió divertida.

Elena: Me alegra tenerte aquí. El año pasado... (la sonrisa que colgaba de sus labios se tambaleó) ni siquiera cociné. No me quité el pijama, me puse un vaso de leche con galletas y me lo tomé en el salón mientras veía la televisión. El pijama tenía un pase, la leche también, pero acabar viendo la programación navideña... Hay que tener estómago.

Dalia: Mi cena en el albergue no fue mucho mejor.

Elena le dirigió una mirada fugaz antes de seguir comiendo.

Tras los últimos acontecimientos, Dalia se había refugiado en su casa y le había contado la verdad. Una verdad a la que se había resistido siempre, porque tenía la impresión de que exponerse ante alguien era dejar al descubierto sus debilidades, y ella ya había escarmentado lo suficiente en ese sentido. Dalia había aprendido que las personas eran estaciones de paso; llegaban, sí, pero tarde o temprano acababan marchándose. Quedaban atrás como esas fotografías borrosas que se descartaban tras revelar el carrete o los juguetes viejos, con piezas rotas, que terminaban en la basura sin compasión.

Dalia: El canapé de salmón también está delicioso. Para ser sincera (masticó y tragó), creo que nunca había imaginado que la comida pudiese ser tan sabrosa. Cada bocado es..., ya sabes, como una explosión de fuegos artificiales en la boca.

Elena: Me alegra verte disfrutar.

Dalia: Gracias por todo.

Elena: Dalia...

Dalia: Por ser tan dulce desde que nos conocimos, por darme tu amistad y abrirme las puertas de tu casa en medio de esta... esta situación.

ELENA: No tienes que agradecerme algo que volvería a hacer mil veces, sin dudar. Es recíproco, ¿entiendes? Dar y recibir. Vamos, confiar.

DALIA: Creo que no estoy acostumbrada a eso.

ELENA: No lo *estabas*. Ahora, sí.

DALIA: Todo ha sido... confuso.

ELENA: ¿Quieres que hablemos de ello?

DALIA: ¿Quieres tú que hablemos de Max?

Elena jugueteó con el mango de la cuchara y lanzó un suspiro antes de apartar la vista para volver a centrarla en su plato. Parecía tener ganas de ahondar en el problema, pero, por otro lado, era la noche de Navidad y ambas se merecían un poco de paz.

ELENA: Está bien, pues háblame de tu ropa. ¿Cómo y dónde la has conseguido durante todo este tiempo? Es algo que me tiene intrigada.

DALIA: Ah, eso es fácil. (Sonrió, dejando a la vista sus paletas separadas). Me gusta la moda, así que empecé a frecuentar algunas tiendas de segunda mano. Miraba mucho, durante horas, pero no compraba nada. Hasta que me di cuenta de que, entre los montones de ropa, de vez en cuando había joyas perdidas. Ya sabes, prendas de calidad. En cuanto distinguía una, la compraba, la usaba durante unos días y luego la revendía. Llevo haciéndolo unos años.

ELENA: Mmm. (Bebió un sorbo de vino). Se te da bien catalogar las cosas, tienes un don. Lo has hecho también con algunos de los cuadros que han pasado por aquí.

DALIA: Es sencillo. Solo es cuestión de dar con lo que te llama poderosamente la atención; si destaca en medio de otras muchas cosas, suele ser porque tiene algo especial.

ELENA: ¿Vas a seguir trabajando como auxiliar de apoyo en el albergue?

DALIA: Sí, me gusta, ¿por qué lo preguntas?

ELENA: Yo podría enseñarte poco a poco el negocio del arte. Estoy convencida de que serías de gran ayuda, y sería compatible con lo que ya haces.

DALIA: ¿Lo dices en serio? ¿No te estás burlando de mí?

ELENA: No, no me burlo, Dalia. (Sonrió y alzó su copa). Brindemos.

DALIA: ¿Y por qué quieres que lo hagamos?

ELENA: Por la vida, claro. Siempre por la vida.

Sus copas tintinearon al chocar y cada una, sumida en sus propios pensamientos, bebió un sorbo de vino. Elena no podía evitar fijarse en sus similitudes con Dalia: la soledad, la mezcla de fragilidad y fortaleza, y su ingenio y su resolución en el plano laboral. Dalia, por su parte, al estar cerca de aquella mujer, sentía que se aflojaba algo dentro de ella, como si se agitase una cadena que llevaba años oxidada en torno a su corazón.

Elena no la trataba de una forma maternal, no, no era eso, pero sí la miraba con ternura vigilante y su afecto hacia Dalia era protector, casi de mentora.

Cuando terminaron de cenar, recogieron los platos.

En la cocina, Dalia se arremangó y cogió el estropajo, dispuesta a fregar, pero Elena le pidió que lo dejase y le dijo que tenían toda la mañana siguiente para hacerlo.

Pusieron el té a calentar. Mientras el agua hervía, Elena fue al baño y Dalia se retiró al pequeño salón y se acercó hasta el ventanal. Apartó las cortinas.

Una niebla baja cubría la ciudad y su corazón.

La noche dominaba el escenario. Brillaban las farolas y los semáforos; tras las ventanas de los edificios, brillaban las bombillas encendidas, los televisores, las velas y los microondas que calentaban tardíamente vasos de leche para niños que al día siguiente abrirían regalos. Brillaban los árboles de Navidad y los relucientes adornos. Brillaban los vínculos que se afianzaban aquel día, con las familias reunidas en torno a la mesa.

Brillaba, todo brillaba. Qué ironía.

ELENA: El té está listo, querida.
DALIA: Genial. (Se obligó a sonreír).

Se sentó en el sillón, frente al sofá que solía ocupar Elena. Cogió el azucarero e intentó apartar lejos esos ojos invernales que no conseguía olvidar. Que la tarotista decidiese sacar a relucir a su dueño en ese preciso instante no ayudó.

ELENA: ¿Qué piensas hacer con Tristán?
DALIA: Nada. No hay nada que pueda hacer.
ELENA: La muerte no tiene solución, pero esto sí.
DALIA: Elena... (Apartó la mirada). Tú no lo conoces. Él no soporta la mentira, me lo dijo muchas veces. Y es orgulloso. No te imaginas lo orgulloso que es.

Tras lanzar un suspiro, Dalia cogió un trozo de turrón con almendras del plato con dulces que había en la mesa auxiliar. Se lo llevó a la boca con aire distraído.

ELENA: ¿Me dejas que te eche las cartas?
DALIA: Yo... No sé. Me da respeto.
ELENA: No adivinan el futuro, no hacen eso, pero te permiten hablar desde dentro por un momento y mirarte de otra manera. Ese es el secreto.

Ella asintió y Elena fue a por la baraja. Movió las cartas con soltura entre las manos y le pidió que partiese el montón en dos. Luego, volvió a mezclarlas y Dalia sacó tres, que colocó boca abajo sobre la mesa. Elena giró la primera.

Elena: La luna. Refleja tu pasado. (Tocó el borde de la carta). Habla de una infancia vivida detrás de un cristal empañado; una parte de ti estaba ahí, pero otra no. Hay sombras, silencios dolorosos y la necesidad de inventarse una luz propia para no perderse. Independencia. Eso tiene un lado bueno y un lado malo. (La miró a los ojos). También es la carta de la mentira, que puede usarse para engañar o para sobrevivir.

Dalia tragó saliva. La luna siempre la había incomodado: esa figura tan presente, ahí en lo alto, terriblemente solitaria y bella en medio de la oscuridad.

Elena giró la segunda carta.

Elena: El colgado. A Max le salió la misma carta, es curioso. (Lo dijo en un susurro, con una sonrisa vaga). Estás en un punto muerto, no puedes retroceder, pero tampoco avanzar. No es un castigo, es una espera necesaria. Hay instantes en los que la vida nos obliga a mirarnos desde otro ángulo, aunque nos revolvamos para evitarlo. (Dio unos golpecitos en la carta con el dedo). También habla de un amor detenido. Estás igual en todos los sentidos. El problema de la inmovilidad es que puede llegar a resultar peligrosa.

Dalia se puso tensa. Elena giró la tercera carta.

Elena: La estrella. Tiene que ver con la claridad y el equilibrio. Es un buen augurio. En esta carta hay pertenencia, quizá de una persona que vuelve o de un grupo que te acoge. De cualquier manera, la estrella siempre ilumina, lo que no significa que arregle las cosas. Pero necesitamos un poco de luz para poder ver qué es lo que se ha roto e intentar repararlo, ¿entiendes? Eso ya es cosa de cada uno.

Ella se quedó mirando la carta, sin tocarla.

Dalia: ¿Y si no sé aceptar las cosas buenas que se supone que me esperan?

Elena: Tienes que creer que las mereces.

Dalia: ¿Cómo has aprendido a decirle a la gente justo lo que quiere oír?

Elena: Ah, Dalia, eso es fácil. (Recogió las cartas). Casi todas las personas anhelan y temen lo mismo. No somos tan singulares. ¿Cuál es el mayor miedo de la gente? La enfermedad y la muerte, tanto propia como de sus seres queridos. ¿Cuál es el mayor deseo de la gente? El amor, tanto propio como de sus seres queridos.

Dalia: Supongo que tienes razón, sí.

Elena: ¿Por qué parece entristecerte?

Dalia: Siempre he intentado distinguirme de una forma..., ya sabes, forzada. Cuando empecé a vestirme con más estilo, la gente me miraba. Creo que fue la primera vez que pensé: «Bien, no soy invisible». Pero en realidad es un disfraz. Todo lo es.

Elena: Está bien si se hace desde un ángulo divertido. ¿A quién no le apetece de vez en cuando burlarse un poco de la vida y salir a jugar?

Dalia asintió y se bebió el té.

Ya era casi medianoche cuando sonó el timbre, justo mientras ambas mujeres recogían las tazas y el plato con migas de turrón, dispuestas a irse a dormir.

Dalia: ¿Esperas a alguien?

Elena: No. (Arqueó una ceja). ¿Y tú?

Dalia: ¿Yo? Tampoco.

Para ser precisos, Dalia pensó que ella ni siquiera conocía esa sensación: la de esperar a alguien.

Elena abrió la puerta.

En el rellano estaban Max, Samuel y Abel, los tres con pinta de estar pasando frío, pese a que iban abrigados; llevaban bufandas mal anudadas y guantes viejos.

MAX: Feliz Navidad.

Samuel levantó la mano a modo de saludo torpe. Abel sonreía de oreja a oreja. La ausencia de Tristán palpitaba entre ellos y Dalia se quedó quieta, sin saber si acercarse o retroceder. No se habían visto desde la semana anterior, cuando todo había saltado por los aires. Max y Abel habían llamado en un par de ocasiones a la casa de Elena para preguntarle cómo estaba, pero las conversaciones telefónicas habían sido vagas y torpes.

ELENA: Pasad. Repondré los dulces.
ABEL: No hace falta, estamos llenos.
SAMUEL: Habla por ti, rata traidora.
MAX: Basta. Tengamos la fiesta en paz.

Dalia comprendió en ese instante que, pese a la aparición conjunta, algo se había roto entre ellos. Sí, siempre se habían lanzado indirectas y les encantaba irritar al de al lado, era su forma de quererse, esa rivalidad tierna, ese tira y afloja, esa mezcla de suavidad y aspereza; sin embargo, aquella noche, Dalia percibió entre ellos unos jirones de tristeza que no recordaba que estuviesen allí antes. Al menos, no de esa manera.

Los chicos entraron y se acomodaron en el salón.

Elena estaba en la cocina y Dalia se sentía expuesta sin la poderosa presencia de la mujer a su lado. De pronto, frente a los tres, tenía la impresión de ser diminuta, como la cabeza de un alfiler, y frágil, como un cristal finísimo y abombado.

Samuel: Hemos venido porque... (Se frotó la nuca).
Abel: Tenemos una cosa para ti. Es un regalo.
Max: De los tres. (Lo puntualizó sin dejar de mirarla fijamente).

Le dieron un paquete rectangular y mal envuelto con un papel de color mostaza. Confusa, Dalia lo cogió y lo mantuvo sobre su regazo.

Dalia: No hacía falta...
Max: Lo sé. Queríamos hacerlo.

Ella rompió el papel despacio, casi a cámara lenta. No había desenvuelto muchos regalos a lo largo de su vida; si acaso, algún detalle por Navidad, cuando era niña: libretas y bolígrafos, bufandas y calcetines, caramelos y chocolates. También recibían donaciones y los juguetes que llegaban solían estar en buen estado. Pero nunca tuvo nada personal, un regalo pensado especialmente para ella, hasta que Antonello apareció con el disco de las baladas italianas y se lo entregó con una mezcla de nerviosismo e ilusión, consciente del significado que tenía para Dalia tras haber conocido su historia.

Frente a los chicos, la esquina de un marco asomó y ella retiró el resto del papel.

Entonces, lo vio: una fotografía en la que aparecían los cinco, sacada una noche de verano en la puerta de El Club del Olvido, riéndose por algo que ninguno recordaba con exactitud. Ella estaba en medio, con el pelo encrespado por la humedad. Tristán, a su lado, levantaba un poco el brazo, como si hubiese tenido la intención de pasárselo por encima del hombro, pero al final no se hubiera atrevido. Los labios de Samuel sostenían un cigarrillo y esbozaban una mueca burlona. Abel salía con los ojos cerrados y la boca abierta, congelado en mitad de una carcajada. Max, a la izquierda, llevaba una camiseta azul y parecía feliz.

Le temblaron ligeramente los dedos.

DALIA: No recordaba esto...

ABEL: La hizo Patricia, el ligue de Samuel.

SAMUEL: Cierra el pico y métete en tus asuntos.

MAX: (Dirigiéndoles una mirada airada a los otros dos). El caso es que... pensamos que te gustaría tenerla. Tú eres parte del club. Siempre lo has sido.

A Dalia se le llenaron los ojos de lágrimas.

DALIA: No sé qué decir... Yo... (Tomó aire). Lo siento.

ABEL: Reconozco que al principio me dolió un poco que se lo contases a este (señaló a Max) y no a mí, porque pensaba que nuestra amistad era..., ya sabes, especial. Pero lo comprendo y está olvidado. Tú sigues siendo tú.

SAMUEL: Sí. No hubiese cambiado nada.

DALIA: Es que no fue algo... (Negó con la cabeza y se limpió la mejilla al tiempo que miraba a Samuel). Tú lo diste por hecho el día que nos conocimos, ¿recuerdas? Y yo lo admití.

SAMUEL: ¿El qué? Me he perdido.

DALIA: Que nunca digo la verdad. Que miento a todas horas, sin cesar, siempre.

SAMUEL: No pensaba que fuese..., ¿cuál es la palabra?

MAX: Literal.

SAMUEL: Eso.

Elena apareció y se sentó en el lugar más alejado de Max. Dejó en la mesa el té y el plato con pastas. Hubo un silencio hasta que ella habló.

ELENA: ¿Por qué no ha venido Tristán?

DALIA: Elena, no... (Le tembló la voz).

Elena: ¿Sabe que estáis aquí?
Abel: Sí. (Lo dijo bajito).
Samuel: Se le pasará.
Max: Necesita... tiempo.

Dalia bajó la mirada otra vez hacia la fotografía, hacia ese momento detenido donde los cinco estaban juntos y nada se había quebrado todavía. Para ella, era un tesoro. Simbolizaba una pertenencia que nunca había tenido, un trozo de una casa imaginaria con una familia escogida que había llegado a su vida de forma imprevista.

Dalia: Gracias. No sé qué decir.
Abel: No hace falta que digas nada.

Abel se levantó y la abrazó. Samuel y Max no se movieron, pero estaban ahí y Dalia se sintió profundamente agradecida. Elena observaba la escena en silencio.

Dalia: Feliz Navidad, chicos.
Max: Feliz Navidad a ti también.

Ella levantó la vista, tragó saliva y logró sonreír.

Una hora más tarde, sentada en la cama de la habitación de invitados, Dalia contempló la fotografía durante un buen rato, deteniéndose en todos los detalles, recordando la cantidad de momentos que habían vivido juntos durante aquel año. Pasó un dedo por el cristal, como si pudiera atrapar el verano que había dentro. En su cabeza sonaba la canción *Tornerò* de I Santo California.

Cuando apagó la luz, él apareció en su mente.

«No existes, Dalia». Esas habían sido las últimas palabras que Tristán había dicho antes de desaparecer en mitad de la noche, mientras los copos de nieve se arremolinaban a su alrededor y el frío se abría paso hasta el corazón de Dalia.

«No existes, no existes, no existes».

Aquella era su herida más antigua. Le hubiese gustado estar anestesiada, no sentir nada. Pero vivía perdida dentro de un torbellino intenso.

Y no dejó de llorar hasta que se durmió.

## 80

## LO QUE A DALIA LE GUSTABA

La familia. Imaginar qué ocurría dentro de cada casa, esa cotidianidad afable y cansada. Los sombreros de colores. Todo lo que tenía que ver con Italia: el idioma, la comida, la música, el cine. Las contradicciones que tenían un sentido profundo: la fragilidad y la fortaleza, la soledad y la libertad, la violencia y la ternura. Los caramelos Snipe de nata. La familia. El arte de la representación: los escenarios, los vestuarios, los guiones, los efectos. El sabor salado de las lágrimas. El trasfondo festivo y melancólico de los disfraces. Los charcos que reflejaban un cielo distinto, como si fuesen ventanas a otros lugares. Los globos de colores. La familia. Las tiendas de segunda mano y los mercadillos. Los gusanos de seda, y la magia de su maravillosa transformación. El calor de las estufas, la lluvia fina. Las estaciones: contemplar cómo la gente llegaba y se iba. Los objetos con historia: sillas tapizadas, marcos antiguos, juguetes viejos. La familia. Samuel, y su forma de enfadarse y de querer como un niño: sin límite y sin filtros. Abel, y su generosidad, su corazón limpio y su cándida torpeza. Max, y su agridulce sentido del humor y su inquebrantable lealtad. Tristán, y su contención y la rotundidad de sus palabras, la belleza de la que no presumía, casi como si lo avergonzase, y su capacidad a la hora de ser un refugio para todos ellos, siendo el tejado perfecto. Pero, sobre todo, la manera en la que la miraba a ella: como si la viese de verdad y fuese terriblemente consciente de su existencia.

Y la familia.

# 81

## LAS CARTAS DE DALIA A TRISTÁN

*Querido Tristán:*

*No sé por dónde empezar. Si me dejo llevar por lo que deseo, iría directamente al final, al último día que te vi, cuando se puso a nevar y los copos se quedaron atrapados en tu pelo y tus pestañas, y yo centré toda mi atención en ellos porque no quería afrontar el dolor que había en tus ojos. Entonces, sí, iría allí y te pediría perdón una y mil veces hasta que te compadecieses de mí, aunque sé que tu indulgencia se cotiza al alza.*

*Pero haré lo contrario, retrocederé hasta el comienzo. No a nuestro comienzo, sino al mío. Después de todo lo que ha ocurrido entre nosotros, creo que te mereces una explicación. Siempre me ha gustado el origen de esa palabra: a fin de cuentas, viene a ser desdoblar algo para hacerlo más claro y comprensible.*

*Esto es todo lo que he averiguado de mis primeros cuatro años de vida: nada. No sé dónde nací ni cómo viví. No tengo fotografías ni ningún objeto. Esos cuatro años son un hueco inmenso que jamás podré llenar. Ese vacío me ha perseguido durante mucho tiempo, pero terminé por aceptarlo porque era la única forma de avanzar.*

*Con amor, Dalia.*

• • •

*Querido Tristán:*

*Lo que voy a contarte es una mezcla de realidad y ficción. No es una mentira más, es que he recreado tantas veces el momento que ya no sé qué es cierto y qué partes me fui narrando a mí misma hasta acabar por sentirlas reales.*

*Si cierro los ojos y me traslado al 9 de noviembre de 1972, esto es exactamente lo que visualizo: tengo cuatro años recién cumplidos. Estoy en una estación de tren, huele a café y a metal caliente. Tengo un calcetín arrugado, mal puesto, y me molesta en el pie derecho cuando camino. Mi madre me coge de la mano con fuerza. A mi alrededor, la gente fuma, arrastra maletas y se despide con abrazos. El techo de la estación es altísimo y hay unos pájaros que se han colado dentro y zigzaguean bajo la bóveda.*

*Ella me dice: «Aspetta qui, amore». Se agacha, me acaricia el pelo. He intentado por todos los medios ver su rostro, pero nunca lo he conseguido: algunos días es morena y otros, rubia; algunos días tiene los ojos claros y otros, oscuros.*

*Luego añade: «Torno subito, eh? Solo un momento».*

*De niña, una se cree todo lo que dicen los adultos. Las palabras valen tanto como los hechos porque no entendemos el concepto de la mentira ni para qué sirve.*

*Mi madre desaparece entre la gente, su abrigo marrón se vuelve más y más pequeño, hasta que lo pierdo de vista. Juego a contar las baldosas del suelo: una, dos, tres, cuatro, cinco, seis, siete, ocho... Y vuelta a empezar. Hay un reloj enorme y redondo en lo alto de la estación y yo no dejo de mirarlo. Los pasajeros y los trenes van y vienen, no se detienen.*

*Un hombre que está fumando en la puerta de la cafetería se me acerca, me pregunta cómo me llamo y dónde están mis padres.*

*Eso es todo. El principio y el final de la historia.*

*El resto, puedes imaginarlo leyendo el informe de mi expediente policial:*

CUERPO NACIONAL DE POLICÍA

Comisaría Local

Fecha: 9/11/1972

Hora: 20:27

HECHOS: A las 19:42, el empleado de cafetería D. Luis R., con DNI 3448253N, informa de la presencia de una menor de edad sola en el interior de la estación de tren. Manifiesta que la niña llevaba más de treinta minutos sin supervisión de ningún adulto y sin que nadie hubiera acudido a hacerse cargo de ella. La patrulla n.º 28 se persona en el lugar. Se localiza a la menor sentada junto a la cafetería, sin signos de lesión. La menor responde al nombre de Dalia (se desconoce el apellido). Edad aproximada: 4 años. Vestía abrigo verde y botas marrones. Interrogados varios testigos, se obtiene la siguiente descripción de la mujer que podría ser la madre o tutora: joven, veinticinco o treinta años, acento extranjero (dos testigos refieren que podría ser italiano), vestía abrigo marrón y llevaba una maleta de mano. No se aporta más información. Se examinan los bolsillos de la menor sin encontrar ningún indicio sobre su origen. Se traslada a la menor al Hogar Provincial a las 20:09, a la espera de la apertura del expediente.

Fdo. Agente 28.

• • •

*Querido Tristán:*

*Nunca he tenido un hogar. Al menos, no uno que se parezca a lo que todo el mundo conoce como tal. Las monjas y los trabajadores sociales eran amables, los años se fueron encadenando unos con otros y la vida continuó. Después, entré y salí de algunas casas de acogida y, más tarde, me trasladaron a un piso tutelado hasta que cumplí los veintiún años. Cuando tuve que marcharme, como conocía a la coordinadora, empecé a trabajar como auxiliar de apoyo en el albergue; ya sabes, acompaño a los residentes a sus citas médicas, ayudo en las comidas y esas cosas. Entre ese sueldo modesto y lo que saco comprando y vendiendo prendas de segunda mano, he ido tirando.*

*Es imposible saber que algo te falta si nunca lo has tenido; no eres consciente de esa carencia. Hasta que creces, claro. Y cuando lo haces, todo se expande. Entonces, intentas encontrar tu lugar en el mundo. Solo que eres una planta sin raíz en un entorno lleno de gente con raíces bien arraigadas en sus parcelas. Encontrar ese hueco, que tiene que ver con la pertenencia y el amor, es intentar encajar en un paisaje que siempre ha existido sin ti. Buscas dónde enredarte, pero todo parece ocupado, demasiado firme, demasiado ajeno. Tienes las manos llenas de tierra que no es tuya y te preguntas si alguna vez habrá un sitio para ti.*

*Con amor, Dalia.*

• • •

*Querido Tristán:*

*Siempre me ha conmovido todo lo que tiene que ver con la soledad. De pequeña, en el colegio, cuando la profesora pedía que seleccionásemos un color, todos se lanzaban a por el verde, el azul, el rojo, el amarillo, el naranja, el morado. Yo me quedaba quieta hasta que el alboroto cesaba y, entonces, echaba un vistazo a las pinturas que quedaban sobre la mesa: marrón, blanco, ocre, gris, negro. Casi siempre escogía el color gris. Me parecía cruel que un tono tan insípido tuviese que competir con el explosivo rojo o el vibrante amarillo. Lo personificaba: «Seguro que se siente solo dentro de la caja de pinturas». Y lo mismo me ocurría con la goma de borrar más fea, el coletero viejo que encontraba en el patio o la tristeza de las muñecas desnudas.*

*«El mundo es un lugar lleno de abandonos», pensaba.*

*La soledad, en ocasiones, es incalculable.*

*Con amor, Dalia.*

• • •

*Querido Tristán:*

*La memoria es un juego. Me gusta imaginar la felicidad que nunca he tenido. Veo los días de Navidad y los cumpleaños llenos de gente. Y una familia inmensa, tan grande que una termina equivocándose con el nombre de los primos. Nos reunimos a menudo y siempre es divertido. Mis padres son dos personas corrientes con trabajos poco interesantes, pero sobre las siete de la tarde están en casa. Él tiene un humor básico, escucha la radio a diario y es cariñoso. Ella no soporta cocinar, aunque la lasaña le sale exquisita, le gusta la moda tanto como a mí y su risa es ronca.*

*En mi perfecta fantasía, no me fijo nunca en el color gris de la caja de pinturas, me leen cuentos antes de ir a dormir y me dicen que pida un deseo al soplar las velas de cumpleaños. Mi madre está a mi lado el día que me baja la regla y me calma cuando me asusto, mi padre finge molestarse cuando le digo que he conocido a un chico, tengo a quien darle el boletín de notas del colegio, me riñen cuando me salto el toque de queda y me consuelan cuando me rompen por primera vez el corazón.*

*Cuando se trata de memoria, todo es tejer y destejer.*

*Con amor, Dalia.*

• • •

*Querido Tristán:*

*Creo que me enamoré de ti el primer día que te vi.*

*Está bien, quizá lo haya idealizado con el paso del tiempo, pero sí recuerdo que me impactaron tus ojos: pensé que estaban llenos de luz y de oscuridad. Supe que dentro de ti había un laberinto subterráneo y deseé con todas mis fuerzas poder entrar en él.*

*Con amor, Dalia.*

• • •

*Querido Tristán:*

*Si pudiese volver atrás, jamás le seguiría la corriente a Samuel cuando dio por hecho que era una niña de papá. Al oírselo decir, me hizo gracia y no lo saqué de su error. Quise jugar. Pensé que no volvería a verlo. De hecho, dudé mucho antes de entrar en El Club del Olvido aquella primera noche. Me quedé delante de la fachada, en la acera, preguntándome qué estaba haciendo ahí. No sé qué fue lo que me empujó a abrir esa puerta al final.*

*Pero, cuando lo hice, te vi.*

*Y ahí estaba el laberinto. Siempre surge el mismo problema: por mucho que te repitas que es peligroso y un error, es una tentación irresistible. Una vez que te adentras, ya no hay manera de salir. Pasa lo mismo con las mentiras: empiezan siendo pequeñas, casi anecdóticas, pero a partir de cierto punto ya no hay forma de volver atrás y arreglar el daño que han hecho.*

*Con amor, Dalia.*

• • •

*Querido Tristán:*

*Lo que te dije la última noche es cierto: nunca había sentido por nadie lo que siento por ti, nunca me había enamorado, nunca me había gustado la idea de verme a través de los ojos de otra persona. Tú lo sacudiste todo, y lo más irónico del asunto es que ni siquiera te propusiste hacerlo. Bastó con que fueses como eres, sin aderezos ni envoltorios deslumbrantes, sin disfraces ni los brillos iniciales del que intenta impresionar. Contigo, no sentía que fuese «demasiado» nada. Ni demasiado intensa ni demasiado emocional. Ni demasiado diferente ni demasiado extraña. Y creo que he memorizado hasta el último centímetro de ti: la longitud de tus pestañas, las pecas tenues alrededor de tu nariz que parecen salpicaduras de pintura, el extraño color de tus ojos, similar al del vidrio marino, la manera en la que tu cabello oscuro se curva al rozarte las orejas, la tonalidad de tus labios según el frío que haga ese día, la forma de tus dedos y... todo, todo, todo.*

*No tardé en sentir que mirábamos el mundo desde un mismo ángulo, que entendíamos igual la belleza, que hablábamos un idioma propio. Tu soledad era mi soledad. Y tu desconfianza era mi desconfianza. Y tu contención era mi contención. Y tus miedos eran mis miedos. Y tus anhelos eran mis anhelos.*

*Y una parte de ti era mía.*

*Y una parte de mí era tuya.*

*Porque teníamos algo en común.*

*¿Sabes lo que pensé la última vez que estuvimos juntos antes de quedarme dormida mientras me abrazabas? Que me había aferrado a tu espalda media hora antes, cuando hacíamos el amor, y que tendría trocitos de tu piel bajo las uñas. Y después pensé que, quizá, mi parcela de tierra, ese lugar donde echar raíces, estaba contigo; no en el mismo sitio, no exactamente eso, pero sí cerca, para poder verte cada día. Hasta ese punto me gustas, Tristán. Hasta el punto en el que se me cruzan pensamientos locos y cursis por la cabeza a todas horas, y me siento estúpida y, al mismo tiempo, afortunada.*

*Todo lo que vivimos fue real. Completamente real.*

*No queda nada más que pueda darte. Esto es todo lo que hay. Sé que estoy lejos de ser perfecta, que soy impulsiva y que no sé cómo es sostener a otra persona y dejar que me sostengan a mí, porque no lo he vivido antes. Existo de una manera torpe, como casi todos. Existo sin haber querido nunca hacerle daño a nadie intencionadamente. Existo desde la cobardía y con errores, cierto, y, a veces, de forma un poco difusa. Existo con mis contradicciones. Existo con miedo. Existo con cientos, miles, de dudas. Existo mientras te escribo estas cartas y me pregunto si te molestarás en leerlas, y si este acto a la desesperada te hará cambiar de opinión respecto a mí.*

*Así que, sí, existo.*

*Con amor, Dalia.*

# 82

# PATRONES E IRREGULARIDADES

Dalia lanzó la última carta al buzón, se dio la vuelta y puso rumbo al albergue. La mañana era fría y gris. Las nubes desdibujadas parecían espectros en el aire. Ayudó a servir las comidas del día y, luego, se tomó un café con Antonello, que se mostró animado.

Mientras regresaba a casa de Elena, pensó que la vida estaba llena de patrones y de irregularidades, y que había que aceptarla así. Había días que avanzaban con una previsibilidad casi insultante, uno detrás de otro, idénticos. Pero bastaba confiarse, bajar un poco la guardia, para que todo estallara sin previo aviso. Aquel era un juego sin reglas, y las fichas, ella y el resto de la gente, terminaban por aferrarse a la probabilidad como quien se agarra a la última tabla en mitad de un naufragio.

Cuando entró en casa de Elena, lo hizo usando la copia de las llaves que la mujer le había dado. Se quitó el abrigo y la bufanda y dejó las prendas en el perchero. A lo lejos, distinguió las voces de los chicos en un tono bajo, casi susurrante.

Al llegar al salón, corroboró que Tristán no estaba.

Los otros tres parecían impacientes y se mostraban serios. La expresión de Max era dura. Abel parecía dubitativo. Samuel no dejaba de morderse las uñas.

DALIA: Hola. ¿Va todo bien?

ABEL: No. Te estábamos esperando.

SAMUEL: La han encontrado esta madrugada... (Se rascó

el brazo, nervioso). No me lo puedo creer, es como una puta broma pesada y...

Max dio un paso al frente y la miró a los ojos.

Max: La madre de Tristán ha muerto.

Dalia: (Tomando aire). ¿Cómo está él?

Max: No lo hemos visto. María ha llamado a mi madre y le ha dado la noticia. Queríamos ir al tanatorio para darle el pésame. Pero faltabas tú.

Dalia: Yo... (Estaba bloqueada).

Abel: Tienes que venir.

Max: Confía en nosotros.

Un tanatorio es como un hostal de carretera: ningún huésped se queda demasiado tiempo y todo tiene un aire triste, decadente e impersonal. Mientras dejaban atrás la zona de recepción, Dalia temblaba por dentro. Temía que a Tristán le irritase su presencia en aquel momento tan íntimo. Ninguna opción le parecía adecuada: presentarse allí era arriesgado, pero no ir le resultaba impensable. Conforme avanzaban hacia la sala, paso a paso, sentía que entraba en el corazón de Tristán y reconocía sus vacíos.

La pérdida de lo que nunca se ha tenido, que no es otra cosa que la pérdida de lo que pudo haber sido, es una pérdida extraña, porque vive en el imaginario, no existe, no te permite aferrarte a recuerdos reales, tan solo a recuerdos soñados e ilusiones almibaradas. Dalia entendía de ese dolor tanto como entendía de ese no dolor.

Samuel: Es aquí. Sí, creo que sí.

Max: Vale, vamos allá. (Cogió aire).

Entraron en la sala, uno detrás de otro, Dalia en último lugar. La abuela de Tristán y María estaban sentadas alrededor de una mesa, rodeadas por varias mujeres del barrio que hablaban en susurros, se lamentaban y se santiguaban.

Apoyado en la pared y de pie, se encontraba Tristán.

Alzó la mirada. Su expresión se mantuvo inescrutable. María se levantó y recibió a los chicos con cariño. Dalia caminó despacio hacia Tristán, casi de puntillas, como si temiese que el suelo se abriese bajo sus pies. Paró cuando llegó hasta él.

DALIA: ¿Puedo... darte un abrazo?

Tristán respiró hondo y, luego, asintió.

Ella se acercó, le rodeó el cuello con muchísimo cuidado, como si fuese una figura de porcelana que pudiese romperse en cualquier momento, y apoyó la mejilla en su hombro. Olía a Tristán. Y también a desencanto, tristeza y ausencia. Él tardó un poco en reaccionar, pero, cuando lo hizo, la sostuvo por la cintura y la estrechó contra su pecho con fuerza. Un silencio lleno de palabras no dichas se abrió entre ambos.

SAMUEL: Tristán, tío... Lo siento mucho. Yo...
TRISTÁN: Está bien. (Se separó de Dalia).
ABEL: Si hay algo que podamos hacer...
MAX: Lo que sea. (Su voz era firme).

Daba la impresión de que la mirada de Tristán estaba sobre Dalia como si fuese un anzuelo y se hubiese enredado en ella. Tardó unos instantes en ser capaz de apartar los ojos y fijarlos en sus amigos. Dejó caer la mano sobre el hombro de Abel.

TRISTÁN: Ya está. Mañana habrá pasado.
SAMUEL: Pero, joder..., joder, tío...
TRISTÁN: Solo me duele por ella.

Señaló vagamente a su abuela, que, sentada entre las demás mujeres del barrio, parecía encogida sobre sí misma, como una niña perdida en mitad de una ventisca, con la espalda encorvada.

MAX: No abriremos este próximo sábado y...

TRISTÁN: Ni hablar. Es la noche de fin de año. (Su expresión era todo aristas y aspereza). Esto no cambia nada. Para mí, murió hace mucho tiempo.

SAMUEL: Tío, esto no es...

ABEL: Hagamos lo que dice.

Todos miraron a Abel, que rara vez interrumpía a los demás e imponía su parecer con un tono tan seguro. Tristán asintió, complacido, y se acercó a su abuela, que toqueteaba un broche que colgaba de su chaqueta negra de lana. La mujer no dijo nada y él tampoco, pero se sentó a su lado y la cogió de la mano mientras ambos fijaban la vista en la fotografía que había en la mesa junto a un jarrón con flores frescas: aparecían los abuelos de Tristán, jóvenes y sonrientes, con una niña de cabello oscuro. Dalia meditó sobre lo impredecible que era la vida, todas las vidas, un juego que carecía de lógica; ¿qué hubiese pensado la pareja de la fotografía de haberles dicho entonces que, unos años más tarde, dos serían polvo y una tendría la cabeza llena de agujeros?

Ninguno de ellos comentó nada más durante la hora que siguió. Tan solo fueron un destello de compañía. Querían decirle: «Estamos aquí».

## 83

## LA NOCHE DE FIN DE AÑO I

Dalia siguió pensando en los caprichos de la vida. Mientras ella le escribía en plena madrugada aquella última carta a Tristán, la mujer que había dado a luz a ese maravilloso ser humano tomaba su último aliento. En algún lugar de la ciudad, esa madre que nunca supo o pudo ser madre se despedía del mundo, y ella, entretanto, bolígrafo en mano, abría su corazón y se lo regalaba a Tristán en forma de palabras confusas.

ELENA: ¿En qué piensas, querida?

DALIA: Solo tonterías mías. (Se sentó en el sofá y lanzó un suspiro). La última noche del año me pone triste. Me hace pensar en lo que dejamos atrás.

ELENA: Todo lo que vivimos lo llevamos encima.

Con aire distraído, Elena se quitó una pelusa del suéter y, después, cruzó las piernas. Llevaba el pelo largo recogido en una coleta baja.

DALIA: El club ha sido...

ELENA: (En tono alentador). Sigue.

DALIA: Ha sido una bendición y también una maldición.

ELENA: Algunos éxitos son así. Es una sospecha que siempre he tenido.

DALIA: Creo que hay algo que se ha roto entre ellos. Se

quieren, siempre van a quererse, pero... (le tembló la voz) no sé hasta cuándo pesará más su amistad que sus diferencias. Los cuatro son completamente..., ¿cómo decirlo?

ELENA: Diferentes. (Sonrió).

DALIA: ¡Sí, eso es! Diferentes.

ELENA: Las amistades que nacen en la infancia son complicadas. (Se toqueteó el lóbulo de la oreja, pensativa). A una de mis mejores amigas la conocí con siete años, iba a mi colegio y lo hacíamos todo juntas. Margarita, se llama. Mira, tiene nombre de flor, como tú. Es una bonita casualidad. (Hizo una pausa). La cuestión es que, conforme fueron pasando los años, mi amor por ella siguió intacto, pero nuestra conexión empezó a sufrir interferencias. Era un asunto de sintonía y de encaje.

DALIA: ¿Y aún sois amigas?

ELENA: Sí, lo somos. Pero es una amistad concreta. Tiene que ver con el cariño y me basta con hablar con ella un par de veces al año para ponernos al día y saber que está bien. No es que intente marcar distancia, es que... no tenemos nada más que decirnos.

DALIA: Es trágico.

ELENA: Es real, aunque entiendo que puedas verlo como una tragedia, pero también tiene belleza. En algún momento, nosotras nos compenetrábamos como nadie más lo hacía, pero después elegimos caminos distintos. Las cosas cambian todo el tiempo. La vida no es estática. Un día una amistad empieza a enfriarse. Un día se muere tu marido en un accidente de tráfico. Un día te enamoras de un tipo al que le sacas catorce años. (No pudo evitar estremecerse y esbozar una mueca). Qué arbitrario es todo. Qué arbitrario.

DALIA: Elena... (La miró con compasión).

ELENA: No, no, no hablemos de mí. (Sacudió la mano como si así pudiese deshacerse de las palabras que acababa de pronunciar). Volvamos a los chicos y al club.

DALIA: No hay mucho más que decir...

Elena: Tienen que cerrarlo.

Dalia: Eso no es posible y...

Elena: Samuel necesita ayuda, y rápido. Abel necesita dinero, y rápido. Tristán necesita una dirección, y rápido. Max necesita ser libre para irse, y rápido. (Tragó saliva y giró la cara, incapaz de sostenerle la mirada a Dalia). Seré feliz el día que salga de la ciudad. Y él también. Después, podrá decidir si quiere volver. Pero ese hombre... ese hombre tiene una cabeza brillante y se está perdiendo la vida.

Dalia: Ellos eligieron esto. Más o menos.

Elena: Sí, tú lo has dicho: más o menos. (Se puso en pie, se acercó al balcón y volvió a alejarse). Dime una cosa, Dalia. ¿Alguna vez te has sentido tan paralizada que, incluso sabiendo que estabas en un lugar donde no querías estar, eras incapaz de moverte?

Dalia: Sí.

Meditabunda, Elena asintió con la cabeza, pero no dijo nada más. Tras un minuto largo de silencio, Dalia se levantó y también se acercó al balcón. Abrió la cristalera para asomarse. El club estaba a punto de abrir y la clientela se arremolinaba en torno a la puerta. Se celebraba la noche de fin de año y la vestimenta era sofisticada. Los hombres llevaban camisa y las mujeres, vestidos de lentejuelas y colores brillantes.

Dalia buscó a Tristán entre la gente. No lo encontró.

## 84

## MIENTRAS TANTO...

Mientras tanto, a tan solo un piso de distancia, El Club del Olvido acababa de abrir sus puertas. Max y Tristán ya estaban detrás de la barra, listos para sacar adelante la primera remesa de la noche. Samuel, fuera, se encargaba de cobrar las entradas. Abel se ocupaba de la música: las notas de una canción de ABBA se enredaban entre los espumillones que colgaban del techo y la decoración navideña que habían colocado esa misma tarde. Todo brillaba con falso entusiasmo, como si el local se empeñara en fingir una alegría que ninguno de ellos sentía del todo entre lucecitas cálidas y destellos rojos y dorados. Habían repetido aquel ritual tantas veces que casi podían ejecutarlo con los ojos cerrados. Todos los corazones que se hallaban en el interior de la sala parecían latir al mismo ritmo y, aun así, algo vibraba con una tensión subyacente inevitable.

Max miró a Tristán, que preparaba un cosmopolitan. Recordó la primera vez que habían oído aquella palabra, pronunciada por Dalia como si fuese una chica acostumbrada a frecuentar famosos clubs londinenses. Se preguntó si su amigo también estaría pensando en ella mientras llenaba la copa (esa copa que también habían comprado por iniciativa de Dalia) hasta el borde.

MAX: Eh, ¿todo bien? ¿Cómo estás?
TRISTÁN: ¿Yo? Genial. Estoy genial.

Mirándolo de reojo, Max resopló y siguió a lo suyo, aunque le entraron ganas de pegarle (una colleja, al menos) por ser tan hermético y empeñarse en contenerlo todo. Un acorazado. Eso era. Un acorazado con artillería pesada y blindaje a prueba de bombas.

En la cabeza de Max, resonaba un tictac insoportable, como si cada segundo que dejaba atrás fuese una oportunidad perdida, con las conversaciones triviales de la gente que rodeaba la barra y disfrutaba de la noche.

Desconocida uno: ¡Tres cervezas!

Desconocido dos: ¿Tenéis ese cóctel rojo que sabía a fresa? (...). No, no recuerdo cómo se llamaba, pero lo probé aquí mismo hace unos... cuatro meses.

Desconocida tres: ¿A qué hora cierra el club?

Desconocida cuatro: ¡Tía! ¡Se me clavan las lentejuelas en las tetas!

Desconocido cinco: Joder, esto va lento...

Desconocida seis: Oye, ¿cómo se llama tu amigo? Sí, el que está con los cócteles. ¿Sabes si empieza el año nuevo soltero...?

Desconocido siete: Si tiene cara de seta.

Desconocida seis: ¿Qué sabrás tú? (Risas).

Desconocido ocho: ¡Un brindis por esta noche!

Tristán estaba especialmente concentrado aquel día. Al menos, eso sería lo que habría pensado cualquiera que no lo conociese. Pero era una olla a presión: su cabeza estaba enmarañada y su corazón, adormecido. No tenía claro cómo debía sentirse respecto a la muerte de su madre, a las mentiras de sus amigos y a la ruptura con Dalia.

Procuraba no levantar la vista de las copas porque, si lo hacía, inevitablemente la buscaría entre la multitud tal como había hecho cada noche desde que ella apareció y puso su vida del revés.

El último día del año, todo eran ausencias.

Patricia: ¡Tristán! ¿Estás sordo?
Tristán: ¿Qué? (La miró, aturdido).
Patricia: ¿Te encuentras bien?
Tristán: Claro. Es Nochevieja.

Le dedicó una mueca que pretendía ser una sonrisa. Patricia se mostró escéptica antes de coger su cerveza y alejarse de la barra en dirección a la puerta, donde estaba Samuel. Le quitó el cigarrillo que colgaba de su boca. Samuel ni se dio cuenta; le palmeó la espalda a un chico que acababa de entrar en el local.

Samuel: ¡Feliz año, campeón!
Desconocido: Todavía no es medianoche.
Samuel: ¿No? ¡Pues yo ya estoy celebrándolo!
Patricia: Eso ha quedado claro. (Se cruzó de brazos). Deberías controlarte esta noche, no parece que los chicos estén demasiado contentos.
Desconocido: Déjalo que disfrute. La vida son dos días.
Samuel: ¡Ese es mi lema! ¡¿Qué digo?! ¡La vida son dos horas y la primera te la pasas haciendo papeleos! ¿Pillas el chiste? (Se echó a reír).

Un poco más allá, Abel ajustaba el volumen. Le temblaban las manos. Había bebido solo media cerveza y, aun así, sentía el pulso acelerado. Cada vez que la puerta del local se abría de golpe, giraba la cabeza y empalidecía.

Desconocida: ¿Vas a seguir poniendo ABBA?
Abel: Depende. ¿Alguna petición especial?
Desconocida: ¡Sí! *Dancing Queen.*
Abel: Eso está hecho. (Respiró hondo).

La alegría de la canción parecía una broma de mal gusto, pero nadie lo percibía como él: los clientes se movían animados entre luces navideñas y festivos vestidos.

Tras la barra, Tristán continuaba concentrado.

Max, a su lado, estaba inquieto. Era ese tictac que no lo dejaba en paz y se colaba entre las voces de la gente. Una cerveza. Tic, tac. Un cosmopolitan. Tic, tac. Un ron con cola. Tic, tac. Una piña colada. Tic, tac.

MAX: Joder, ¿qué hora es?

TRISTÁN: Pronto. Aún.

MAX: Fan-tás-ti-co.

TRISTÁN: ¿Qué pasa?

MAX: Nada, como tú dirías. Nunca pasa nada.

TRISTÁN: Pásame esa copa.

MAX: Fan-tás-ti-co.

Tristán le dirigió una mirada larga y punzante, pero no contestó. Cogió la copa, sirvió la bebida y agarró el billete que le tendía una clienta. Fue al devolverle el cambio y alzar la vista cuando se fijó en los tipos que acababan de llegar hasta la barra.

Ninguno iba vestido acorde a la fiesta. Llevaban chaquetas oscuras y sus expresiones ceñudas desentonaban y agrietaban el ambiente navideño.

IÑAKI: Buscamos a Abel.

Fue directo, sin rodeos. Max dejó lo que estaba haciendo, se acercó y apoyó las dos manos en la barra. La tensión casi podía palparse con los dedos.

MAX: No sois bienvenidos. Fuera.

TRISTÁN: ¿Qué es lo que queréis?

PEDRO: Tan solo desearle un feliz año.

IÑAKI: Y exigirle que pague su deuda.

MAX: No lo estáis entendiendo. (El tictac no cesaba). Si no dais media vuelta y os marcháis por donde habéis venido, vamos a tener problemas.

JOTA: Iré a buscar a ese fantasma.

Tristán dejó caer al suelo el trapo que tenía en la mano y rodeó a Max para abandonar la barra y seguir a Jota, que avanzaba junto con los otros dos entre los clientes que, ajenos a todo, continuaban celebrando la noche. Samuel se cruzó en su camino.

Samuel: ¿Qué pasa? (Tenía los ojos rojos).
Tristán: Han venido los tipos del póker.

Tristán no se entretuvo en explicaciones y fue tras ellos sin brusquedad, pero con esa presencia silenciosa que adoptaba cuando algo grave podía ocurrir.

Al verlos, Abel dio dos pasos atrás.

Iñaki: Venga, chico, que no mordemos.
Pedro: No siempre, al menos.
Abel: Os dije que... necesitaba más tiempo.
Jota: Y nosotros te avisamos de que tenías hasta las campanadas para reunir el dinero. Pues bien (miró su reloj), quedan dieciséis minutos para las doce.
Pedro: Danos la pasta.

Un par de chicas que bailaban cerca se detuvieron.

Desconocida uno: Joder, qué mal rollo, tía.
Desconocida dos: Ya ves. Vámonos.
Tristán: Hablemos. Vamos al almacén.
Jota: De eso nada. Si no cumple, tendrá que atenerse a las consecuencias y venir con nosotros. Nos encargaremos de darle una lección.
Max: ¡Vosotros lo engañasteis! Sois unos timadores.
Iñaki: Nadie lo obligó a jugar. (Sonrió con malicia).
Pedro: Y no es culpa nuestra que sea un estúpido.

Samuel los alcanzó en ese momento, con las manos en alto, la camisa arrugada fuera del pantalón y un ridículo sombrero de copa.

SAMUEL: ¡Eh, eh, eh! ¡A este idiota solo puedo insultarlo yo! Aléjate de él o...
PEDRO: ¿O qué? (Se rio).
SAMUEL: Empezarás el año sin dientes.
TRISTÁN: Samuel, espera...

Tristán dio un paso al frente, pero era tarde.

Pedro cogió a Abel del cuello de la camisa y, antes de que pudiese asestarle el primer golpe, Samuel se abalanzó sobre él como un salvaje y lo tiró al suelo. No pensó en las consecuencias, porque Samuel era muchas cosas (un inconsciente, un loco, un metepatas, un crío), pero, ante todo, era un perro leal en lo que respectaba a sus amigos. Y en aquel momento no le importó lanzarse al barro, recibir hostias y acabar hecho un trapo; solo podía pensar en el miedo en los ojos de Abel. Lo había visto otras veces: en el patio del colegio, en las canchas de baloncesto, en las peleas con sus hermanos. Daba igual lo que hubiese ocurrido entre ellos y que Abel lo hubiese lanzado a los leones con el tema del dinero, Samuel jamás lo dejaría solo en medio de una tormenta.

Todo explotó a la vez. Algunos clientes gritaron.

DESCONOCIDO UNO: ¡Llamad a alguien!
DESCONOCIDA DOS: ¡Mis uvas! ¿Dónde están mis uvas?
DESCONOCIDO TRES: ¿Esto es parte del espectáculo?

La música seguía sonando entre luces, espumillones y golpes.

Samuel y Pedro forcejeaban en el suelo. Cuando Iñaki intentó sujetar a Samuel, Tristán intervino para cogerlo del cuello, tiró de él hacia atrás y los dos chocaron con una de las mesas; las copas que había encima cayeron y se hicieron añicos. Hubo gritos de pánico, risas enlatadas y vítores y aplausos, todo a la vez, como en un mal sueño.

Max intentaba contener a Jota y terminó llevándose un

puñetazo en la mejilla. Le devolvió el golpe, fuera de sí, todo tictac en su cabeza. Tic, tac.

Tristán recibió un codazo en el costado y cayó de rodillas. Le ardían los pulmones. Pero se levantó, porque de repente fue como si todo el dolor y la ira contenidos durante las últimas semanas salieran de golpe. Tomó aire, confuso. Intentó pensar y pensar. Tenía que controlarse, tenía que mantener la calma. Procuró esquivar los golpes de Iñaki y retenerlo. Solo eso. Que también era lo que trataba de hacer Max. Pero no Samuel, claro.

A Samuel le sangraba la nariz y no parecía importarle.

Los clientes se apartaban como una marea en retroceso. Una chica gritaba que había perdido un pendiente. Un joven le decía a su novia que lo mejor era que se largasen de allí antes de que la situación se complicase. Y una pareja que se tambaleaba los jaleaba, como si aquello fuese parte de la diversión de la fiesta. La última noche del año, El Club del Olvido se había convertido en un desastre bello, trágico y grotesco.

Tristán seguía confuso cuando Patricia se acercó a él.

PATRICIA: ¡Han llamado a la policía! ¡Los del local de enfrente se han enterado y les ha faltado tiempo para avisar! ¡Tristán, para esto!

TRISTÁN: Mierda, mierda.

Pero ya sabía que no iba a poder solucionar aquella catástrofe; como mucho, podría contenerla. Iñaki y Jota peleaban con él y con Max sin demasiado convencimiento, pero Samuel y Pedro seguían enzarzados con saña, pese a que algunos clientes se habían animado a intervenir para detener la pelea. Lograban separarlos y, casi al instante, volvían a empezar.

TRISTÁN: ¡Abel! ¡Abel, ven aquí! (Le sujetó la cabeza con la mano para obligarlo a enfrentar su mirada). Céntrate. Te necesito. ¿Me estás escuchando? (Abel asintió, con los ojos llenos de lágrimas). Sube a casa de Elena y llama a los padres de Samuel, lo más probable es que se lo lleve la policía y...

ABEL: Es por mi culpa..., es culpa mía.

TRISTÁN: ¡Ve! ¡Ve, ahora!

Le dio un empujón suave pero firme. Entonces sí, Abel pareció reaccionar al fin, se coló por la puerta azul para evitar a la multitud y subió por las empinadas escaleras con el corazón martilleándole contra el pecho.

## 85

## LA NOCHE DE FIN DE AÑO II

Dalia se había asomado al balcón al oír el jaleo que había en la calle, pero fue incapaz de adivinar qué estaba ocurriendo. Las uvas estaban preparadas en dos cuencos, en la mesa del salón de Elena. Faltaba apenas un minuto para la cuenta atrás cuando llegaron los golpes a través de la puerta que conectaba con el almacén del club.

Dalia miró a Elena.

Elena miró a Dalia.

Se movieron a la vez por el amplio pasillo, sincronizadas paso a paso. La voz de Abel, rota y desesperada, sonaba hueca a través de la pared. Elena quitó el pestillo. Al abrir la puerta, faltó poco para que el chico se cayera de bruces contra el suelo.

ELENA: ¿Qué está ocurriendo?

ABEL: ¡La policía! ¡Una pelea!

DALIA: ¿Qué? Voy a bajar.

ABEL: ¡No! (La cogió del brazo antes de que se colase por las escaleras). Samuel está... descontrolado. Han llamado a la policía. Tristán quiere... Me ha pedido... Tienes que llamar a los padres de Samuel porque es probable que se lo lleven y...

ELENA: Respira, Abel. Vamos.

Las uvas seguían intactas en el salón cuando sonaron las campanadas. Dalia estaba más nerviosa que nunca y lo único que deseaba era ir al club y comprobar que todos estaban bien. Le temblaba la mano mientras sostenía el teléfono y Abel le dictaba el número de la casa de Samuel. Como si su cuerpo no pudiese resistirlo más, apenas había dado dos tonos cuando su amigo anunció que iba al baño a vomitar.

Presa de la ansiedad, Dalia aguantó con el aparato pegado a la oreja hasta que un hombre descolgó al otro lado y contestó con un seco «dígame».

DALIA: Buenas noches... (Mientras intentaba concentrarse, vio que Elena salía al balcón y se inclinaba sobre la barandilla para ver mejor la calle. ¿Qué estaba ocurriendo?, ¿cómo era de grave?). Le llamo porque su hijo... (Se oyó una sirena a lo lejos). Su hijo... Ha habido un altercado en el club. La policía está de camino, tiene que venir de inmediato.

Colgó con prisas y corrió al balcón. La gente colonizaba la acera y los del local de enfrente, clientes incluidos, también habían sucumbido a la curiosidad.

DALIA: Voy a bajar, voy a bajar ya.
ELENA: Yo también.

Dalia cogió su abrigo del perchero y se lo puso mientras descendía las escaleras de dos en dos. Las sirenas ya no eran un rumor lejano, eran un rugido. Había dos coches delante de El Club del Olvido y las luces encendidas rebotaban contra los cristales y los vestidos de seda y lentejuelas. La gente se abría paso a codazos intentando salir del interior, mientras que Dalia, por el contrario, forcejeaba para colarse en el local.

POLICÍA UNO: ¡Todos contra la pared! ¡Todos!
POLICÍA DOS: ¡Separad a esos dos!

El policía más mayor cogió a Samuel y lo inmovilizó contra el suelo. La sangre que goteaba de su nariz se escurría por su boca mientras balbuceaba sin parar.

SAMUEL: ¡Han empezado ellos...! ¡Se han metido con mi amigo...!

POLICÍA UNO: Te aconsejo que mantengas la boca cerrada.

POLICÍA DOS: Eh, mira a quién tenemos aquí. (Mantuvo las manos de Pedro sujetas a su espalda). ¿Otra vez buscando problemas?

POLICÍA TRES: Algunos no aprenden...

Tristán y Max estaban hablando con el policía más joven, intentando explicarle la situación, cuando Dalia se introdujo en la escena sin dudar. Señaló a Samuel, al que seguían manteniendo contra el suelo como si fuese a escaparse.

DALIA: ¡Soltadlo! ¡Le estáis haciendo daño!

POLICÍA UNO: Señorita, no se acerque.

DALIA: ¡Está sangrando! (Lo dijo gritando).

POLICÍA DOS: Sobrevivirá.

POLICÍA UNO: Mala hierba nunca muere.

POLICÍA TRES: Por Dios, que alguien apague la música. Lo que nos faltaba, ABBA en mitad de una detención. (Soltó una carcajada seca).

Furiosa, Dalia se arrodilló junto a Samuel.

POLICÍA UNO: No me obligue a detenerla.

TRISTÁN: Dalia, espera fuera. Por favor.

Dalia apartó la mano de la mejilla de Samuel. Tenía los dedos manchados de sangre. Se giró hacia Tristán y hubo algo en su mirada, una súplica desesperada, que la instó a levantarse y dar tres pasos hacia atrás. Mientras tanto, Max y los otros detenidos seguían farfullando un relato del que a ella le llegaban retazos deslavazados: «Estos tipos son unos timadores», «han venido buscando pelea», «este club es nuestra casa y aquí somos una familia, nos defendemos los unos a los otros y no íbamos a permitir que...».

POLICÍA CUATRO: Señorita, acompáñeme fuera.

El policía más mayor, que tenía un rostro amable y cansado, tiró de ella con suavidad hasta que los golpeó el frío de la calle. La gente seguía arremolinada en torno a la puerta del club; algunos continuaban bebiendo, otros estaban enfadados y decían que la fiesta era un fraude. En la acera de enfrente, los dueños del otro local y su clientela parecían encantados con el curso de los acontecimientos y no se perdían ni un detalle del altercado.

ELENA: ¿Cómo están?
DALIA: Más o menos.
ELENA: ¿Y Max?
DALIA: Bien.

Temblando y sin dejar de frotarse las manos, Elena asintió. No había cogido abrigo, así que Dalia se quitó el suyo y, pese a las protestas de la mujer, se lo puso por encima de los hombros. Los primeros en salir acompañados por otro policía fueron Max y Tristán. Por la actitud del agente con ellos, que seguían contándole su versión una y otra vez, no parecía que fuesen a detenerlos. Sin embargo, los clientes que habían sido desalojados justo a medianoche se enfurecieron al verlos.

DESCONOCIDO UNO: ¡Eh, vosotros! ¡Menuda decepción! ¿Qué fiesta de Nochevieja es esta? ¡Nos habéis arruinado la noche!

Desconocido dos: ¡A mi novia le han pegado un codazo!

Desconocida tres: ¿Y qué pasa con el dinero de las entradas? ¿Nos lo van a devolver después de esto? Porque me parecería lo mínimo...

Desconocido cuatro: ¡Estos se han creído que son alguien!

Desconocido cinco: ¿Quién asume aquí las consecuencias?

Desconocida seis: Y encima hace un frío insufrible...

Desconocida siete: En lugar de estar celebrando el año nuevo, estamos aquí en la calle. (Tiritando, se encendió un cigarrillo).

Tristán: Lo solucionaremos. Os compensaremos.

Desconocido cuatro: ¡Claro! ¡Y una mierda!

Policía cuatro: Ya basta. Id despejando la calle.

Desconocida seis: Nos echan de todas partes...

Max, con el cabello castaño alborotado, la camisa arrugada y el ceño fruncido, no dejaba de frotarse la dolorida mejilla.

Max: A la mierda el puto club. A la mierda todo.

Tristán: Max, no empeoremos más las cosas.

Abel apareció en ese instante. Estaba pálido y ojeroso, se había pasado los últimos diez minutos aferrado al retrete y no le quedaba nada en el estómago. Pero mantenía la barbilla alta, como si de pronto recordase todos los consejos que Dalia le había dado durante el último año, y se acercó a uno de los agentes sin titubear.

Abel: ¿Y nuestro amigo? Quiero verlo.

Policía cuatro: A vuestro amigo le espera una larga noche por delante.

Abel: Necesito entrar. Tengo que ver si está bien...

Policía cuatro: Lo siento, chico.
Abel: ¡Que se aparte de la puerta, joder!

Abel se había acercado tanto al agente que daba la impresión de que, por muy paciente que este fuera, en breve tomaría medidas drásticas. Tristán se adelantó y lo abrazó por detrás con una mezcla de dulzura y firmeza.

Tristán: Abel, tranquilo. Todo estará bien.
Abel: ¡Nada está bien, joder! ¡Esto es culpa mía!
Tristán: Shhh, ya está. (Lo retuvo contra él).

Las luces encendidas de los coches, las uvas aplastadas en el suelo y la decadencia de la alegre vestimenta bajo las farolas de la calle creaban una atmósfera fantasmagórica. Algunos clientes seguían lanzando quejas e insultos a diestro y siniestro, pero ninguno les prestaba atención. Todos los ojos estaban puestos en la puerta, a la espera de ver aparecer a Samuel. Y fue justo entonces, instantes antes de que los agentes sacasen a los detenidos, cuando un coche viejo frenó detrás de los vehículos de la policía.

La puerta del conductor se abrió de golpe y descendió un hombre de unos cincuenta y tantos, con el rostro endurecido por los años y los ojos cansados.

Era el padre de Samuel.

Padre: ¡¿Dónde está?! ¿Dónde está mi hijo?

Su voz estaba cargada de pánico. Samuel salió por la puerta con las manos esposadas a la espalda y escoltado por dos agentes, tenía la nariz y la boca llenas de sangre, se movía con una ligera cojera. Los tres tipos del póker iban tras él con otros policías. Cuando su padre lo vio, algo se rompió en su expresión dura y todo se convirtió en un alivio salvaje.

PADRE: ¡Samuel! (Los agentes no pudieron impedir que lo sostuviese por las mejillas). Pensaba que... Pensaba que te había ocurrido algo...

SAMUEL: Papá... (tenía la lengua espesa), lo siento.

Su padre lo abrazó con desesperación. Para alguien que no conociese la relación que tenían, habría sido imposible deducir que llevaban años sin tocarse de esa manera.

POLICÍA CUATRO: Entiendo que es usted el padre. Su hijo tiene que venir a la comisaría con nosotros para prestar declaración. Puede acompañarlo.

PADRE: Perfecto... (Se pasó una mano temblorosa por el cabello ralo y luego miró a Samuel). Tranquilo, hijo. Todo se arreglará. Estoy aquí.

Samuel no pudo responder porque estaba seguro de que, si abría la boca, se echaría a llorar. Y, además, en su campo de visión apareció de repente Abel.

ABEL: Agentes, esto es culpa mía. Me gustaría declarar porque tengo más información que mi amigo sobre lo que ha pasado esta noche.

POLICÍA TRES: Perfecto. Venga, pues al lío.

POLICÍA DOS: Hay que pedir otro coche.

POLICÍA CUATRO: Yo me encargo.

Samuel le sonrió a Abel. Y durante los cinco segundos contenidos en esa sonrisa, volvieron a ser dos niños, el más generoso y el más leal, profundamente diferentes pero dispuestos a protegerse el uno al otro, más allá de toda duda razonable.

TRISTÁN: Nosotros iremos a pie.

MAX: Y nos quedaremos fuera.

SAMUEL: Quizá pase la noche ahí...
TRISTÁN: No importa. Esperaremos.

Luego, todo sucedió en apenas un pestañeo. El padre de Samuel no se separó de su hijo mientras lo subían al coche de policía. Abel, en el asiento trasero de uno de los vehículos, se mostraba firme y seguro pese a las miradas afiladas que le dirigían los otros tres detenidos. Las luces y las sirenas se alejaron calle abajo hasta desvanecerse.

DESCONOCIDO UNO: ¡Y nuestras uvas qué!
DESCONOCIDA DOS: ¡Esto es una vergüenza!

Alguien lanzó serpentinas al aire y cayeron sobre la cabeza del único policía que se había quedado para asegurarse de que Tristán y Max cerraban la persiana del club.

POLICÍA DOS: Esta noche se acaba ya, a menos que alguien más quiera empezar el año en el calabozo. ¿Hay algún voluntario? ¿No? Pues despejad la calle.

Un puñado de gente se fue directa al local de enfrente, que seguía abierto. Los demás, Max, Tristán, Dalia y Elena, se quedaron juntos en medio de la acera, envueltos en frío, heridas y un silencio extraño que ninguno se atrevía a romper.

DALIA: ¿Puedo ir con vosotros?
POLICÍA DOS: Señorita, usted no tiene nada que ver. Váyase a casa y mañana será otro día. (Se dirigió a Tristán y Max). Venga, vamos a la comisaría.
ELENA: Deje que los acompañe, agente.
POLICÍA DOS: Señora, no es conveniente.
ELENA: Ella lo sabe todo. (Señaló a Dalia, que de pronto la miró con cierta sospecha; ¿por qué intervenía para convencer al policía?). Es la verdad: está al tanto de todo lo que

ha ocurrido en este club desde que abrió sus puertas en primavera. Puede serles de gran ayuda si necesitan completar alguna información.

Policía dos: De acuerdo. (Sonaba agotado en su rendición).

Mientras caminaba junto a los demás, Dalia echó la vista atrás una última vez y sus ojos se toparon con los de Elena. Le entraron ganas de llorar. La mujer se quedó en la calle, quieta, viéndolos marchar. A su lado, El Club del Olvido tenía la persiana bajada como si solo desease descansar e irse a dormir.

Dormir para siempre.

## 86

## ROJAS, NARANJAS Y AMARILLAS

«El sistema eléctrico era demasiado antiguo», esa sería la frase que Elena repetiría una y otra vez, sin titubear. Nadie la pondría en duda. Nadie sospecharía de la serenidad inquietante con la que lo diría, ni del silencio con que acompañaría cada palabra.

Porque sería una de esas mentiras envueltas en verdad.

En la calle, solo quedaban restos de serpentinas de colores, cristales hechos añicos por culpa de algunas copas rotas y un frío afilado. Elena permaneció unos minutos mirando la puerta del club. Se habían dejado una luz encendida en el interior y daba la impresión de que era un animal herido incapaz de entender que debía apagarse.

Dos horas más tarde, esa luz era indistinguible entre las llamas rojas, naranjas y amarillas que chisporroteaban en el interior del local. Los bomberos no tardarían en aparecer tras atender la llamada de socorro de la mujer que vivía en el piso de arriba.

«Afortunadamente no podía dormir y empecé a notar un olor a quemado...», explicaría Elena. «¿Tiene alguna sospecha de qué ha podido pasar?». Ella miraría al hombre con cierto hastío y lanzaría un suspiro largo antes de decir: «¿Qué quiere que le diga? Ha sido una noche muy larga. Hubo un altercado en el club y es innegable que mucha gente deseaba este final: los del local de enfrente, los tipos de la pelea, los clientes enfadados, los vecinos que estaban hartos de las fiestas cada fin de semana...». Haría una pausa para cruzar las piernas con su habitual aire sofisticado: «Pero, aunque me gustaría buscar culpables fuera, la responsabilidad es mía y debo asumirla: como propietaria del bajo debería haber cambiado el sistema eléctrico antes de permitirles alquilarlo. Fue una negligencia por mi parte y estoy dispuesta a asumir las consecuencias. ¿Alguna pregunta más? ¿Quiere que le prepare una taza de té?». El hombre, sin dejar de tomar notas en su libreta, negaría con la cabeza antes de agradecerle su valioso tiempo y pedirle algunos datos.

Los vecinos hablarían de lo sucedido durante semanas.

Hubo todo tipo de conjeturas. Ninguna rozó la verdad.

El Club del Olvido se convirtió en una tumba llena de cenizas, recuerdos carbonizados y el eco distante de las noches que nunca volverían.

## 87

## MIENTRAS TANTO...

Mientras tanto, una semana más tarde, Abel estaba hecho un ovillo en la cama de la casa de sus padres. Tenía la cabeza metida debajo de la manta. De niño, estaba convencido de que, si se tapaba, ningún monstruo podría hacerle daño: la seguridad era así de fácil. Después, al crecer, te das cuenta de que no es tan sencillo. Peor aún: en ocasiones el temor tiene que ver con lo que uno mismo es capaz de hacerse.

No había podido pegar ojo y no dejaba de pensar en los acontecimientos de los últimos días: la ferocidad con la que sus amigos lo habían defendido, pese a haber cometido un grave error, la noche que todos habían pasado dentro y a las puertas de la comisaría, ateridos de frío, pero más unidos que nunca, dejando a un lado sus diferencias.

Y, al día siguiente, la noticia del incendio.

El Club del Olvido había ardido. Ya no quedaba nada de ese lugar donde habían vivido tantas cosas buenas y tantas otras malas. Sus días de gloria habían quedado atrás; ese era precisamente el titular elegido por el periodista que le había dedicado una pequeña pieza en el periódico local a lo sucedido. Abel no se engañaba: era consciente de que lo ocurrido el último mes (la pelea entre ellos, el día de fin de año y el incendio) marcaba un antes y un después en las vidas de los cinco. Suponía no solo un punto de inflexión entre la juventud y la adultez, sino el fin de una etapa que no estaba destinada a ser eterna.

MADRE: Cariño, han llegado tus hermanos.

ABEL: No importa, mamá, no tengo hambre.

MADRE: Mi angelito, pero tienes que comer.

ABEL: Ya picaré algo más tarde.

MADRE: ¡Qué sofoco!

ABEL: Mamá...

MADRE: Hay patatas, macarrones, queso y paté para untar. A ti te encanta el paté, te he guardado el trozo más grande de pan y...

OMAR: ¿Dónde está el chiquitín?

TINO: (Canturreando). El chiquitín de veintiséis años...

ABEL: Oh, no. (Agarró la manta con fuerza).

Pero fue inútil. Veinte segundos después sus hermanos estaban sobre él y la manta terminó a los pies de la cama. Todos se metieron en la habitación como un pelotón militar bien entrenado: Omar, Tino, Kiko, Carlos y Mario. Le hicieron cosquillas en los pies, le revolvieron el pelo, lo zarandearon entre risas. Y Abel, en un primer momento, odió que lo hiciesen. Sin embargo, minutos después, se sintió profundamente dichoso por ser un miembro más de aquella caótica y ruidosa familia. Porque daba igual lo que ocurriese fuera, ellos siempre estarían ahí, como una columna vertebral indestructible, dispuestos a hacerle reír en los días malos y a sacarlo de la cama, aunque el tacto no fuese su fuerte.

CARLOS: Mamá nos ha pedido que te dejemos la rebanada más grande.

KIKO: Siempre igual, eres el perfecto mimado.

TINO: El angelito de la casa.

OMAR: Va, mueve el culo.

CARLOS: Luego iremos al bar para echarnos unas partidas al futbolín.

ABEL: ¿Es necesario? (Lo preguntó, aunque ya se estaba poniendo los calcetines).

Carlos: Absolutamente.

Tino: ¡El que llegue antes a la mesa se sirve primero los macarrones! (Y salió corriendo sin mirar atrás, entre risas, como si tuviese diez años).

Omar: Mierda, siempre va con ventaja.

Kiko: Habrá que conformarse con los restos.

Madre: (Se la oía de lejos). ¡Tranquilos, chicos! ¡No me sofoquéis! Hay comida para todos. ¡Que nadie toque el pan de Abel! Y si a alguno se os ocurre meteros hoy con él, os doy con el colador en la cabeza, ¿entendido?

Llegó una melodía de risitas desde el salón.

Abel y Mario se habían quedado a solas, los dos sentados en la cama de la habitación que habían compartido desde que tenían uso de razón.

Mario, incómodo, lo miró.

Mario: Siento todo... todo lo que ha pasado.

Abel: Está bien, Mario. Ya no importa.

Pero no estaba bien. Abel no le había dirigido la palabra desde que se había enterado de los trapicheos que se traía entre manos con Samuel. Le molestaba haber vivido en la ignorancia durante meses y que su hermano estuviese metido en aquello.

Mario: Sí que importa. Sé que la he cagado. (Se frotó la mandíbula). No sé en qué estaba pensando. Cuando me despidieron del último curro estaba desesperado y un conocido del barrio me convenció... (Lanzó un suspiro largo). Da igual, eso es lo de menos, la cuestión es que me metí donde no debía y estos meses también he tenido... muchos problemas. (Hizo una pausa). Pero he salido. Te lo juro. La semana pasada empecé a trabajar en un taller mecánico.

Abel: Ah, bueno, me alegro.

MARIO: El dueño es un buen tipo y busca gente a la que enseñarle el oficio. Podrías pasarte algún día, si quieres. (Se levantó).

ABEL: Ya veremos.

Mario le ofreció la mano.

MARIO: ¿Hermanos?

ABEL: Sí. Hermanos.

MARIO: Me perdonarás. Con el tiempo.

ABEL: Sí, supongo que sí. Ya veremos.

Mario le sonrió y le pasó un brazo por los hombros mientras salían de la habitación. Se encaminaron por el pasillo hacia el comedor. En la mesa ya estaban reunidos sus padres, el resto de los hermanos y las tres cuñadas. Abel se sentó junto a su madre. En el plato, ella le dejó la rebanada grande de pan y un buen pedazo de paté. El jaleo en la estancia era tan familiar que, antes de dar el primer bocado, se le escapó una sonrisa.

## 88

## MIENTRAS TANTO...

Mientras tanto, Samuel caminó por la calle a primera hora de la mañana, cuando la mayoría de los negocios aún no habían abierto y los niños se movían como filas de hormigas para ir al colegio. Paró al llegar a un semáforo en rojo y miró al hombre que lo acompañaba: su padre vestía un pantalón de pana y una chaqueta de cuadros marrones que anunciaban a gritos que era un tipo aburrido; llevaba un maletín en la mano derecha.

PADRE: ¿Qué pasa?
SAMUEL: Nada.
PADRE: Está bien.

Continuaron caminando sin hablar hasta que llegaron a las oficinas de la compañía de seguros en la que su padre llevaba trabajando desde que el mundo era mundo. Saludó a la recepcionista al entrar y se inclinó ligeramente antes de seguir hablando.

PADRE: Hoy tengo un nuevo becario, te presento a mi hijo Samuel. (Se giró hacia él y apoyó una mano en su hombro). Ella es Aurora.

SAMUEL: Encantado. Bonitas uñas, ¿de qué color son? ¿Rosas o lilas? Sea como sea, van a juego con tu camisa. (Sonriente, le guiñó un ojo).

AURORA: Vaya, vaya, tiene labia.

PADRE: (Con un carraspeo). Eso parece...

AURORA: A poco que aprenda el oficio, este puede vender seguros como churros.

PADRE: Ya veremos. Avisa a Hugo cuando llegue.

AURORA: Perfecto. (Abrió su agenda).

Samuel siguió a su padre hasta el despacho y, una vez allí, lo observó mientras se quitaba la chaqueta, sacaba un par de carpetas del maletín y encendía el ordenador. Para ser sincero, él nunca se había preguntado qué hacía exactamente su padre, si tenía alguna afición particular o si estaba bien. Un padre era... solo un padre. En cierto modo, lo había despojado de todo rastro de humanidad. Quizá la pérdida de interés entre ellos había sido algo recíproco y paulatino.

Pero aquella noche...

Aquella noche Samuel había visto el pánico en los ojos de su padre. Y ese tipo de miedo visceral solo podía nacer desde el amor. Si antes del día de fin de año le hubiesen preguntado si creía que su padre lo quería, él habría respondido que no. Tras encontrárselo ahí plantado al salir esposado del club, su convicción se hizo añicos.

Su padre y sus amigos pasaron toda la noche en la comisaría, hablaron con la policía hasta el hartazgo y se mantuvieron a su alrededor como perros guardianes.

Samuel jamás se había sentido tan querido.

Y nada anhelaba tanto como ser escogido.

Después, claro, llegó la noticia del incendio y fue como si ese fuego que había arrasado con todo dejase un humo en su cabeza que no lograba disipar. A ninguno de sus amigos le había dolido lo sucedido como a él. Y no tenía nada que ver con la nariz rota ni con el diente que había perdido durante la pelea, sino con lo que el club simbolizaba: era un hogar, sí, pero, sobre todo, era un hogar que había sido idea suya.

Él lo había creado. Y, en cierto modo, él lo había destruido.

Lo sorprendente era que, tras el primer golpe de dolor, la vida continuaba. Los días siguieron su curso, uno detrás de otro, y cuando Samuel ya estaba cansado de lamentarse metido en la cama y su padre le propuso llevarlo con él a las oficinas, no encontró ninguna razón para negarse. Es más, le apeteció hacerlo.

Samuel: Así que... aquí estás todo el día.

Padre: Sí. No es demasiado divertido, como puedes imaginar, pero a la hora del almuerzo nos reunimos en el salón y los viernes hacemos la quiniela.

Samuel: Ah. Pues bueno, podría ser peor.

Padre: Voy a explicarte lo básico, no quiero liarte con más información de la necesaria. (Lo invitó a sentarse junto a él). Venga, abre la carpeta.

Pasaron las siguientes dos horas entre papeles. Al principio, Samuel se distraía con el vuelo de una mosca, pero después le hizo gracia todo lo que tenía que ver con la parte más comercial y el trato de tú a tú con los clientes. Cuando pararon para almorzar, su padre le presentó al resto del equipo y él desmigó una magdalena y se bebió dos tazas de café con leche. Al poner las tres cucharadas de azúcar, pensó en Dalia.

La promesa de empezar un tratamiento para dejar el alcohol no se la había hecho solo a sus padres, sino también a ella, que había ido a verlo a su casa tres días después del altercado y se había quedado a pasar la tarde con él.

Padre: Es hora de volver al lío.

Aurora: Puntual como un reloj.

Padre: Por supuesto. Vamos, Sam.

Hacía años que su padre no lo llamaba por ese apelativo cariñoso. Él se terminó de un trago el segundo café y regresaron al despacho. Una vez allí, su padre siguió parloteando sobre esto y aquello hasta que Samuel lo interrumpió.

SAMUEL: Oye, papá...
PADRE: Dime.
SAMUEL: Lo siento.

Llevaba días con esas palabras atascadas en la garganta. Creía haberlo balbuceado antes de que los agentes lo metiesen en el coche patrulla, pero no se lo había dicho así, con total sinceridad, completamente sobrio y consciente de lo que significaba.

PADRE: Todos cometemos errores.
SAMUEL: Tú nunca lo haces.
PADRE: Oh, sí, me he equivocado muchas veces... (Apartó la vista, porque hablar de sentimientos seguía sin ser su punto fuerte). Pero ya basta de cháchara. Te voy a explicar los distintos paquetes que vendemos según las necesidades de...

Y allí, mientras aquel hombre de apariencia anodina se entusiasmaba hablando de un puñado de seguros aburridos, a Samuel se le escapó una sonrisa.

## 89

## MIENTRAS TANTO...

Mientras tanto, Max hacía cuentas y pensaba en los próximos meses. El seguro iba a pagarles un buen pellizco, y Elena, que había admitido su negligencia al no renovar la instalación eléctrica, les había ofrecido una indemnización que se vieron obligados a aceptar para cerrar la investigación lo antes posible.

Max le había dado tantas vueltas a lo sucedido que llevaba una semana con dolores de cabeza constantes y con la sensación de que los hechos estaban dentro de una batidora estropeada que funcionaba a trompicones. Hasta que un día, cansado de sí mismo, se obligó a dejar de enfocarse en lo que ya era pasado y empezar a pensar en el presente. ¿Qué estaba haciendo? Nada. Se había refugiado en casa de sus padres como un animal herido y sentía que todo él estaba acartonado. Recordó las palabras de Elena el día que le echó las cartas: «El futuro está lleno de movimiento y de luz. Vas a salir de donde estás. Es una carta buena, pero exige que te levantes. Nadie vendrá a hacerlo por ti». Futuro, futuro, futuro. Esa palabra hacía que le entrasen ganas de llorar. Pero no podía seguir ignorándola durante más tiempo.

Se levantó y se dirigió al salón.

Sus padres y su hermana estaban delante del televisor viendo un concurso de preguntas y respuestas. A Max le temblaban las piernas, pero se hizo con el mando y bajó el volumen antes de coger una silla y sentarse frente a ellos.

MADRE: Cariño, ¿qué pasa?

MAX: Quiero hablar con vosotros.

PADRE: Claro, para eso estamos.

MAX: Es sobre..., bueno... (cogió aire), ya sabéis todo lo que ha ocurrido estas semanas. (Cogió más aire). He hecho un cálculo teniendo en cuenta el dinero que vamos a recibir (cogió más y más aire); os podría dar seis meses por adelantado y, con ese margen, había pensado probar durante ese tiempo... (cogió más y más y más aire) otras cosas.

PADRE: ¿Otras cosas?

MAX: Irme fuera. Es una idea provisional. Pero buscaría trabajo allí y os seguiría ayudando cada mes. No es... No quiero abandonaros.

Hubo un silencio largo en aquel salón lleno de muebles desparejados y personas que entendían de justicia y dignidad, pero, sobre todo, de amor.

La madre se levantó con los ojos vidriosos. Se acercó a Max.

MADRE: Cariño... (Le acarició la mejilla). ¿Cómo vamos a pensar que nos abandonas? Nosotros queremos lo mejor para ti. Ya fue un golpe que decidieses dejar los estudios. (Se sacó un pañuelo arrugado del bolsillo y se limpió con toquecitos rápidos). No creas que no nos avergüenza aceptar tu ayuda, es humillante...

MAX: Mamá, no digas eso. Ven.

Rodeó el cuerpo menudo de la mujer con los brazos y, mientras lo hacía, sus ojos se detuvieron en su padre, que también estaba emocionado y se había puesto en pie, y en Eva, que lo miraba desde su silla con una expresión inocente y luminosa, y con una vieja manta colorida sobre las piernas. Max no hubiese deseado ser parte de ninguna otra familia que no fuese esa: ni la más rica, ni la más intelectual, ni la más distinguida.

MADRE: Queremos que nos llames, eso sí.

MAX: Todos los días, mamá, te lo prometo.

PADRE: Esta cabeza... (Le dio unos golpecitos con ternura). Siempre he sabido que mi hijo era listo y bueno, ¿qué más se puede desear? Te irá bien.

MAX: Gracias, papá. (Le acarició la coronilla y, luego, se acercó hasta Eva y se arrodilló delante de ella para quedar a su altura. Le sonrió y le tocó la punta de la nariz con el dedo). Y tú, señorita, no pienses que te vas a librar de mí. Volveré. Siempre.

Por primera vez en mucho tiempo, cuando Max salió a la calle tuvo la impresión de que tenía un rumbo claro que seguir. Lo hizo todo con rapidez y precisión, que era como consideraba que debían hacerse las cosas. Fue a correos y miró con ternura una última vez su preciado álbum de cromos; después, lo metió en un sobre donde escribió la dirección de Tristán. El niño que había sido no había aceptado aquel regalo, pero Max confiaba en que el adulto en el que se había convertido sería capaz de entender que aquello significaba que siempre sería su amigo del alma.

Hizo otras gestiones antes de llamar al timbre de la casa de Elena. Cuando ella salió al balcón, sintió un nudo en el estómago al pensar que, probablemente, aquella sería la última vez que sus ojos verían la perfecta escena. Le abrió la puerta.

ELENA: Hola.

MAX: Esto..., hola.

ELENA: ¿Té?

MAX: No. Hoy no.

Max le sonrió con una mezcla de ternura y tristeza. Extendió la mano y le acarició la mejilla. Fue sutil, dramático y perfecto. Elena, que no necesitaba más para entender, cerró los ojos y se quedó un rato así, quieta, como si memorizase el instante.

ELENA: Esto es una despedida.

MAX: Me temo que sí. (Tragó saliva). Aunque si tú quisieras..., si quisieras venir conmigo... (Las palabras se le escurrían). Todo sería mucho mejor.

ELENA: No, Max. ¿Qué es eso que llevas ahí? (Señaló la carpeta que él sostenía en la mano y en la que se distinguía el logo de una agencia de viajes). Estoy convencida de que dentro hay un billete, no dos, porque eres inteligente y siempre has sabido que nosotros teníamos fecha de caducidad. (Intentó serenarse). ¿A dónde?

MAX: ¿Qué?

ELENA: El billete.

MAX: Londres.

ELENA: Es perfecto para ti. Perfecto. (Se limpió una lágrima que se le escapó y, después, lo abrazó). Ha sido un regalo conocerte.

Max quiso decirle muchas cosas. Como que no importaban los kilómetros que los separasen y el inevitable paso del tiempo, porque ella siempre sería su primer gran amor. O que en el caso de que conocerse hubiese sido un regalo, desde luego, él se había llevado la mejor parte. Pero, cuando se miraron a los ojos por última vez, entendió que no era necesario caer en obviedades: los dos sabían lo que habían vivido juntos.

Y, antes de marcharse, a Max se le escapó una sonrisa.

## 90

## MIENTRAS TANTO...

Mientras tanto, Tristán tenía la impresión de haber pasado el último mes atrapado en el interior de una bola de nieve de cristal. De vez en cuando, una mano aparecía, la agitaba y los copos revoloteaban enloquecidos hasta que volvía la quietud. Ocurrió cuando empezó a recibir las cartas de Dalia; le había costado leerlas porque, al hacerlo, sentía que dentro de él se desbordaba un dolor que no cabía en ningún sitio, e iba parando párrafo a párrafo. Ocurrió otra vez cuando el cartero apareció con el álbum de cromos de Max y él entendió, como se entienden los que hablan un mismo idioma, que aquello era la despedida de dos niños que lo habían compartido todo, miserias y alegrías, pero cuyos caminos debían separarse para seguir avanzando. Y ocurrió también el día que decidieron que las cenizas de su madre descansarían en el nicho de su abuelo, aunque una pizca se quedaría en casa.

Una mañana, junto a él y María, la abuela las volcó con cuidado en la maceta más grande, la del rosal, y María dijo: «De ahí nacerán flores».

Tras mucho intentar triturar lo que sentía para que las emociones se volviesen más pequeñas y manejables, Tristán había llegado a la conclusión de que el pragmatismo tenía sus límites y no estaba funcionando. La razón le decía que debía estar triste por la muerte de su madre, pero, algunas mañanas, lo que él sentía era alivio: ya no se dormía cada noche preguntándose dónde estaría, si pasaría frío o tendría problemas. Ya no temía por su abuela y cómo la afectaba todo aquello. Ya no sufría.

En cuanto a Dalia, todo iba también al revés.

Esa vocecita que era portavoz de las ideas racionales le susurraba que le había mentido, que había preferido abrirse antes con otra persona que con él y que confiar en ella era una actitud kamikaze. Sin embargo...

Sin embargo, Tristán había entendido cada palabra de esas cartas como si la infancia de Dalia fuese parte de él. Comprendía la soledad, el miedo y la desconfianza que la envolvían. Recordaba su voz temblorosa el día que estuvieron en el puerto, cuando le dijo: «Estás sujetando mi corazón entre las manos», y él le aseguró que no lo soltaría.

Pero lo había hecho. Lo había dejado caer de golpe, tan cegado por la traición y por su propio dolor que no había sido capaz de pensar en el dolor de Dalia.

Y ahora estaba dentro de esa bola de nieve.

Atrapado. Pasto del miedo. Solo y perdido.

María: ¡Tristán! ¿Tristán?
Tristán: ¿Qué pasa?
María: Hay que poner la mesa.
Tristán: Ya voy.

Salió de la habitación como lo haría un autómata, sin fijar la mirada en nada en concreto, y atravesó el pequeño salón para llegar a la cocina. María apagó el fuego y removió la sopa en la olla. Él abrió el cajón donde guardaban los cubiertos.

María: ¿Te hago un poco de carne?
Tristán: No, no tengo hambre.
María: Oye, ven aquí.

Lo cogió de la manga del suéter. Aún llevaba en la mano derecha la cuchara con restos de sopa cuando le obligó a fijar los ojos en ella.

MARÍA: Mírame, ¿qué ves?

TRISTÁN: ¿Qué? No sé...

MARÍA: Mi rostro. (Se tocó la cara). Está lleno de arrugas. ¿Entiendes lo que eso significa? Que los años pasan. Te diré una cosa, jovencito: no tienes toda la vida por delante. Ese es un dicho estúpido, en mi opinión. Ya basta de autocompadecerte.

Tristán apretó los cubiertos hasta hacerse daño.

MARÍA: ¡Mira a tu abuela! (Señaló el salón, donde la mujer estaba sentada en el sofá, delante del televisor). La vida es trágica, estamos de acuerdo, pero ¿qué quieres que le hagamos? (Soltó la cuchara y se limpió las manos en el delantal). No queda más remedio que seguir adelante. Ahora bien, ¿quieres solo la sopa o te hago un filete de carne?

TRISTÁN: Yo... Nada. No me hagas nada.

MARÍA: Pero... (Lo siguió hasta la puerta).

TRISTÁN: Tengo que salir. No tardaré.

MARÍA: Perfecto. (Sonrió satisfecha).

Mientras caminaba por las calles de la ciudad, que parecía contenida en un invierno eterno, Tristán sacó el gorro de lana del bolsillo de su abrigo y se lo puso en la cabeza. La Navidad había quedado atrás, enero se desperezaba con lentitud y la vida se empequeñecía por momentos como si aguardase la llegada de la primavera para abrirse en todo su esplendor. Paso a paso, no miró atrás en ningún momento.

Al llegar al albergue, abrió la puerta con decisión.

Dentro hacía calor y lo recibió la coordinadora.

TRISTÁN: Estoy buscando a Dalia.
COORDINADORA: No está aquí.
TRISTÁN: Ah. ¿Y sabe dónde...?

Un hombre apareció a su lado.

ANTONELLO: *Non tarderà.*
TRISTÁN: Eres tú... Hola.
ANTONELLO: Te dejaste el abrigo. (Hablaba con un acento musical y tenía la voz ronca). Iré a buscarlo a la habitación...
TRISTÁN: No, no, quédatelo.
ANTONELLO: *Sei sicuro?*

Tristán asintió y, luego, el hombre lo siguió fuera. Permanecieron sentados en los escalones que conducían al albergue. No hablaron demasiado, pero la compañía era extrañamente agradable y Tristán se sintió menos solo.

ANTONELLO: *È una donna speciale.*
TRISTÁN: Lo sé. Eso lo sé. (Suspiró).
ANTONELLO: *Anche tu lo sei.*

Miró al hombre. Tristán no se consideraba así, no se veía especial, al menos no de una manera evidente. Él siempre había creído que podía llegar a ser único en la vida de alguien si esa persona le daba la oportunidad y lo conocía en las distancias cortas. Fuera de ahí, de un modo general, Tristán estaba perdido. Pero con Dalia lo había hecho, sí, le había permitido acercarse lo suficiente como para que pudiese ver más allá.

Antonello se puso en pie con dificultad.

TRISTÁN: ¿Ya te marchas?
ANTONELLO: Sí. *Lei... è già qui.* (Señaló con un movimien-

to de la barbilla la calle de enfrente antes de abrir la puerta del albergue). *Buona sorte, ragazzo.*

Tristán miró en esa dirección. En efecto: ella estaba llegando. Un gorro de nieve rojo a lo lejos, unos vaqueros acampanados y un abrigo que le quedaba grande, igual que las botas. El pelo rubio larguísimo y desordenado, y ese andar particular que parecía seguir las notas de una melodía desconocida. A Tristán se le escapó una sonrisa.

# 91

## MIENTRAS TANTO...

Mientras tanto, Dalia se dirigía hacia el albergue con prisas, porque quería ayudar durante el turno de comidas. El día era gélido y húmedo, y ella llevaba semanas durmiendo mal, porque le costaba conciliar el sueño y se despertaba varias veces durante la noche. Lo peor no era el agotamiento que arrastraba, sino las horas muertas en las que reflexionaba sobre lo ocurrido. Su cabeza, que tendía a narrarse un mismo hecho al que le iba añadiendo aderezos, no lograba escapar de aquel punzante «no existes».

Esa misma mañana, al amanecer, harta de dar vueltas en la cama, Dalia se había levantado para acercarse a la ventana. En el alféizar se acumulaba el polvo de los días que ya eran pasado y nunca volverían. Ella había deslizado el dedo con suavidad por el riel y había contemplado su propia huella dactilar, gris y sucia. De inmediato, había pensado en Tristán, y en que él habría sido capaz de encontrar una belleza singular en aquella metáfora.

Seguía dándole vueltas a esa imagen mientras se encaminaba al albergue. Sin dejar de dar un paso tras otro, se colocó bien el gorro rojo y, al levantar la vista, lo vio.

Estaba sentado en uno de los dos escalones que conducían a la puerta del edificio. Él también llevaba puesto un gorro, pero era negro, y tenía la piel pálida como la nieve y los labios enrojecidos por culpa del frío. Sus ojos estaban fijos en ella. Unos ojos que Dalia aún no tenía claro si eran aguamarina, verdes, grises o de un azul pálido, pero lo que sí sabía era que en ellos se escondía la entrada al laberinto que era Tristán.

Dejó de avanzar y él se levantó.

Se acercó hasta ella con cautela.

TRISTÁN: Te estaba buscando.

DALIA: Ah. Bien. (Lo imitó sin querer y no supo muy bien si aquel «bien» sonó burlón o ligeramente tembloroso). Pues aquí estoy.

TRISTÁN: ¿Podríamos... dar un paseo?

DALIA: Tengo diez minutos, hasta que empiece el segundo turno de comidas. ¿Quieres ir a algún lugar concreto o no tienes preferencias?

TRISTÁN: Me da igual la dirección.

DALIA: Vale.

Dalia odió lo incómodas que sonaban todas sus palabras, como si estuviesen atrapadas en un rincón que no les correspondía. Con Tristán había tenido que sortear silencios, sí, muchos silencios, pero cuando hablaban... todo era perfecto. Estando con él, ella nunca temía ser demasiado intensa ni demasiado expresiva, porque sabía, sin ningún atisbo de duda, que él veía el mundo de la misma manera.

Ninguno dijo nada durante los primeros pasos.

TRISTÁN: He leído tus cartas.

DALIA: Solo quería... (Tragó saliva). Ya sabes, solo quería poder explicarme con calma. El día que ocurrió lo de Antonello yo estaba... bloqueada.

TRISTÁN: Yo también.

DALIA: Ya. Lo entiendo.

TRISTÁN: Había discutido con los chicos cuando llamaste. Y luego... (Suspiró, paró de caminar y cerró los ojos un instante). Fue un golpe tras otro y no tuve tiempo para hacerme a la idea de todo lo que estaba pasando...

DALIA: ¿Cómo estás? Respecto a tu madre.

TRISTÁN: Bien. Estoy bien, Dalia.

Ella asintió y retomó el paso. Dio la impresión de que él iba a detenerla, pero al final negó con la cabeza y la siguió calle abajo. El silencio volvió a abrirse entre ellos. Dalia sintió ganas de llorar, porque tuvo el pálpito de que lo que tanto había temido durante las últimas semanas estaba a punto de ocurrir.

Frenó en seco y se encaró con él.

DALIA: ¿Has venido a despedirte?

TRISTÁN: ¿Qué? (La miró confuso).

DALIA: De mí. Para cerrar todo esto.

TRISTÁN: No, joder, no.

DALIA: ¿Entonces?

Tristán abrió la boca y volvió a cerrarla. En aquel instante, mientras tenía los ojos fijos en él como si le estuviese haciendo una fotografía mental, Dalia pensó en esa extraña dualidad que se daba en el enamoramiento: lo irritantes que podían ser los pequeños defectos de alguien y lo poco que importaban frente al asombro y la admiración.

TRISTÁN: No se me dan bien las palabras...

DALIA: Inténtalo (se acercó más), por favor.

Él respiró hondo, se rascó la nuca, dio dos pasos atrás y dos pasos adelante. Los segundos transcurrían, los semáforos cambiaban de color y los peatones, a su alrededor, se movían en diferentes direcciones mientras ellos seguían allí, pendiendo de un hilo.

TRISTÁN: ¿Recuerdas que el día que fuimos a mirar las estrellas te burlaste de mí porque no supe decirte a dónde iría si pudiese viajar atrás en el tiempo?

DALIA: Sí, claro. El rey de los «no lo sé».

TRISTÁN: Pues ahora lo tengo claro.

DALIA: ¿Irías a la *belle époque*?

TRISTÁN: No. Viajaría al 9 de noviembre de 1972. Yo tendría cinco años, así que, no sé cómo, pero me escaparía de casa y caminaría hasta la estación de tren. Buscaría a una niña con un abrigo verde y me sentaría junto a ella. La cogería de la mano, le diría que no tuviese miedo y le prometería que no la dejaría sola. Sería su amigo.

DALIA: Tristán...

Dalia se limpió las lágrimas que se escurrían por sus mejillas y él la abrazó con fuerza, como si quisiese abarcarlo todo de ella.

TRISTÁN: Lo que intento decirte es que te quiero. (Lo susurró en su oído). Y que siento no haber cumplido con mi palabra, aunque has de admitir que tienes un corazón escurridizo. Si me dejas intentarlo, prometo sujetarlo mucho mejor.

DALIA: Con unos guantes especiales.

TRISTÁN: Bien.

Cuando la besó, ella pensó en la magia de los besos llenos y de los futuros inciertos, pero sin trazos de secretos ni mentiras. Hasta que recordó aquellas dos palabras que la habían martirizado durante las últimas semanas.

DALIA: Una cosa más. Sí que existo. Yo existo.

TRISTÁN: Lo sé. Solo un idiota dolido podría decir lo contrario. (Le acarició la mejilla con ternura). Existes con tanta fuerza que el mundo cambia si tú estás en él.

Y a Dalia se le escapó una sonrisa.

## 92

## MIENTRAS TANTO...

El desastre no se apreciaba en todo su esplendor desde fuera. Los cristales estaban ennegrecidos; uno se había roto y los del seguro habían puesto encima un panel de plástico opaco. En la fachada había señales del incendio, pero se mantenía en pie, pese a estar precintada. Dentro, en cambio, todo era ceniza y escombros.

Los cinco observaban los restos de El Club del Olvido desde la acera de enfrente, a una distancia prudencial, mientras algunos coches entorpecían la visión.

Samuel: Aún me cuesta creerlo.
Abel: Y a mí.
Max: Quizá tenía que pasar.
Tristán: Supongo que sí.
Samuel: En fin. Así es la vida.
Dalia: Al menos, os van a indemnizar.
Abel: Con eso arreglaré algunos agujeros.
Samuel: ¿Tienes ya pensado qué hacer?
Abel: Mi hermano me ha ofrecido un curro.
Samuel: Ah, bien.
Abel: ¿Y tú?
Samuel: Soy el becario de mi padre.
Max: ¿Te estás quedando conmigo?
Samuel: No. (Se rio). Y no está tan mal.
Max: ¿Qué planes tenéis vosotros?

TRISTÁN: Todavía tengo que pensarlo.

DALIA: Yo sigo en el albergue y ayudo a Elena.

TRISTÁN: ¿Y tú? ¿Qué vas a hacer, Max?

MAX: Yo..., bueno..., me marcho.

SAMUEL: ¿Te marchas? ¿A dónde?

MAX: Londres. La próxima semana.

SAMUEL: ¿Londres? ¡Pero eso está a tomar por el culo!

ABEL: Eh, así tenemos excusa para ir a verlo.

MAX: Vale, cuando queráis. Aunque lo más probable es que vuelva en menos de seis meses con el rabo entre las piernas, así que...

DALIA: Te irá bien.

MAX: Ya veremos.

ABEL: Entonces, ¿esto es un adiós?

SAMUEL: ¿Qué? ¡No, claro que no!

TRISTÁN: Es un «hasta pronto».

ABEL: ¿Seguro? Joder...

MAX: Sí. Yo... Llamadme.

SAMUEL: Claro, lo haremos.

TRISTÁN: Entonces, vamos hablando.

MAX: Eso es. Adiós, tíos.

SAMUEL: Adiós.

ABEL: Adiós.

TRISTÁN: Adiós.

DALIA: Hasta pronto.

# HOY, 2023

Hay una línea fina, finísima, entre un «adiós» y un «hasta pronto». Nada de lo que ocurrió después de que sus caminos se separasen fue premeditado. Todos tenían la firme intención de seguir formando parte de las vidas de los otros. Pero el tiempo es traicionero y estas cosas siempre suceden de la siguiente manera: un día a uno se le olvida escribir la típica postal de Navidad y, un invierno más tarde, el otro cree que quizá no sea algo tan importante y tampoco la manda. Llega una invitación a una boda y dos no pueden ir por problemas de calendario. De pronto, seis años después, sus caminos se cruzan, se alegran de verse, el cariño sigue ahí, intacto, y se dicen: «Tenemos que quedar para ponernos al día», pero los meses pasan, se apilan como esos folletos de propaganda que nadie termina de leer. Cuando vuelven a encontrarse, el ritual se repite: «Te llamo un día de estos». Pero el trabajo, los niños, la casa y la rutina lo arrollan todo y no aparece el momento perfecto para levantar el teléfono y marcar ese número que, de pronto, ¿dónde estaba? Uy, se perdió. Ya no hay forma de contactar. Pero, pasado un tiempo, inesperadamente, salta una fotografía en Facebook y el corazón responde con un acelerón; sí, sí, es él, solo que un poco más viejo. «Tío, ¿qué haces por aquí?, ¿cómo te va?». La respuesta llega dos días más tarde: «Todo bien, me mudé hace unos años, ¿qué tal estás tú?». Los mensajes se van espaciando con la promesa de organizar una cena en un futuro cercano.

Y así, así, así, los años van transcurriendo.

Hasta que, de repente, ella vuelve a reunirlos.

De los cinco, Dalia es la única que ha logrado tener todos los números de teléfono actualizados, que ha seguido mandando tarjetas navideñas anuales, que hace la llamada de rigor en cada cumpleaños y que está más o menos al tanto de qué ha sido de sus vidas.

El primer contacto fue con Max.

—Hola, Max —dijo ella.

—¿Dalia? Ah, hola. Espera un momento, no cuelgues. —Una pausa—. Perdona, me has pillado pagando el café. Ya está. —Se oyó el tintineo de una puerta cuando salió de la cafetería y, luego, el ruido de la calle—. ¿Cómo estás? ¿Todo bien?

—No, bueno... —Cogió aire—. Elena...

—¿Elena? —Silencio—. ¿Qué le pasa?

—Murió anoche. —Otro silencio, esta vez desde el lado opuesto de la línea—. ¿Max? ¿Estás bien?

—No, joder. Dame un minuto. —Y colgó.

Diez minutos después, Dalia llamó a Samuel.

—¡Ey! ¿Cómo va eso?

—Te llamo por un asunto serio.

—Genial. Yo soy un hombre serio.

—Elena ha muerto. Fue ayer por la noche.

—¿Elena? ¿Quién es Elena?

Por último, mientras Tristán, a su lado en el sofá, le pasaba un brazo por los hombros y le daba un beso en la frente, Dalia marcó el número de Abel.

—¡Dalia! Tenía pensado llamarte hace unas semanas, pero al final se me lio el día y se me pasó. Ya sabes cómo son estas cosas. ¿Qué tal todo?

—Mal. Ha muerto Elena.

—¿En serio?

—Sí.

—Pero... ¿qué edad tenía?

—Setenta.

—Joder, cómo pasa el tiempo.

—Ya.

—Lo siento mucho. ¿Estás bien?

—No. Pero así es la vida...

—¿Hay algo que pueda hacer?

—En realidad, te llamaba porque aparecéis en su testamento. Así que estoy intentando cuadrar un día para que podamos ir a la notaría.

—Eh..., vale. Espera, miro la agenda.

Y, ahora, unas semanas más tarde, los cinco se encuentran en el interior de un frío despacho custodiado por un recepcionista altivo con bigote, con una planta moribunda en la sala de espera como único símbolo de humanidad. Frente al notario, surgen dudas que Dalia va aclarando al paso: «Sí, sí, fue una idea de ella. Yo estaba al tanto».

Cuando salen a la calle, una ráfaga de aire los golpea. No es un día amable. El frío todavía no se ha instalado, pero sopla un viento fuerte y cae una llovizna fina.

—Así que nos ha dejado un cuadro a cada uno —dice Abel.

—Fíjate, con los años que han pasado... —comenta Samuel.

—¿Cuándo lo decidió? —Max mira a Dalia, un poco turbado.

—No fue algo premeditado, surgió con el paso del tiempo. Un día estábamos en una feria de Dublín, se quedó parada delante de un cuadro y dijo: «Esta obra me recuerda a Samuel». Y poco a poco le sucedió con los demás.

—¿Y el mío? —Max se mete las manos en los bolsillos.

—Fue el último. —Coge a Tristán de la mano—. Bueno, la galería está cerca, ¿os parece bien que vayamos para que os enseñe los cuadros?

—Claro, ¿vosotros tenéis prisa? —pregunta Abel.

—No, me pedí el día libre —aclara Samuel.

—Mi vuelo no sale hasta mañana —dice Max.

—Bien, pues venga. —Dalia tira de Tristán.

Los cinco se internan en la ciudad. Al principio se ven envueltos por un silencio extraño, pero, pronto, este se deshace y surgen las anécdotas pasadas y las conversaciones triviales. Los transeúntes con los que se cruzan no pueden ni imaginar que han transcurrido décadas desde la última vez que esas cinco voces se entrelazaron unas con otras. Todo se vuelve fácil en cuanto Samuel suelta las primeras bromas.

—¿Y qué tal llevas el divorcio? —pregunta Abel.

—De puta madre. —Samuel se encoge de hombros—. Me sigo llevando bien con Patricia, comemos juntos todos los domingos con el chaval. ¿Queréis ver una foto de mi chiquillo? Esperad. —Lleva años sin probar ni una gota de alcohol, pero el cigarrillo sigue colgando de sus labios mientras se para en mitad de la acera para buscar en la galería de su móvil—. ¿Qué os parece? Guapo, ¿eh? Como su padre.

—Bastante más que tú, de hecho. —Max se ríe.

—Es posible. Y tiene mejor cabeza. —Retoma el paso—. ¡El tío fue el mejor de su promoción! ¡Ingeniero! Pero no uno de esos ingenieros estirados, ¿eh? Saca tiempo para ver conmigo el fútbol y nos vamos a pescar un par de veces al año.

—Se te cae la baba. —Abel se burla desde la ternura.

—Joder, es que es lo mejor que he hecho en la vida. —Se gira hacia Tristán y Dalia—. ¿Cómo están las niñas? ¿La pequeña sigue en Escocia?

—Sí, y no tengo claro que vaya a volver —contesta Dalia.

—No digas eso. —Tristán gruñe algo ininteligible por lo bajo y a todos les hace gracia su actitud—. Se cansará del clima en menos de un año, estoy seguro.

—Eso es verdad. De lo que no creo que se canse pronto es del escocés con el que está saliendo. Cosa comprensible, creedme. Se parece al actor ese pelirrojo de aquella serie que salió hace unos años... Seguro que sabéis de quién os hablo.

—No —dice Max.

—No —dice Abel.

—No —dice Samuel.

—Cariño... —Tristán sonríe.

—¿Y tú, Max? —pregunta Dalia.

Max, que camina pensativo y con las manos en los bolsillos, la mira de reojo. Está solo medio atento a la conversación porque Dalia le contó hace años que Elena y ella habían abierto una galería y sabe que está cerca, apenas a dos calles de distancia.

—Ah, bien, todo bien. Mi hija se casa el próximo año.

—Vamos, que te toca abrir el bolsillo —dice Samuel.

—Y tanto. Que si cuarteto de cuerda, que si hamburguesas a mitad de la noche, que si dos o tres vestidos... —Se encoge de hombros—. En cuanto a mi mujer, no sé qué decirte, porque la perdí de vista en cuanto se anunció esa boda. Se pasa el día con la niña visitando floristerías y probando tartas. Espero recuperarla pronto.

—El próximo año —le recuerda Abel.

—Es bueno echarse de menos —bromea Max—. ¿Y tú qué tal por Australia?

—Fue el viaje de mi vida. Ya estoy organizando el siguiente.

Abel lleva seis años saliendo con un fotógrafo y vive al día: trabaja ocho meses en el taller mecánico con dos de sus hermanos y se pasa los otros cuatro dando tumbos por el mundo con una mochila a la espalda. De vez en cuando, le manda a Dalia postales desde diferentes rincones y le cuenta sus andanzas.

—Es ahí, ¿no? —pregunta Max.

—Sí. —Dalia busca las llaves en su bolso.

—Espera, te ayudo. —Tristán va cogiendo los trastos que ella va sacando: una libreta, un pintalabios, una cartera, un libro de bolsillo, un paquete de galletitas. Mira a los demás—: Lo bueno es que sé que, si algún día acabamos en una isla desierta, sobreviviremos si Dalia lleva su bolso encima.

—Sin duda. —Samuel se ríe.

—¡Ah, sí, aquí están!

Dalia agita las llaves en el aire antes de encajarlas en la cerradura. Enciende las luces de la pequeña galería. Cuando Elena le propuso montarla no fue tanto porque le interesase la venta directa al público como por una cuestión de almacenaje.

Avanzan entre los cuadros expuestos.

Max tiene el corazón encogido mientras lo mira todo con esa mezcla de admiración y melancolía que nunca lo ha abandonado al echar la vista atrás y pensar en Elena. Las personas se van, sí, pero siempre dejan su huella. Se le escapa un suspiro antes de seguir a Dalia hacia el almacén. Los demás parecen escudarlo.

No hay luz natural, y ese detalle recuerda a aquel otro almacén del que todos salieron y entraron tantas veces. Dalia tiene los cuadros preparados, uno está sobre un caballete y los otros tres, apoyados en la pared. Max no duda ni un segundo y se dirige hacia el caballete. Se queda sin aire. Las líneas son limpias y reflejan una ciudad sumida en la quietud con una solitaria figura, un hombre, que parece suspendido en el tiempo; entre tonos azules, hay vacío, intimidad y un amor distante.

Max respira hondo y roza el lienzo con los dedos.

—Es precioso —susurra.

—Sí. Y muy valioso —puntualiza Dalia.

—Ya me imagino...

—Joder, ¡el mío es la hostia! ¡Una verbena! ¡Qué maravilla! —Samuel se agacha frente al cuadro, que es el más pequeño—. ¡Esto va a quedar de puta madre en mi salón! ¡Me lo pienso llevar ahora mismo, vamos! Espera, que lo cojo.

—¡No, de eso nada! Yo me encargaré del transporte.

—¿Por qué?

—Son obras... caras, ¿entendéis?

—Ah, bueno, en ese caso...

—Ni se te ocurra venderlo.

—¡No iba a decir eso!

Samuel alza las manos en son de paz. A su lado, Abel sigue observando el cuadro que Elena ha elegido para él. En apariencia, es el más sencillo, pero tiene una profundidad curiosa; cuanto más lo miras, más te atrapa. Tras los trazos austeros de colores cálidos, se revelan capas cargadas de emoción contenida.

—¿Te gusta? —le pregunta Dalia.

—Sí... —Abel habla bajo—. Me encanta.

Después, Dalia acorta la distancia que la separa de Tristán. Él está delante del cuadro más grande y ella lo abraza por la espalda y apoya la barbilla en su hombro. Se quedan un instante a solas cuando los demás salen del almacén para echarle un vistazo a la zona abierta al público de la galería.

—¿Qué te parece?

—Bello.

—Sí. —Dalia sonríe ante el paisaje: un pueblo diminuto casi a oscuras en medio de una ventisca de nieve, pero, al fondo, como si fuese un eco de esperanza, se distingue el brillo de unas luces tenues de Navidad—. Lo elegimos entre las dos. El día que lo vimos, nos miramos y no hicieron falta palabras. Tenía que ser para ti.

—Gracias. Es perfecto.

—Le encontraremos un lugar en la casa del norte.

—Eso estaba pensando. Ven aquí. —Se gira y le da un beso en la frente antes de abrazarla—. Es tan raro todo esto... Volver a estar con ellos...

Dalia asiente y piensa en lo irónico que es que, en cierto modo, Elena fuese una pieza clave para separarlos años atrás y, ahora, para unirlos de nuevo. Comprende que se encuentra ante una de esas ocasiones que hay que cazar al vuelo, sin ambigüedades.

Cuando salen de la galería, propone:

—¿Os apetece dar un paseo y tomar algo?

—Sí, claro —contesta Abel.

—Genial —dice Samuel.

—Vale —concluye Max.

Andan un poco sin rumbo mientras hablan de todo y de nada. Samuel quiere saber qué premio de coctelería ganó Tristán dos años atrás y Max debate con Abel sobre algunos destinos europeos y la masificación turística. Ninguno es consciente de que sus pasos se dirigen hacia un lugar concreto, como si ese punto de la ciudad los atrajese sin remedio. Max parece cómodo vistiendo un traje a medida, Samuel gesticula con las manos sin parar, Abel se ríe y se anima a participar en las bromas, Tristán se mantiene cerca de Dalia, aunque no pierde de vista a sus amigos y los mira como el niño que acaba de descubrir una única guinda en lo alto de un pastel: con anhelo.

Max es el primero en frenar en seco.

—Oye, pero esta calle...

—Sí —dice Samuel—. Ahí está. *Estaba.*

Hacía una eternidad que Max no pasaba por allí. Al principio, cuando regresaba a la ciudad, se limitaba a ir al barrio. Más tarde, al morir sus padres, se llevó a su hermana a Londres y las visitas se fueron espaciando tanto como las razones para volver.

Así que se queda paralizado en la acera, con los demás a su alrededor. Cinco pares de ojos que se pasean por ese balcón al que Elena nunca volverá a asomarse con su bata de seda negra; después, todas las miradas se detienen sobre el local de abajo.

El Club del Olvido es ahora una sucursal bancaria.

—No me lo puedo creer... —susurra Max.

—Lo sé. Mi peor pesadilla hecha realidad —se queja Samuel—. Podrían haber montado una tienda de gominolas o de disfraces, pero no. Un puto banco.

—Joder. —Max se echa a reír, primero suavemente y, luego, a carcajadas. Los demás se contagian y acaban igual—. La vida es cruel.

—Y tanto. —Abel silba.

Dalia aprovecha el paréntesis de silencio.

—Chicos, ahora que estamos por fin reunidos, delante de este cartel que anuncia una bonificación por domiciliar la nómina, quiero proponeros que hagamos una comida al año. Tenemos que fijar la fecha ya, ahora mismo, sin excusas. Ese día, Max, mírame bien, será más importante que el de la boda de tu hija.

Max, algo dubitativo, se rasca la nuca.

—Pero vivo en Londres...

—¿Y? Yo tampoco paro mucho por aquí —contesta Abel—. Creo que Dalia tiene razón. Ha sido genial veros y deberíamos mantener el contacto.

—¡Me apunto a lo que sea! —interviene Samuel—. Si hace falta, nos vamos todos a Londres a comer, ¡con dos cojones! Tendrás varias habitaciones de invitados en tu mansión.

—La verdad es que sí. Cinco. —Max se ríe y, luego, mira a su amigo del alma. Algunos hábitos nunca cambian—: ¿Tú qué opinas, Tristán?

—Bien —sonríe—. Me parece bien.

Se abre otro silencio cuando vuelven a girarse hacia el local y lo contemplan como si el pasado aún palpitase entre esas cuatro paredes que tanto dieron de qué hablar en la ciudad allá por el año 1993, y que ellos hicieron suyas, cada uno a su manera.

Ninguno olvidará jamás lo que ocurrió en El Club del Olvido.

—Fue Elena, ¿verdad? —susurra Samuel.

—No me cabe ninguna duda —dice Max.

—Nos quería más de lo que pensábamos.

Las palabras de Dalia dan por cerrado el asunto y, con el

adiós a Elena, se van también el fuego y las cenizas. Mientras siguen allí parados, empieza a lloviznar otra vez.

—Busquemos algún lugar para cobijarnos.

—Sí, Tristán tiene razón. Hay una taberna cerca —dice Abel, y se pone al frente del grupo para dirigirlos hacia allí—. Las patatas están buenísimas.

Cuando el agua cae con más fuerza, echan a correr bajo la lluvia entre risas y jadeos. Se sienten jóvenes y, de pronto, treinta años no son nada, apenas un pestañeo en el arco de sus vidas. Todo se torna ligero, fácil y divertido. Llegan a la taberna empapados pero sonrientes. Hay una mesa vacía junto a la ventana. Se reparten entre los dos bancos, todos muy juntos, como una familia en perfecta sincronía. Samuel, que no esconde su emoción, los mira con los ojos brillantes.

—Se me acaba de ocurrir una idea.

—No sé si quiero oírla —dice Max.

—¿Y si montamos un club de copas?

—No.

—No.

—No.

—Por encima de mi cadáver.

Samuel suelta una carcajada y asegura que solo era una broma. Les piden nota. Fuera, la lluvia salpica el ventanal, la conversación aplasta los relojes y esa tarde vuelven a ser los cuatro críos que crecieron en el mismo barrio, cuyas semejanzas fueron más fuertes que sus diferencias, y, al lado, la niña del abrigo verde que los encontró.

FIN

# AGRADECIMIENTOS

Para una mujer dubitativa, como es el caso, viene bien contar con un buen respaldo detrás. Tengo la suerte de conocer a mucha gente estupenda que me acompaña en este camino de letras y consigue que la experiencia sea más enriquecedora y divertida. Estoy segura de que esas personas saben bien quiénes son y que se darán por aludidas, así que en esta ocasión seré escueta y me limitaré a nombrar a un puñado de ellas.

A las lectoras y a los lectores que me cogen de la mano novela a novela. Siempre siento que recibo mucho más de lo que puedo ofrecer. Gracias por todo.

A mi familia, por estar.

A Pablo, que me hace creer en mí misma.

A Andrea, a la que admiro como escritora y a la que le agradezco su amistad y sus audios diarios, así como su aguante cuando me tambaleo entre divagaciones.

A Dani, porque sin su mirada y su ayuda no podría haber terminado esta novela. Tenerte a mi lado es un regalo y soy muy consciente de ello.

A Lola, mi editora, por sostenerme durante un proyecto más y ser siempre la voz de la razón. Ojalá podamos seguir compartiendo historias y anécdotas.

A mis hijos, que me dieron alguna que otra tregua durante el proceso de escritura y entienden que, a veces, no llego a todo y existe esa cosa aburrida llamada «trabajo».

A Antonio, que estuvo dispuesto a viajar a Milán para ir a un concierto de Riccardo Cocciante y soportó un año entero de baladas italianas. Me siento cada día muy afortunada y no dejo de pensar que *era già tutto previsto.*

Disfruta de la playlist de *El Club del Olvido*

El club del olvido
ALICE KELLEN
ALBA CANTALAPIEDRA